Jennifer Schreiner:
»Zwillingsblut«

ELYSION

www.Elysion-Books.com

Die Autorin:

Jennifer Schreiner wurde 1976 geboren und lebt mit ihrem Mann und ihrem Sohn im Ruhrgebiet.

Seit 2002 ist sie Magister der Philologie. Bislang sind über 50 fantastische, erotische und gruselige Kurzgeschichten von ihr in verschiedenen Anthologien und Zeitschriften veröffentlicht und teilweise prämiert (u. a. 3x im Literaturwettbewerb der Bayreuther Festspiel-nachrichten) worden.

Mit dem ursprünglich im Plaisir d' Amour Verlag erschienen »Zwillingsblut« stand sie ein Jahr lang in den Top 100 der Amazon-Fantasy-Charts. Ansonsten hat Schreiner zwei Anthologien herausgegeben und ist Mitglied des VS und bei den Deutschen Liebesroman Autoren (DeLiA).

Mehr erfahren über die Autorin und zur Blut-Reihe erfahren Sie unter www.JenniferSchreiner.com

Jennifer Schreiner

Zwillingsblut

ELYSION

www.Elysion-Books.com

ELYSION-BOOKS TASCHENBUCH
BAND 4025
2. überarbeitete Auflage: Februar 2011

VOLLSTÄNDIGE TASCHENBUCHAUSGABE
ORIGINALAUSGABE

UMSCHLAGGESTALTUNG: Ulrike Kleinert
www.dreamaddiction.de
FOTO: © istockphoto/ jentakespictures
LAYOUT &WERKSATZ: Hanspeter Ludwig
www.imaginary-world.de

PRINTED IN POLAND BY OPOLGRAF S.A.
ISBN 978-3-942602-04-4

Inhalt

»Edwards Geschichte«

Mit dem Gutschein-Code

Zwillingsblut2011

erhalten Sie auf der Website
www.Elysion-Books.com
die kostenlose Zusatzgeschichte
»Edwards Geschichte«
als PDF-Download.

Einfach registrieren!

1

Dunkelheit klopfte in Sofias Schläfen und hinterließ weiße Schlieren in ihren Gedanken. Für einen Moment glaubte sie zu schlafen und die Augen geschlossen zu haben. Orientierungslos setzte sie sich auf und prallte mit ungebremster Heftigkeit gegen einen Widerstand.

Gleißende Schmerzen schossen aus den Schlieren und explodierten in ihrer Nase und hinter ihrer Stirn.

Verwirrt vor Schmerzen und Orientierungslosigkeit wollte sie an ihre Nase greifen, um das Blut zu stoppen, das nach dem Stoß begonnen hatte zu fließen. Doch auch ihre Ellbogen und Hände wurden unsanft von einem Hindernis gestoppt.

Verwirrt kämpfte Sofia gegen die Enge an. Sie bekam jedoch ihre Hand nicht frei, sie nicht weit genug hoch. Sofia begriff, dass sie eingeschlossen war. Schlagartig setzte die Panik ein.

Sie schlug um sich, traf in jede Richtung Widerstände, knallte mit dem Kopf an ein Hindernis, mit den Füßen, oben unten rechts links, nur Enge und Finsternis, beides massiv und endgültig, ohne Ausweg.

Ihr Schrei gellte laut und fremd in ihren Ohren und für einen Augenblick glaubte sie, er käme von einer anderen Person.

Sofia stoppte zitternd vor Angst und Anstrengung ihre Bewegungen und horchte. Nichts, nur ihre Tränen und ihre laufende Nase. Ob es Blut oder Rotze war, konnte sie nicht feststellen, versuchte aber ihre Beherrschung wieder zu finden, ihr Weinen zu kontrollieren und ihre Atmung zu beruhigen.

Wenn sie doch nur die Hände zum Gesicht bekommen könnte!

Sie versuchte ihre Augen zur Funktion in der Dunkelheit zu zwingen, obwohl ihr Verstand ihr immer nur ein Wort zuflüsterte: *Sarg*.

Erneut schluchzte sie auf, konnte sich aber stoppen, bevor der Laut in Hysterie überging.

Sofia schloss die Augen und versuchte nachzudenken. *Bin ich tot?* Für einen verwirrenden Moment konnte sie keine Regung ihres Körpers spüren, keinen Herzschlag, nicht das Rauschen des Blutes in ihren Ohren und nicht das Pulsieren in ihren Adern.

Dann atmete sie erleichtert ein, als alles drei schlagartig zusammen mit dem Zwang zum Atmen einsetzte. *Definitiv nicht!*

Wo bin ich? Wie bin ich an diesen Ort gekommen? Und warum? Sie wusste es nicht, konnte sich nicht konzentrieren, zu viele Fragen prasselten auf einmal auf sie ein, zu oft wiederholte ihr Verstand das Wort: *Sarg* und zu sehr schmerzten ihre Glieder und Gelenke von dem Versuch sich zu befreien. Sie konnte förmlich spüren, wie das Blut blaue Flecke bildete und in den Stellen, wo sie sich gestoßen hatte, pulsierte.

Entschlossen verdrängte Sofia die Gedanken an Sarg und Blut und tastete langsam mit ihrer Hand nach oben. Und nach rechts und links.

Ihr Gefängnis musste tatsächlich ein Sarg sein, die Größe stimmte in etwa. Sofia gab einen frustrierten Laut von sich. Zumindest für sie, sie passte exakt hinein.

Wie lange wird die Luft reichen? Mühsam zwängte die junge Frau ihre Hand hoch, zu ihrem Gesicht und berührte die Nase. Die plötzlichen Schmerzen ließen sie das Bewusstsein verlieren.

Ihr eigener Schrei weckte sie aus dem kurzen, verworrenen Traum von Blut und Dunkelheit und Erregung und versetzte sie schlagartig in die Realität zurück. Ohne einen Übergang zwischen Schlafen und Wachen fiel ihr augenblicklich ein, wo sie sich befand.

Es war warm und stickig, Schweiß stand ihr auf der Stirn, sie bekam keine Luft durch ihre Nase. *Wie lange bin ich ohnmächtig gewesen?*

Sofia kämpfte die neuerlich aufkeimende Panik nieder. Die Luft war unerträglich abgestanden und ihre Lunge schmerzte bereits bei jedem Atemzug. Bald würde es vorbei sein!

Dieses Mal konnte Sofia die Tränen nicht zurückhalten, als es ihr abermals nicht gelang den Sargdeckel mit den Händen aufzustemmen.

Sie dachte an ihre Schwester Melanie. Beinahe konnte sie sie in ihrer zu weiten Bluejeans und ihrem rotem Lieblingsrollkragenpulli, die blonden langen Haare offen und vom Wind zerzaust, oben an einem Erdloch stehen sehen; sich selbst in dem geschlossenen Sarg, rufend und weinend. Doch niemand hörte sie, nur die Erde.

Sofia schüttelte den Kopf. *Nein, nein und nochmals nein!* So würde sie nicht enden, durfte sie nicht enden. Das war nicht fair und nicht vorgesehen!

Vorsichtig und langsam versuchte sie sich umzudrehen, ignorierte das sie sich bei der Bewegung Strähnen ihres langen Haares ausriss, rutschte Stückchen für Stückchen auf die Seite und quetschte sich auf den Bauch.

Dann schob sie ihre Oberschenkel unter sich und begann einen Katzenbuckel zu machen.

Nichts tat sich.

Sofia ließ sich zurücksinken. Die Luft im Sarginneren war zu verbraucht, sie bekam kaum noch genug Sauerstoff in ihren Körper obwohl ihr Herz wie rasend schlug. Sofia schloss die Augen. Das Blut hinter ihren Lidern klopfte regelmäßig und rothell. Der Rhythmus verlockte sie dazu aufzugeben.

Entschlossen drückte sie abermals mit ihrem ganzen Körper nach oben, benutzte ihren Rücken als Werkzeug und ignorierte die Schmerzen in ihren zitternden Armen.

Als sich der Sargdeckel mit einem steinernen Knirschen ein Stückchen hob und frische, kühle Luft in ihr Gefängnis strömte, mobilisierte Sofia unbekannte Ressourcen.

Unter Aufbietung all ihrer Kräfte gelang es ihr, den Deckel soweit zu verrutschen, dass es zum Hinausklettern reichen würde. Schwer atmend ließ sie sich zurück gleiten. Ihr Körper und ihre Muskeln zitterten unkontrollierbar und sie benötigte eine lange Zeit, bis sie in der Lage war, sich aufzusetzen.

Was sie in der Finsternis sehen konnte, zeigte ihr, dass sich ihre Situation nur geringfügig gebessert hatte. Erst als ihre Zähne zu klappern begannen, bemerkte sie, dass die unerträgliche Hitze und Beklemmung der eisigen Kälte gewichen war.

Das verdammte Schwein hatte sie ausgezogen! Hektisch kletterte sie aus ihrem engen, steinernen Gefängnis, glitt mehr, als zu steigen. Als sie mit beiden Füßen auf festem Boden stand, sackten ihre Beine weg. Mit einem erschrockenen Schrei fiel Sofia der Länge nach auf den kalten Steinboden.

Sie krümmte ihre Finger zu Krallen, als ihr Körper krampfte und versuchte die Flut der plötzlichen Erinnerungen niederzukämpfen, die drohte sie zu überrollen: Der abendliche Weg nach Hause, ihre unerklärliche Angst wie eine belastende Vorahnung.

Dann der Mann, der sie unter einen dunklen Torbogen zog. Der finstere Unbekannte den es nur in der Fantasie gab. An dessen Gesicht und Gestalt sie sich nur unbestimmt und verschwommen erinnerte und den sie niemals wieder erkennen würde. Der Fremde, der sie sanft verführte. Der unbekannte, unerkannte Mann, von dem fast jede Frau mindestens einmal in ihrem Leben träumte. Von seinen Berührungen, seiner Liebe und einer sexueller Erfüllung die alle Grenzen sprengte und süchtig nach mehr machte.

Die Träume hatte Sofia geliebt und genossen. – Selbst im Wachzustand.

Die Realität sah anders aus. Die junge Frau schüttelte verzweifelt den Kopf in der Leugnung der Vergangenheit und versuchte sich hinzusetzen. Sie kam sich schmutzig vor. Selbst die Berührungen ihres eigenen Haares auf ihrer bloßen Haut, auf ihren Schultern und ihrem Busen war befremdlich und erschreckend intensiv.

Sie erinnerte sich an den Sex, ihre Hemmungslosigkeit. Die Leidenschaft, mit dem sie ihn willkommen geheißen hatte. Es war gut gewesen, unglaublich toll, einzigartig und sinnlich.

Sofia fiel zurück, als ihr Körper sich verkrampfte und rollte auf die Seite. Jeder Muskel ihres Körpers kontraktierte und die plötzlichen Schmerzen ließen sie bittere Galle spuken. Sogar in der Dunkelheit sah sie, dass die Flüssigkeit rot war, blutrot.

Die Gruft begann sich vor ihren Augen zu drehen. Wieder glaubte sie den metallischen Blutgeschmack auf ihren Lippen zu fühlen und den beinahe hypnotischen Befehl des Fremden sein Blut zu trinken.

Nach einem sicheren Halt tastend, berührte ihre Hand kalten Stein. Verwirrt starrte die junge Frau das Kreuz in der Mitte des Raumes an. Unwillkürlich und wie in Trance erinnerte sie sich an mehr und flüsterte: »Das ist nicht möglich!« Sofia griff sich an den Hals.

Dort fühlte sie die Realität. Kein Traum! Kein Mann aus einer gelungenen Fantasie. Für Sekunden wollte sie leugnen, was sie an sich selber fühlte und welche Idee ihr gekommen waren. Doch die gesamte Szenerie und ihr Erwachen sprachen für ihre Gedanken.

Unbändige Wut stieg in ihr auf. Sie war dem Mann nicht freiwillig gefolgt, hatte sich nicht wirklich verführen lassen und auch ihre Hingabe kaum nicht von ungefähr. Der Biss eines Vampirs erklärte ihre Willigkeit und seine Sinnlichkeit ebenso wie ihre Schmerzen und das Verlustgefühl.

Vampire gibt es nicht! Für einen Moment begehrte ihr Verstand auf, redete von Normalität und davon was Mythos und was Realität war. Doch wieder verkrampfte sich ihr Körper. Dieses Mal erkannte Sofia die Schmerzen als Hunger.

Ihre Augen weiteten sich und nahmen mehr von ihrer Umgebung wahr. Wenn sie vorher gedacht hatte, sie hätte Angst, dann hatte sie jetzt absolute Panik. *Wo ist er? Warum verführt mich ein Vampir nicht nur, sondern verwandelt mich auch noch, um mich dann allein zu lassen?*

Sofia sprang auf und hastete die Stufen hinauf, den einzigen Ausweg aus dem kleinen Raum. Die schmiedeeiserne Tür am Ende stoppte sie.

Sie rüttelte und zog an ihr, versuchte sich unmenschliche Kräfte einzureden, aber es half nichts. Sie war eingesperrt. Allein in einer Gruft.

Sie schloss die Augen und rang um Kontrolle über sich und ihre Gefühle.

Hat der Fremde mich hier eingesperrt um mich verhungern zu lassen? Als Strafe für irgendetwas?

Wieder stieg unbändige Wut auf ihn in ihr hoch. Durch Manipulation hatte der Fremde sich genommen, was sie ihm nicht freiwillig gegeben hatte, hatte seinen unsterblichen Willen gegen ihren eingesetzt und ihre Fantasien gegen sie benutzt. Hass, so rein und lodernd, wie sie ihn noch nie verspürt hatte, flammte in ihr auf und fraß an ihren Empfindungen. Der Vampir hatte sie in etwas verwandelt, was sie nicht sein wollte, sich nie gewünscht hatte und sie dann ihrem Schicksal überlassen. – Sie wusste, dass er nicht zurückkommen würde. – Außerdem hasste sie Blut!

Ihre rationalen Gedanken setzten schlagartig wieder ein, wie sie es immer taten und riefen Sofia zur Ordnung. Von ihrer eigenen Logik bezwungen stieg sie zurück in den eigentlichen Raum der Gruft, um einen anderen Ausweg zu finden.

Am Fuße der Treppe blieb sie stehen und sah sich um: Eine Grabkammer, vom Gefühl her absolut unterirdisch, gemauerte und verputzte, mit sauberen Wänden, kreisrund und wahrscheinlich noch nie benutzt. Sie war leer bis auf das steinerne Kreuz in der Mitte und einem offenem, leeren Sarg gegenüber der Treppe.

Sofia schritt um das riesige Kreuz und beäugte die andere Seite. Die zwei Inschriften, die hineingemeißelt waren, wirkten neu:

Melanie Walker 21.07.05 – Des Lebens müde und zum Leben gezwungen

Sofia Walker 22.07.05 – Ein Opfer für das Leben der Leblosen

Sie las die Buchstaben und Zahlen dreimal, um sicherzugehen, dass sie richtig gelesen hatte. Dann schüttelte Sofia den Kopf. Melanie konnte nicht einen Tag vor ihr gestorben sein, sie hatte noch gelebt, als Sofia sich von ihr verabschiedet hatte. Wenige Straßen und Minuten später war sie selbst dem Vampir begegnet. Am 21. – Und sie selbst sollte heute sterben. Und…sie las die Anmerkungen noch einmal.

Dann kontrollierte sie den Sargdeckel, auf dem noch einmal: *Sofia Walker 22.07.05 – Ein Opfer für das Leben der Leblosen stand.*

Sie blinzelte, als erneutes Hungerkrampfen sie zu einer Erkenntnis führte: Melanie war am 21. zum Vampir geworden, fand sich in einer Gruft mit der Botschaft wieder und brachte ihre Schwester Sofia einen Tag später um.

Sie hustete und versuchte die Schmerzen in ihrem Magen zu ignorieren.

Aber warum? Es ergab keinen Sinn. – Nicht einmal, wenn man bedachte, dass der Vampir einen fatalen Fehler begangen hatte. Ihr hungriges Würgen ging in ein hysterisches Lachen über.

Also können selbst Unsterbliche Zwillinge nicht auseinander halten! Aber wieso soll Melanie mich töten? Melanie liebt mich und sie ist des Lebens überdrüssig. Nicht einmal ein Vampir kann daran etwas ändern. Um kein ewiges Leben der Welt würde Melanie mich umbringen!

Wieder spuckte Sofia Blut, zwang sich aber, stehen zu bleiben. Ihre Wut und ihr Hass auf den unbekannten, finsteren Mann, der plötzlich in ihr Leben gedrungen war, es mit einem Biss vernichtet und sich zum finstern Gott über ihre Entscheidungen aufgeschwungen hatte, halfen ihr dabei.

Mit zitternden Fingern nahm sie den Schlüssel von dem kleinen Haken in der Mitte des Kreuzes und las die Gravur. Dort stand noch einmal ihr Name und das Datum des heutigen Tages.

Eine Warnung? Eine Drohung? Oder eine Erinnerung an das, was ich – Melanie – tun soll, tun muss?

Sofia ballte die Hand um den Schlüssel, bis sie spüren konnte, wie sich das isen in ihre Haut bohrte und sich die Schmerzen ihres Körpers mit dem Hunger und ihrer Aggression verwob.

Leise schwor sie sich und ihrer Schwester, dass sie den Vampir finden würde. Finden und töten!

2

Der Schlüssel passte. Rasch und ohne Probleme ließ er sich drehen und öffnete die Tür in die Freiheit.

Sofia sondierte aufmerksam die Umgebung, bevor sie sich traute, die fragwürdige Sicherheit der Gruft zu verlassen. Niemand schien sich auf dem Friedhof zu befinden.

Sie stolperte beinahe über den Stoffhaufen, der vor der Tür lag. Ihre Kleidung. Eine Hose, Pulli und Jacke, Socken und Schuhe. Sogar ein baumwollener Slip und ein weißes Unterhemd, lagen für sie bereit. Nicht die Kleidung, die sie abends getragen hatte. Melanies Kleidung.

Das Schwein glaubte wirklich, ich bin Melanie! Krampfhaft unterdrückte Sofia ein hysterisches Lachen und nahm die Sachen mit in die Dunkelheit der Gruft.

Verdeckt von der Tür zog sie die bereitgelegten Sachen an. Sie passten perfekt, obwohl sie sich durch Neutralität auszeichneten. Melanies Geschmack war solide und altbacken. Ganz anders als ihrer. *Hauptsache Kleidung!*

Dann erinnerte sie sich und ihr Fluch hätte Tote aufwecken können. Der Fremde hatte nicht nur ihre eigene Kleidung entfernt und ihr Melanies gegeben. Sofia griff an ihre Ohren, wusste aber schon vorher, was sie vorfinden würde: Nichts.

Er hatte ihr alles genommen, was sie am Leib getragen, alles, was sie besessen hatte, sogar ihre Ohrringe.

»Oh Oma!«, flüsterte sie leise und ließ sich auf die Knie sinken. Dieser Verlust traf sie schwerer, als ihre Verwandlung in einen Vampir oder das makabere Todesspiel des Unsterblichen.

Für Sekunden schwappte eine Welle tiefster Verzweiflung über Sofia hinweg, die geballte Wucht der letzten Jahre und die Ungerechtigkeit, mit der ihr Leben beschlossen hatte, noch schlimmer zu werden, als es ohnehin schon war.

Dann ballte die junge Frau trotzig die Fäuste und stand auf. Entschlossen verließ sie ihre Gruft, zog die Tür hinter sich zu und schloss von Außen ab. *Man kann ja nie wissen!* Den Schlüssel steckte sie in ihre Hose.

Sofia entschied sich für eine Wegrichtung, der sie bis zur Friedhofsmauer folgte. Die junge Frau musste ein Stück an ihr entlanggehen, bis sie einen einladenden Baum mit niedrig hängenden Ästen fand, der es ihr ermöglichte, die Mauer zu überwinden.

Erleichtert stellte Sofia fest, dass sie sich für die richtige Richtung entschieden hatte. Ihre Entscheidung hatte sie näher zu ihrer eigenen Wohnung gebracht.

Hastig überquerte sie die erste Straße.

Das Licht eines näher kommenden Autos blendete sie und ließ sie orientierungslos blinzeln. Plötzlich schienen die Farben der Welt ein Eigenleben zu entwickeln und zu leuchten, sich ineinander zu drehen und zu vibrieren. Erst im letzten Augenblick schreckte sie das Hupen des Wagens lange genug auf, um von der Straße zu springen.

Verwirrt drehte sich Sofia einmal um die eigene Achse, ignorierte die argwöhnischen Blicke der Passanten und versuchte dem Rätsel der ungefilterten Eindrücke auf die Spur zu kommen.

Die Lautstärke der Autos, das ohrenbetäubende Flüstern der Fußgänger, das Drehen der Fahrradreifen, die Musik aus dem Straßencafe an der Ecke, dröhnten ohrenbetäubend laut. Sofia hielt sich die Ohren zu, um die Musik auszusperren, aber sie erklang weiterhin ungebremst und laut.

Die Gerüche nach Blut, Schweiß, Parfüm, Seife vermengten sich mit dem Geschmack auf ihrer Zunge, der Sofia an erlesene Winterluft erinnerte und einen Hauch Eis mit sich trug und bildete gemeinsam mit den intensiven, unnatürlichen Farben, dem klebrigen Licht der Straßenlaterne und dem Rot der Ampel ein Kaleidoskop unzähliger Eindrücke, die sie nicht verarbeiten konnte. Wimmernd ging Sofia in die Knie und schloss die Augen.

Hinter ihren Augen pulsierte die Welt weiter. Lebendig, im ewigen Kreislauf gefangen. Schwarz-weiß. Sie konnte die Passanten sehen, die Konsistenz ihrer Gedanken, den einzelnen Hund, der aufgeregt an einer Duftmarke roch, das schlafende Kind im Buggy und die Adern in jedem lebenden Geschöpf. Schlag, Schlag, Schlag…

»Mädchen?« Eine Hand legte sich schwer auf ihre Schulter. Sie vibrierte vor Leben und passte sich dem Weltenklang an. Schlag, Schlag, Schlag…

»Alles in Ordnung?« Die Stimme des Mannes klang aufrichtig besorgt. Was er sah, war eine junge Frau, die sich von Schmerzen geschüttelt auf den Bürgersteig kauerte.

Leere. Nichts. Kein Geräusch ihres eigenen Körpers. Sie war tot, begriff Sofia schlagartig.

Ihr Herz schlug nicht, kein Blut, keine Atmung, ihre Körperfunktionen hatte komplett gestoppt. Ein weiteres Wimmern verließ ihren Mund.

»Ich rufe einen Arzt!«, meinte der Mann und Sofia konnte mit geschlossenen Augen sehen, wie er sein Handy zückte.

»Nicht!«, bat sie leise.

Normalität! Ich bin normal! Alles ist in Ordnung! Ich bin gesund, mein Körper funktioniert, gehorcht mir. Alles läuft automatisch, wie früher! Ich bin Sofia, ich sehe keine komischen Dinge, höre nichts und fühle nichts was nicht normal ist.

Sofia öffnete ihre Augen und sah den Mann direkt an. Normal, ein Mann, keine pulsierende Lebensoase, keine Blutquelle mehr für eine Unsterbliche. Sie atmete erleichtert auf, als sie ihren eigenen Herzschlag hörte und ihr Körper seine Arbeit wieder aufnahm.

Mit ihrem ersten Atemzug sog sie gierig die Luft in sich ein, das lebendige Prickeln des Windes und den leichten Abgasgeruch der Straße.

»Danke!« Sie ließ sich von dem Mann auf die Beine helfen. »Ich habe einen niedrigen Blutdruck und wenn ich meine Medikamente vergesse …« Sie schenkte ihm ein gewinnendes Lächeln. »Dann passiert so was.«

Argwöhnisch nickte der Mann, gab sich aber zu Sofias Überraschung mit dieser Erklärung zufrieden und verließ sie ohne ein Wort. Sofia betrachtete sein Gehen und ihre Umgebung. Die Normalität, das, was sie bisher gekannt hatte, hatte sich wieder eingestellt. Selbst ihr Körper erschien ihr wieder lebendig, obwohl sie es jetzt besser wusste. Sie war tatsächlich tot, was sie zurück zu ihrem Hauptproblem führte: *Warum will ein Vampir irgendeine fremde, lebensmüde Person zur Ewigkeit verdammen und dafür Sorge tragen, dass sie ihre Schwester tötete?*

Wieder stieg Wut in Sofia auf. Wut darüber, dass ihre Schwester Melanie – die Person, die Sofia am meisten liebte und die sie am wenigsten verstand – sie hatte töten sollen. *Der Vampir kennt uns nicht, sonst hätte er uns nie verwechselt! – Und nie mit uns geplant!* Sofia presste ihre Lippen aufeinander. Wenn jemand sie töten wollte, wollte sie es wenigstens verdient haben. Dann wollte sie, dass es persönlich war und nicht nur ein perfides Spiel eines gelangweilten Unsterblichen.

Als Sofia bemerkte, welchen Weg sie ohne nachzudenken eingeschlagen hatte, blieb sie stehen. Unmenschlicher Hunger und menschliche Logik stritten miteinander um die beste Lösung ihres Problems. Die Logik gewann. Melanie musste sofort gewarnt werden!

Nachdem Sofia diesen Entschluss getroffen hatte, ignorierte sie ihren Körper, den nagenden Schmerz, die neuen, verzerrten Eindrücke und hastete weiter zum Wohnheim ihrer Schwester. Ungehindert passierte sie die Absperrung und die Betreuer. Die Angestellten kannten sie seit Jahren und waren es gewohnt, Sofia auch zu ungewöhnlichen Uhrzeiten zu sehen.

Trotzdem atmete Sofia erleichtert auf, als sie mit der Plastikkarte, die sie in einer der Hosentaschen gefunden hatte, die letzte Sicherheitskontrolle passierte und kramte hastig in ihrer Jackentasche nach dem Türschlüssel zu Melanies Apartment.

Wieso sind die Karte und der Schlüssel in meinen Taschen? Und mein Handy? – Hat der Vampir einfach all meine Habseligkeiten in der anderen Kleidung verstaut? Warum fehlen dann die Ohrringe? – Oder hat der Unsterbliche uns doch nicht verwechselt?

Sofias rationalen Überlegungen gerieten ins Wanken, als unvermittelte Angst um ihre Zwillingsschwester in ihr aufwallte. Entschlossen öffnete Sofia die Tür.

Das Licht im Bad sorgte dafür, dass sie nicht nach dem Lichtschalter tasten musste. Sie trat ein und schloss die Eingangstür hinter sich.

»Mel?«, ihre Stimme war leise und fragend. Vorsichtig stupste sie die Badezimmertür offen.

Ihr erster Blick fiel auf das Blut. Der zweite auf ihre Schwester, die aus der Badewanne heraus verweint und benommen zu ihr aufsah.

»Großer Gott, Melanie!« Sofia war mit einem Schritt bei ihr, schob ihre Hände unter den roten Rollkragenpulli und hob ihre Schwester aus der Wanne.

In Sofias Armen brach ihre Melanie in Tränen aus und klammerte sich mit erstaunlicher Kraft an ihre Schwester. Kraft, die dem blassen, ausgemergeltem Körper nicht anzusehen war.

»Du bist wieder da!« Die Zufriedenheit in ihren Worten ließ Sofia erneut schaudern.

»Kann ich dich nicht einmal einige Stunden allein lassen?«, tadelte sie sanft und trat das stumpfe Besteckmesser zur Seite, mit denen ihre Schwester sich geschnitten hatte.

»Ich dachte …« Melanie sah Sofia an. Ihre Augen waren weit aufgerissen und glänzten fiebrig. »Sofia, ich bin so allein.« Melanie streckte ihre Hand nach Sofia aus und strich ihr sanft über die Wange. Eine erschreckend zärtliche und entsetzlich hilflose Geste. Als brauche sie den Körperkontakt, um sich daran zu erinnern, dass jemand bei ihr war.

Sofia trug ihre Zwillingsschwester in ihr kleines Wohnzimmer und ließ sich mit Mel in den Armen auf dem Sofa nieder. Mit gekonntem Blick inspizierte sie die nicht allzu tiefe Wunde, die sich ihre entschlossene Schwester an den Handgelenken zugefügt hatte und entschied, dass kein Verband nötig war.

»Lass mich nicht allein!«, bat Melanie und kuschelte sich in Sofias Arme. »Lass mich nie wieder allein!«

»Psst …«, Sofia strich ihr tröstend über die blonden Haare und versuchte den verlockenden Blutgeruch zu ignorieren, der von der Wunde hinauf in ihrer Nase prickelte. »Ich war doch nur einen Tag weg!«

Melanie setzte sich auf und starrte sie vorwurfsvoll an. »Zu lange!«

Sofia schwieg.

»Ich bringe mich um, wenn du mich allein lässt!«, beschloss Melanie wie ein trotziges Kind und rollte sich wieder in Sofias Schoß zusammen.

Bitterkeit brannte in Sofia auf und fraß sich in ihre Worte. »Das wäre dann der sechste Versuch?«

»Siebte«, korrigierte Melanie und hielt Sofia ihren Arm entgegen.

Sofia konnte das Blut hinter Melanies Haut pulsieren sehen, konnte spüren, wie die Flüssigkeit sich in den Zellen ausbreitete, sich austauschte und zirkulierte, um das unwillkommene Leben in Melanies Körper zu erhalten.

Sofias Magen krampfte und ihr Mund wurde trocken. »Soll ich das für dich übernehmen? Ich mache das mit Sicherheit richtig!« Sofia erschrak über ihre eigene Stimme. Die Stimme einer Fremden, einer gierigen, hungrigen Fremden.

Melanie sah ihre Schwester erstaunt an und ihre Blicke trafen sich. Der eine verzweifelt und verloren, der andere wütend und vor Hunger brennend.

»Was ist mit dir passiert?« Melanie setzte sich auf. Zum ersten Mal seit langer Zeit schien sie Interesse an einem Geschehnis außerhalb ihrer kleinen, selbsterschaffenen Welt zu haben.

Sofia las Angst in ihrem Blick. Aber nicht Angst vor ihr, sondern Angst um sie. Liebe zu ihrer Schwester wallte in Sofia, und mischte sich mit dem Hunger in ihrem Inneren, um ihn zu verstärken. Einmal waren sie ein Fleisch gewesen, ein Blut, und ihr unsterblicher Körper wollte, dass es wieder so wurde. Sofia versuchte, sich an ihrer Liebe festzuhalten, doch ihr Körper schrie nach Melanie, wollte sie sich einverleiben. Sofias Umwelt schien zu schrumpfen, bis nur noch Melanie existierte. Alles andere verschwand im Hintergrund, eine dumpfe Katatonie an verwischten Eindrücken. Ohnmächtige Wut auf den unbekannten Vampir wallte in der Vampirin auf und es gelang ihr, sich an ihrem Hass festzuhalten. Sie schob ihre Schwester von sich und stand auf.

Als sie an der Tür war, murmelte Melanie: »Vampir!«

Sofia verharrte reglos. Ihre Hand auf halbem Weg zur Klinke. Melanie stand auf und näherte sich ihr. Sofia konnte ihre Wärme und Menschlichkeit hinter sich fühlen.

»Ja!«, gestand sie und schloss die Augen. In Gedanken ging sie alle Möglichkeiten durch, die ihr blieben. Sie konnte ihre Schwester ebenfalls zu einem Vampir machen, sie konnte sie töten und alles hinter sich lassen oder sie konnte jetzt einfach gehen.

Melanie nahm ihr die Entscheidung ab, legte ihr ihre Hand auf die Schulter und drehte Sofia zu sich um. Sofia öffnete die Augen und sah gerade noch, wie

Mel ihren Kopf schüttelte. Ohne es zu beabsichtigen, hatte Sofia ihren Gedankengang laut ausgesprochen.

»Das dritte ist keine Möglichkeit!«, erklärte Melanie. Ihre Augen waren so klar wie selten. »Ich kann ohne dich nicht leben, Sofia. Ich kann es einfach nicht! Ohne dich bin ich unvollständig. Wenn du gehst, wird die Welt mit einem Schlag leer und leblos. Ich fühle nicht bis zu dem Moment, an dem du wieder da bist. Und ich kann nicht ewig Leben, weil du nicht ewig bei mir sein kannst. Selbst ein einziges Menschenleben ist eine Qual für mich. – Ohne dich!« Melanie hatte ausgesprochen, was sie und Sofia schon lange gewusst aber nie ausgesprochen hatten. Tatsachen, nicht einfache Gefühle; etwas, was weit über bloße Empfindungen hinausging.

»Sofia!«, flehte Melanie. »Ich bitte dich, tue es!« Sie streckte Sofia ihren Unterarm entgegen. »Ich wünsche es mir!«

Sofia schluckte und versuchte das Blut ihrer Zwillingsschwester zu ignorieren, das nach ihr schrie. *Warum nur hast du das nicht schon vorher geahnt?* Eine kleine Stimme in Sofia weinte, weil sie es von Anfang an gewusst hatte und trotzdem zu ihrer Schwester gegangen war.

Mit einem dumpfen, Schicksalsergebenen Gefühl beugte sich Sofia vor und legte ihren Mund auf Melanies Wunde. Diese zuckte nicht einmal zusammen, als sich Sofias Eckzähne länger wurden und sich sanft aber bestimmt in den Schnitt bohrten.

Melanie schrie leise auf, als Sofia zu trinken begann. Aber es war ein Schrei der Erlösung, der Ekstase. So als hätte sie seit einer Ewigkeit auf diesen Augenblick gewartet, nur für ihn gelebt. Nicht ein einziges Mal versucht Melanie um ihr Leben zu kämpfen. Dankbar hieß sie ihren Tod willkommen und gab nach, als ihre Schwester instinktiv in ihre Gedanken eindrang, um ihr Opfer beruhigend und sanft zu geleiten. Für einen Augenblick fühlte Sofia Melanies Bewusstsein so deutlich, wie ihr eigenes, konnte ihre Empfindungen und Gedanken sehen und fühlen, dann stürzte Melanies Geist in Dunkelheit. Melanies mentaler Schrei um Halt ließ Sofias Bewusstsein erneut nach ihr greifen. Sie konnte spüren, wie Melanie für Sekunden mit ihr verschmolz, fühlte ihre Schwester sterben, doch gleichzeitig Melanies Bewusstsein in ihrem, Melanies Stimme in ihrem Kopf. Melanies Blut in ihren Adern, Melanies Leben, Melanies Seele. Zum ersten Mal fühlte Sofia Melanies Zufriedenheit und begriff, wie sehr ihre Schwester vorher gelitten hatte. Schlagartig erkannte sie, was vorgefallen war. Begriff die unauslöschliche Liebe zwischen ihnen und empfand nur noch eine seltsame, vage Trauer, als sie Melanies toten Körper zusammen mit dem Messer in der Badewanne platzierte und warmes Wasser anstellte.

3

Sofia ging durch die verlassenen Straßen der Nacht, huschte von Schatten zu Schatten, während der Schein der Straßenlaternen Lichtkleckse bildete, die den Raureif auf den Straßen weiß schimmern ließen. Die zerbrechliche Schönheit der kleinen Wasserkristalle hatte sich durch die einsetzende Nachtkälte auf den feuchten Straßen und Gehwegen gebildet und kündete vom nahen Winter, dem Stillstand des Lebens.

Die junge Frau lächelte über diese Metapher, weil sie sich in der nächtlichen Stadt wie ein Geist vorkam. Sekunden später verharrte sie mitten in der Bewegung, da ihr der Gedanke, der schon seit Minuten in ihrem Gehirn herumspukte, endlich in ihr Bewusstsein wagte. Sie hatte keine Ahnung, wohin sie gehen sollte.

Unwillkürlich sondierte ihr Körper und ein Teil ihres neuen Wesens die Umgebung. Die Straße des verschlafenen Vorortes war menschenleer, die Fenster der freundlichen Einfamilienhäuser dunkel. Genauso dunkel wie der sternenleere Nachthimmel. Selbst die Geräusche der Autos auf der nahen Schnellstraße waren nur mehr eine leise Hintergrundmusik, die sich in die Klänge der Nacht einfügte und Sofias Ohren schmeichelte. Sie schloss die Augen und genoss für einen Augenblick das Gefühl der dunklen Harmonie, das Prickeln der kalten Luft auf ihrem Gesicht, bevor der Gedanke sich wieder anmeldete. Fordernd. Er zwang sie dazu, sich endlich mit dem auseinander zu setzen, was geschehen war. Spulte wie im Schnelldurchlauf alles ab: Unbewusst hatte sie den Weg eingeschlagen, den sie jeden Tag gegangen war. Die übliche Route von Melanies Wohnheim zu ihrem Zuhause.

Doch jetzt war sie reglos erstarrt, stand auf dem Kopfsteinpflaster und wartete vor der Toreinfahrt, in der sie gestern Abend in die Falle gegangen war. Wieder konnte sie die Berührungen des Fremden auf ihrem Körper spüren, seine fordernden Finger, wie sie Knopf um Knopf ihrer Bluse gelöst hatten, um dann an über ihren Busen nach unten zu wandern. Sofia trat einen Schritt zurück. Es half nichts. Sein Atem blies wieder in ihr Gesicht, sie spürte seine kühle Haut an ihrer und selbst die Erinnerung an die Welle der Leidenschaft brachte ihren Körper zum Zittern. Welche Macht hatte er über sie gehabt? Mit welchem Recht hatte er ihre wolllüsternen Schreie getrunken, mit denen sie ihn eingeladen hatte, sich zu nehmen, was ihm nicht zustand?

Kämpferisch ballte sie ihre Hände zu Fäusten und betrat entschlossen die Dunkelheit der Einfahrt. Nichts. Es war einfach nur die Toreinfahrt zwischen zwei Häusern. Es gab keinen Hinweis darauf, was hier geschehen war. – Oder ob es überhaupt hier geschehen war und nicht nur ihrer Phantasie entsprang.

Was hast du erwartet? Einen Hinweis auf einen Vampir? Ein wichtiges Indiz, welches dich direkt zu deinem Schöpfer bringt? Sofia schüttelte den Kopf, um die Gedanken zu vertreiben. – Und ihre Enttäuschung, die sie überraschte und schockierte.

»There's no …«, klang es laut durch die Dunkelheit. Die plötzlichen Worte ließen Sofia beinahe erschrocken in eine Mülltonne springen. »… time for us …«, schallte es unbeirrt weiter, bis Sofia endlich den Ursprung des Lärms in ihrer Tasche gefunden hatte. Verwirrt betrachtete sie die Anzeige ihres Handys »Who Wants to Live Forever«, mit der es sie gutgelaunt daran erinnern wollte, dass es in einem anderen Leben Zeit gewesen wäre, aufzustehen.

»Verdammtes Lied!«, murmelte Sofia und schaltete ihr Handy auf lautlos, während sie wieder aus der Einfahrt trat und ihren Weg fortsetzte. Der Himmel zeugte nicht davon, dass ihr Handy Recht hatte, aber schon bald würde die Sonne die Dunkelheit und den Reif vertreiben und nichts außer Schatten und Feuchtigkeit würde zurückbleiben.

Sofia konnte sich ein trauriges Kichern nicht verkneifen. Anders als ihre Schwester war sie nie eine Nachteule gewesen, war um diese Jahreszeit dankbar für jede Minute Tageslicht, für jeden Sonnenstrahl. Und das sollte nun alles vorbei sein? Für immer und ewig Vergangenheit? Dieser trübsinnige Gedanke warf neue Fragen auf: *Was nun? Wie willst du deinen Schöpfer finden? Wie dich rächen? Ihn töten? Und dann?* Für Sekunden dachte Sofia nach, doch dann übernahm ihre pragmatische Seite die Überhand und sie ordnete die Fragen nach ihrer Dringlichkeit: Immer ein Problem nach dem anderen. Und ganz oben stand: *Wo willst du schlafen?* Wenn die Mythen und Legenden über Vampire Recht hatten, würde direkte Sonneneinstrahlung sie vernichten. Wo also war sie vor der Sonne sicher?

Hatte der Vampir sie deswegen in die Gruft gebracht? Damit sie einen sicheren Zufluchtsort hatte? Ein eiskaltes, dunkles Zuhause. Sofia schüttelte den Kopf. Auf keinen Fall würde sie zurück auf den Friedhof gehen. Genau so gut konnte sie sich eine rote Serviette mit der Aufschrift »Blutbank« oder noch schlimmer und absolut doppeldeutig »Fickbar« umbinden. Außerdem hatte EINE Sargerfahrung ihr vollkommen gereicht.

Mit Nachdruck, um sich selbst aufzumuntern, wiederholte sie ihren Schwur: »Ich werde dich finden … und töten!«

Obwohl die Vampirin sich sicher war, dass der Vampir sie tatsächlich für Melanie gehalten hatte und sie sicher nicht in der Wohnung ihrer toten Schwester Sofia vermuten würde, horchte Sofia beim Eintreten aufmerksam auf Geräusche.

Erst, als sie sich völlig sicher war, dass kein Vampir auf sie lauerte, zog sie die Vorhänge vor den Fenstern zu und betrachtete das Ergebnis. War sie durch ihre luftig-hellen Vorhänge genügend geschützt? Für Sekunden spielte sie mit dem Gedanken, in den Keller zu gehen. Aber der Gedanke an die modrige, spinnenbewohnte Dunkelheit gefiel ihr ebenso wenig wie die Idee, durch einen dummen Zufall von einem Nachbarn gefunden zu werden.

Die Erinnerung an Melanies Geschmack überfiel Sofia ohne Vorwarnung: Metallisch und genauso, wie sie Blut aus ihrer Kindheit in Erinnerung hatte. Aus einer Zeit, in der man kaum soziale Hemmungen hatte und seine frischen Wunden noch ableckte.

Doch es war nicht einfach Blut gewesen, es war mehr, viel mehr. Ein Tabu, sympathetische Magie, die sie – *einen Vampir* – am Leben erhielt. Der Kloß in ihrem Hals ließ Sofia würgen. Sie zwang sich, sich wieder den vornehmlichstem Problem zu widmen: Würde sie überhaupt wie tot schlafen? Frustriert setzte sich auf ihr Bett. *Sauerei! Endlich habe ich eine Wohnung mit einem Garten und einem herrlichen, großen Balkon zur Südseite und jetzt das!*

Missmutig starrte sie in den Spiegel, bis ihr auffiel, was sie an ihrem Anblick störte: Keine Ohrringe. Sofia nahm das Paar zur Hand, das gerade auf ihrer Nachtkonsole lag. Und ließ es augenblicklich fallen. Und starrte auf ihre verbrannte Haut. Silber! Erst dann fiel ihr auf, was sie wirklich gestört hatte. *Vampire haben gar kein Spiegelbild, oder?*Nachdenklich trat sie an den Spiegel und öffnete ihren Mund. Nichts. Keine langen Eckzähne, kein spitzes Gebiss, nur normale, menschliche Zähne. Doch sie hatte die langen Zähne gehabt! *Wo sind sie jetzt?*

Sie konzentrierte sich auf den Gedanken an Blut, weil sie es einfach nicht über sich brachte, mit ihren normalen, menschlichen Zähnen auf ihre Unterlippe zu beißen, bis sie blutete. Aber das war auch gar nicht notwendig. »Verflucht …«, zischte sie, als ein kurzer, intensiver Schmerz durch ihren Kiefer zog. »Ssscheiße tut das weh!«

Entgeistert starrte Sofia ihr Spiegelbild an und der Gedanke an Blut überfiel sie abermals mit einer Vehemenz, die sie schaudern ließ. Deutlich schmeckte sie wieder das Blut ihrer Schwester in ihrem Mund, seine Konsistenz, während sie trank, spürte, wie das Leben aus Melanie in ihren Körper floss, das kurze Verschmelzen ihrer Gedanken und Seelen, während Melanie starb und sie weiterlebte. Sie hatte keinen Herzschlag gehabt. In diesem Moment nicht. Sofia erinnerte sich an ihr Erlebnis auf der Straße. Auch dort war sie tot gewesen. Sofia schloss die Augen und konzentrierte sich. Schlag – Schlag – Schlag – – – Kein Herzschlag mehr. Trotzdem öffnete sie die Augen. *Großartig!* »Wahrscheinlich bin ich einfach nur zu dumm, um tot zu bleiben!«, murmelte sie, doch selbst ihr Zynismus konnte sie nicht aufheitern.

Zu bald schon würde der Anruf kommen, dass ihre Schwester tot war: Ein Selbstmord in der Badewanne. Sie würde – musste! – wach sein für diesen Anruf. Soviel schuldete sie ihrer Schwester! Sofia kämpfte ihr schlechtes Gewissen nieder. Der Tod war Melanies Wunsch gewesen, sie hatte es so gewollt. Schicksalsergeben nahm sie den Telefonhörer von der Station, zog die Tagesdecke auf der Fensterseite bis zum Boden und legte sich mit ihm in die nahezu vollkommene Dunkelheit unter ihrem Bett. *Tot aber nicht lebensmüde!*

Sofia starrte in die Finsternis und versuchte krampfhaft an etwas anderes zu denken, als an die Nacht mit dem Vampir oder an Melanies letzte Augenblicke, an den Geschmack des Blutes in ihrem Mund. Schließlich konnte sie nur noch mühsam ein Gähnen unterdrücken. Wurde sie müde, weil der Tag anbrach, oder weil sie schon lange wach war? Immerhin war sie gestorben, aus einem Sarg ausgebrochen, hatte ihre Schwester getötet und einige Vampir-Experimente angestellt. Nichts davon hatte gestern Abend auf ihrer To-Do-Liste gestanden.

Der erste Sonnenstrahl beantwortete Sofias Frage. Als er in ihr Zimmer fiel, konnte sie ihn durch die Dunkelheit hindurch spüren. Bleierne Müdigkeit überfiel die Vampirin und sie schloss ihre Augen. Der Gedanke an Melanie ließ sie sie wieder öffnen. Was war mit der Beerdigung? Sie konnte unmöglich zulassen, dass nur Melanies Betreuer da waren!

Sofia streckte ihre rechte Hand Richtung Bettdecke, überlegte es sich aber anders. Sicherheitshalber konzentrierte sie sich auf ihr Herz: Schlag – Schlag – Schlag, sie konnte unmöglich tot sein und unmöglich verbrennen. Trotzdem dachte sie darüber nach, welchen Teil ihres Körpers sie für den Rest der Ewigkeit am ehesten entbehren konnte – nur für den Fall, dass es schief ging. *Dinge, die ich nicht wissen wollte, aber gezwungen war zu erfahren,* dachte sie, murmelte ein Stoßgebet gen Himmel und streckte langsam den abgespreizten kleinen Finger der linken Hand in die Sonne. Nichts geschah. Erleichterung durchflutete Sofia und sie robbte rücklings aus ihrem dunklen Versteck, hielt sich aber außerhalb der Sonneneinstrahlung. *Wenn ich jetzt doch zu Staub zerfalle, werde ich aber echt sauer!,* dachte sie und betrat das Sonnenlicht. Die Müdigkeit war schlagartig und lähmend. Es gelang ihr nur noch, sich Richtung Bett zu drehen, bevor sie einschlief.

4

Edward näherte sich dem Gebäude und versuchte seine innere Stimme zu ignorieren. Selten genug kam es vor, dass er trotz seiner zweitausend Jahre sein Gewissen bemerkte. Und gerade ein schlechtes konnte er sich nicht erlauben. Nicht hier und nicht jetzt.

Der Vampir betrat den steinernen Moloch und dachte wieder daran, wie sehr er das Gebäude verabscheute. Von außen sah es aus wie ein zeitloses Herrenhaus, grau und unwirtlich und von Innen war es nicht anders. Es war zu groß, zu leer und zu kalt. Die Königin hatte sich nie die Mühe gemacht, diesen Ort zu einer modernen Heimat werden zu lassen, es gab keine Technik, keine Elektrizität, nicht einmal Toiletten – wozu auch, wenn niemand der Bewohner mehr menschliche Bedürfnisse hatte?

Trotzdem brodelte der Palast vor Leben. *Vor Tot*, korrigierte sich Edward. Er konnte die anderen spüren und verachtete sie, weil sie ihr After-Life liebten. Nein, er war keiner dieser Vampire, die dauernd lamentierten, aber er war auch niemand, der sein komplettes Leben geändert hatte. Er hatte immer noch dieselben Prioritäten und war stolz darauf. Jederzeit konnte er als Mensch durchgehen. Die meisten anderen Vampire waren Ignoranten, die nichts von der Zeit wusste, in der sie lebten, nichts von den Menschen und nichts von den Vampiren. Sie wussten nicht einmal, wer Edward war oder welches Amt er bekleidete. – Und sie würden ihn erst erkennen, wenn es für sie zu spät war. – Solange ignorierte Edward sie.

»Halt!«, die Stimme hinter ihm klang überheblich und schlecht gelaunt. Edward machte sie nicht einmal die Mühe, sich umzudrehen.

»Halt, habe ich gesagt!« Der Besitzer der Stimme bewegte sich so schnell es ihm seine vampirischen Fähigkeiten erlaubten – Edward sah ihn trotzdem – und versperrte ihm den Weg. »Wohin so eilig?«

Edward musterte den jungen Vampir. In den letzten zehn Jahren schien es einiges an Zuwachs gegeben zu haben, er kannte nicht einmal den Schöpfer seines Gegenübers. Doch der Jungspund hatte sich vor ihm aufgebaut und musterte ihn.

»Du bist nicht von hier, oder?« Die ersten Zweifel schienen in dem Frischling aufzukeimen, denn sein Blick wanderte hilfesuchend an Edward vorüber. Doch Edward wusste, dass niemand hinter ihm stand.

»Du hast mir Antwort zu geben, Neuling!«, behauptete der Vampir, der wohl in seinen späten Vierzigern das Zeitliche gesegnet hatte. Edward schenkte ihm ein müdes Lächeln. Selbst die meisten Menschen hatten mehr Verstand als dieser Vampir und hielten Abstand zu Edward.

Mühelos drang er in den Geist des jungen Vampirs ein benutzte ihn. »627 Tage, Jon! Kein gutes Alter, um mich herauszufordern!« Edward schob sein Gegenüber einfach zur Seite, als bedeute er nichts. Bevor der andere begriffen hatte, was geschehen war, war der Magistrat der Königin bereits um die Ecke verschwunden.

Hier traf ihn die Anwesenheit eines Sterblichen in den Gemächern der Königin. Der jugendlich-frischer Geruch des Mannes lag in der Luft, wabberte in Schwaden von Blutversprechungen, Sex und Körpersäften durch den Flur und war beinahe sichtbar.

Ekel stieg in Edward auf und obwohl er wusste – hören konnte – was hinter den Türen des Königinnengemach vor sich ging, wünschte er sich, dass dieser Kelch an ihm vorüberginge.

Joel blickte auf, als Edward um die letzte Ecke bog. Er hatte den Magistraten gehört, seit er das Gebäude betreten hatte. Wie immer gab sich Edward keine Mühe vampirisch leise zu sein oder seine Macht zu demonstrieren. Er war einzig der Hexe verpflichtet – und das auch nur aus einem Grund. Der ihn auch heute hierher befahl.

Joel nickte und es schmeichelte ihm, dass sich Edwards Gesichtsausdruck entspannte und das wilde, ungezähmte Funkeln in seinen braunen Augen kurze Freude widerspiegelte.

Edward musterte Joel. Wie immer war er ganz in schwarz gekleidet. Er hatte Joel nie in einer anderen Farbe gesehen und würde es wohl auch nie, denn Schwarz war die Farbe der Schatten. Joel als ihr Anführer spiegelt den Dunklen Aspekt der Königin auf jeder Ebene wider. Alles an ihm war dunkel, seine Haare, seine Augen und sein Charakter. Für ein Wesen wie ihn war Schwarz erst erfunden worden. Selbst das Lächeln, mit dem er Edward gegrüßt hatte, schien finsterer zu sein als ein normales Lächeln.

»Gut siehst du aus!«, meinte Edward.

Joel deutete eine spielerische Verbeugung an. »Von dir ist das Feststellen dieser Tatsache ein Höchstmaß an Freundlichkeit!«

Die beiden Männer musterten sich und das Schweigen wurde prüfend.

»Was machen die Schatten?«, erkundigte sich Edward schließlich und begab sich auf ungefährliches Territorium.

»Das Übliche!«, entgegnete Joel und zuckte mit den Schultern. Erst durch diese einfache Geste konnte man erkennen, wie lang seine Haare waren, denn für einen kurzen Moment brachte sie das Licht zum Funkeln. Doch dann war der Eindruck verflogen und Joel wirkte wieder wie die leibhaftige Finsternis, ohne einen Funken Licht und ohne Lebensfreude.

Seit zweihundert Jahren entgegnete Joel auf Edwards Frage dasselbe. Seid die Königin in einer einzigen Nacht all ihre Gegner von ihrer dunklen Leibwache hatte beseitigen lassen. Joel war einer der drei Männer die wussten, dass keiner der Rebellen die Nacht überlebt hatte.

»Kann ich dir immer noch meinen Rücken anvertrauen?«, fragte Edward und in seiner Frage schwang dieselbe Frage mit, die er seit Jahrhunderten stellte.

»Kann ich dir immer noch meinen anvertrauen?«, antwortete Joel dem gemeinsamen Ritus entsprechend. Wieder musterten sich die beiden mit einer Mischung aus Respekt, Kalkül und Nachdenklichkeit, bevor Edward nickte.

»Ich werde dir immer meinen Rücken anvertrauen.«

Überraschte sah Joel sein Gegenüber an und verpasste beinahe die Chance sich ihm in den Weg zu stellen, als Edward die Tür zum Raum der Königin öffnen wollte.

»Entschuldigung!«, bat Joel und deutete auf eine imaginäre Armbanduhr. Edward nickte, er war zu früh.

»Gibt es sonst etwas Neues?«, erkundigte sich der Magistrat bei Joel, um zumindest dem Mindestmaß an Höflichkeit zu entsprechen.

»Nichts, was wichtig wäre, mein Freund!«, entgegnete Joel. »Und bei dir?«

Edward schüttelte stumm den Kopf. *Welch tragisches Schicksal: Jahrhunderte alt und seit Jahrhunderten nichts Neues zu erzählen.* Wäre es nicht sein eigenes, depremierendes Leben, hätte er gelacht.

»Falls du nicht auf der Suche nach einer Frau bist, kann ich dir nichts Neues erzählen!«

Edward starrte sein Gegenüber ungläubig an und unwillkürlich wanderte sein Blick zu Joels Kette. Die tropfenförmigen Perlenanhänger schimmerten weiß und jungfräulich rein. Verwirrt sah er Joel an.

»Nicht ich, Xylos!«

»Ah, Xylos!« Edward gab sich keine Mühe, die Abscheu aus seiner Stimme zu verbannen.

»Er hat mir vorhin ein Schmuckstück angeboten.«

»Und du hast abgelehnt?« Edward hätte mit nichts anderem gerechnet. Eine Frau, die zuvor durch Xylos Händen gegangen war, war praktisch wertlos. Nicht unbedingt körperlich, aber auf jeden Falle geistig.

»Natürlich. Wer will eine Sklavin?!« Joel machte eine Frage aus seiner Antwort.

Edward wusste nur zu gut, dass Joel niemandem traute und keinen Sinn in körperlichen Freuden sah, die auf Lügen basierten. Keine der Frauen, mit denen Joel das Bett geteilt hatte, hatte ihm etwas bedeutet. Nicht einmal genug, um sie als Sklavin zu halten. Er war neben Edward der einzige Vampir, dessen Frauenkette stets leer war und es wahrscheinlich auf Ewig bleiben würde.

»Jeder außer uns, mein Freund, jeder außer uns!« Edward war erstaunt darüber, wie bitter sein Lachen klang, mit dem er sich auf gefährliches Gesprächsgebiet wagte.

»Du glaubst nicht an die Liebe, oder?«, erkundigte sich Joel.

»Nein, du doch auch nicht.«

»Ich hoffe, mein Freund, ich hoffe …«

Hoffnung, ein schönes Wort für etwas, was ein Traum ist, den Narren einem versprechen!

»Nach zweitausend Jahren hört man damit auf!«, versprach Edward und ignorierte den düsteren Blick, den einer seiner wenigen Freunde ihm zuwarf.

»Selbst die Königin hofft!«, meinte Joel und Edward schauderte beim Klang der Worte. Sicher, dass Joel etwas anderes meinte, als Edward hineininterpretierte und vor seinem geistigen Auge sah: Die Szene, die sich hinter der Tür abspielte.

»Wenn das Hoffnung ist, mein Freund möchte ich in diesem Leben lieber nie hoffen oder Jemandes Hoffnung sein«, lachte Edward. Es klang wie die Geräusche eines zufallenden Sargdeckels.

»Oh, ich weiß nicht, ich habe die Hoffnung auf wirklich guten Sex noch nicht aufgegeben!«, kam eine Stimme von der Tür, die sich nahezu geräuschlos geöffnet hatte. Beim Klang der Stimme verschlechterte sich Edwards Laune schlagartig.

»Hoffnung und Betrug, Sex und Liebe sind aber verschiedene Dinge!«, stellte Edward klar.

Xylos schnaubte höhnisch. »Sophistik für Anfänger von Mr. Gefühlskalt.«

Edward drehte sich zu Xylos um. Er war der einzige Vampir, der in einem Raum mit der Königin sein und dabei selbstzufrieden wirken konnte. – Der einzige, dem Maeves Spiele gefielen.

Kurz glitt Edwards Aufmerksamkeit über ihn, nahm die wie immer vollständig gefüllte Kette wahr, die Portraits der Frauen, die für jeden gut sichtbar auf seinem nackten Oberkörper prangten. Xylos hatte keine besonderen Präferenzen. Nie. Wenn ihm eine Frau gefiel, war sie sein. – Solange, bis ihm eine Neue gefiel.

»Oh, willst du eine von ihnen kaufen?«, lachte Xylos, dem Edwards Aufmerksamkeit nicht entgangen war. »Ich will mich gerade von diesem Schmuckstück trennen.« Er deutete herablassend auf eine Schönheit mit aristokratischen Gesichtszügen und tiefgründigen braunen Augen. Ihre Haut war makellos und nougatfarben, ebenso wie ihre Haare.

Edward hob eine Augenbraue. Es sah Xylos ähnlich, selbst aus seinen abgelegten Liebschaften Profit zu schlagen. Als hätten die Frauen nicht bereits genug gezahlt. – Meistens hatten sie das sogar wortwörtlich, wenn man den Gerüchten um Xylos neuesten Job Glauben schenken konnte.

»Seit ich arbeite, ist die Auswahl noch besser und exquisiter geworden«, erklärte Xylos und ließ in einem Jahrelang perfektioniertem Grinsen seine makellosen weißen Zähne hinter seinen sinnlichen Lippen aufblitzen. »Und ich werde sogar dafür bezahlt.« Er lachte, als amüsiere ihn die Dummheit der Frauen, die sich ihm anboten.

»Wenn der Preis stimmt, kannst du auch jede andere der Schönheiten erwerben«, pries Xylos seine Sklavinnen an und hob die Kette etwas an, um Edward einen besseren Blick auf die Frauen zu gestatten, die er gesammelt und in das magische Schmuckstück gesperrt hatte.

»Danke, kein Interesse!« Edward blieb höflich. Xylos war der Liebling der Königin und Ab-und-zu-Geliebter der Hexe. Edward traute ihm nicht einmal so weit, wie er seine Asche würde werfen können.

»Hätte mich auch gewundert!«, schnaubte Xylos und sah zu Joel. »Du immer noch nicht, oder?«

Joel schüttelte den Kopf und wieder bewegten sich seine Haare. *Joel der Dunkle mit seiner Hoffnung und Xylos der Helle mit der finsteren Seele.* Edward unterdrückte eine abfällige Bemerkung.

Gleichgültig mit den Schultern zuckend verschwand Xylos wieder in den Gemächern der Königin. Da er die Tür offen gelassen hatte, folgte Edward der Einladung, bevor Joel wieder seinen Wachposten einnahm.

Seine Miene blieb unbewegt, als er den Raum betrat. – Nicht nur, weil Xylos seine Reaktion beobachtete. Die Gerüche und Geräusche hatten ihn darauf vorbereitet, was er sehen würde.

Zwar war es lange her, seit er das letzte Mal die Gunst genossen hatte, die Königin bei einem intimen Akt zu sehen, doch manche Dinge brannten sich ins Gedächtnis ein.

Der Sterbliche thronte über Maeve. Nackt in der Kälte des kahlen Raumes, seine Knie und Unterschenkel vom Boden aufgeraut und blutig. Aber er ignorierte alles, außer der sich windenden Königin unter ihm.

Edward wusste, was der Junge sah. Eine fleischgewordene Göttin, die ihren weißen Alabasterleib unter seinem wandte, die seinen Penis mit ihrer Enge umschloss und ihn immer wieder in sich empfing und deren verlockende Seufzer wie Musik klangen.

Maeves Augen waren genießerisch geschlossen, doch die Königin empfing jeden der pumpenden Stöße des jungen Mannes mit einer Hingabe, die Edward überraschte und die beinahe ehrlich erschien.

Doch der junge Mann sah aus wie alle jungen Männer, die die Königin erwählte, um Körper und Lust zu ihrem Recht zu verhelfen. Eine Serienkillerin mit einem bestimmten Opfertypus: Makellose Jünglinge kurz davor, erwachsen zu werden, bei ihrem ersten Erlebnis mit einer Frau. Die goldenen Haare und seine gebräunte Haut ließ den Mann fast aussehen, wie Xylos.

Beinahe hätte Edward laut gelacht, als ihm zum ersten Mal die Ähnlichkeit zwischen den sterblichen Opfern und dem Frauenhändler auffiel. Wahrscheinlich war das einer der Gründe, warum die Königin ausgerechnet Xylos bevorzugte.

Ein lautes Stöhnen lenkte Edwards Aufmerksamkeit zurück auf den jungen Mann. Wahrscheinlich wähnte er sich im Paradies. Erwählt von einer Göttin, die ihm Unsterblichkeit versprach und den Himmel auf Erden. Maeves rote Haare, die ihr bis zu den Hüften fielen, glitzerten wie geronnenes Blut auf der gebräunten Haut des Sterblichen, als sie die Stellung wechselte und sich auf ihn rollte.

Widerwillig musste Edward gestehen, dass der Anblick erotisch war, gab sich aber Mühe, sein Gesicht emotionslos zu halten.

Mit einem Keuchen nahm Maeve den Jungen tief in sich auf, bewegte sich im vollkommenen Einklang mit ihm. Edward konnte sehen, dass sie noch nicht gespeist hatte und ihr Leib weiß war. Doch ihre Wangen hatten sich vor Lust verfärbt und ließen ihre makellose Haut strahlen, während sie auf ihren Höhepunkt zuritt. Ihre sanft gerundeten Brüste wippten im Takt, während ihre rosigen Brustwarzen wie kleine Nippel keck nach oben standen und der Schwerkraft trotzten, als sie ihr Tempo erhöhte.

Der Junge versuchte die Kontrolle über ihren wilden Ritt zurückzuerlangen und Maeves Hüften mit seinen Händen ruhiger zu halten, doch die Königin schob sie weg. Sie ignorierte sein leises Stöhnen, als sie zu feste zugriff, um ihre Befriedigung auszukosten. Erleichtert sank sie nach vorne.

Das Geräusch reißender Haut übertöne in Edwards Ohren selbst den überraschten Schmerzensschrei des Jungen. Maeve rollte von ihm und blieb zitternd auf allen Vieren neben ihm knien. Sie schien jeden Moment seinen rhythmischen Ausblutens zu genießen, den Schmerz und das Begreifen in den Augen des Jünglings, der vor Sekunden noch sein ganzes Leben vor sich gehabt hatte und sah zu, wie sich das Blut auf dem Boden ergoss, einen Fleck bildete der rasch anwuchs und schließlich ihre Hand erreichte.

Das Geräusch, welches die Königin von sich gab, als seine Augen endlich brachen, schwang zwischen Triumph und Wahnsinn, bevor sie lachend auf dem Boden zusammensank und wie ein wildes Tier leckend und genießend in dem Blut suhlte. Schließlich stoppten ihre abgehackten Bewegungen und sie verharrte regungslos. Ihre Persönlichkeit schien zurückzukehren, sich um sie zu sammeln, bis sie sich erinnerte. Langsam schien Wissen in ihren Augen zurückzukehren und den Wahnsinn zu vertreiben.

Immer noch leicht benommen, trunken von dem Blut und dem berauschenden Sex, stand Maeve auf. Das Blut auf ihrer ansonsten makellosen Haut unterstrich die Weiße und betonte ihren Alabasterleib ebenso wie ihre Haare, die nahezu in einem identischen Farbton funkelten. Erst das Blut des Jungen schien sie zu vervollkommnen. Die heidnische Göttin der Todeslust.

Schon früh war den Menschen klar gewesen, dass Geburt und Tod, Lust und Vernichtung Hand in Hand gingen. Ob Maeve so alt war wie die Legenden und Sagen um die großen Göttinnen der Liebe und des Todes vermochte Edward nicht zu schätzen, wusste aber, dass die Vampirkönigin ihnen in nichts nachstand.

Mit einer Bewegung ihrer Hand scheuchte die Königin Xylos dazu, die Leiche wegzuschaffen. Achtlos warf sich der Vampir die leere Hülle des Sterblichen über die Schulter, beachtete nicht, wie ähnliche der Tote ihm sah: Der eine tot, der andere ein Gott unter den Frauen. Anmutig trotz seiner Last verließ Xylos unter den Blicken der Königin den Raum. Erst dann wandte sich Maeve ihrem Gast zu.

»Du schon wieder?!« Sie maß Edward von oben bis unten, bevor sie eine ihrer perfekten, rötlichen Augenbrauen hob. »Sind die 10 Jahre schon wieder um?«

Sie schlenderte betont gelangweilt um ihn herum und Edward widerstand dem Drang der Königin mit dem Blick zu folgen. Ihre tänzelnden Schritte hatten schon viele Unsterbliche um den Verstand gebracht, ebenso der Schwung ihrer Hüfte, die Betonung ihres weiblichen Pos und ihre Leidenschaft.

Doch er roch den Sterblichen an ihr, aus jeder Pore ihres Körpers strömten sein Duft, seine Lust, seine Liebe und sein Tod. *Erbärmlich!* Er bedurfte keiner weiteren Erinnerung an den Einsatz in diesem Spiel.

»Die zehn Jahre sind in der Tat um!« entgegnete er und ließ sie durch seine Betonung und seinen Blick wissen, dass der Ablauf der Frist der einzige Grund war, warum er sie aufsuchte.

»Die Umwandlung?«

»Bereits geschehen.«

»Ahhh!« Ihre kleine rosige Zunge befeuchtete anmutig langsam ihre Lippen, die einladend glänzten. Eine sinnliche Geste, die an ihn verschwendet war. Trotzdem lachte sie leise, als könne sie seinen Widerwillen spüren. Sie liebte es zu spielen – und dieses Spiel besonders.

Darin stand sie ihrer Schwester in nichts nach.

»Hat meine Schwester die Sterbliche kontrolliert?«, erkundigte sie sich und nur jemand, der sie so lange kannte wie Edward, konnte erkennen, dass die Königin besorgt war. – Wie alle zehn Jahre für kurze Zeit.

»Sie ist dabei gewesen«, bestätigte Edward mit einem gleichmütigen Nicken.

»Ja!«, bestätigte auch die Stimme Mornas. Edward gab sich Mühe, seine Überraschung nicht zu zeigen. Die wenigsten Unsterblichen konnten ihn überraschen. Dass es der Hexe trotz seiner Wachsamkeit gelungen war, erstaunte ihn.

Morna kicherte leise. Objektiv ein vergnügtes, auf vielen Ebenen erfreutes Geräusch. Oder eine Herausforderung. Edward widerstand nur mühsam dem spontanen Drang, ihr den Hals umzudrehen.

»Ach Edward, mein schöner, verärgerter Liebling!«, gurrte die Hexe beim Näherkommen. »Du bist immer noch böse auf mich?« Sie machte eine Frage aus ihrer Feststellung und warf ihre langen, roten Haare nach hinten. Sie waren ebenso seidig, wie die ihrer Zwillingsschwester. Ihre hohen Wangenknochen und die leicht schräg stehenden, grünen Augen betonten ein herzförmiges, makelloses Gesicht und ließen Morna jung und unschuldig aussehen.

»Dabei könntest du alles haben!«, flüsterte sie, als verrate sie ihm ein verbotenes Geheimnis. »Immer noch, Edward… Immer noch …« Sie ließ ihre Stimme effektvoll verklingen und schenkte ihm ein verlockendes Lächeln, das mehr als den Himmel versprach.

Stumm verfluchte Edward den Tag, an dem ihre Aufmerksamkeit auf ihn gefallen war. An dem letzten Tag, an dem er noch Hoffnung gehabt hatte.

Als Morna ihre Hand ausstreckte, um ihn zu berühren, bewegte er sich schnell. Nicht schnell genug, denn mit einer spielerischen Bewegung strich sie seinen bloßen Unterarm entlang und hatte ihre Finger in Sicherheit gebracht, bevor er sie wegschlagen konnte. Dieses Mal klang ihr Lachen hochmütig und triumphierend.

»Ach, Edward! Es ist immer wieder eine Freude, dich bei mir zu haben!«, behauptete sie. »Du bist immer noch ebenso schön wie früher, wenn du wütend bist. Weißt du noch damals…?« Ihr Lachen entblößte ihre ebenmäßigen Zähne. Die Zähne einer unsterblichen Sterblichen.

»Ich bin nicht wütend. Ich empfinde Ekel!« Edward zwang ein Lächeln auf sein Gesicht. »Genau, wie damals …«

Das Lachen auf Mornas Gesicht erlosch schlagartig, machte für Sekunden wütendem Hass Platz, um sich in Überheblichkeit zu verwandeln. »Lügner!«, behauptete die Hexe.

Edward erwiderte ihren Blick ungerührt und wünschte sich, sie so verletzen zu können, wie sie es bei ihm getan hatte – und immer noch tat. Sie mochte eine Schönheit sein mit dem Gesicht und dem Körper eines Engels, doch ihre Seele war die eines Dämons aus der untersten Hölle.

Und vielleicht hast du sie dazu gemacht, kamen ihm die Worte des Magnus wieder in den Sinn und er war der erste, der den Blick Richtung Tür abwandte.

Gerade, als Xylos den Raum wieder betrat. Er war so schnell gewesen, dass Edward annahm, er habe einen anderen Vampir mit der Entsorgung der Leiche betraut. – Xylos hatte noch nie einen Hehl aus seiner besonderen Stellung gemacht.

Morna trat mit drei langen Schritten an Xylos heran und schmiegte sich in seine Arme, während ihr Blick weiterhin herausfordernd auf Edward ruhte. Xylos kommentierte ihre Geste mit einem sinnlichen Lächeln, obwohl er wusste, dass Edward der Favorit der Hexe war.

»Man sollte meinen, nach all den Jahrhunderten hättest du gelernt, dass deine Tricks bei mir nicht funktionieren«, murmelte Edward. Unbändiger Hass tobte in ihm, während er gezwungen war, freundlich zu sein und Morna nur mit Worten zu verletzen.

Ihr Lächeln wurde großzügig. »Oh, ich finde, sie funktionieren immer hervorragend.« Mit einem langen Schlecken über seine Halsschlagader gab sie Xylos frei und schlenderte in einem Sinnbild der Verführung auf Edward zu. Äußerlich blieb er weiter gelassen, verfluchte innerlich aber den Tag, an dem er sie zu spät abgelehnt hatte.

»Die Sterbliche, so jung und doch so Lebensüberdrüssig!«, lachte Morna »Ich habe sogar Melanie Sawyers Krankenakte gelesen!«, gab sie bei ihrer Umrundung Edwards preis, bevor sie vor ihm stehen blieb. »Hast du sie gelesen, Geliebter?« Sie lächelte zu ihm hoch. »Du hättest sie sicher nicht ausgesucht, wenn du das gewusst hättest!«, behauptete sie und hauchte ihm einen Kuss gegen die Lippen.

»Weißt du, wie oft sie es bereits versucht hat? Armes kleines Mädchen!«, keck grinsend trat sie zurück.

»Naja, in spätestens zehn Jahren werden wir es ihr abnehmen, nicht wahr?« Morna richtete ihre Frage an Xylos, der nickte.

»Gut abgerichteter Vampir, sehr brav!«, kommentierte Edward und fing sich einen spöttischen Blick von Morna und Maeve ein. Xylos Blick hingegen versprach Revanche und beunruhigte Edward gegen seinen Willen.

»Bis dahin ist sie mein!«, stellte Edward deswegen klar.

»Jaja!« bestätigte die Hexe scheinbar abgelenkt. Sie fuhr mit der Hand über

Xylos nackten Oberkörper und schien die Textur seiner Haut zu genießen. »Aber sie war ganz ansehnlich …«, murmelte Morna.

»Wie ansehnlich?«, erkundigte sich Xylos rachsüchtig.

»Sehr!« Die Hexe lächelte ihn an und warf einen schnellen Blick in Edwards Richtung. »Ich wollte, dass er sie fickt!« Ihre Hände wanderten nach unten. »Du hättest sehen sollen, wie er sie manipuliert hat!« Langsam glitten ihre Finger unter den Saum der Jeanshose und wanderten mehr Richtung Leibesmitte. »Dafür, dass unser Freund seit er Vampir ist einen Widerwillen gegen Sex entwickelt hat, hat er sich wirklich abscheulich viel Zeit mit der kleinen Maus gelassen.«

Mornas Finger öffneten langsam einen Knopf nach dem anderen. Die Wölbung in Xylos Hose zeigte, wie sehr ihm dieses Spielchen vor Edwards Augen anmachte. Maeve starrte die beiden wie gebannt an. Seit Xylos zurückgekehrt war, hatte er ihre volle Aufmerksamkeit.

»Und dafür, dass sie in der nassen Gosse kniete, schien es ihr ebenfalls zu gefallen.« Die Hexe streifte langsam Xylos Jeans nach unten, bis zu seinen Knöchel.

Die Königin schüttelte den Kopf und es gelang ihr, wieder einen klaren Kopf zu bekommen. »Das war nicht abgesprochen!«

Morna zog eine Schnute, die bei jeder anderen weiblichen Person niedlich gewirkt hätte. »Ich wollte nur sicher gehen, dass er es nicht verlernt!«, behauptete sie. »Außerdem war schon sein Widerwillen und sein Anblick den Aufwand wehrt!«

»Auch, dass du dadurch die Wut seiner Auserwählten auf ihn geschürt hast?«

Edward war erstaunt darüber, wie logisch Maeve denken konnte, wenn sie für eine Weile ihren Wahnsinn ablegte.

»Sie ist nur eine kleine unbedeutende Spielfigur«, stellte Morna klar. »Den Fluch zu brechen hat nie geklappt und wird nie klappen!«

5

Sofia schreckte aus ihrem Traum auf. Ihr Herz raste, obwohl es eindeutig still stand und auch der kalte Schweiß auf ihrer Stirn war nicht echt, sondern entsprang allein ihrer Phantasie. Angespannt versuchte sie sich jede Einzelheit zurückzurufen, doch es klappte nicht. Jedes Mal wenn Sofia sich konzentrierte, fühlte sie sich, als falle sie in ein tiefes schwarzes Loch. Sie schloss die Augen und versuchte sich in den Traum zurück zu zwingen. Sie hockte auf allen Vieren auf dem nassen Asphalt und bewegte sich nicht, obwohl ihre Jacke und die Bluse hoch gerutscht waren und ihren unteren Rücken und ihren Bauch entblößten. Ihre Kapuze bedeckte ihre Haare, ihr Gesicht war dem Boden zugewandt und wie betäubte wartete sie mit starren Augen auf ihr Schicksal.

Selbst wenn Sofia nicht begriffen hätte, dass sie es war, die dort auf der nassen Straße wartete, hätte sie Mitleid gehabt. Sie fühlte sich hilflos, ausgeliefert und entblößte bei dem Rückblick auf die Nacht, die sie zum Vampir gemacht hatte.

»Nimm sie dir!«, verlangte eine weibliche Stimme. Sie klang gefährlich und irgendwie unberechenbar. Der Besitzer einer solchen Stimme brachte jemanden um und lud dieselbe Person eine Minute später zum Geburtstag ein. »Lass sie wissen, was du tust – und wie! Fick sie!«

»Nein!« Es war die Stimme eines Mannes. Trotz seiner Verneinung konnte sie hören, wie er auf sie zukam. Und das Rascheln der Kleidung, welches bezeugte, dass er entgegen seines Wort der weiblichen Stimme gehorchte. Sofia konnte ihr eigenes Gesicht sehen. Reglos und unbeteiligt.

Ihr eigener Wutschrei riss sie aus dem Traum. Der Vampir hatte sie benutzt wie ein Stück Fleisch. *Wie Vieh!*

Selbst der leidenschaftliche Sex gegen ihren Willen wäre besser gewesen. Sie schnellte zurück in ihre Erinnerung, in ihren Körper mit dem sie den verführerischen, gesichtslosen Fremden aktiv und leidenschaftlich empfangen hatte.

Doch die Wahrheit war noch schrecklicher als die Erinnerung: Sie hatte nicht einmal etwas dabei empfunden, nichts, gar nichts. Und er auch nicht.

Sie krümmte sich zusammen und umschlang ihre Unterschenkel, um einen schützenden Kokon um sich zu bilden. *Warum? War es ein Spiel, genau wie die Inschrift? Ein Wettkampf?* Sofia spürte Tränen ihre Wangen hinab laufen und weinte sich zurück in den Schlaf.

6

Edward lauschte den Worten der Hexe Morna, wie sie die Verführung der hilflosen Sterblichen so beschrieb, wie Morna es wahrgenommen hatte. Währenddessen erstarrten sein Gesicht und sein Körper langsam zu einer Maske hilfloser, heißkalter Wut. Obwohl es nur eine Täuschung gewesen war, brachten ihn Mornas ausführlichen Details um den Verstand. Zum Glück hatte das vor Rachsucht geifernde Miststück ihn ob ihres scheinbaren Triumphes nicht durchschaut! Ihn nicht und die perfekte Illusion nicht. Für sie war die Sterbliche in der Nacht in der Gasse kniend gefickt worden. Ein Stück Vieh, wehrlos und ausgeliefert und trotzdem vor Wonne schreiend.

Der Sterblichen hatte er wilden, hemmungslosen Sex suggeriert, ihre Erinnerungen so sehr manipuliert, wie er sich traute, ohne seinen Plan kaputt zu machen. Sie sollte an ihrer Rache festhalten. Ihre Rache war seine Erlösung!

Auf dem schmalen Grad, den er betreten hatte, hatte er die Lebensüberdrüssige so sanft behandelt, wie es ihm möglich war. Zum ersten Mal hatte er sich sein Opfer nicht selber ausgesucht, zum ersten Mal nicht ihr Gesicht gesehen. Es nicht einmal gewollt. Während des Blutaustausches hatte er sogar darauf verzichtet, ihre Gedanken, Hoffnungen und Träume kennenzulernen und sich einfach an den Plan gehalten, den der Magnus für ihn entworfen hatte. Selbst als er ihr sein blutiges Handgelenk zum Trinken an den Mund gepresst hatte, hatte er die Lebensüberdrüssige nicht beachten. Hatte nur die Stimme des Magnus gehört, seine Erklärungen und Hoffnungen, selbst Hoffnungslos.

Aber das Blut des Mädchens floss noch in ihm, der Geschmack ihres Lebens lauerte noch in seinem Mund und irgendwie schien Edward auch ihre Unschuld, von der Magnus erzählt hatte, schmecken zu können.

Durch seine Illusion war dieser Teil der Sterblichen vor der Hexe verborgen geblieben, trotzdem fühlte er sich deswegen schuldig. Immerhin hatte die Frau genügend Respekt vor sich und vor ihrem Körper, um sich nicht dem erstbesten Kerl an den Hals zu schmeißen. Und durch seine Illusion hatte er ihr vielleicht ihre letzte Hoffnung, die auf eine rettende Liebe, genommen. Edward schüttelte den bohrenden Gedanken ab. Wieso ging ihm dieses Weib nicht aus dem Kopf, obwohl er sie nicht gesehen hatte, obwohl sie ihn nicht einmal interessiert hatte? War es ihre körperliche Unschuld, die Magnus so nebenbei erwähnt hatte? Oder die Art und Weise wie er selber die erotische Illusion gesponnen hatte?

Es konnte und musste ihm egal sein! Sein Ziel stand fest, er musste gewinnen!

Erst eine Bewegung im hinteren Halbschatten des großen Raumes lenkte Edwards Blick auf eine Gestalt, die er vorher nicht bemerkt hatte. – Nur Magnus war in der Lage eins mit dem Hintergrund zu werden und so sehr mit der Welt zu verschmelzen, dass er für das Auge und die Sinne nicht sichtbar war. – Doch jetzt hatte er sich bewegt.

Langsam kam der alte Vampir auf die kleine Gruppe zu, als falle ihm selbst jetzt, als Vampir die Bewegungen noch ebenso schwer, wie zu dem Zeitpunkt, als er ein Sterblicher gewesen war.

Wie immer, wenn Edward ihn sah, erstaunte der Magnus ihn. Von einer Sekunde zur anderen wurde aus einem attraktiven Mann der im Leben vielleicht fünfzig Jahre alt gewesen sein musste, ein gebrechlicher alter Vampir, der eine Last zu tragen schien, die er nicht teilen wollte und die ihn lähmte.

Schon oft hatte Edward sich gefragt, wieso ein willensstarkes Geschöpf wie der Magnus freiwillig den beiden Schwestern untertan war. – Und von den beiden trotz seiner Stärke und Unabhängigkeit mit den wichtigsten Aufgaben betraut wurde. Was hatte er verbrochen, welche Geschichte zu erzählen?

»Edward!« Der Magnus begrüßte den jüngeren Vampir mit einem Handschlag, der von erstaunlicher Kraft zeugte und der seiner Haltung widersprach.

»Hast du weise gewählt?«

Edward zuckte nonchalant mit den Schultern während er nickte und beantwortete damit die eigentliche Frage: *Bist du mit meiner Wahl zufrieden? – Ich weiß es nicht, glaube aber an dein Geschöpf.* Er vertraute dem Magnus und seiner Wahl, auch wenn er nicht verstand, wie jemals eine Lebensüberdrüssige nicht nur als Vampir bestehen, sondern auch noch Mornas Zauber brechen sollte.

Trotzdem tat es ihm leid, dass er auf Magnus Anraten so tief gesunken war und zu solchen Mitteln griff. Er hatte die junge Frau allein und schutzlos unter dem Gelächter der Hexe in der Gasse zurückzulassen, wohl wissend, dass der Magnus noch mehr plante und sich der jungen Vampirin annehmen würde.

»Sie hat bereits sechsmal versucht hat, sich umzubringen!«, betonte Edward.

»Sechsmal?« Der Magnus zog eine Augenbraue hoch, als erstaune ihn die Zahl.

Edward fragte sich, ob er etwas falsch verstanden hatte, wusste aber, dass ihm keine Möglichkeit blieb, den Magnus direkt zu fragen. Die Hexe und die Königin würden jeden Moment ihres Gespräches anwesend sein.

»Die Frau ist allein und verwirrt in einer Welt, die sie nicht versteht und in der ihr niemand helfen wird.« Der Magnus betonte seinen Satz als Feststellung und es fiel Edward schwer, den Blick seines Freundes zu deuten.

Die Hexe gab ein prustendes Geräusch von sich, während die Königin den Magnus misstrauisch beäugte.

»Ist das gut, oder schlecht?«, erkundigte sie sich schließlich.

»Schlecht für sie und gut für Edward, wenn die Frau stark ist.«

»Was sie ja nicht ist, sonst wäre sie kein Selbstmordkandidat«, Morna lächelte süffisant und zufrieden mit sich selbst, dass sie bei ihrem Zauber und der Wahl der Kandidatinnen auf diesen Zusatz bestanden hatte.

»Wahrscheinlich endet sie innerhalb einer Woche als gebrannte Frau«, gab Xylos eine Doppeldeutigkeit zum Besten.

Der Magnus tat die Bemerkungen achselzuckend ab und sah Edward unverwandt an, als könne er seine Gedanken lesen.

»Du solltest sie kennenlernen«, meinte er schließlich unverbindlich.

»Er kennt sie doch bereits!«, warf die Königin ein.

»Näher!«

»Noch näher?« Die Hexe und Xylos lachten.

Edward nickte nur. Der Magnus hatte einen Plan und er hatte versprochen ihn zu unterstützen.

»Denk an ihren Hass!«, ermahnte der Magnus.

»Denk an ihre Liebe!«, spöttelte Xylos und presste Morna an sich.

»Versprich mir, dass sie dich hassen wird!«, bat der Magnus.

»Versprechen gegeben!«, meinte Edward mit einem Blick auf die Hexe. Frauen dazu zu bringen, ihn zu hassen, schien etwas zu sein, was er wirklich gut konnte.

Trotzdem schien der Magnus noch nicht endgültig zufrieden zu sein. »Versprich mir, dass du nicht eingreifen wirst, egal, was geschieht.«

»Versprechen gegeben!«

Der Magnus nickte. Edward hatte noch nie ein Versprechen gebrochen.

»Auf welcher Seite bist du eigentlich?«, erkundigte sich die Königin und ihr angespannter Blick wanderte zwischen Edward und dem Magnus hin und her.

»Ist das nicht offensichtlich, Schatz?« Der Magnus strich Maeve mit einer zärtlichen Geste eine blutige Haarsträhne von der Wange. »Auf der Seite der Liebe.«

Für Sekunden schien sich die Königin unter der Liebkosung des Magnus zu winden, ihr Gesichtsausdruck wurde weicher, ihre stete Anspannung fiel ebenso von ihr ab wie der grausame Ausdruck um ihren Mund. Doch als die Königin einen Schritt zurück machte, aus dem Griff des Magnus heraus, verflog der Eindruck so rasch, dass sich Edward nicht sicher war, ob er sich das Gesehene nur eingebildete hatte.

Er suchte im Gesicht seines Freundes nach einer Bestätigung, fand jedoch zu seiner Erleichterung keine Spur der seinen Verdacht bestätigte. Der Dialog zwischen Magnus und der Königin war kein Hinweis für Edward. Liebe im Plan des Magnus hätte Edward dazu gebracht ihn zu verwerfen. Edward hatte noch nie an Liebe geglaubt – oder an das Vertrauen zwischen zwei Menschen, die für sie notwendig war. Hass und Wut waren da etwas ganz anderes. An Hass und Wut glaubte er. Und jetzt musste er nur noch die Frau dazu bringen, ihn zu töten. Eine Frau, die er nicht kannte und die ihm nichts bedeutete. – Außer einem nagenden Schuldgefühl.

Das war der Plan und der Plan war gut.

»Na, wie lange glaubst du, wird deine neue Hoffnungsträgerin durchhalten?«, fragte Morna spöttisch.

«Solange sie muss!«

»Und wie lange wird das sein? Ein Jahr, zwei Jahre, zehn Jahre?« Die Hexe lachte, um ihm zu zeigen, was sie annahm. »Glaubst du, sie schafft in einem Jahr, was keine vor ihr vollbracht hat? Glaubst du, solange verzichtet Melanie auf einen weiteren Selbstmordversuch?«

Edward wurde wütend. Hauptsächlich, weil er ärgerlich auf sich selbst war, weil er wegen der Unbekannten Gewissensbissen hatte.

»Ja!«, entgegnete er deswegen.

»Ja?!« Morna lachte. «Dann steht der Deal?«

«Ja!«, bestätigte Edward.

»Narr!«, murmelte Morna, doch sie schien zufrieden mit sich zu sein, denn sie stolzierte aus dem Raum bevor Edward einen Rückzieher machen konnte.

Der Magnus schüttelte den Kopf, als die Tür hinter der Hexe zufiel. »Wieso hast du sie herausgefordert?«

»Ich mag sie nicht.« Edwards Stimme war leise. Er wusste, dass er sich wie ein Trotzkopf verhalten hatte.

»Oh, großartig, einfach großartig. Wieso bin ich nicht selbst auf diese geistreiche Antwort gekommen?«, höhnte Magnus. »Du hättest es wissen müssen! Morna ist daran gewöhnt, zu bekommen, was sie will!«

»Ihr Problem, nicht meines!«

»Sie wird es zu deinem Problem machen.«

»Hat sie doch schon!« Und Edwards bitterer Tonfall ließ den Magnus verstummen. Beide wussten, dass nicht die letzte Provokation gemeint war, sondern der Zauber.

7

Sofia konnte es körperlich spüren.

Schauder der Angst und des Unwohlseins jagten über ihren Rücken und ließen eine Gänsehaut entstehen. *Das Sterbliche es nicht bemerken!* Sie schüttelte den Kopf, während sie weiterging und dem Mann durch das Gedränge der Menschen folgte.

Sie fühlte sich merkwürdig enttäuscht darüber, dass es so einfach gewesen war. Sofia hatte eine lange, weltweite Suche nach Vampiren eingeplant. London hatte es bei ihrer Suche nur aus einem Grund als erstes getroffen: Die Stadt gefiel ihr seit sie beim Schüleraustausch zwei Wochen hier gelebt hatte.

Immer hatte sie sich gewünscht, zurückzukehren. Sich den Tower noch einmal anzusehen, Pauls Cathedral und Camden Market. Traurig warf sie einen Blick nach rechts auf einen Straßenkünstler. Als sie letztes Mal in Covent Garden gewesen war, war Melanie bei ihr gewesen. Sie hatten zusammen gelacht und Spaß gehabt.

Das war genau drei Tage vor der Nacht gewesen, die ihr beider Leben für immer verändert hatte. Schlagartig war alles anders geworden. Sofia hatte sich solche Mühe gegeben und so sehr gekämpft, dass sie beinahe vergessen hatte, dass es auch einmal anders gewesen war. Vierzehn Jahre Glück, Liebe und Geborgenheit an der Seite ihrer Großmutter verspielt in einer verdammten Autofahrt. Und dann ihre Eltern… Sofia war schlagartig erwachsen geworden, Melanie krank.

Wut stieg in Sofia auf, während sie sich den Rücken des Vampirs betrachtete. Der Untote hatte nicht einmal bemerkt, dass sie ihm folgte. Hatte ihr nur einen achtlosen Blick geschenkt, wie einer sterblichen Frau auch. Sie hatte ihn sofort als das erkannt, was er war: Tot.

Mühelos folgte sie ihm über den Trafalgar Square Richtung Soho, ließ den Abstand gewollt weit, damit der Vampir keinen Verdacht schöpfte. Aber das tat er nicht, drehte sich nicht einmal zu ihr um, dabei konnte sie das gleichmäßige Klipp-Klapp ihrer Absätze deutlich auf dem Asphalt hören. Geräuschlos schien er vor ihr herzuschweben, während er sie tiefer in die engen Seitengassen führte. Schließlich passierte er die Warteschlange eines Nachtclubs und klopfte an die Eingangstür. Sofia blieb auf der gegenüberliegenden Straßenseite stehen und versuchte den kurzen Wortwechsel mit dem Türsteher zu verstehen, der es dem Vampir erlaubte, den Club zu betreten. – Nichts. Wahrscheinlich auch ein Vampir.

Sofia seufzte tief und setzte sich in Bewegung, an den Wartenden vorüber. Eine der auffallend hübschen Frauen verstellte ihr den Weg. Der Blick mit dem die Schönheit Sofia maß und einschätzte, war überdeutlich. Ebenso das Ergebnis – *Völlig unbedeutend* – zu dem sie kam.

»Du musst dich anstellen, wie der Rest von uns!«, behauptete sie.

Sofias Temperament übernahm die Kontrolle. »Nein!«, war alles, was sie sagte und die Brünette zur Seite schob. Bevor die Ohrfeige ihr Gesicht erreichen konnte, fing sie die Hand der Frau in der Luft ab. Mühelos schob die Vampirin die Frau zurück in die Reihe.

»Wir warten schon seit Stunden auf Xylos!«, wagte eine andere Frau zu protestieren.

»Ich bin nicht wegen irgendeines Callboys hier!«, versprach Sofia, die einige Gesprächsfetzen aufgefangen hatte und klopfte an die Tür.

Die Klappe wurde sofort geöffnet und ein paar Augen sahen ihr entgegen. Sie gehörten dem Mann, der den Vampir in den Club gelassen hatte. Tatsächlich ein Untoter. – *Warum müssen Vampire immer dem Klischee entsprechen und einen coolen Nachtclub führen?*

»Ja?« Er musterte Sofia ausgiebig. Ihm schien zu gefallen, was er sah.

»Darf ich rein, oder muss ich mir hier draußen den Arsch abfrieren?« Sofia war wütend und nicht in der Stimmung charmant zu sein. Sie plante insgeheim schon eine lange Wartezeit vor dem Club ein.

Doch zu Sofias Überraschung antwortete ihr ein Lachen und die Tür wurde geöffnet.

»Zu Xylos geht es dort entlang!«, Der riesige Türsteher materialisierte sich neben ihr und zeigte auf einen Gang der nach links führte.

Sofia setzte zu einer scharfen Erwiderung an und drehte sich um. Als der Blick des Riesen in ihre Augen fiel, veränderte sich sein Gesichtsausdruck schlagartig.

»Nein!« Entsetzt schüttelte er den Kopf und versperrte Sofia den Weg in den Club.

»Ich kümmere mich darum!«, ein weiterer Vampir war unbemerkt hinter dem Türsteher erschienen und spähte über seine Schulter hinweg.

Wie machen die das bloß so leise und schnell? Sofia konnte einen weiteren Mann erkennen, der sich aber so weit im Schatten hielt, dass sie ihn nur als Schemen wahrnehmen konnte.

Edward beobachtete, wie die junge Frau einen Blick in seine Richtung warf und ihn nicht sehen konnte. Die Schatten waren seine Tarnung. So würde sie nicht merkte, wenn er demnächst immer wieder in ihrer Nähe auftauchte.

Leider war sie jünger, als er befürchtet hatte und wirkte unsicher und verwirrt. Aber offensichtlich hatte sie getan, was der Magnus von ihr verlangt hatte: Ihre Schwester getötet.

Edward lief ein Schauder über den Rücken. Ein wahrhaft teuflischer Plan, kaltblütig und makaber. Ein Alptraum für diesen Traum von einer jungen Frau. Nachdenklich betrachtete er ihren hohen, schlanken Wuchs, der sie in ihrer Jeans und dem dunklen T-Shirt noch jünger wirken ließ. Einige Locken hatten sich aus ihrer blonden Hochsteckfrisur gestohlen und lockten sich um ein ovales Gesicht. Ihre Züge waren zart und von klassischer Schönheit, die Lippen voll und sinnlich. Perfekt. Sie war eine offene Herausforderung für jeden Vampir der es gewohnt war, alle schönen Frauen haben zu können, die er wollte. Einmal, oder für immer. Innerlich verfluchte Edward den Magnus. *Hätte er nicht eine hässliche Maus aussuchen können, statt eines Engels?*

»Ganz wie ihr wünscht, Sire!« Der riesige Vampirtürsteher entfernte sich wieder Richtung Tür.

Bevor Sofia begriff, was der blonde Vampir mit dem merkwürdig leeren Blick vorhatte, hatte er nach ihr gegriffen und zu sich gezogen. In einer engen Umarmung drückte er unsanft mit einer Hand ihren Mund auseinander und prüfte ihre Zähne.

»Du bist tatsächlich ein Vampir?« Seine Miene zeugte eine Mischung aus Verärgerung und Interesse.

»Lass mich los!«, fauchte Sofia und erntete nur ein Lächeln. Der Junge, kaum so groß wie sie, verstärkte seinen Griff weiter und ließ seine Hand langsam von ihrem Mund über ihren Hals gleiten, während er versuchte sein Opfer mit seinem Blick im Bann zu halten.

Sofia hatte genug, als seine Finger den Ansatz ihres Schlüsselbeines erreichten.

Die Frau bewegte sich so schnell, dass Edward nicht sehen konnte, wie sie sich bewegte, doch im nächsten Moment hatte sie Noctalyus gegen die Wand gepresst und hielt ihn mit ihrer Rechten am Hals, so dass seine Füße knapp über dem Boden hingen.

Der Vampir versuchte mit beiden Händen, ihren Griff zu lockern und strampelte mit den Füßen, doch der Engel bewegte sich nicht.

»Hat dir niemand Benehmen beigebracht? Ich behandele dich ja auch nicht wie ein Pferd und prüfe erst einmal deine Zähne!«, fauchte sie. »Und weder begrabsche ich dich, noch versuche ich dich mit mysteriösen Vampirtricks gefügig zu machen.«

Edward lächelte in der Dunkelheit. Widerwillig genoss er nicht nur die Schadenfreude, sondern auch den atemberaubenden Anblick den sein Geschöpf bot: wütend und mächtig. Ihr Körper schien vor Kraft zu strotzen und auch wenn sie selber von ihrer Geschwindigkeit und Stärke überrascht zu sein schien, fixierte sie Noctalyus, der keinen Ton hervorbrachte.

Doch trotz ihrer Konzentration und ihrer Fähigkeiten schien sie die aufgebrachten Stimmen nicht zu hören, die näher kamen und ihn in Alarmbereitschaft versetzten. Die Vampire im Club warteten nur darauf, dass die junge Frau die Regeln der Gastfreundschaft brach.

Der kalte Hass in Noctalyus Augen ließ einen heißen Schauder der Vorahnung über Edwards Rücken laufen. Er brach mit seiner Rolle als Neuling und trat aus den Schatten, bevor er sich an das Versprechen erinnerte, welches er dem Magnus gegeben hatte.

Er trat hinter sein Geschöpf und legte ihr seine Hand auf die Schulter. Sanft ließ er die junge Vampirin seine wohlgenährte Wärme spüren und verwandelte die Aufforderung; Noctalyus Loszulassen, in eine Bitte.

Sofia zuckte zusammen, als die Berührung sie elektrisierte. Die Hitze und der sanfte Druck setzten einen warmen Adrenalienstoß in ihr frei, der süß und verführerisch über ihre Haut kribbelte, sich in ihrem ganzen Körper ausbreitete und ihre Libido zum Pulsieren brachte.

Widerwillig und verwirrt ließ sie ihr Gegenüber los. Langsam, um den Vampir, der sich in ihren Rücken geschlichen hatte, nicht zu beunruhigen, drehte sie sich um. – Und musste nach oben blicken.

Obwohl der dunkelhaarige Hüne beim ersten Anzeichen eines Einlenkens seine Hand von ihrer Schulter genommen hatte und es nicht mehr als eine unpersönliche Geste gewesen war, prickelte Sofias Haut.

Der große Unbekannte schien ihre Reaktion zu spüren, denn ein Lächeln lockerte seine markanten, wie in Marmor gemeißelten Züge auf und ließ ihn wie einen finsteren Erzengel wirken. Es verschlug ihr den Atem, als ihr Blick aus blauen Augen auf das schimmernde Braun in seinen traf. Der Vampir wirkte interessiert und amüsiert, voller unverhohlener Bewunderung für ihren Körper.

Plötzlich stürzte der blonde Vampir nach vorne. Sofia schnellte zur Seite, doch sie war nicht flink genug, zu sehr war sie von dem Anblick des atemberaubenden Hünen gefangen gewesen, und wurde von den Füßen gerissen, noch bevor sie zu einer Abwehrbewegung ansetzen konnte. Zu Edwards Verblüffung gelang es ihr, sich rechtzeitig abzurollen und sogar noch Noctalyus mit seinem eigenen Schwung gegen die nächste Wand zu schleudern. Blutend und ohnmächtig blieb der blonde Vampir liegen. Die näher kommenden Stimmen der Vampire verstummten; Noctalyus hatte die Regeln zuerst gebrochen.

»Ist er tot?« Sofias Frage klang kleinlaut, ihre Stimme trotzdem melodisch. Edward betrachtete sie fasziniert. Für eine Frau, die ihr Leben frühzeitig beenden wollte, kämpfte sie ungewöhnlich verbissen.

»Nein. Aber wenn du einen Rat haben willst: Das solltest du jetzt nachholen!«

Sofia starrte ihr Gegenüber an, sein Gesicht war kalt und gefasst. Er maß den anderen Vampir mit Verachtung. Erst als der Erzengel ihr seine Hand entgegenstreckte, fiel ihr auf, dass sie immer noch auf dem Boden hockte.

Sofia starrte die ausgestreckte Hand an. Sie wusste instinktiv, dass es gefährlich war, diesen Mann zu berühren. Aber sie konnte einfach nicht widerstehen. Während er ihr auf die Beine half, spürte sie wieder seine Kraft, die er ihr schon beim Handauflegen demonstriert hatte. Kam der neuerliche Adrenalienstoß von ihrer verwirrten Angst oder von der rätselhaften Anziehungskraft, die der Fremde auf sie ausübte? Anstatt sie sofort loszulassen, als sie sicher stand, zog der Hüne sie noch näher an sich heran, und die Glut in seinen dunklen Augen jagte ihr einen Schauer über den Rücken. Sofia versuchte ihren Blick zu lösen, doch statt ihrem Verstand zu gehorchen, registrierte sie seinen sinnlichen Mund. Lippen, die ihren Namen flüstern sollten, nachdem sie sich geküsst hatten. Ihr Gegenüber lachte, als lese er ihre Gedanken, sein Ton ein honigsanftes Geräusch, und sie spürte, wie sich ihr Unterleib erneut zusammenzog. Sofia trat einen Schritt zurück, es gelang ihr trotzdem nicht, den Blickkontakt abzubrechen.

Edward genoss den verwirrten Ausdruck im Gesicht seines wunderschönen Geschöpfes. Er ertrank fast in ihren klaren blauen Augen und fühlte sich, als falle er kopfüber und kopflos in eine Falle. Er zog sich ein wenig von der Vampirin zurück und war innerlich erschrocken darüber, wie tief er bereits in ihrem Anblick versunken gewesen war. Er schüttelte die Verzauberung mit einem energischen Kopfschütteln ab und dann warf er der Ursache dieser Magie einen bösen Blick zu. »Was, zum Teufel, denkst du dir eigentlich?«

Sein scharfer Tonfall erschreckte ihn ebenso wie die unvorhergesehene Leidenschaft, die ihn überfallen hatte, seit er sein Geschöpf, sein Opfer zum ersten Mal gesehen hatte. Edward verfluchte sich innerlich. Was dachte er sich eigentlich?

Das sie schön war? Naiv? Wieso zum Teufel hatte er eingegriffen? Wieso seiner plötzlichen Sorge um sie nachgegeben? Ärgerlich schob er seine Handlung und die unerklärliche Faszination auf sein schlechtes Gewissen. Er war schlicht und ergreifend nicht darauf vorbereitet gewesen, dass sie jung war. Und hübsch. Und vollkommen hinreißend in ihrer Unschuld.

»Wobei?«, fragte sie und riss ihn aus seinen Gedanken.

»Wie wobei?«

»Du hast gefragt, was zum Teufel ich mir eigentlich denke und ich fragte: Wobei? Zu existieren, hier zu erscheinen, jemanden zur Hölle zu schicken, der in meinem Mund rumfummelt? Was genau meinst du?«

Was zum Teufel denkst du dir eigentlich dabei mich dazu zu bringen, mein Versprechen zu brechen?!, war die korrekte Antwort, die Edward ihr auf gar keinen Fall geben würde. Schlimm genug, dass er sich immer noch – trotz besseren Wissens – für die Kleine interessierte.

»Alles davon, nehme ich an«, meinte er mit einem Seitenblick auf Noctalyus, der langsam begann, sich wieder zu regen.

»Nimmst du an?!« Sofia maß den Hünen mit einem gewollt abschätzenden Blick, obwohl es ihr schwer fiel. Seinem Aussehen und Auftreten nach zu urteilen, schien ihr Gegenüber in einem früheren Leben ein erfolgreicher und begehrter Kriegsgott gewesen zu sein. »Und wer bist du? Mr. Annehmer?!«

Jetzt wäre der Zeitpunkt, sein Versprechen an Magnus aufrechtzuerhalten. Doch der Zeitpunkt verstrich. »Edward!«

«Edward und weiter…?«

»Einfach nur Edward … ohne Nachname.« Er verzog einen Mundwinkel zu einem trägen Lächeln, welches die meisten anderen Vampire davon abhielt, ihn weiter zu provozieren. – Bei seinem eigenen Geschöpf biss er damit auf Granit.

»Hör zu, einfach nur Edward. Es geht dich nichts an, wie ich ein Vampir geworden bin oder warum. Es geht dich nichts an, was ich vorher gemacht habe, oder jetzt tue, und es geht dich nichts an, warum ich hier bin. Und jetzt sei so gut, und geh mir aus dem Weg, ja!«

»Aber mich geht es sehr wohl etwas an!«, unterbrach die Stimme Noctalyus', noch während Edward fasziniert nach einer passenden Antwort suchte. Der Blonde stand auf und gab sich keine Mühe, seine Wut zu verbergen.

»Tatsächlich?« Sofia klang nicht überzeugt.

»Es ist mein Club und damit befindest du dich auf meinem Grund und Boden.« Ihr Angreifer klopfte sich seine Kleidung sauber und glatt.

»Nett hier!«, spöttisch verzog Sofia eine Augenbraue, was ihr das Aussehen eines verärgerten Engels verlieh.

»Also: Lass mich die Frage genauer formulieren: Wer bist du und was führt dich her?«

Sofia öffnete den Mund, um ihren Namen zu nennen, überlegte es sich anders und antwortete: »Melanie, und die Suche nach meinem Schöpfer!«, sagte sie schließlich.

Noctalyus lächelte höhnisch. »Den wirst du hier nicht finden, Kind!« Sofia zuckte innerlich zusammen, als ihr Gegenüber sie auf ihre Stellung hinwies. »Niemand in meinen bescheidenen Hallen ist alt genug, um einen neuen Vampir erschaffen zu dürfen.«

Sofia warf einen Blick Richtung Edward. *Wie alt müssen die denn werden, um Schöpfer spielen zu dürfen?*

»Aber ich bin nicht nachtragend, ich habe mich hinreißen lassen ...« Das Gesicht des Blonden drückte Redlichkeit aus, doch in seiner Stimme lauerte etwas, was Edward beinahe dazu gebracht hätte, sich schützend vor sein Geschöpf zu stellen.

Wenn du möchtest, führe ich dich herum!« Noctalyus bot der Vampirin seinen Arm an. Sein Blick war triumphierend, als sie zögernd vortrat und ihn annahm.

8

Sofia öffnete die Tür zu dem Raum, den Noctalyus ihr gezeigt hatte. Wenn sie ihm trauen durfte, wartete hier der einzige Vampir Londons, der alt genug war, um ihr weiterhelfen zu können.

Das grelle Neonlicht blendete sie und verwandelte die Welt in ein scharfes Zerrbild aus hell und dunkel. Der Vampir, die Lässigkeit in Person, flätzte sich auf einem Bett, dessen Größe allein Aufschluss über sein Lieblingshobby gab. Die Hose war das nächste, was Sofia auffiel.

»Oh bitte!« Sie schüttelte den Kopf. »Nicht noch so ein Klischee.«

Erstaunt blickte der Vampir auf und Sofia sah in die hellsten Augen, die sie je gesehen hatte.

»Welches Klischee?« Xylos Stimme klang irritiert.

Sofia zeigte auf die Hose. »Eine schwarze Lackhose. Stereotyper geht es ja wohl kaum!«

Xylos sah an sich herab, als sei Sofia die erste Frau, die seine Hose bemerkte, wenn er halbnackt auf einem Bett vor ihr lag.

»Sie lässt sich aber leicht abwaschen.« Anzüglich lächelnd erhob sich der Vampir von seinem Bett und bot Sofia einen ausgezeichneten Blick auf die volle Länge der Hose.

»Uh! So genau habe ich das gar nicht wissen wollen!«

Xylos lachte bei dem peinlich berührten Klang ihrer Stimme. Es war ein sehr sinnliches Lachen, das sie umschmeichelte wie ein sanfter, warmer Frühlingshauch und ihre Nervenenden zum Kribbeln brachte. *Großer Gott, wo haben die den denn her?*

Der Vampir löste sich endgültig von seinem Bett und schlenderte mit einem harmlosen, beinahe menschlich-verträumten Gesichtsausdruck zu ihr. Selbst der einfache Akt des Gehens wirkte bei ihm wie eine verführerische Offenbarung.

Das Spiel seiner Muskeln, die sich dabei unter seiner Haut bewegten, war beinahe hypnotisch und lenkte die Aufmerksamkeit auf die faszinierende Farbe seiner Haut, die in einem sanften Goldton förmlich schimmerte. Sofia schluckte und widerstand der Versuchung sich die Lippen zu lecken. Nichts an seinem Körper schien einen Makel zu haben. Er war perfekt proportioniert, ein Meisterstück der Evolution mit den harmonischsten Maßen, die sie je gesehen hatte – und trotzdem wirkte er wie ein süßer Sunnyboy. Er konnte kaum älter als 25 gewesen sein, als er Vampir wurde und seine Gesichtszüge waren weich, während ein gefährliches Feuer in seinen fahlen Augen brannte. *Wahrscheinlich ist es dieser Gegensatz, auf den die meisten Frauen abfahren,* dachte Sofia. Edward hatte – wenn man nicht hinsah – in Großbuchstaben »Gefahr« auf der Stirn stehen, während bei Xylos auf den ersten Blick nur »Harmlos« stand.

Es waren einzig seine Augen, die Sofia erschreckten: wie ein Wasser ohne Boden und die sie dazu zwangen, den Blickkontakt abzubrechen.

Für Sekunden fühlte sich ihr Kopf unsagbar leer an und sie musste sich konzentrieren, um sich dem Vampir nicht darzubieten.

»Noctalyus hat wirklich einen guten Geschmack. – Wenn er es war, der dich aus der Warteschlange gefischt hat.«

»Ich habe mich selber gefischt«, meinte Sofia abwesend und starrte die Kette an, die der Vampir trug. Sie versuchte sich zu erinnern. Hatte nicht auch Noctalyus solch eine Kette getragen?

»Gefällt sie dir?« Xylos ließ einen einzelnen Anhänger durch seine langen Finger gleiten und lenkte Sofias Aufmerksamkeit dadurch auf die Tatsache, dass die anderen vier perlenförmigen Anhänger das Abbild verschiedener Frauen zeigten.

Kaum hatte der Vampir den Anhänger freigegeben, schmiegte er sich wie eine flüssige Perle zurück an seine Haut.

»Nein. Wieso sollte jemand vier Frauenportraits mit sich herumtragen?«, meinte Sofia ehrlich.

»Weil ich sie liebe.«

»Ne, ist schon klar! Alle vier!« Sofia musste sich keine Mühe geben, ihre Stimme sarkastisch klingen zu lassen.

»Aber du bist wegen etwas anderem hier, nicht wahr?« Xylos Tonlage wurde ein gekonntes Flüstern, seine Worte ein Schmeicheln an ihrer Haut. Er war ihr eindeutig zu nahe.

»Ja, bin ich!«, gab sie zu. Für den Bruchteil einer Sekunde las sie herablassende Verachtung in seinem Blick, dann wieder seine liebevolle Sanftmut, mit der er sie verführen wollte. *Oh Gott, er ist der Callboy!* Bevor sie dazu kam, seinen Verdacht klarzustellen, meinte er: »1.000 Euro.«

»1.000 Euro?«, beinahe hätte Sofia gelacht. »Weißt du, wie lange ich für 1.000 Euro arbeiten muss?«

»Nein«, antwortete der Vampir und in diesem Nein schwang mit: Interessiert mich auch nicht.

»Einhundert Stunden!«, sagte sie trotzdem. Und fügte noch hinzu, als sein anzügliches Grinsen in die Breite wuchs: »Deswegen: Kein Interesse.«

Er musterte sie abschätzend. »Wenn das der einzige Grund ist: 500 Euro.«

»Du hast ja eine wahnsinnige Inflation«, lachte Sofia, die die Situation ob seines Gesichtsausdrucks genoss. »Wenn ich noch fünf Minuten warte, bekomme ich Geld, nicht du.«

Xylos blinzelte und starrte Sofia an, sah weg und sah sie wieder an. So als könne er nicht fassen, was geschah.

Dann kehrte er zu seinem Standardtext zurück: »Es lohnt sich, Mädchen! Glaube mir, ich bin gut, der Beste, den du je gehabt hast – und je haben wirst.«

Sofia grinste. Irgendwie war er süß in seiner Hilflosigkeit.

Nur mühsam widerstand Xylos der Versuchung den Preis noch weiter zu senken. Dass sich die hübsche Blondine so deutlich uninteressiert an ihm und seinem Körper zeigte, machte sie so reizvoll, wie schon lange keine Frau. Stattdessen schob er sich langsam und unmerklich so in Position, dass sie unmöglich vor ihm die Tür erreichen konnte.

»Das mein Lieber kann jeder behaupten!« Ihr Lachen provozierte ihn sein Spiel weiterzuspielen.

»Lass es auf einen Vergleich ankommen!«, lockte er.

Obwohl Sofia Xylos Atem auf ihrem Gesicht spüren konnte, was ihr wie eine intime Invasion in ihre Privatsphäre vorkam, musterte sie den Callboy. Er war sich seiner Sache ekelhaft sicher, glaubte er könne sie ebenso besitzen, wie die Frauen, die draußen auf ihn warteten.

»Ich habe keine Vergleichspalette. – Nicht jeder ist so leicht zu haben, wie du!«, konterte Sofia deswegen mit einer Spur Bosheit und vergaß auf ihr eigentliches Anliegen zurückzukommen.

Xylos starrte sie an und Sofia begriff, dass ihre Worte exakt das Falscheste gewesen waren, was sie hatte sagen können. Der Glanz in seinen fahlen Augen spiegelte seine plötzlich angefachte Gier. »300.«

»Nicht mal, wenn du was draufzahlst, Schätzchen! Kennst du die Visawerbung?« Sofia fühlte sich unter dem sexuell aufgeladenen Blick unwohl und war froh, dass sie ihr Gegenüber mit ihrer Bemerkung aus dem Konzept brachte.

»Visa?«, hakte Xylos nach.

»Sie meint damit, sie ist unbezahlbar!«, unterbrach Edwards Stimme das Gespräch und sowohl Sofia als auch Xylos fuhren überrascht herum, weil sie ihn nicht hatten kommen hören.

Edward nickte entschuldigend, obwohl ihm nicht nach einer Entschuldigung war. Gleich nachdem Noctalyus ohne Sofia zurückgekehrt war, hatte Edward sich entschlossen, einzugreifen. Es gab kaum eine subtilere und boshaftere Rache, als eine Frau Xylos zuzuführen. Sei es eine Sterbliche, oder eine Unsterbliche.

»Noctalyus sagt, ich solle dich zur Tür bringen, damit dir genügend Zeit bleibt, dich für die Party morgen Nacht vorzubereiten und dich neu einzukleiden«, log Edward und verfluchte sich in derselben Sekunde, in der er es ausgesprochen hatte. Jetzt hatte er das lebensmüde Mädchen, den rachsüchtigen Noctalyus und den interessierte Xylos wahrscheinlich noch eine weitere Nacht am Hals.

Sofia blinzelte und sah an sich herab. Xylos Blick – und wie Edward verärgert feststellte auch sein eigener – folgten ihr. Edward riss sich von Sofias Anblick los und sah an Xylos verwirrten und gierigen Blick, dass der Callboy immer noch nicht begriffen hatte, wen er vor sich hatte. *Ist auch besser so,* dachte Edward. Er wunderte sich über die grenzenlose Erleichterung, die er empfand, als Xylos sich umdrehte und durch eine Handbewegung zu verstehen gab, sich wieder seiner Verlustierung in Form der nächsten Sterblichen widmen zu wollen.

Edward wartete, dass die Vampirin den Raum verließ, bevor er ihr folgte und die Tür zu Xylos Raum schloss. *Weswegen störte es dich, dass das Mädchen mit Xylos spricht? Schließlich kennt er die Regeln.* Verärgert beobachtete Edward die mäandernde Linie ihres Körpers, der sich anmutig vor ihm bewegte, ihr Gang eine zeitlose Bewegung, die den Männern stets eine Versuchung war.

Du willst sie! Diese Erkenntnis traf ihn unerwartet und das plötzliche Verlangen, das durch seine Adern brannte, überraschte ihn ebenso, wie die Lust, die seinen Körper in Aufruhr versetzte.

Wütend über sich selbst, wandte er den Blick von Sofias Kehrseite, überholte sie und blieb direkt vor ihr stehen. Dadurch zwang er sie ebenfalls zu stoppen – und ihren Kopf in den Nacken zu legen, um ihn überhaupt prüfend ansehen zu können.

Edward grinste, doch das Gefühl der körperlichen Überlegenheit schmeckte seltsam schal, so dass rasch wieder ernst wurde.

»Es wäre besser, wenn du morgen Nacht nicht herkommst!«, behauptete er.

»Was passiert morgen Nacht?«, Sofia gab sich Mühe, ebenso leise zu reden.

»Es werden einige der älteren Vampire hier sein.«

»Dann werde ich das auch!«, beschloss Sofia und wollte an Edward vorbei Richtung Ausgang gehen. Verärgert über die Leichtigkeit, mit der sie seine Warnung abtat, vertrat er dem Engel den Weg und blieb so nahe vor ihr stehen, dass sein

Körper den ihren streifte. *Du wirst gehorchen und nicht herkommen!*, befahl er seinem Geschöpf und sah sie eindringlich an.

Sofia schob kämpferisch das Kinn vor und weigerte sich, auch nur einen Zentimeter zurückzuweichen. Wenn der Vampir sie nicht mit körperlicher Gewalt zurückdrängte, würde sie sich nicht einschüchtern lassen.

»Geh mir aus dem Weg!«, forderte sie wütend. Schon vor Jahren, seit »dem Vorfall«, hatte sie gelernt, ihr Wut auf Gott und ihr Schicksal als Schutzschild zu benutzen. Mit ihr konnte sie ihre Hilflosigkeit kaschieren. Immer.

Edward blinzelte überrascht über Sofias Gegenwehr. Sie schien nicht einmal bemerkt zu haben, dass er versuchte sie geistig zu beeinflussen. Er musste direkter werden.

»Das werde ich!«, versprach Edward und beugte sich langsam zu ihr. »Gleich!« Dass er sie nicht küsste, sondern Millimeter vor ihren Lippen innehielt, fachte ihr eigenes Verlangen plötzlich und machtvoll an. Und obwohl Sofia den Trick durchschaute, war sie versucht, die kurze Distanz zu überwinden und sich zu nehmen, wonach ihr Körper mit einem Mal verlangte. Entschlossen konzentrierte sie sich auf ihren Verstand. Er schrie förmlich danach, zurückzuweichen und zu fliehen, bevor sie sich auf etwas einließ, das sie nicht kontrollieren konnte. Aber genau in dem Augenblick, in dem sie doch einen Schritt nach hinten machen wollte, berührten Edwards Fingerspitzen ihre Wange und brachten ihren Fluchtgedanken ins Wanken.

Geh und komm nicht hierher zurück!, verlangte er stumm. Edward spürte das leichte Zittern ihres Körpers, deutete es als Einwilligung in seinen Befehl und verlor die Kontrolle über seine Manipulation. Er überwand den trennenden Raum und hauchte ihr einen Kuss, die sanfte Berührung eines Versprechens, auf die Lippen.

Sofia konnte sich nicht bewegen. Es war zu spät, Leidenschaft züngelte über ihre Haut, durch ihre Zellen, pulsierte durch ihre Adern und ließ sie keuchen, als seine Lippen weiter nach unten glitten und den Puls am Ansatz ihres Halses fanden.

Nur einen Biss! Der unerwartete Wunsch, der pures Verlangen durch seine Adern sandte, überrumpelte Edward. Erschrocken trat er einen Schritt zurück.

»Verdammt«, fluchte Sofia leise und ihre Augen zeigten immer noch die kurze Leidenschaft, die sie geteilt hatten.

»Das kannst du laut sagen, Mädchen!«

Sofia machte zwei unsichere Schritte an dem Hünen vorbei, als müsse sie sich erst daran erinnern, wie man läuft. Dann blieb sie stehen, als käme ihr eine plötzliche Eingebung: »Bist du …« Sie schwieg und versuchte einen klaren Gedanken zu fassen, während Leidenschaft, Wut und hilflose Verwirrung in ihr tobten.

Er musste es sein! Anders konnte sie sich seine Anziehungskraft auf sie nicht erklären. Sicher, er war ein gutaussehender Kerl, aber noch ein junger Vampir, wie Noctalyus ihr erzählt hatte. Außerdem war Attraktivität allein noch nie ein Grund für sie gewesen und erst recht keiner, in einem einzigen Augenblick all ihre Schutzmechanismen über den Haufen zu werfen!

Edward schmunzelte. Selbst wenn sich die Bestürzung und ihr Verdacht nicht so deutlich auf ihren vollkommen ebenmäßigen Gesichtszügen und in ihren blauen Augen abgezeichnet hätten, hätte er die Gedanken seiner Auserwählten erraten.

»Der Magistrat ist dein Schöpfer!«, erklärte er deshalb, um sie von der Frage abzuhalten. Mit der Frage hätte sie ihn zu einer direkten Antwort gezwungen und eine Lüge konnte jeder Vampir entlarven. So sagte er die Wahrheit und konnte ihre Wut auf ihren Schöpfer weiter anfachen.

»Wer ist der Magistrat?«

»Da ich dich nicht davon abhalten kann, hier wieder aufzukreuzen: Erzähle ich es dir morgen!«

»Wenn du es mir jetzt erzählst, brauche ich morgen vielleicht gar nicht herzukommen!«, versuchte Sofia Edward zu ködern.

Er schenkte ihr ein wehmütiges Lächeln. »Ich bin nicht dumm, Mädchen! Morgen.«

Sofia stampfte mit dem Fuß auf und wirkte dadurch jünger denn je. »Ihr Vampire seid alle so…so …«

»… liebenswert …«, schlug Edward vor.

»… anmaßende Machos!«

Edward schenkte sich eine Entgegnung und hielt dem Blick aus blauen Augen ungerührt stand.

»Würde es helfen, wenn ich *Bitte, bitte* mache?«, fragte Sofia zerknirscht und schluckte ihre Verärgerung. Sie musste einfach an die Informationen kommen!

»Es könnte jedenfalls nicht schaden!«

»Bitte, bitte?«

»Das klang nicht ehrlich!«

Mistkerl! Sofia schlug die Augen nieder. Wahrscheinlich wusste jeder außer ihr, wer dieser verdammte Magistrat war und warum er mit ihr spielte! »Bitte, bitte mit ganz viel Zucker… und einem Tropfen Blut?«, schlug sie vor und gab sich Mühe, den letzten Teil nicht allzu zynisch klingen zu lassen.

Sie wurde mit einem Lachen belohnt, doch als sie hochsah, wirkte Edwards Blick ungerührt. »Morgen!«, meinte er gelassen und zeigte mit der rechten Hand gen Ausgang. »Morgen.« Er machte auf dem Absatz kehrt und ging an Sofia vorbei, ohne ihr einen weiteren Blick zu schenken. Doch nur indem er sich auf seinen ehrenhaften Rückzug konzentrierte, konnte er verhindern, dass er wieder an die pulsierende Sinnlichkeit zwischen ihnen dachte, daran, dass jede Zelle seines Körpers behauptete, der blonde Engel würde ihm gehören. Verdammt seien seine Versprechungen!

Sofia betrachtete verwundert Edwards Rückzug. Heißkalt war ein Wort, das extra für diesen Vampir erfunden worden war und heiße Kälte und kalte Hitze war es auch, die sie in einen körperlichen Aufruhr versetzte, den sie bisher nicht gekannt hatte.

Kopfschüttelnd ging sie Richtung Ausgang und kam gerade rechtzeitig, als der riesige Türsteher das Portal für die beiden Frauen öffnete, mit denen Sofia zuvor aneinander geraten war. Die Brünette warf ihr einen bitterbösen Blick zu, während sie bereits mit einer Hand in ihrer Geldbörse kramte. Die beiden luden Xylos tatsächlich für viel Geld in ihr Bett – bzw. sich in sein Bett – ein!

»Auf zum Tanz mit dem Teufel!«, meinte Sofia laut genug, dass die beiden es hören konnten.

Hinter ihr flüsterte Xylos, zu leise für die Frauen. »Sie sind reich genug – aber nicht schön. DU kannst jederzeit über mich verfügen, meine Schöne. Jederzeit, wie es dir gefällt und umsonst.« Das umsonst betonte er mit einem sanften Hauch in seiner Stimme, der ihr eine Gänsehaut über den Rücken prickeln ließ.

Sofia drehte sich nicht einmal zu ihm um, während sie im Weitergehen murmelte: »Kostenlos, aber nicht umsonst!«

9

Einen Tag später hatte Sofia lange über die Geschehnisse der Nacht und die Vampire nachgedacht: Der Schlüssel zu allem war Xylos. Er musste etwas wissen. Schließlich reiste der Callboy um die ganze Welt, blieb überall nur einige Wochen und war sehr alt. Außerdem würde er ihr sicher gerne helfen, da er an ihr interessiert war.

Es dauerte drei Schritte, bis sie bemerkte, dass der riesenhafte Türsteher des Clubs sie begleitete. Ihren verwirrten Blick kommentierte er mit einem Lächeln. Sie war willkommen, aber nur unter Aufsicht und bedingt.

»Diese Mal doch zu Xylos?«, fragte er mit einem anzüglichen Lächeln. Schon als Sterblicher konnte dieses Lächeln nur bedingt als freundlich gegolten haben. Seine Zähne, aus einer seltsamen Laune der Natur heraus, entstellten bei jedem Öffnen des Mundes sein ansonsten recht hübsches Gesicht und weckten Gedanken an einen Hai.

»Ja«, gab Sofia einsilbig zurück.

»Er vergnügt sich gerade mit seinen Freundinnen«, informierte der zweibeinige Hai sie gönnerhaft und suchte in ihrem Gesicht nach einem Anzeichen von Missbilligung.

Neugierig folgte Sofia Herrn Hai durch eine der dunklen Holztüren. Verwirrt blieb sie stehen. Es war ein leerer Raum mit einer großen, weich gepolsterten Bank in der Mitte. Verwirrt warf sie dem Vampir einen Blick zu. Er drückte einen Knopf auf dem Schaltpult an der Wand. Langsam und leise setzten sich die Wände in Bewegung, schoben sich zur Seite und gaben eine Glasfront preis, die der Betrachter auf der Bank unwillkürlich anschauen musste; in der sicheren Gewissheit, dass die andere Seite der Glasfront verspiegelt und undurchsichtig war.

Und die Seite auf der undurchsichtigen Front glich einem Harem. Fünf Frauen vergnügten sich miteinander, übereinander und durcheinander. Sie bewegten sich, mäanderten sich ihren Weg durch die Gefilde der Lust auf dem Boden des Raumes, der komplett aus einer riesigen Matratze zu bestehen schien. Auf dem Boden, in dem Spalt zwischen Matratze und den Wänden hatte jemand vorsorglich Dildos, Liebesspielzeuge und Gleitcremes platziert.

Sofias Blick glitt zu dem Gegenstand, der ihr am nächsten war. Er war so voll verwirrender Riemen, dass sie ihn nicht zuordnen konnte und wieder zurückblickte. Sofia versuchte nicht auf die nackten Busen und glänzenden Finger zu achten, sondern auf Xylos, der in der Mitte seiner Freundinnen kniete und sich verwöhnen ließ.

»Und dafür bekommst er Geld?!«, Sofia konnte sich einfach nicht von dem Anblick lösen. Der grellrot geschminkte Mund der Brünetten, die sie vor dem Club provoziert hatte, schloss sich um Xylos Penis und verwöhnte ihn, während ihre Finger – die Nägel ebenfalls grellrot lackiert – begannen seine Hoden zu massieren. Xylos perfekter Körper bog sich vor Erregung und Anspannung. Doch sein Gesicht verlor nur für die Sekunden in denen die Frau ihn ansah, seinen selbstgefälligen Ausdruck. Als die Brünette die Augen schloss, kehrte er zurück.

»Du hast Glück«, behauptete der vampirische Hai, »normalerweise gibt es so gut wie immer jemanden, der zusieht.«

»Oder zwei oder drei, nicht wahr?«, frage Sofia, drehte sich aber nicht von dem Fenster weg. Eine zweite Frau beugte sich zu Xylos, neigte ihren Kopf mit einem verträumten Gesichtsausdruck zur Seite. Ihre Haare verdeckten, was geschah und die anderen Frauen bemerkten Xylos Zähne nicht. Sofia konnte die Schluckbewegungen sehen, seinen tanzenden Adamsapfel, während er das Blut zu sich nahm. Blut welches in dem Neonlicht wahrscheinlich ebenso rot war, wie der Nagelack und die Lippen.

Ein blonder Kopf tauchte auf und verdrängte die Blutspenderin von Xylos Mund. Der Vampir hatte eben noch Zeit die Wunde zu schließen, bevor die andere Frau sich ihm anbot.

Eine Schwarzhaarige mit einem kurzen Bob leckte währenddessen genüsslich ihre feuchten Finger, genoss den Liebessaft, den sie aus der Mitte einer anderen Frau gestohlen hatte und benetzte anschließend ihren Daumen, Zeige- und Ringfinger. Als sie sich zu der Blondine beugte und die feuchten Finger in ihrem Anus und in ihrer Vagina versenkte, riss das Stöhnen der Wolllust Sofia aus ihrer Betrachtung und ihre Aufmerksamkeit auf die Lautsprecher, die jeden Ton aus dem anderen Raum übertrug.

»Das ist… freakig!«, behauptete sie, doch ihr Unterleib begann vor Verlangen zu kribbeln.

Ihr Blick wanderte wieder zu Xylos, doch sie benötigte einige Sekunden, um ihn ausfindig zu machen. Während ihrer kurzen Unachtsamkeit musste der Vampir eine der Frauen – eine Blondine mit einem gigantischen Busen – wie eine Marionette an seidenen Bändern gebunden haben. Ihre Fuß- und Handgelenke waren gefesselt und einer fremden Macht ausgeliefert. Ebenso ihr Hals.

Sofias Blick prüfte die Decke. Außer dem überdimensionalen Spiegel gab es auch Haken und Ösen, durch die die Bänder gezogen waren und sie wieder zurück nach unten lenkten. Ebenso zurücklenkten, wie die Ösen in den seitlichen Wänden. Alle Fäden endeten in Xylos Händen.

Sofia schüttelte sich, obwohl eine leise Stimme in ihr die Hilflosigkeit der Frau genoss und von Xylos Dominanz durchaus angetan war.

Unfähig sich zu rühren, sah die Vampirin zu, wie eine der Frauen sich der Marionette zuwandte und sich vor sie kniete, während Xylos die Bänder dazu nutzte, den Körper der Blondine zu straffen und zu spreizen. So sehr, dass Sofia fürchtete, er würde sie aufreißen und in zwei Hälften teilen. Doch eben diese Spannung schien der Blondine zu gefallen, denn obwohl gequält enthielt ihr Schrei unverkennbare Spuren von Lust.

Als die Zunge der anderen Frau begann die Klitoris der Blondine zu reizen, zeugten ihre leisen Schreie davon, dass sie fast schon soweit war. Sofia konnte den hektischen Puls der Marionette sehen, ihre Erregung beinahe ebenso riechen, wie die nahende Entladung erkennen.

Sie war erleichtert, als Xylos seine Aufmerksamkeit endlich vollständig auf die Gefesselte richtete und aufstand. Mit wenigen Schritten war er bei ihr, ohne die Bänder locker zu lassen. Wie von Magie gelenkt, stoppte die Frau ihre oralen Verwöhnkünste und machte ihm den Weg frei. Diesen Umstand nutzte der Vampir, um in einem einzigen, harten Stoß in die Blondine hineinzugleiten.

Die Frau schrie auf, doch Xylos zog das Tuch um ihren Hals so straff an, dass der laute Ton abrupt abriss. Sofia konnte sehen, wie er sich unermüdlich in der Frau bewegte, wie sich seine Muskulatur zusammenzog und wieder entspannte. Und bei jedem Zustoßen nahm er ihr die Luft, während jedes seiner Zurückzieher, ihr einen Atemzug ermöglichte.

Sofia griff nach ihrem Hals, als sei es ihre Luft, die wegblieb. Erschrocken und erregt, obwohl sie gar nicht mehr atmete.

Jetzt konnte sie wieder die kleinen, abgerissenen Lustschreie der Frau hören, die ihre Atemluft für Töne vergeudete, gar nicht anders konnte, als Töne von sich zu geben, während Xylos rhythmisch in sie hineinstieß und ihr immer weniger Luft ließ. Sofia konnte sehen, wie sich der Orgasmus in der Frau auflud, wie Xylos sie an den Rand der Ekstase brachte, sie dort mit einer einzigen Handbewegung hielt – und darüber hinaus katapultierte. Sie mit einer weiteren Handbewegung zurückholte – hielt – und wieder hinaus katapultierte.

Ein einziger, magischer Schrei, langgezogen und gutural entkam aus dem Mund der Blondine, während konvulsivische Zuckungen ihren Körper schüttelten und das Lustfeuerwerk ihr schließlich alle Sinne raubte.

Sofia presste sich die Hand vor den Mund, um nicht ebenfalls aufzuschreien, als das Echo der Lust sie unvorbereitet traf, in einem schwachen Abglanz in ihrem Unterleib explodierte, die Muskeln ihrer Vagina kontraktieren ließ und süße Schauer aussandte.

Mühsam gelang es Sofia, die Kontrolle über ihren Verstand und ihren Körper zurück zu gewinnen, um den Blick von der Marionettenfrau abzuwenden. Doch das, was ihre Aufmerksamkeit auffing, war nur unwesentlich unschuldiger.

Die schwarzhaarige Bobfrau hatte sich eines der bereitgelegten Spielzeuge gegriffen. Jetzt verstand Sofia endlich den Sinn der Lederriemen. *Großer Gott! Ein Umschnalldildo!*

Die kurzhaarige Blondine schien Sofias Einstellung nicht zu teilen, denn sie bot sich ihrer Gefährtin der Lust mit einem sinnlichen Seufzen dar, spreizte ihre Beine und öffnete sich vollkommen.

Fasziniert sah Sofia zu, wie das schwarze Lederobjekt zwischen ihre Schamlippen glitt und in dem hellen Körper verschwand – und wieder raus gezogen wurde – und verschwand – und raus gezogen wurde. Der Rhythmus der Stöße war ebenso magisch, wie das genießerische Stöhnen der Blondine und das Wippen ihrer Brüste. Ihre Laute wurde immer sehnsuchtsvoller, bis sie schließlich ihre langen Beine um den Rücken der anderen Frau schlang und sich ihr entgegenwölbte. Bei jedem Stoß übertönte sie die anderen.

Die Vampirin war so konzentriert auf das Geschehen zwischen den beiden, dass sie die andere Frau erst sah, als sie den kleinen Fingeranalplug in der Bobfrau versenkte.

Deren empörter Aufschrei verwandelte sich noch mitten im Ton in einen Lustschrei, als die langhaarige Brünette ihren Finger kreisen ließ. Ohne ihren intensiv stoßenden Rhythmus zu verändern, machte die Bobfrau weiter, versenkte ihr künstliches Glied tief in der Blondine und hob ihren Po hoch. Sie ließ sich wie eine Göttin verwöhnen, während sie ihr Becken unermüdlich hob und senkte, gab und nahm auf.

Sofia schloss gequält die Augen. Diese spielerisch lustvolle Atmosphäre in dem Haremsraum nahm ihr den Atem und vibrierte als Verlangen in ihrem Körper. Alles in ihr – ihre Erziehung, ihre Moralvorstellungen und ihre Unschuld – lehnte sich gegen das Geschehen auf. Doch ein kleiner Teil in ihr, sorgte dafür, dass ihr Unterleib wieder zu kribbeln begann. Alles in der Vampirin sehnte sich danach, einfach nachzugeben, alles Erlernte und Anerzogene über Bord zu werfen und ebenfalls der Lust zu frönen. Denn Lust war es, was die Frauen dort teilten.

Hemmungslose Lust, die verlockte und verführte, gab und nahm, und die sich immer wieder in kurzen Schreien und wohligen Seufzern entlud.

Sofia öffnete die Augen und ihr Blick wanderte sofort wieder zu dem lustvollen Dreierpaar. Beinahe konnte die Vampirin die Wellen des nahenden Höhepunktes unter der Haut der Bobfrau zucken sehen, das Steigen der mitreißenden Welle. Doch das Lustfeuerwerk explodierte zuerst in der Blondine, die die Augen verdrehend einen abgebrochenen Schrei von sich gab, bevor ihre Gefährtin zuckend den Gipfel der Lust erklomm und sich die Welle brach.

Sofia konnte das rhythmische Pochen zwischen ihren eigenen Beinen nicht länger ignorieren. Sie sehnte sich nach Erlösung. Wie von selbst glitt ihre Hand nach unten, stoppte aber rechtzeitig. *Was tust du hier eigentlich?*, fragte sie sich, während ihr Blick wieder zurück zu Xylos huschte. Inzwischen hatte sich der Callboy erhoben und zeigte sich in voller Pracht und Größe. Sofia konnte sogar die pulsierende Ader auf der Unterseite des Penis erkennen. Eines wahrhaft großen Penis, der wie der Ursprung jedweden Phallussymbols nach oben ragte und den er mit einer einzigen, rücksichtslos anmutenden Bewegung in der Brünetten versenkte.

Sofia sah den ungläubig überraschten Blick der Frau, ihren Mund, der sich zu einem perfekten O formte, bevor sie geschmeidig wurde, die Bewegung Xylos aufnahm.

Doch er bewegte sich schnell, sehr schnell. Viel zu schnell für einen Sterblichen – oder eine Sterbliche. Und die Schreie, die die Frau von sich gab, spiegelten seine animalische Natur wieder. Langgezogene Schreie, kaum unterbrochen von den winzigen Pausen zwischen seinen tiefen Stößen, tierisch und laut, abgerissen und kaum noch menschenähnlich. Aber ihr Gesicht … ihr Gesicht zeigt ihre Lust, ihre Gier, ihren Willen, sich ihm zu unterwerfen, vollkommen eins zu werden mit ihm.

Sofia gab einen gequälten Laut von sich, denn Xylos Gesicht blieb unbeteiligt, kalkulierend; der Vampir selber stumm, während er die Frau fickte, ununterbrochen und ohne Gnade fickte, bis ihr Körper vor lustvollen Schmerzen zuckte und ihr Gesicht sich in einem letzten Aufbäumen gegen seine Macht, gegen die Macht der Wolllust verzog. Mit einem finalen Schrei entlud sie sich.

Sofia konnte die Feuchtigkeit zwischen den Schenkeln der Frau glänzen sehen, Zeugnisse ihrer Lust, ebenso wie die Tränen der vollkommenen Erlösung, der perfekten Loslösung in ihren Augen. Sofia drehte sich entschlossen um und wäre vor Schreck beinahe in die weiche Bank gesprungen. Xylos stand plötzlich hinter ihr!

»Verdammt. Wie bist du hergekommen und wieso bist du so … lautlos?«, motzte Sofia, um ihre Unsicherheit ob seiner Nacktheit zu überspielen. »Könnt ihr nicht einfach gehen, wie normale Leute … mit Geräuschen?«

Xylos starrte sie undurchdringlich an. »Du schon wieder?« Er wirkte amüsiert, doch dann veränderte sich sein Gesichtsausdruck. Er nahm ihre Hand und tastete nach ihrem Puls. Für Sekunden schien er verwirrt zu sein. »Sind die 10 Jahre schon wieder vorbei?«

»Welche 10 Jahre?« Sofia gab sich Mühe, das Ziehen in ihrem Unterleib zu ignorieren, welches inzwischen zu einem pulsierenden Flehen angewachsen war.

Xylos starrte sie weiter an, lächelnd. Er wusste, er hatte der hübschen Vampirin einen Brocken hingeworfen, zu dem sie mehr Informationen haben wollte. »Schlaf mit mir!«, verlangte er.

Sofia lachte leise und der Ton erregte und verärgerte Xylos.

»Denkst du eigentlich ständig daran, wie du eine Frau ins Bett bekommst?«

»Wie ich dich ins Bett bekomme!«, gestand er und fügte hinzu: »Fühl dich geehrt!«

Wieder lachte Sofia, doch ihr Blick huschte über seine Gestalt und blieb an Xylos immer noch erigierten Penis hängen, der vor Körperflüssigkeiten glänzte.

»Danke, wer weiß, was ich mir da alles an Krankheiten hole! – Außerdem teile ich nicht gerne.«

»Das haben die anderen Frauen vorher auch behauptet, aber es ist genug Xylos für alle da«, scherzte der Vampir und nahm die Spannung aus dem Gespräch. Er wollte die Schönheit nicht verärgern. Noch nicht.

Sein amüsiertes Lächeln ließ Xylos jünger und unschuldiger wirken. Seine Augen funkelten beinahe magisch und Sofia ließ es zu, dass er sie an den Schultern berührte und sanft, aber nachdrücklich zum Fenster drehte.

»Schau sie dir an!«, forderte er die Vampirin auf. »Sie sind mein. Ausschließlich mein. Selbst wenn ich sie gehen lasse, werden sie sich bis zu ihrem Tod an dies hier erinnern, werden versuchen es wieder zu erreichen, doch es wird immerzu ein bloßer Abglanz dieser Wolllust sein. Niemals wieder wird es für sie das Labyrinth der Lust geben, diese tabulose und hemmungslose Macht.«

Als er Sofias Versunkenheit in das Geschehen bemerkte, ließ er eine Hand durch ihre Haare fahren, um die Spange zu öffnen, die es bändigte.

»Nicht!« Sofias Befehl kam zu spät, die seidigen Kaskaden die sie sorgfältig gezähmt hatte, flossen in die Freiheit, glitten über Xylos Finger und fielen in weichen Wellen über ihren Rücken.

Die Intimität der Situation begreifend, wollte Sofia einen Schritt nach vorne machen, doch Xylos kam ihr zuvor, versperrte ihr den Weg und deutete nach vorne, lenkte ihr Aufmerksamkeit zurück zu den Frauen.

Das sinnliche Treiben auf der überdimensionalen Matratze erregte Sofia und gegen ihren Willen fühlte sie wieder wie gebannt. Unwillkürlich befeuchtete Sofia ihre Lippen mit ihrer rosigen Zungenspitze und gab einen leisen Laut von sich, als sie merkte, wie sensibel sie selbst für diese winzige Berührung war.

»Ich rieche deine Erregung und deinen Wunsch nach mir.« Der Vampir strich mit beiden Händen über seinen perfekten Körper und lenkte Sofias Blick zurück auf seine steife Erregung. »Ich kann dich befriedigen, kann dich einweihen und dich Macht lehren – und Gier. Ich kann dir die Welt zeigen, für die eine Frau wie du geschaffen wurde.«

»Deine Welt, oder meine?« Sofia gab sich keine Mühe, ihre Faszination zu verbergen. Es wäre eine Lüge gewesen, die ein Mann wie Xylos durchschaut hätte. – Und als Schwäche ausgelegt.

Xylos hielt dem Blick der Vampirin ungerührt stand, als er zugab. »Meine Welt, meine Regeln.«

Sofia lachte leise und sah zum Ausgang. Xylos begriff, dass er die Vampirin nicht mit Faszination, Lust und Erregung einfangen konnte. Er würde ihr mehr bieten müssen.

Er griff mit der rechten Hand nach ihrem Gesicht. Langsam genug, um ihr Zeit zu geben zurückzuweichen und sie in Sicherheit zu wiegen.

Xylos ernster Blick ließ Sofia verharren, obwohl sie sich – seine Finger auf ihrer Haut – eingekreist fühlte.

»Die zehn Jahre …«, flüsterte er trügerisch sanft und ließ seine Finger zu Sofias Mund wandern. »Alle 10 Jahre darf der Magistrat eine weibliche Vampirin erschaffen …«, er verstummte und drückte vorsichtig gegen ihre Lippen, bis sie ihren Mund für seine Finger öffnete, erst dann fuhr er fort: »… die einzige weibliche Vampirin außer der Königin.« Behutsam fühlte ihre nach ihren Eckzähnen. »Er ist der einzige der es darf, aber nur zu einem bestimmten Zeitpunkt …« Xylos presste seinen Daumen gegen die Spitze ihres Eckzahnes, drückte so fest dagegen, dass Sofia zurückweichen wollte, doch der plötzliche Blutgeschmack machte einen Rückzug unmöglich. Ihrer Kehle entfuhr ein empörtes Fauchen über Xylos Manipulation, doch sein Blut ließ sie wie erstarrt verharren. »Alle anderen werden vernichtet, so verlangen es die Regeln!«, flüsterte der Callboy. Seine Augen schienen mit einem Mal noch heller zu werden, verwandelten sich in glänzende, bodenlose Seen und hielten Sofias Blick gefangen.

Der Blutgeschmack veränderte sich schlagartig, wurde würziger, prickelte auf ihrer Zunge wie Minze, scharf und beißend. Sie versuchte einen Schritt zurück zumachen, doch er hielt sie mit seiner Linken so, dass sie seinen Daumen nicht aus dem Mund bekam.

Die Verlockung seines Blutes wuchs, begann in ihren Adern zu pulsieren, die Würze breitete sich in ihr aus, brachte ihren Verstand zum schweigen, während das Prickeln feuriges Verlangen in ihr anfachte.

Nicht! Ihre innere Stimme, die verdächtig nach Melanie klang, brachte Sofia wieder zur Vernunft und es gelang ihr, Xylos mit einer schmerzhaften Kopfbewegung abzuschütteln.

»Fall tot um!«, fluchte sie und verließ fluchtartig, und in einer Geschwindigkeit die sie überraschte, den Raum.

Sein amüsiertes Lachen folgte ihr.

10

Edward bemerkte die Ankunft seines Geschöpfs vor den anderen Vampiren. Selbst vor Joel. Er bewunderte die lässige Anmut, die ihr eigen war, und mit der die Vampirin, gedeckt durch den Halbschatten des Eingangsbereiches, einen Moment verharrte und ihm ungewollt Gelegenheit gab, sie zu mustern.

Sie sah hinreißend aus in ihrem dunkelblauen Kleid mit den silbernen Fäden, dessen weicher Stoff ihren Körper umschmeichelte. Der Schwung ihrer Hüfte, die schlanke Taille und ihr perfekter Busen zeichneten sich unter dem Stoff ab und waren eine Offenbarung, während ihre seidigen, goldenen Locken offen über ihre Schultern fielen und mit schimmernden Lichtreflexen die Blicke auf sich und die engelsgleiche Trägerin zogen.

Edward fluchte lautlos. Wenn er schon nicht vollständig gegen die Wirkung seiner Schöpfung gefeit war, wie mochte es den anderen Vampiren gehen. Denen, die weniger kontrolliert waren? Wut und Beschützerinstinkt keimten in ihm auf, doch unter Joels interessiertem Blick kämpfte er beides nieder und verharrte an seinem Platz. *Versprich mir, dass du nicht eingreifen wirst, egal, was geschieht!*

Aus den Augenwinkeln heraus konnte er sehen, wie Noctalyus aufstand und die Vampirin anstarrte. Edward drehte sich zu dem blonden Vampir um und konnte sich nur knapp stoppen. Gier und Verlangen funkelten in den Augen des Blonden und waren auch für die anderen ein Signal. Solange die Vampirin mit niemandem eine Beziehung hatte, war sie Freiwild.

Das erste, was Sofia sah, als sie sich dem Raum näherte, war Schwarz. Das erste, was sie hörte, 80er Jahre Gothicmusik. »Und wieder ein Klischee«, murmelte sie leise und betrat den großen Raum.

»Tja, passen wir uns dem Klischee an oder ist das Klischee entstanden, weil wir so sind?«, fragte Edward gleichgültig als er neben ihr erschien.

»Verdammt!«, erschrak sie. »Können ihr Vampire nicht gehen, wie normale Leute auch?«

Er lachte leise und musterte sie anerkennend. Verärgert tat sie es ihm gleich und versuchte dabei ebenso überheblich auszusehen, wie er.

Der junge Vampir trug Dunkelbraun. Die Farbe war exakt auf sein Haar abgestimmt und machte seine wachsamen dunklen Augen noch dunkler. Der schlichte Schnitt seines Smokings und die eng anliegende Hose ließen ihn noch größer erscheinen und betonten seine breiten Schultern. Er sah elegant aus. – Und gefährlich. Ein gelangweilter Krieger der sich nur aus einem Grund unter die gewöhnlichen Vampire mischte: um sich ein Opfer zu suchen.

»Gefällt dir, was du siehst?« Sein Lächeln war hinreißend spitzbübisch, während er ihren Arm nahm und sie wie selbstverständlich bei sich einhakte.

«Ich kann auf mich selbst aufpassen«, widersprach Sofia, verzichtete aber darauf, sich zu befreien. Edward hielt sie locker, es wäre ihr jederzeit möglich, ihm zu entkommen.

»Jaaaa… ICH habe das gesehen!« Sein Lächeln wuchs in die Breite, als er sich an ihren Kampf mit Noctalyus erinnerte. »Aber du siehst nicht so aus, als wenn du es könntest.«

Edward sah zu ihr hinab und so nah bei ihm fühlte sich Sofia klein und schwach. Ein absolut unerträgliches Gefühl. Doch sie begriff, was er meinte. Auch sie hatte die gierigen und interessierten Blicke der anderen Vampire bemerkt.

Edward war zufrieden über das Verhalten der Vampirin. Die vage Bedrohung und die sexuelle Spannung in der Luft waren selbst mit ihren marginalen Kenntnissen der Vampirgesellschaft offensichtlich.

»Was ist mit deinem Versprechen?«

»Der Abend ist noch lang!«, neckte er sie. »Außerdem denke ich, hast du von Xylos schon einiges erfahren.«

»Xylos?« Sie sah Edward verwundert an.

»Ich kann ihn an dir riechen.« Er ärgerte sich über ihre Sorglosigkeit und über seine Sorge.

»Na, großartig! Wer bist du? Super-Nasen-Vamp?«

»Abgesehen davon, dass du anscheinend zu viele Comics gelesen hast, bist du die einzige lebende Vampirin außer der Vampirkönigin. Ihr Hass auf dich ist gewaltig. Ebenso ihre Machtlosigkeit.« Seine Stimme klang wie schmeichelnde Seide, sanft und vage besitzergreifend.

»Wieso Hass und Machtlosigkeit? Ich habe ihr doch gar nichts getan.«

»Du existierst!«, gab Edward zurück. »Sieh dich doch um: Du stellst ihre gesamte Gesellschaft in Frage, ihr Königreich und ihre Machtbasis. – Und du bedrohst ihre Schwester!«

»Ich tue was?« Sofia musste sich keine Mühe geben, um erstaunt zu klingen.

»Ihrer Schwester ist prophezeit worden, dass sie eines Tages von einer Vampirin umgebracht wird. Deswegen ist es jedem Vampir außer dem Magistraten verboten, weibliche Vampire zu erschaffen!«

«Ich habe nicht darum gebeten zum Vampir zu werden und da die Schwester der Vampirkönigin nichts mit meiner Erschaffung zu tun hat, habe ich auch ganz zufällig nicht vor, sie umzubringen!«

Edward lachte. Ein angenehmer Laut, der unterschwellig nachhallen würde, selbst wenn sein Besitzer den Raum schon seit Minuten verlassen hatte.

»Du hast heute sogar Glück!«, behauptete er und fügte in Gedanken hinzu: *Oder wirklich ganz verflixtes Pech, denn nun weiß Joel, wie du aussiehst!* »Heute ist einer der wirklich alten Vampire hier!«

Sofia sah sich um, da Edward keine Anstalten machte, ihr einen weiteren Hinweis zu geben. Sie sah ihn sofort. Der Vampir trug ebenfalls Schwarz. Ausschließlich Schwarz. Die Dunkelheit schien ihn wie eine zweite Haut zu begleiten, zog sich durch seine optische Erscheinung und spiegelte sich in seinem finsteren Gesichtsausdruck wieder. Sofia lief ein Schauder über den Rücken. Obwohl dieser Mann auf unglaublich faszinierende Art gefährlich und anziehend wirkte, bezweifelte sie nicht, dass es dasselbe »faszinierend« war, welches Insekten in eine Venusfliegenfalle fliegen ließ.

»Sein Name ist Joel!«, meinte Edward und steuerte die Vampirin in die Richtung des Älteren. Als er ihren Widerwillen bemerkte, musste er grinsen.

»Angst?«, neckte er sie.

Xylos beobachtete, wie Edward das Mädchen Richtung Joel führte, vorbei an der Tanzfläche, auf der schon einige Vampire und handverlesene junge Frauen tanzten. Seit er den Raum betreten hatte, konnte er seinen Blick nicht von ihr wenden. Beobachtete die Bewegungen ihres schimmernden, langen Haares, welches eigenen Naturgesetzen zu folgen schien und in verschiedenen Goldtönen schimmerte, obwohl es sicherlich nie eine Tönung gesehen hatte. Die Betonung des Lichtes auf ihrer hohen Wangenknochen und das Glitzern ihrer Lippen ließ ihn wieder an einen Gott glauben.

Edwards Geschöpf schien nicht zu wissen, wie hübsch sie war, oder welche Wirkung sie auf Männer und Vampire hatte. Sie tat nichts, um ihre Wirkung zu kontrollieren oder zu verstärken, aber das war auch nicht nötig. Der Raum schwamm in einer Woge aus Testosteron. Und Xylos kam nicht umhin zuzugeben, dass er die Vampirin ebenfalls wollte. Und es wurmte ihn, sie mit Edward zu sehen. Ihr Lächeln, wenn er sprach, oder kurz und verschwörerisch ihre Hand drückte. Die Röte ihrer Wangen, wenn Edward sie neckte und die Tatsache, dass sie Xylos völlig ignorierte und sich voll und ganz auf den eiskalten Edward konzentrierte, machte ihn rasend.

Sie wusste, dass Xylos gut aussah, sexuell attraktiv. Xylos hatte gerochen, dass sie von ihm angetan war, hatte die Reaktion ihres Körpers auf sein Blut gespürt, doch sie hatte die Macht besessen, sich trotzdem von ihm zu lösen. Wut löste das Verlangen ab, während er ihre Tändeleien mit Edward beobachtete.

Schließlich fiel ihm ein, dass er zurzeit etwas besaß, was Edward nicht offenbaren konnte: Macht! Macht war etwas, dem nur die wenigsten schönen Frauen widerstehen konnten. Ebenso wie Gefahr. Frauen liebten gefährliche Männer, glaubten in ihrer Selbstgefälligkeit, sie könnten sie bezähmen und manipulieren.

Xylos wandte sich wieder der Brünetten zu, die seine Dienste für Geld gekauft und ihn vorher in seinem Zimmer beglückt hatte. *Nicht einmal das hatte sie wirklich gekonnt!*, dachte er und sein Blick wanderte unwillkürlich zu Sofias Lippen. Bei dem Gedanken an ihren Mund um seinen Penis konnte er spüren, wie besagter Körperteil hart wurde und gegen die Hose spannte.

Sofia fühlte sich beobachtet und versuchte unauffällig zu sehen, welcher der Vampire sich inzwischen nicht von Edwards Begleitung hatte abschrecken lassen. Ihr Blick fiel auf Xylos, der eben sein Gesicht abwandte und etwas zu seiner Begleiterin sagte.

»Er beobachtet dich schon die ganze Zeit«, flüsterte Edward verschwörerisch und beobachtete gemeinsam mit Sofia, wie Xylos die Entlohnung für seine Dienste einstrich.

Betont lässig ließ der Callboy, kaum dass er das Geld in der Hand hatte, die Brünette in Trance fallen und nickte den anderen Vampiren zu, die bisher unbeteiligt um das Pärchen herum gesessen hatten.

Sofia erstarrte mitten in der Bewegung, mit der Edwards sie mit sanftem Druck zu dem alten Vampir dirigieren wollte. Sie konnte gar nicht fassen, was geschah.

Noctalyus stand auf, warf Xylos einen Bündel Geldscheine zu und ging zu der jungen Frau, die ihn verführerisch anlächelte. Seine schwarze Hose hatte der Vampir schon geöffnet und seinen Penis befreit. Mit einer Bewegung hatte er die roten Lippen geöffnet, sich mit der zweiten tief im Mund der Brünetten versenkt. So tief, dass Sofia würgen musste. Doch die Frau schien nicht einmal zu bemerken, wie sie missbraucht wurde, denn sie stöhnte wollüstig, während das Lächeln auf Noctalyus Gesicht diabolisch wurde. Sie ließ zu, dass ein weiterer Vampir sie auf den Knien platzierte, ohne ihre Verbindung zu Noctalyus zu unterbrechen. Ihr Gesichtsausdruck wirkte zufrieden und genießerisch und vermutlich empfand sie nichts als sexuelles Vergnügen; auch wenn es ein manipuliertes Vergnügen war.

Xylos beobachtete Edwards Engel, der das Geschehen mit schreckgeweiteten Augen verfolgte. Als der Vampir hinter der Brünetten an seinem Reißverschluss zog, um sich ebenfalls rücksichtslos über Xylos ehemalige Kundin herzumachen, konnte er sehen, dass sie eingreifen würde. Und dann würde sie ihm gehören! Zwar nur für diese eine Nacht. Aber eine Nacht war ein Anfang.

Und schon bald würde er sie ganz besitzen. Eine Herausforderung, selbst für ihn. Und wenn sie es nicht mehr war, konnte er sie für viel Geld – sehr viel Geld – weiterreichen. Das sollte die überhebliche Schönheit wissen – und ihm trotzdem verfallen!

Edward reagierte, griff nach Sofia und wirbelte sie zu sich herum. In ihrem Gesicht las er Abscheu und Wut. Er konnte sie verstehen, doch die Regeln der Königin und ihrer Schwester waren eindeutig und erlaubten es den Vampiren mit Frauen zu tun und lassen, was ihnen gefiel. Darin lag die Machtbasis der rothaarigen Zwillinge.

Wer dagegen verstieß oder einen anderen Vampir behinderte – in diesem Falle Xylos – ging für mindestens eine Nacht in dessen Besitz über. Selbst ein überstürztes Verlassen des Clubs oder eine verbale Attacken würde Xylos gegen Sofia verwendet können. – Noctalyus der in seinem eigenen Club der Richter sein würde, würde keine Gnade wallten lassen, und Edward würde ihr nicht helfen können, ohne seine Funktion als Magistrat zu offenbaren.

Sofia gab einen leisen Aufschrei von sich, als Edward plötzlich ihr Kinn umfasste. Plötzlich hatte sie das Gefühl, in seine Arme zu sinken, während er sie mit seinem hypnotisierenden Blick ansah und ihr den Blick versperrte.

»Was tust du?« Sie hasste es, dass selbst sie hören konnte, wie hektisch ihre Stimme klang.

»Dir helfen!« Noch während er sprach, senkte er den Kopf und näherte sich mit seinem Mund langsam ihren Lippen.

Unwillkürlich wollte Sofia zurückweichen, konnte sich aber nicht bewegen. Wie gelähmt sah sie zu, wie Edwards Gesicht näher kam, und zitterte innerlich ob ihrer aufgewühlten Gefühle, die in ihr um die Vorherrschaft stritten: Fluchtrieb und ein unbekannter Wunsch, der ihre Lippen weich werden ließ und ihren Mund dazu brachte, sich zu öffnen. Schon die erste Berührung seiner Lippen ließ sie schaudern und schickte Emotionen durch ihre Adern, die sie nicht einordnen konnte. Der zweite Kuss, er zog sie dazu fester in seine Umarmung, war noch verführerischer. Sanft und verlockend, fordernd und verführerisch war er anders als alle Küsse, die Sofia je bekommen hatte. Nie zuvor hatte sich diese Berührung so vertraut angefühlt, das Verschmelzen der Lippen so richtig. Betörendes Wohlgefühl prickelte mit jedem Zungenschlag durch ihre Adern, breitete sich warm in ihrem Körper aus und benebelte ihren Verstand. Diese Wirkung kam so unvorhergesehen, dass Sofia Edwards Kuss nichts entgegensetzen konnte, die plötzliche Versuchung nicht kontrollieren. Obwohl sie das Netz der Lust spürte, welches er um sie wob, ließ sie zu, dass er das zärtliche Spiel vertiefte. Seufzend ließ sich von ihm weiterführen, in einen Bereich der Verführung, in den sie sich noch nie vorgewagt hatte. Trotzdem wusste sie auf einer tiefen, instinktiven Ebene ihrer Selbst, dass dieser Kuss ebenso ungewöhnlich war, wie ihre Reaktion. Er war eine Verheißung und ebenso prägend wie determinierend.

Als Edward sie endlich freigab, konnte sie sich immer noch nicht aus der Verzauberung lösen, keinen klaren Gedanken fassen oder ob der überraschenden Wende protestieren.

Edward lachte leise über ihren aufgewühlen und leidenschaftlichen Gesichtsausdruck. Genauso eine Frau hätte er sich selbst ausgesucht, wenn er an Liebe glauben würde: Eine temperamentvolle, mutige Frau, willensstark … *und lebensüberdrüssig?*

Verwirrt befreite sich Sofia aus Edwards Griff. Fasst hätte er über ihren schockiert-leidenschaftlichen Gesichtsausdruck gelacht, aber nur fast. Es traf ihn, dass sie ihn plötzlich für einen Macho-Vampir hielt, der sie nur aus einem Grund begehrte: Ausgefallene Sexspiele.

»Was immer du hier siehst und denkst: Lass es dir nicht anmerken! Und greifst auf gar keinen Fall ein, versprichst du mir das?!«, erklärte er aus diesem Grund.

Sofia nickte mit glasigen Augen und fixierte Edward, als sei er der einzig reale Halt in ihrem Universum. Erneutes Verlangen strömte durch seine Adern, brachte sein Blut zum Glühen und sein Verlangen wurde nahezu übermächtig. *Es ist zu spät für eine Beziehung oder Liebe! – Außerdem: Sie liebt ja nicht einmal ihr eigenes Leben.*

Er beugte sich zu seinem Engel, um sie seinen betrübten Gesichtsausdruck nicht sehen zu lassen und hauchte ihr einen »Dankeschön«-Kuss auf die geröteten Lippen

Verwundert über seine plötzliche Sanftheit wurde Sofia misstrauisch. »Ist auf deiner Frauenkette etwa auch noch ein Portraitplatz frei?«, erkundigte sie sich kratzbürstig.

Edward lachte leise. »Alle, meine Schöne, alle.«

An Sofias Gesichtsausdruck konnte er erkennen, dass sie keine Ahnung hatte, wovon er sprach.

»Jeder von uns bekommt – da unserer Erschaffung der Kontrolle der Königin obliegt – eine Kette …«, begann er.

»Mit fünf Perlen für Frauenportaits?!«, riet sie.

»Portraits?« Edward schüttelte seinen Kopf. »Nein, meine Schöne! Keine Portraits. Es sind magische Gefängnisse.«

Sofia starrte den Vampir ungläubig an und ließ zu, dass er sie zur Tanzfläche bugsierte.

»Fünf Gefängnisse oder Luxussuiten oder was auch immer sich der Vampir für seine Frauen wünscht. Dort kann er Frauen unterbringen und sie für immer jung halten als seine Partnerin.«

»Partnerin? In einem Gefängnis?«

»In einer Welt, die der Vampir nur für sie erschafft«, bestätigte Edward.

Der kalte Schauder über Sofias Rücken breitete sich aus, brachte ihr Blut zum Gefrieren und griff nach ihrem Herz. Die Angst kletterte auf dünnen Spinnenbeinen aus ihrem Gehirn, während sie äußerlich ruhig und gefasst an Edwards Seite die Tanzfläche betrat.

»Die Frauen können nicht befreit werden. Einmal in der magischen Kette, sterben sie bei ihrer Freilassung.«

Sofia blinzelte, als könne sie nicht begreifen, was sie hörte. »Ich verstehe nicht… Magie …« Ihre Stimme verklang.

»Existiert«, nickte Edward. »Genau wie Vampire und Hexen.« Er wirbelte Sofia in seine Arme und hieß sie Tanzaufstellung annehmen. »Die Schwester der Vampirkönigin ist eine Hexe, sie stellt diese Ketten her, damit die Vampire nicht in Versuchung kommen gegen das Gesetz, keine Frauen in Vampire zu verwandeln, rebellieren.«

Sofia nickte, als sie begriff. »Und das verbietet die Hexe, weil sie Angst hat, von einer Vampirin umgebracht zu werden – Von mir.

»Genau!«, bestätigte Edward.

»Aber …« Sofia dachte an Xylos Kette und die Angst nahm zu.

Die ersten Takte von Jennifer Rushs »Heartwars« erklangen und Edward war sich nicht sicher, ob er über das Lied lachen oder sich ärgern sollte. Er kam sich schäbig vor, weil er dem Engel mit seinem nächsten Satz noch mehr Angst machen würde. Aber er musste Sofia warnen. Für eine Schönheit wie sie würde die Suche nach ihm, dem Magistraten, ein sexuell aufgeladener Spießrutenlauf werden; bis er sie dort hatte, wo er sie haben wollte. – Und je mehr sie gewarnt war, desto besser würde sie sich vorbereiten und schützen können.

»Die meisten Vampire tauschen ihre Anhänger untereinander oder verkaufen die Frauen wie Schmuckstücke.«

»Aber es können doch nicht alle …« Sofias Stimme verklang in einem Schaudern und sie sah sich mit großen Augen um, während sie unter seiner Führung den ersten Tanzschritt machte.

Edward schnaubte höhnisch. »Nein, nicht alle. Manche lieben ihre Frauen wirklich und halten sie auf diese Weise unsterblich. Diese Frauen geben freiwillig alles für ihren Vampir auf. Wirklich ALLES.«

Sofia nickte. Der Kloß in ihrer Kehle war unerträglich dick und hinderte sie am Schlucken.

»Meine Kette ist leer und wird es bleiben – für den Rest meiner Tage«, erklärte Edward und sein Gesichtsausdruck war wehmütig.

»Warum?« Sofia hatte das Gefühl, allein mit der Frage eine Grenze zu überschreiten, konnte aber nicht anders, als sie zu stellen. Edward schwieg lange, so lange, dass sie glaubte, er würde gar nicht mehr antworten. Und als er es schließlich doch noch tat, war seine Stimme so leise, dass sie nicht wusste, ob die Antwort nicht nur für ihn selbst bestimmt war: »Weil ich eine gleichberechtigte Partnerin will, die freiwillig bei mir ist und keine Sklavin.«

Seine braunen Augen, sonst so gedankenverloren, funkelten. Instinktiv wusste sie, dass er flirtete. Und sich dessen absolut bewusst war! Bei allem, was sie bisher erlebt und gehört hatte, war es diese Erkenntnis, so widersinnig und merkwürdig, die sie aus der Bahn warf. Wieder war sie versucht, einen Schritt von ihm zurückzutreten, in die Sicherheit. Doch während er mit ihr tanzte, gab es keinen Ort der Sicherheit. Nirgendwo konnte sie sich vor seinem Blick oder den gehörten Worten verstecken – und das Letzte, was sie wollte, war kopflos wegzulaufen.

Sie musste sich nur kontrollieren! Sich und ihre aufgewühlten Gefühle. Stattdessen lenkte der Tanz ihre Aufmerksamkeit auf die leichte Berührung seiner Finger, die sie faszinierte, die verhaltene Zärtlichkeit, wenn er sie führte, sich ihre Hände fanden und wieder losließen. Ihre Nerven prickelten, verstärkten ihr Bewusstsein und jede seiner Berührungen wurde ein Versprechen, das sich in den Bewegungen des Tanzes widerspiegelte. Sie fühlte die Versuchung nachzugeben und zu glauben, dass er sie – und zwar nur sie – zu seiner Frau haben wollte. Jede seiner Gesten unterstützte diese Botschaft, ließ die Verlockung anwachsen. Beinahe hätte Sofia erleichtert aufgeatmet, als die Musik endlich endete und sie stehen bleiben konnte. Doch die Versuchung leuchtete ihr noch immer aus seinen Augen entgegen.

»Darf ich um den nächsten Tanz bitten?« Xylos Stimme riss Sofia aus ihrer Verzauberung.

»Nein!«, behauptete Edward entschlossen und versperrte dem Callboy den Weg.

Sofia erstarrte innerlich. Zu oft hatten andere Menschen über Sofia und ihr Leben bestimmt, hatten sie um ihr Leben betrogen und ihr Vertrauen ausgenutzt! Der Protest, welcher in ihr Aufstieg war wie ein Urtrieb um Selbstständigkeit und Freiheit. Ohne das ihre Gedanken den Umweg über den Verstand nahmen, protestierte Sofia: »Ich bin immer noch eine eigenständige Persönlichkeit und treffe meine Entscheidungen selber!«, fauchte Sofia Edward wütend an, als der Schmerz über all die Ungerechtigkeiten in ihrem Leben aus ihr hervorbrachen und für Sekunden den Verstand ausschalteten.

»ICH weiß dass, Mädchen! Und ICH weiß das zu schätzen!«, betonte Xylos, doch Sofia war bereits an ihm vorbeigegangen, ließ ihn und Edward stehen und platzierte sich in einer ruhige Ecke des Raumes.

Edward sah ihr nach, schockiert über den verletzten Ausdruck, den er für Sekunden in ihren Augen gesehen hatte. Einen Schmerz, den sie tief und sorgfältig in ihrem Inneren vergraben hatte, damit ihn niemand sehen konnte ... aber er lauerte stets darauf auszubrechen, weil er nie geheilt war.

»Ganz schön arrogant die Kleine!«, kommentierte Xylos und sah der Vampirin hinterher. Sein Gesichtsausdruck spiegelte deutlich seinen Entschluss wieder, ihr zu zeigen, dass sie trotz ihrer Schönheit ein Nichts war.

Edward schüttelte den Kopf. Es sah Xylos ähnlich jeder Frau zu unterstellen, sie sei arrogant oder benutze ihr Äußeres als Waffe. Trotzdem war der Callboy nicht zu unterschätzen! »Was willst du?«

»Du hast Maeve und Morna angelogen«, flüsterte Xylos leise.

Edward musterte ihn verächtlich.

»Du hast nicht gesagt, dass die Kleine noch eine Jungfrau war.« Xylos musterte sein Gegenüber aufmerksam. Wenn sein Verdacht stimmte, hatte er nach Jahrhunderten endlich eine Möglichkeit gefunden, den Magistraten zu erpressen. »Du hast in dieser Nacht gar nicht mit ihr geschlafen, nicht wahr?«

Edward gelang es, seine Überraschung in ein Lachen umzuwandeln. Mit einem anzüglichen Grinsen in Richtung seines Geschöpfs meinte er: »Glaubst du wirklich, ich hätte darauf verzichtet?«

»Und jetzt bist du an einem Nachschlag interessiert?« Xylos beobachtete Edward und ärgerte sich, weil der sich nicht aus der Ruhe bringen ließ. »Es war ja auch nichts Halbes und nichts Ganzes in der Gasse, nicht wahr? Was denkst du, ist sie eher zärtlich? Devot? Oder eine reißende Löwin im Bett?« Xylos warf einen Blick Richtung Sofia. »Ich tippe auf devot.«

Sofia beobachtete die beiden und ärgerte sich über sich selber, weil sie geflohen war. Was sprachen sie? Offensichtlich unterhielten sie sich über sie. Aber was? Ärgerlicherweise war der Hörsinn der Vampire nicht halb so gut, wie sie gehofft hatte, oder ihr fehlte die Übung.

Und dieser Joel ist auch verschwunden!

»Ich weiß, dass sie dir gehört, Edward. – Es sei denn, sie verstößt gegen die Regeln.«

»Die sie nicht einmal kennt!«

»Dafür hat sie ja dich!«, meinte Xylos höhnisch und herablassend. So als zweifele er daran, dass sich Edward wirklich etwas aus seinem Geschöpf machte.

Diese Herausforderung konnte Edward nicht ignorieren! »Ja, dafür hat sie mich!« Und er würde dafür sorgen, dass Sofia nichts geschah!

»Aber in einem Jahr wird sie mir gehören. Und zwar egal, ob sie versagt oder dich tötet, mein Freund!«

Wut stieg in Edward auf. Wut auf die Vampirgesellschaft, auf Xylos, die Königin und besonders auf die Hexe.

»Ich werde sie sanft behandeln und anlernen – anfangs – und dann wird mein Spiel gespielt.«

»Und wenn Melanie dich nicht will?«

»Spielt das eine Rolle?«

»Sie wird kämpfen und sich wehren. Sie ist eine Kämpferin.«

»Ich liebe es, wenn sich Frauen wehren. Je länger, desto besser«, lachte Xylos, nur um seinem Gesicht einen wehmütigen Ausdruck zu verleihen. »Es ist schade, dass sie mit der Zeit den Elan verlieren und die Kraft.« Er betrachtete den Körper der Vampirin so provozierend durchdringend, dass Edward seine Erfahrung aus 2000 Jahren aktivieren musste, um den Callboy und Frauenhändler nicht auf der Stelle zu lynchen.

Xylos, der immer noch auf einen Ausbruch Edwards hoffte, fuhr fort: »Aber eine Vampirin ist vielleicht etwas anderes? Eine Herausforderung. Sie kann viel mehr aushalten, als eine Sterbliche.«

Xylos machte Anstalten, zu Sofia zu gehen, verharrte aber, als käme ihm in diesem Moment ein wichtiger Gedanke, den er Edward unbedingt mitteilen musste: »Weißt du, was mein bester Sex war?«

Edward wollte es nicht wissen, aber das würde Xylos nicht davon abhalten es ihm zu erzählen. Im Gegenteil.

»Die Königin! Sie hat mich geholt und gefickt und ich wusste nicht, ob ich überleben würde. Ob sie mich töten oder zu einem Sklaven oder zu einem Vampir machen würde. Die Todesangst hat aus diesem Fick den Besten und Heißesten gemacht, den ich je hatte.« Er deutete auf Sofia. »Und SIE kann mir das immer wieder bieten!«

Edward unterdrückte mühsam ein Knurren. Er konnte spüren, wie sich seine Finger ohne sein Wollen zu Fäusten ballten, bis seine Nägel ins Fleisch schnitten und die leichten Schmerzen ihn ablenkten. Er konnte froh sein, dass Xylos bereits auf das Mädchen zuging und nichts von seiner Wut mitbekommen hatte. Edward ballte seine Fäuste fester und endlich drang der Schmerz durch seine Wut. Er musste dem Callboy und Frauenhändler diesen Tanz mit seinem Geschöpf gewähren, ob es ihm gefiel oder nicht. Jedes Eingreifen hätte Xylos' Verdacht bestätigt, dass die Kleine Edward wesentlich mehr bedeutete, als der Hexe lieb sein konnte. Eine Tatsache, die zu Erpressungen einlud – und dazu, Edward emotional so hart zu treffen, wie es seit seiner Verwandlung in einen Vampir niemandem mehr gelungen war.

11

Eigentlich ließ sich Sofia nur von Xylos auf die Tanzfläche führen, weil sie Edward vorher widersprochen hatte. Sie ärgerte sich, als genau in dem Moment, als sie die Tanzfläche betrat, die Töne eines sanften, ruhigen Blues erklangen.

Am liebsten hätte sie Bette Midler und »The Rose« geflucht und die Flucht ergriffen. Stattdessen ließ Sofia es zu, dass Xylos sie zu sich zog und ihren Körper an seinen schmiegte. In dieser Position konnte sie spüren, wie sein Atem in ihre Haare blies, einzelne Strähnen bewegte und ihren Hals kitzelte, während seine Arme ihre Taille umschlangen und sich seine Hände kurz oberhalb ihres Pos auf ihrem Rücken niederließen.

»Du hast dich vorhin tapfer geschlagen!«, flüsterte Xylos an Sofias Ohr und in seiner Stimme schwangen Respekt und Bedauern mit. »Aber du solltest Edward nicht trauen!«, behauptete der Callboy.

»Ich traue niemandem!«

»Eine gute Einstellung«, kommentierte Xylos zufrieden.

»Eine traurige Einstellung«, murmelte Sofia.

Xylos warf ihr einen kurzen Blick zu. Ihre Worte passten nicht zu ihrem Auftreten oder seiner Einschätzung. Trotzdem war er zufrieden, konnte er doch die Wahrheit in ihren Worten spüren. Egal was der Magistrat tun würde, um sein Geschöpf zu verführen, er würde sie nicht bekommen. Sie würde ihn auch nicht erlösen, dafür war sie nicht kaltblütig genug, sie würde ebenso versagen, wie die unzähligen anderen Frauen vor ihr.

Aber für ihn würde sie ein besonderer Leckerbissen sein, zwischen all den arroganten Frauen, den willigen Zahlerinnen und den hübschen Gespielinnen, die glaubten alles und jeden mit Geld oder Schönheit kaufen zu können und die er meist nur für wenige Wochen behielt.

Er strich mit seinen Fingerspitzen über ihre pochende Halsschlagader.

»Reizend, wie du weiterhin versuchst die Sterbliche zu spielen!«, murmelte er und widerstand der Versuchung, ihr Blut zu kosten. Dieser Versuchung würde er erst nachgeben, wenn sie ihn darum bat – anflehte – nicht eher.

»Ich mag es nicht, wenn du mich berührst!« Die Vampirin drehte ihren Kopf von ihm weg.

»Angst?«, neckte Xylos.

»Ekel!«, konterte sie und zu ihrer Überraschung lachte der Callboy leise.

»Wenn du dich auf mich einlässt, werde ich deinem Körper huldigen, wie es nie ein anderer Mann oder Vampir getan hat oder tun wird. Ich werde dich und deinen Körper verwöhnen und dir sinnliche Genüsse zeigen, die nicht für Menschen bestimmt sind. Ich werde dich auf Ebenen der Leidenschaft katapultieren und in Sphären der Ekstase heben, in Höhen in denen nur noch wir beide existieren – und unsere Lust aufeinander. Ich werde dich vor unerfüllte Leidenschaft flehen lassen, vor brennender Verlockung betteln, dir hemmungslose Gier zeigen – bis du glaubst vor Verlangen zu sterben.«

Sofia benötigte einige Sekunden, um sich von Xylos Worten zu erholen und ihre Gedanken wieder zurück in die Realität. Er wusste wahrlich, wie man eine Frau in Versuchung führt!

»Danke für das nette Angebot! Aber ich habe kein Interesse!«

»Lügnerin!«, tadelte Xylos, der die Unwahrheit in ihrem letzten Satz mit jeder Faser seiner Existenz spürte. »Ich wittere deine Neugier und kann die Feuchtigkeit zwischen deinen Beinen riechen. Die verführerische Mischung aus völliger Unschuld und sinnlicher Begierde, die von dir ausgeht.«

»Fein!«, behauptete Sofia. »Du hast mich erwischt, ich bin auch nur ein Mensch und durchaus anfällig für einen attraktiven, sinnlichen Mann. Zufrieden?«

Das war Xylos tatsächlich. Sie würde sein werden! Vielleicht würde die Königin – und ihre Schwester sogar zugucken wollen, wie er den Engel zu Fall brachte, lange blonde Haare konnten sich mit feurigen roten mischen, verführerische Lippen miteinander verschmelzen, makellose Alabasterkörper umeinander winden. Er gluckste leise in sich hinein. Diese Fantasie würde ihn sicher nicht so bald loslassen!

Konzentriert fing er Sofias Blick ein und ließ sie an seiner Vorstellung teilhaben, verknüpfte seine Erinnerungen und seine Wünsche und drängte sie ungefiltert in ihren Geist: weiche Körper, vollkommen geschwungene Hüften und makellose Brüste.

Die unvorbereitete Vampirin erstarrte geistig in Xylos Armen; einer Gliederpuppe gleich, mit der der Vampir weitertanzen konnte, während er Sofias Geist in seiner Fantasie gefangen hielt.

Sofia befand sich plötzlich in einem Bett, welches sie nicht kannte. Nur langsam ließen sich ihr Blick und ihr Verstand auf das offensichtliche lenken: Weibliche Hände spielten über ihren Körper, strichen mit äußerster Sanftheit über ihre Brustwarzen, während sie die Zunge einer zweiten Person zwischen ihren Schenkeln spürte.

Sofia sah an sich hinab und in das Gesicht einer fremden, vampirischen Schönheit mit feuerroten Haaren, deren Blick von einem unheilvollen roten Feuer beseelt schien. Doch ihre Berührungen waren ebenso vollkommen wie ihr Antlitz – ebenso perfekt, wie das Antlitz der zweiten, menschlichen Frau, die Sofia mit ihren Händen verwöhnte.

Die Vampirin hob ihre Hände und versuchte, die Berührungen der menschlichen Frau zu stoppen. Doch deren Haut war weich wie Seide, warm und lebendig und Sofia brachte es nicht über sich, den Körperkontakt zu unterbrechen. Im Gegenteil. Sie ließ zu, dass die Frau sie tiefer in ihren Bann zog, ihre Brustwarzen mit ihren Fingern umschloss und langsam zudrückte. Die Schmerzen waren exquisit und entluden sich in einer ersten ekstatischen Welle.

Sofia wandte sich, als die Vampirin zwischen ihren Beinen ihre Zunge zu bewegte. Sofia konnte ihre eigene Erregung spüren, die anderen Frauen riechen, ihre Lust. Genussvoll leckte die Rothaarige Sofias Spalte, ließ ihre Zunge sanft und spielerisch über die Klitoris gleiten, bis Sofia stöhnte. Erst dann tauchte sie einen Finger in Sofia. Schockiert wandte sich Sofia, doch in Wahrheit wollte sie nicht entkommen. Nicht, als die Menschenfrau ein zweites Mal zudrückte und Schauer bittersüßer Lust Sofia durchzuckten. Währenddessen ließ die rothaarige Vampirin ihren Finger in Sofia kreisen, berührte Stellen, die noch nie jemand berührt hatte und schmeckte Sofias Nektar, von dem noch nie jemand gekostet hatte.

Und du kennst sie nicht einmal!, unterbrach Sofias innere Stimme mit Melanies tadelnder Tonlage das Geschehen.

Xylos war überrascht, als Sofias Blick plötzlich wieder klar wurde, zu sich selbst zu finden schien und ihn schließlich fixierte, als sei er der einzige Halt in ihrem wackeligen Universum.

»Scheißkerl!«, murmelte sie, doch in ihrer Stimme klang unverkennbare Erregung mit. »Verdammt lebhafte Fantasie!«

Xylos ahnte, dass Sofia immer noch den Geruch der Hexe in der Nase hatte, ihr Blut immer noch von den fiktiven Berührungen der Königin kochte. »Es hat dich angemacht. Nicht nur die Fantasie, auch die Realität mit mir und den anderen Frauen hat dir gefallen. ICH habe dir gefallen«, behauptete er.

Sofia versuchte gar nicht erst das Offensichtliche zu leugnen, sondern griff ein anderes – das realste – Thema auf. »Du benutzt Frauen als Schafe.«

»Nein, als Lustobjekt und Essen.«

»Gleich viel besser, du Freak!«, kommentierte Sofia sarkastisch. »Brauchst du wirklich so viele Ficksnacks?«

Xylos lachte leise und vergnügt. Diese Unterhaltungen waren wirklich das Beste in den letzten Jahrzehnten. Schließlich fragte er: »Warst du vor deinem Leben nach dem Tod Vegetarier?«

»Nein.« Sofia schüttelte den Kopf.

»Siehst du? Du hattest kein Mitleid mit deinem Essen! Und nichts anderes ist es bei mir auch. Ich esse und genau wie jeder andere Nicht-Vegetarier mag ich verschiedene Sorten.«

»Das sind keine Sorten, das sind Menschen!«

»Ich weiß!«, behauptete der Callboy.

»Außerdem kann man sie auch NACHEINANDER essen!«

»Kommen doch eh in dieselbe Blutbahn!« Er zuckte nonchalant mit den Achseln, als spiele es tatsächlich keine Rolle.

»Wie alt muss man werden, um diese ätzende Einstellung zu bekommen?«

»Ich hatte sie schon immer!«, verkündete Xylos, als sei es etwas, worauf er stolz war.

»Das ist als… als… wenn du einen Menschen degradierst und zu deinem Eigentum machst.« Niemals würde sie den kalten und amüsierten Gesichtsausdruck vergessen, mit dem er sich über die Frauen hergemacht hatte. Erst über die eine, dann über die andere. Es hätte jede Frau sein können – es spielte für Xylos absolut keine Rolle, welche Frau er gerade fickte und von welcher er trank.

»Mehr als Haustiere sind Menschen auch nicht«, meinte er.

»Du meinst Frauen?!« Sofias Tonlage war ausdruckslos und als Xylos ihr nicht widersprach, versuchte sie sich aus seinem Griff zu befreien. Doch mit einem Mal wurden seine Hände zu Klauen, die sie hielten, seine Arme zu Stahlbändern, die sie umschlossen. »Der Tanz ist noch nicht zu Ende!« Seine Stimme war eisig.

»Für mich schon!«, zischte Sofia, doch Xylos reagierte nicht auf ihren Versuch, von ihm fort zu kommen.

Sofia konnte die Wut beinahe körperlich in sich aufsteigen spüren und ihre rechte Hand hatte schon zugeschlagen, bevor ihr Verstand wusste, was ihr Körper tat.

Selbst Xylos hatte den Schlag, der ihn mitten ins Gesicht traf und ihn fast quer durch den Raum warf, nicht kommen sehen. Aber er lachte schon, als er inmitten eines Haufens Vampire zum Stillstand kam. Nicht arrogant, mitfühlend! Nicht unterkühlt, aufbrausend! Dieser Engel war göttlich und so höllisch leicht zu provozieren! Was für einen Spaß er mit ihr haben würde. Irgendwann. Er war unsterblich und konnte warten.

12

Sofia spürte, wie ihr jemand folgte und blickte sich um, obwohl sie längst wusste, wer es war. Edward, groß, elegant und – unberechenbar. Seine Anwesenheit beunruhigte und faszinierte sie gleichermaßen, und ohne ihr Zutun spannten sich ihre Nerven an. Sogar die närrische Sehnsucht, die seine Worte und der Tanz in ihr geweckt hatten, kehrte zurück.

Für Sekunden kämpfte sie nicht nur gegen einen unerklärlichen Fluchttrieb an, sondern auch gegen den Wunsch, zu ihm zu laufen und sich für immer in sein schutzversprechenden Arme zu werfen. *Er kann mich nicht schützen, Noctalyus sagte, Edward sei kaum älter als ich.*

Edward näherte sich dem Engel und seine Wut verflog bei jedem Schritt ein wenig mehr. Das Mondlicht ließ das Blau ihres Kleides fast verschwinden und nur die silbrigen Fäden, die sich eng an ihren Körper schmiegten, strahlen. Das Silber glänzte förmlich mit dem Gold ihrer Haare um die Wette und ließ sie überirdisch erscheinen. Und als sie ihn ansah, vergaß er auch den letzten Rest seiner Wut, weil sie sich nicht an ihr Versprechen gehalten hatte. Ihre Augen waren riesengroß, fast zu groß für ihr Gesicht und glänzten, als kämpfe sie gegen die Tränen. Sie wirkte traurig und allein, während ihr Körper nach ihm zu rufen schien, nach Schutz und Geborgenheit.

Mein verletzlicher Engel, ganz allein unter Feinden!, dachte er und fühlte sich schäbig, weil es seine Schuld war, dass sie überhaupt in dieses Spiel verwickelt worden war.

»Hüte dich vor Xylos!«, verlangte er. Nur seine Stimme, tiefer als sonst, verriet seine wahre Leidenschaft und seine Gedanken.

»Das hat er mir auch in Bezug auf dich geraten«, meinte sie nonchalant.

»Das kann ich mir denken! Aber was mich betrifft: Ich habe nicht vor, dir Schaden zuzufügen.«

»Du meinst, du willst mich nicht als Blutbank missbrauchen, zu deiner Sklavin machen, töten, vergewaltigen oder verkaufen?«

»Nein, nichts dergleichen«, versprach Edward mit einem Lächeln. *Ich habe dich nur zu einem Vampir gemacht, dir dein Leben gestohlen und manipuliere dich, damit du mich zur richtigen Zeit am richtigen Ort tötest.*

»Xylos war leicht zu verletzen!«, behauptete die Vampirin trotzig.

»Das hat ihn nur noch verbissener gemacht.«

»Versteht er kein »nein“?«

»Nein. – Das tun die wenigsten Vampire!«

»Du?«

Edwards Lächeln wurde schelmisch. »Finde es doch heraus!«

»Wieso hast du mich geküsst?« Sofia wechselte das Thema. Zu genau erinnerte sie sich an seinen Kuss. Er war elementar gewesen und hatte jeden bisherigen Schwur eines potentiellen Liebhabers in den Schatten gestellt.

»Erstens, um dich zu retten«, antwortete er.

Seine Stimme hypnotisierte Sofia, als er sie zu sich zog. Das Braun seiner Augen wurde noch tiefer und fesselnder. Sofia schluckte. Edward war ein Charmeur und hatte die Kunst der Verführung wirklich perfektioniert. – Es wäre klug, ihn nicht zu dicht an sich heranzulassen. Doch sie war unfähig einen Schritt zurückzutreten, wurde eingefangen in dem Netz der Versuchung, welches er bereits während des Tanzes um sie gesponnen hatte.

»Warum?«, flüsterte sie, als sich sein Mund dem ihren näherte. »Es gab sicher auch andere Möglichkeiten, mich zu retten?«

»Aber ich wollte dich genießen.« Edwards Atem strich über ihre Lippen und er tat es wieder. Sein Mund senkte sich auf ihren; sanft und verlockend und obwohl Sofia wusste, dass es besser war zu widerstehen, zurückzuweichen und jeden Kontakt abzubrechen, schwankte sie am Abgrund; hin und hergerissen von ihren rationalen Gedanken und der Versuchung. Edward spürte ihr Zaudern, zog sie näher zu sich; seine Lippen wurden fordernder, liebkosten und neckten, während er ihre Taille fester umschloss. Und Sofia taumelte, fiel haltlos in den Abgrund, konnte nicht begreifen, warum sie nachgab und ihre Lippen für ihn öffnete, konnte nur nur spüren und sich der Leidenschaft des Kusses hingeben. Edward schluckte ihr Keuchen, als er mit seiner Zunge in ihren Mund drang, sei erforschte und in Besitz nahm.

Ihr ganzer Körper begann unter seinen Berührungen, im Takt des Tanzes seiner Zunge, zu prickeln. Ihre Haut schien förmlich zu glühen, neu erweckt durch eine Liebkosung, die sie nicht kontrollieren konnte, es nicht einmal mehr wirklich wollte.

Edward kämpfte gegen sich selbst; nie zuvor hatte war der Drang zu küssen und zu besitzen so machtvoll gewesen, nie zuvor so unkontrollierbar. Und sein Geschöpf war so leidenschaftlich, so sehr nach seinem Geschmack, dass es ihn beinahe körperlich schmerzte. Niemals zuvor hatte er eine Frau so sehr begehrt, aber sie war besonders; unschuldig, sinnlich, und er gefangen von der Verlockung, die sie darstellte – der Versuchung eines Engels.

Einzig seine Erfahrung, vor vielen Jahrhunderten geschult, gestattete ihm, seine wachsende Erregung zu lenken. Der Zeitpunkt für Begierde war falsch; Edward war bereits jetzt weiter gegangen, als er zu Beginn des Kusses geplant hatte, überwältigt von der Macht seines eigenen Verlangens. Zitternd, weil es ihn so viel Kraft kostete nicht zu ihrem Mund zurückzukehren und ihn erneut zu plündern, brach er den Kuss ab und trat einen halben Schritt zurück.

Wut loderte in Sofia auf und ersetzte die neu erwachte Sehnsucht in ihrem Inneren, die sich mit ihrer Leidenschaft verbündet und ihren Abwehrwall unterlaufen hatte. Es lag nicht einmal daran, dass sie von ihrem ursprünglichen Ziel abgekommen war. Es war ihre eigene Reaktion auf seinen Kuss, der Funken der Erkenntnis, der sie wütend machte. Sie durfte sich nicht verlieben! Nicht jetzt, wo sie ihren vollen Verstand und ihre ganze Kraft dazu benötigte, gegen alle Vampire der Welt zu kämpfen, um diesen mysteriösen Magistraten zu finden.

Edward konnte sehen, wie sich der Körper seines Engels versteifte, als sie eine Entscheidung traf und sie von ihm fort wollte. Ihre Hände packend, fing er die Vampirin ein und drückte sie gegen die nächste Häuserwand.

Sofia öffnete erschrocken den Mund, aber nicht einem Ton gelang es, ihre Lippen zu verlassen. Edwards Wut umfing sie wie eine zweite Haut, war machtvoller als sein Griff, irritierender. Kaum ein Zentimeter trennte ihre Körper und sie erkannte seine Absicht durch diese körperliche Nähe ihre Sinne zu betören, damit sie ihn als Liebhaber akzeptierte.

»Du hast gesagt, du wirst mir nicht schaden!«, protestierte sie. »Mich nicht zu deiner Sklavin machen oder mich vergewaltigen.«

Sofia prüfte unauffällig, wie fest Edwards Griff war – mehr aus Instinkt, als aus Erfahrung. Seine Hände hielten sie, doch nur so, dass sie seinen Willen sie zu behalten spüren konnte.

»Weder schade ich dir gerade, noch vergewaltige ich dich, noch bin ich dabei, dich zu meiner Sklavin zu machen!«, stellte Edward klar.

Sein verärgerter Blick schnürte ihr die Kehle zu.

Edward zögerte ob der widerstreitenden Gefühle in seinem Inneren. Es verlangte ihn danach, mit ihr zu gehen, bei ihr zu bleiben und sie zu beschützen. Und – falls eine lebensüberdrüssige Person dazu überhaupt in der Lage war – ihr Vertrauen für sich zu gewinnen.

Doch gleichzeitig wusste er: er konnte ihr nicht vertrauen, weil sie ihrem Leben nicht vertraute; durfte nicht bei ihr bleiben, um sie nicht noch mehr in Gefahr zu bringen und durfte auch seinem Verlangen nicht nachgeben, weil sie ihn, den Magistraten, sonst vielleicht nicht mehr genügend hassen würde, um ihn zu töten.

Abrupt ließ er Sofia los und trat einen Schritt zurück.

»Wenn du auf deiner Suche nach deinem Schöpfer auf die Vampirkönigin triffst, wirst du laufen. So schnell und so weit wie noch niemals zuvor.«

Sofia nickte.

»Wenn du auf die Hexe stößt, wirst du ebenfalls laufen so schnell und weit wie noch niemals zuvor. Sie sind wunderschöne Zwillinge mit weißer Haut und rotem, langen Haar. Verstanden?«

Sofia, die sich nur zu gut an Xylos Fantasie erinnerte, nickte.

»Und wenn du auf Xylos triffst …«

»Werde ich laufen, so schnell und weit wie noch niemals zuvor?!«, schlug Sofia zynisch vor.

»Genau!« Edward sah sie ernst an. »Er ist ein gefährlicher Psychopath und Vampirsein hat ihn nicht verändert. Er ist brutal und er will dich!«

Sofia sah schluckte. »Versuchst du, mir Angst zu machen?«

»Ja!«, gab Edward zu.

»Du machst deine Sache gut.«

»Gut!«, betonte Edward zufrieden.

»Aber wo fange ich an den Magistraten zu suchen? Wie sieht er aus? Was ist ein Magistrat überhaupt?«

»Er ist der oberste Richter der Königin, der Vollstrecker ihrer Gesetze und Zeuge all ihrer Befehle.«

»Also findest ich ihn bei der Königin?«, fragte Sofia leise.

»Nein!« Edwards Entgegnung war scharf, während er überlegte, wie er Sofia so gut es ging vor den Gefahren der Vampirgesellschaft beschützen und trotzdem zu seinem Ziel lotsen konnte.

»Es gibt eine Gruppe, die dafür sorgt, dass weibliche Vampire getötet werden. Wenn du sie findest – dazu musst du einfach nur weitermachen wie bisher; dein Anfang war gut – wirst du sicher auch den Magistraten finden.«

Sofia war bei Edward Worten blass geworden. »Das ist doch Wahnsinn! Vor der Königin, der Hexe und Xylos soll ich weglaufen, aber eine mörderische Gruppe, deren Zweck einzig und allein darin besteht mich umzubringen, soll ich auf mich aufmerksam machen, ohne zu wissen, wann und wo ich ihnen begegne und wer zu ihnen gehört?«

»Das ist der einzige Tipp, den ich dir geben kann. Einen anderen Weg weiß ich auch nicht!«, behauptete Edward und Sofia spürte die Wahrheit in seinen Worten.

»Gibt es sonst noch etwas, was ich wissen sollte?«, fragte Sofia. Sie war merkwürdig enttäuscht darüber, dass Edward nicht einmal anbot, sie zu begleiten. *Kannst du das Versprechen in seinem Kuss so falsch gedeutet haben?* Traurig sah sie zu Boden und vermied es, ihm ins Gesicht zu sehen. *Merkwürdig, dass es mir soviel bedeutet und so sehr schmerzt wieder enttäuscht zu werden. Gewöhnt man sich wohl nie dran.*

»Nein, ich denke nicht«, behauptete Edward.

Sofia konnte die Lüge beinahe körperlich spüren. Edward verschweigt ihr etwas, vielleicht den Grund, warum er sie nicht begleitete.

»In Ordnung, ich nehme dich beim Wort!«, versprach Sofia trotzdem. Edward konnte hören, dass ihre Stimme zitterte und verfluchte sich selbst für alles, was er ihr angetan hatte und noch antun würde.

»Lebwohl!«, hauchte sie und war in der Nacht verschwunden, bevor er sich verabschieden konnte.

13

Edward hatte sich wieder auf seine ursprüngliche Aufgabe besonnen, sein Geschöpf aus der Ferne zu beobachten und betrachtete den Eingang der mittelmäßigen Absteige in der Rue de Clichy, in der die Vampirin abgestiegen war.

Seit zwei Tagen folgte er ihr durch die Stadt der Liebe und konnte kein Muster in ihrem Schlafrhythmus erkennen. Mal erschien sie bereits bei Einbruch der Dämmerung auf der Straße, während sie am nächsten Tag erst um 23 Uhr das Hotel verlassen hatte und dabei immer noch müde wirkte.

Er wurde aus dem Mädchen einfach nicht schlau. Bisher hatte sie sich noch nicht um Kontakt zu den Vampiren in der Stadt gekümmert, sondern hatte sich wie eine Touristin benommen. Edward schauderte bei diesem Gedanken. Es waren erstaunlich viele der alten und mächtigen Vampire in der Stadt, was nicht einzig an dem Flair Paris' liegen konnte.

Ihn selber hatte niemand bemerkt. Er war zu alt und zu erfahren. Seine Aufgabe bestand schließlich seit Jahrhunderten darin, ungesehen zu leben, zu finden und zu richten. Selbst Hasdrubal, ein Kind des untergegangenen Karthagos, hatte Edwards Anwesenheit in der Metro nicht gespürt, während er sich an der Station »Charles de Gaulle Etoile« dicht an die Vampirin gedrängt hatte. Sie hatte nicht einmal den Kopf gehoben, um die Anwesenheit des Vampirs zu würdigen, sondern war wie eine Sterbliche mit der Herde der Touristen aus der Metro gestampft und durch den 100 000 Tonnen schweren »Arc de Triomphe« auf den »Champs Elysées« gegangen. Bis zum »Gefilde der Seligen« war Hasdrubal der jungen Vampirin gefolgt, ohne bemerkt zu werden und ohne zu spüren, dass Edward seine Reaktionen beobachtete. Er spürte die Verwunderung und die Aufregung des älteren Vampirs, doch Hasdrubal hatte sich an die Regeln gehalten und war gegangen, ohne Edwards Engel anzusprechen. Auch wenn sein Bedauern ihm deutlich im Gesicht geschrieben stand.

Ungerührt von dieser kurzen Zwischenepisode war die Vampirin über den »Place de la Concorde« gegangen, hatte die Gartenanlage »Jardin des Tuileries« besichtigt und war dann zu der »Glaspyramide« und dem »Louvre« geschlendert. Da sie die eindrucksvolle »Glaspyramide« des japanischen Architekten Pei obwohl in voller Beleuchtung nicht eindrucksvoll zu finden schien, führte sie ihr Weg rasch in den »Louvre«, den sie bis 21.44 Uhr besuchte. Genau eine Minute vor Schluss hatte sie ihn verlassen und war wieder zurückgefahren in ihr Hotel.

Edward löste sich von der Wand, an der er gelehnt hatte, als die junge Frau die Straße betrat und sah erstaunt auf seine Armbanduhr. *Wirklich früh!*

Gespannt folgte er ihr in die Metrostation, doch wieder fuhr sie nicht zum Treffpunkt der Pariser Vampire, sondern nahm die Metro zur »Troca déro«. Langsam begann sich Edward über ihr Verhalten zu ärgern. Sie schien ihr Leben zu genießen und die Suche nach ihrem Schöpfer dazu zu benutzen, um sich Sehenswürdigkeiten anzusehen!

Zum Glück ersparte sie es sich – und ihm –, die 1652 Stufen bis nach oben zu steigen und beobachtete den 300 Meter hohen »Eifelturm« lediglich von unten. *Wenn sie jetzt auch noch Fotos macht, drehe ich ihr den Hals um!*, dachte Edward. Sekunden bevor die Vampirin ihre Digitalkamera zückte.

Ich fasse es nicht! Jahrelang interessiert sie sich nicht für die Schönheit der Welt und für das Leben und kaum ist sie tot erfreut sie sich an jedem Tag als wäre er ihr letzter! Edward wandte den Blick von ihr ab. *Großer Gott! Was denke ich da gerade? Bin ich wirklich so tief gesunken?* Beschämt gestand er sich die Antwort ein, die schon lange in ihm nagte: *Ja, bin ich.*

Sein Verlangen nach ihr und der anklagend-traurige Blick, den sie ihm in London zugeworfen hatte, bevor sie ihn einfach hatte stehen gelassen, bohrten immer noch in ihm und brachten seine schlechtesten Eigenschaften zum Vorschein: Eifersucht und Besitzgier.

Er wusste, dass er das richtige tat … doch leider fühlte er es nicht. Er fühlte sich … betrogen. Als hätte man ihm etwas weggenommen, von dem er nicht einmal gewusst hatte, dass er es haben wollte. – Bis man es ihm genommen hatte.

Und ihr Blick! Als wenn er ihr das Herz gebrochen hätte… Nie zuvor hatte er sich so miserabel gefühlt.

Wie ein Schatten folgte er dem blonden Engel zur Bootsstation. Das kleine Boot erschwerte ihm seine Verfolgung. Seine Übersichtlichkeit zwang Edward dazu, seine vampirischen Fähigkeiten zu nutzen und parallel zum Boot entlang des Ufers zu huschen und zu warten, bis die Vampirin das Boot wieder verließ.

»Notre-Dame«

Natürlich! Kein Tourist lässt sich »Notre-Dame« entgehen. Edward seufzte. Hätte er gewusst, was sie vorhatte, hätte er sich noch einen Städteplan gekauft, um die einzelnen Punkte abzuhaken und zu sehen, wie viele Ausflugsziele noch kamen.

Als sein Geschöpf die drei Portale der Westfassade betrachtete, versuchte er sich zu erinnern wie »Notre-Dame« früher ausgesehen hatte. Einst als Jupitertempel, dann als kleine christliche Kirche. Aber es war ihm nicht möglich, zu sehr überlagerten die Portale seine Erinnerung. Er wusste nur noch, dass sie damals farbig gewesen und das »Jüngste Gericht« am Mittelportal noch eindrucksvoller waren.

Er folgte dem Engel unbemerkt, um mit ihr und der nächste Metro nach »Abbesses« zu fahren. Seine kurze Hoffnung, dass sie sich endlich auf ihre Aufgabe besann, wurde zerstört als sie die falsche Richtung einschlug. Oder die richtige, denn der Engel war auf den Weg zum Wahrzeichen Montmartres, »Sacré-Coeur«. Missmutig verschmolz Edward mit den Schatten und folgte ihr. Dieses Mal ärgerte er sich noch mehr über die Fotos, denn das Mädchen bat einige Passanten, sie zusammen mit der weißen Kirche zu fotografieren.

Weiß sie denn nicht, dass Vampire nicht fotografiert werden können?, dachte Edward, während er zusehen musste, wie sein Engel mit einem Sterblichen flirtete und mit der Kamera kokettierte.

Schließlich ging sie weiter nach oben. Edward blieb stehen. Weit würde sie ohnehin nicht mehr kommen. Bei einem Gebäude in das so viel Glaube gesteckt worden war und noch wurde, konnte kein Vampir der Welt näher als wenige Meter heran.

Sein Geschöpf verschwand kurz aus seinem Blickfeld, kam aber nahezu sofort mit einem verärgerten Gesichtsausdruck zurück.

Hat sie es auch endlich gemerkt?! Edward, der sich kurz auf die niedrige weiße Mauer gesetzt hatte, stand auf, um ihr zu folgen. – Und verharrte mitten in der Bewegung. Sie hatte die Kirche betreten!

Ungläubig starrte Edward auf die Pforte, hinter der die Vampirin verschwunden war und wartete. Nichts geschah! Langsam setzte er sich in Bewegung und stieg die letzten Treppen nach oben. Nichts geschah. Kein unsichtbarer Widerstand wie er ihn schon so oft gespürt hatte, wenn er sich Gebäuden des Glaubens genähert hatte, hielt ihn auf. Ungehindert betrat er die Kirche und entdeckte sein Geschöpf nahezu zeitgleich. Bei ihrem Anblick – sie schien direkt einem der Engelsgemälde entsprungen zu sein – und ihrer unschuldigen Faszination mit denen sie das religiöse Inventar betrachtete, stieg heißkalte Wut in ihm auf. *Ist das ihre neue Art, Selbstmord zu begehen?!*

Fluchtartig verließ er die Kirche, sich nicht sicher, ob er sonst nicht etwas Dummes tun würde. Er war sich sicher, dass kein anderer Vampir ihr in einer Kirche etwas zuleide tun würde. *Geschweige denn, ihr folgen!*

Bevor er dazu kam, sich wieder in den Schatten zu setzen, sah er etwas, was ihm für einen Moment die Sprache verschlug und ihn wegsehen ließ.

Als er mit seinem Blick wieder den Ort betrachtete, an dem er Sekunden zuvor das Liebespaar gesehen hatte, war es verschwunden. Verwirrt stand Edward auf und hatte die Treppen hinter sich gebracht, bevor er einen klaren Gedanken fassen konnte. Er bog in die »Rue de Montmartre« ab.

»Magnus!« Seine Stimme hob sich über den Lärm der Touristen und ließ seinen Freund anhalten.

Die Frau an seiner Seite blickte sich ebenfalls suchend um, konnte Edward aber in der Menge nicht als den Rufer ausfindig machen. Erst als ihm Magnus ein Zeichen gab, trat Edward zu dem Paar.

»Edward, mein Junge! Welch faszinierender Zufall!« Magnus reichte ihm die Hand. Edward schüttelte sie, jedoch ohne seinen Blick von der Frau abzuwenden.

Der Magnus und eine Frau! Eine sterbliche Frau um die fünfzig Jahre, bildhübsch mit munteren braunen Augen, ihr Gesicht strahlend vor Lebensfreude und Liebe, doch ihr Körper war bereits im Verfall begriffen.

»Darf ich dir Elisabeth vorstellen?«, stellte Magnus die Frau vor und Edward begriff, dass sie etwas Besonderes war, noch bevor Magnus hinzufügte: »Meine Frau!«

»Sehr erfreut, Edward!«, Elisabeth reichte ihm ihre schmale Hand. Sie zitterte leicht und Edward begriff wieso, als sie hinzufügte. »Es freut mich, den Magistraten kennen zu lernen, von dem mein Mann bisher nur das Beste erzählt hat.«

Edward warf dem Magnus einen ungläubigen Blick zu. Ausgerechnet er hatte einer Sterblichen die Existenz der Vampire offenbart, ausgerechnet er hatte sich mit einer Frau eingelassen. Und es wäre Edwards Aufgabe, die Frau auf der Stelle zu töten und seinen Freund zur Königin zu bringen. Stattdessen hörte er sich ein »Sehr erfreut!« erwidern.

Das Lächeln des Magnus war wehmütig. Er durchschaute Edwards Entscheidung, doch zu Elisabeths Beruhigung erkundigte er sich trotzdem. »Wirst du schweigen?«

»Ja!« Edward verbeugte sich vor Elisabeth, was Magnus sichtlich überraschte.

»Wieso?«, erkundigte sich Edward und allen dreien war klar, dass es um den Grund für Magnus Zusammensein mit einer Frau ging.

»Liebe!«, gab Magnus mit einem geheimnisvollen Lächeln preis, welches der »Mona Lisa« in nichts nachstand.

Edward lachte trocken. *Liebe. Immer alles für die Liebe.*

»Du hast nie geliebt, oder?« Die Frage kam von der Frau.

»Nein! Liebe gibt es nicht!«

»Dann hätte sich Morna ihren Fluch auch sparen können«, meinte Elisabeth und schlug die Augen nieder, als fürchte sie sich vor den Konsequenzen ihres Satzes, mit dem sie offenbart hatte, dass Magnus sie in alles, wirklich in alles eingeweiht hatte.

Die Worte der todkranken Frau trafen Edward und zwangen ihn zu einem Einwand: »Ich liebe meine Familie!«

»Das ist nicht dasselbe!«, flüsterte die Frau. Ihre leisen Worte klangen wie das Kratzen eines Stiftes auf brüchigen, vergilbten Pergamentseiten.

»Dann sorg dafür, dass das Mädchen dich tötet – und die Hexe stirbt!« Magnus verdrängte Elisabeths Satz.

»Ja!«, nickte Edward. *Sie ist diejenige, die Morna töten wird!? – Vermutlich, wenn sie auch dich tötet und befreit wird!*

»Bring das Mädchen dazu, dich zu hassen!«

»Dafür hast du bereits Sorge getragen, als du sie dazu gezwungen hast, ihre Schwester zu töten!« Edward gelang es nicht, seine Abscheu über diesen makaberen Plan zu unterdrücken. Zu genau erinnerte er sich daran, wie verzweifelt die Vampirin gewesen war.

»Sie und ihr Hass auf dich sind der einzige Weg dieses Spiel zu gewinnen.«

»Es. Ist. Kein. Spiel!«

»Ich. Weiß!«

Elisabeth wirkte nachdenklich, als entdecke sie an Edward etwas, was selbst den vampirischen Sensoren des Magnus entging.

Als Edward zurückgegangen war, war sie fort. Wie vom Erdboden verschluckt. *Wahrscheinlich auf ins »Moulin Rouge«*, dachte Edward und schlenderte nachdenklich in die Nacht.

Erst nach Stunden drang das Verschwinden des Engels in sein von Magnus abgelenktes Bewusstsein, nahm an Beunruhigung zu und wurde rasch dringlicher.

14

»Edward!« Joels Stimme riss den Magistraten aus seiner Verwirrung darüber, dass er die Präsenz seines Geschöpfes nicht mehr in ihrem Hotel wahrnehmen konnte. Betont langsam drehte er sich um und musterte den Schwärzesten der Vampire.

»Morgen, Joel! Bist du beruflich hier?«

Joel verkniff sich ein Lächeln, als er begriff, wonach Edward in Wahrheit fragte. Falls ein anderer Vampir in Hörweite war, würde er unmöglich wissen, dass Edward sich nach der Vampirin erkundigte.

»Es ist niemand hier, Edward. Ich bin alleine!«

Er konnte sehen, wie Edward sich sichtlich entspannte.

»Aber ich bin wegen IHR hier!«, betonte Joel und Edwards Ausdruck wurde besorgt, während er Joels Geste nachkam und mit ihm die Straße entlang schlenderte. Dicht bei den Autos und dem durchdringend lauten Verkehr würden andere Vampire die Unterhaltung der beiden nicht verstehen können.

Trotzdem sprach Joel, der immer Vorsichtige, leise. »Ich dachte, du wärst bei ihr!«

Edward blickte, ob des deutlichen Vorwurfes in der Stimme seines Freundes, überrascht auf.

»Ich war bei Melanie, bis …« Edward schwieg, denn er konnte unmöglich sagen, was ihn abgelenkt hatte. Was für einen Moment wichtiger zu sein schien als sein eigens Schicksal.

»Ehrlich, mein Freund! Es ist mir völlig egal, was passiert ist. Auf jeden Fall ist es deine Schuld!«

Dumpfe Vorahnung stieg in Edward auf. »Was ist meine Schuld?«

»Scheiße, Edward!«

Edward hätte am liebsten auf seinen Freund eingeschlagen als er schwieg und seine Befürchtungen noch schürte.

»Sie ist auf den Friedhof gegangen.«

»Welchen von den dreien?«

»Cimetiére de Montmartre.«

Edwards Beunruhigung steigerte sich zu einem klopfenden Kaleidoskop der Furcht.

»Ich hätte ihr mehr Verstand zugetraut!«, murmelte er leise, als müsse er sich vor sich selbst verteidigen.

»Woher sollte sie es wissen?!«, Joels Stimme klang aufgebracht. So aufgebracht, wie Edward sie noch nie gehört hatte. »Woher soll sie überhaupt irgendetwas wissen?«

Edward schwieg, ob der Anklage.

»Und du hast sie ins offene Messer laufen lassen!«

Jeder wusste, dass sich auf dem »Cimetiére de Montmartre« ausschließlich die jungen Vampire trafen. Selbst Edward waren die Exzesse zu Ohren gekommen, doch die Königin duldete die Ausschweifungen und die Sexorgien mit Sterblichen, die ab und zu in einem Blutbad endeten.

Die Beunruhigung in Edwards Körper wurde bohrend, gleißte als helle Schlieren hinter seinen Augenlidern und nagte sich durch seine Gliedmaßen. *Sie kann nicht tot sein, sie kann nicht …!* Trotzdem musste er die Frage laut stellen: »Ist sie …«

»Sie ist entkommen!«, muffelte Joel, obwohl er Edward gerne noch in Ungewissheit versauern lassen wollte. Edwards Erleichterung war greifbar.

»Was ist passiert?«

»Außer, dass du ein verfluchter Idiot bist?!«

»Außer, dass ich ein verfluchter Idiot bin!«, gestand Edward, den seine Sorge um das Mädchen überraschte. Wenn er bloß daran dachte: Ihr blondes Haar blutverklebt, ihre makellose Haut … verdrehte Arme und Beine … Ihn schauderte.

»Na, immerhin ist er einsichtig!« Hasdrubals Stimme direkt hinter ihm erschreckte Edward. Hasdrubal war kein Freund, Hasdrubal war niemandes Freund. Ob er sich an die Gesetze hielt, war ein Geheimnis zwischen ihm und der Königin.

Joel deutete Edwards wütenden Gesichtsausdruck und seine geballten Hände richtig. »Hätte Hasdrubal mir nicht geholfen, hätte sie keine Chance gehabt!«, betonte er und legte seinem Freund die Hand auf die Schulter. »Sie wäre NICHT entkommen!«

Edward entspannte sich langsam, blieb aber wachsam als er sich zu dem anderen Vampir umdrehte.

Leise hörte er Joels Stimme, während er Hasdrubal mit Blicken maß. »Sie haben ihr Geld geboten, Sicherheit und Sex. Edward, sie wollten sie weil sie eine Frau ist. – Eine schöne Vampirin. – Sie haben begonnen, um sie zu kämpfen.«

»Ein paar wollten ihre Ketten benutzen«, fügte Hasdrubal betont gleichgültig hinzu und genoss Edwards Gesichtsausdruck.

»Hätte Hasdrubal mir nicht geholfen...!« Joel vollendete den Satz nicht und überließ den Rest Edwards Fantasie.

»Wieso hast du meinem Geschöpf geholfen?«, fragte Edward und versuchte sich nicht anmerken zu lassen, wie sehr es ihn störte, dass Hasdrubal in die Angelegenheit involviert war. Auf keinen Fall durfte er wissen, dass Melanie ihm etwas bedeutete!

»Geschöpf?!« Hasdrubal schüttelte den Kopf. »Du benimmst dich wirklich schäbig, mein Magistrat, du benimmst dich schäbig. Ich verstehe dich nicht.«

Edward war überrascht, dass Hasdrubal seine Magistratur über sich anerkannte. »Du kennst den Grund.«

»Ja, beinahe ebenso gut, wie du oder der Magnus.«

»Dann weißt du, wieso ich es tue.«

»Nein, ich sehe nur, dass du zu feige bist, den anderen Weg zu gehen.«

»Den anderen Weg?«

»Erinnere dich an den Fluch!«

Edward erinnerte sich nur zu gut, es gab keine Sekunde, in der ihn Mornas Worte nicht verfolgten. Aber die Alternative zu seinem Tod war zu unsicher. »Wie kann ich diesen Weg auch nur in Betracht ziehen? Sie liebt ja nicht einmal ihr Leben!«

»Wenn du das glaubst, bist du ein größerer Narr, als ich bisher dachte«, meinte Hasdrubal.

»Woher willst du das wissen, oh allmächtiger Hasdrubal?« Edwards Worte trieften vor Hohn, doch Hasdrubal ließ sich nicht provozieren.

»Weil ich bereits geliebt habe, als deine Großmutter Sternenlicht im Auge der Zukunft gewesen ist, mein Freund.«

Edward schwieg.

»Weißt du, dass ich in all den Jahren noch nie in Rom gewesen bin?«, erkundigte sich Hasdrubal und seine Freundlichkeit zitterte nur ein winziges bisschen.

Und ich nie in Karthago, lag auf Edwards Zunge, doch er wandelte es in ein: »Kann ich mir vorstellen!«, um.

»Aber es ist etwas, was ich ändern werde. Wenn du sie nicht wertschätzt, ich kenne eine Menge Vampire, die es tun würden.«

»Lass Melanie in Ruhe.«

»Melanie?« Hasdrubal grinste süffisant und überraschte Edward mit einem wahren Versprechen: »Ich verspreche dir, ich werde Melanie in Ruhe lassen!«

15

Während Sofia schlief hatte Edward ihr Blut gerufen und war dem Ruf nach Deutschland, ins Ruhrgebiet, gefolgt, wo er seinen Engel kurz nach Anbruch der Dunkelheit wieder gefunden hatte.

Überraschenderweise nicht in ihrer eigenen Wohnung.

Wahrscheinlich die Wohnung ihrer toten Schwester, dachte Edward. Bei dem Gedanken an Magnus' makaberen Plan, der allerdings bisher eine gelungene Wirkung zeigte, schauderte ihm.

Sie glaubte sich sicher vor dem Magistraten und spürte nicht, dass er nur wenige Meter entfernt zu ihr hinüber sah. Wieder lief sie am Fenster vorbei und Edward erhaschte einen Blick auf ihre blonde Mähne, die sie nachlässig zu einer Lockenpracht hochgesteckt hatte.

Sie sah in dunkelblauer Jeans – *Hosen für Frauen sollten verboten werden!* – und einer schwarzen Bluse mit Rüschen bezaubernd aus. Die Kombination wirkte verspielt und betonte ihre Jugend.

Sofia ließ sich wieder auf dem Sofa nieder und nippte an dem tröstlich warmen Tee, nachdem sie das Fenster zum Balkon geöffnet hatte. Hinter ihr bauschten sich die langen Vorhänge luftig auf und der kalte Wind begann Geschichten vom nahenden Winter zu erzählen. Trotzdem gelang es ihr nicht zur Ruhe zu kommen und sich heimisch zu fühlen.

Sie hielt sich in der Wohnung einer Fremden auf. Die Räume waren kalt und leer, sie selber einsam. Sie fühlte sich gefangen von ihrem alten Leben, während sie von Raum zu Raum pilgerte. Selbst der Tee schmeckte fade und diente nur dazu, den Durst zu stillen und das Verlangen nach Blut hinauszuzögern.

Sobald Sofia die Augen schloss oder entspannte, kam das Pandämonium zurück: Gerüche nach Sex und Leidenschaft, vor Verlangen verzehrte Gesichter,

Schrei und Rufe in Sprachen und Dialekten die sie nicht kannte und die vielleicht bereits seit Jahrhunderten tot waren, ebenso wie die Sprecher. Der Kampf war für sie unerwartet gekommen. In einem Moment machten die Vampire ihr den Hof – im nächsten stürzten sie sich auf sie und versuchten ihrer habhaft zu werden. Auf einmal waren es zu viele, in der Masse zu stark, zu schnell – und überall.

Hätte Joel nicht eingegriffen und der andere, der alte Vampir mit der dunklen Hautfarbe, hätten die Vampire sie in ihrer Gier in Stücke gerissen.

Edward hatte traurigerweise recht behalten: Wenn sie keinen männlichen Vampir zur Seite stehen hatte, war sie Freiwild. *Warum ist er dann nicht mit dir gegangen?*

»Verlangen alleine reichte wohl nicht!«, hörte Edward sein Geschöpf leise murmeln und sah, wie sie ein Fotoalbum aus dem Regal nahm, um sich abzulenken.

Als er ihren Gesichtsausdruck sah, verfluchte er sie im Stillen für ihre Melancholie. Sicher sah sie sich gerade Bilder von glücklichen Tagen an.

Eine einzelne Träne in ihrem Augenwinkel blitzte im Licht und – als wolle sie Edward bestrafen – rollte sie sehr langsam hinab. Als der Tropfen an Sofias Mundwinkel hängen blieb, lenkte er Edwards Blick auf die perfekten, sinnlichen Lippen und gequält schloss der Vampir die Augen. Erst als er das entschlossene Zuschlagen des Fotoalbums hörte, öffnete er die Augen. Nur um zu sehen, dass sich die Vampirin zu einem Ball des Kummers zusammengehockt hatte und gegen den Kummer ankämpfte.

Hat sie denn niemanden, der sich um sie kümmert? Wütend presste er die Lippen zusammen, weil es so offensichtlich war. Sie war allein. Wahrscheinlich hatte sie nur ihre Schwester gehabt – und die hatte sie ja getötet. *So ein unfaires Spiel vom Magnus! Die Lebensüberdrüssige durfte leben, die andere musste sterben, ein Opfer für die Rachsucht!*

Der Gedanke beruhigte sein Gewissen nicht im Geringsten.

Entschlossen machte Sofia das Licht aus und zwang sich dazu, bewusst zu atmen und in die Nacht zu lauschen. Sie aktivierte all ihre Sinne und konzentrierte sich auf die Geräusche, die sie hören konnte. Nur um sich abzulenken und sich daran zu erinnern, dass es auch Leben auf dieser Welt gab – und Menschen, die mehr Glück hatten als sie. Als sie die Geräusche in der Wohnung unter ihr einem Geschehen zuordnen konnte, keuchte sie.

»Aber so glücklich muss nun wirklich nicht sein!« Sie versuchte sich auf etwas anderes zu konzentrieren. Doch ihre Sinne schalteten immer wieder automatisch zurück. Nach einigen Minuten ergab sich Sofia ihrem Schicksal und schloss die Augen. Sie konnte nahezu körperlich fühlen, wie ihr Nachbar die Zunge in seine

Geliebte senkte, und als sie sich noch mehr konzentrierte, konnte sie sogar die vaginale Feuchtigkeit der Frau riechen. Das genussvolle Stöhnen der Unbekannten prickelte auf Sofias Haut, kitzelte ihre Sinne und weckte ihren Instinkt. Der Nachbar leckte seine Freundin rhythmisch, bohrte seine Zunge zwischen ihre Schamlippen und Sofia konnte spüren, wie sich die junge Frau unter ihm wandte, konnte die Geräusche des Lakens hören, das Flüstern des erregten Körpers. Sofia befeuchtete mit der Zungenspitze ihre Lippen und ein leiser Seufzer entfuhr ihr, als sich das Prickeln in ihrem Körper vervielfachte. Ihr Körper war so erregt, als empfange er die Liebkosungen und reagiere auf sie. Probehalber nippte Sofia mit den Zähnen an ihrer Unterlippe, sog sie langsam ein und entließ sie durch den engen Spalt wieder in die Freiheit. Erst jetzt hörte sie die leise Musik, die so gar nicht zu der erotischen Szene in ihrem Kopf und in der Wohnung unter ihr passte und die aus dem Erdgeschoss zu kommen schien.

Justin Timberlakes »Sexy Back« war verführerisch. Mit dem mitreißenden Rhythmus und mit dem Vorspiel im Hintergrund konnte Sofia die Verlockung, sich dem Tanz hinzugeben, spüren. Wie von Außen fühlte sie die leichte Bewegung ihrer Hüfte, das Wiegen ihres Körpers. Der leise, hingebungsvolle Seufzer der geliebten Frau machte die Musik mythisch und ließ Sofias Körper erbeben. Wieder versuchte sie die Geräusche, die Hingabe und Leidenschaft auszuschließen, war aber zu ungeübt in ihren vampirischen Fähigkeiten, zu neugierig und bereits zu erregt, als das es gelingen konnte. Die Musik, der Text und Rhythmus flossen ineinander, verwoben sich mit dem animalischen Tanz des Pärchens und wurden zu purem Verlangen. Sie konnte einfach nicht widerstehen.

Bei dem herrlich verruchten Gedanken warf sie den Kopf in den Nacken und kicherte leise, glitt aber doch – wenn auch mit einem leichten Schamgefühl – aus ihrer Jeans. Genießerisch schloss sie die Augen, sperrte ihr Gewissen aus und verbarrikadierte die Tür mit Ruchlosigkeit.

Sofia konzentrierte sich auf den Takt der Musik und überließ sich dem Wunsch ihres Körpers, hörte nur noch auf ihre Instinkte, während sie den Klängen folgte.

Edward konnte die unerwünschte Reaktion seines Körpers spüren und bohrte seine Fingernägel in seinen Handballen, um sich durch die Schmerzen wieder in die Wirklichkeit zu reißen. Doch es wirkte nicht, denn der Anblick blieb derselbe: Sein Engel tanzte einen Tanz, den er so verführerisch noch bei keiner Frau gesehen hatte, sinnlich und einladend, so als bestehe sie aus purer Leidenschaft. Edward veränderte vorsichtig und leise seine Position, da seine Hose zu spannen begann. Zum Glück würde ihr Reigen nicht mehr lange dauern, da bald der Tag anbrach.

Ihre Bluse fiel und gab den Blick auf etwas preis, was verführerischer war, als alles was Edward je gesehen hatte. Er musste sich zurückhalten, um sich nicht zu der Vampirin zu gesellen und in ihrem Spiel die Hauptrolle zu übernehmen.

Unwillkürlich rutschte er auf seinem Beobachterposten hin und her, und versuchte seine steife Männlichkeit in eine bequemere Position zu bringen. Doch wie magisch wurde sein Blick wieder zurückgezogen, die Aufmerksamkeit seines Körpers und seines Geistes richteten sich auf eine Person: Den Engel in Dessous. Die Korsage umschmeichelte ihren Oberkörper, als sei sie für sie geschaffen worden; das Gold passte von Farbe und Muster zu dem Höschen, welches sie trug. Es verhüllte verführerisch mehr von ihrer makellosen Haut als es entblößte, ebenso wie die schwarzen Strapse, die zusammen mit den Strümpfen einen farblich verlockenden Kontrast zu dem schimmernden Weiß der Haut und zu dem einladenden Gold der Korsage bildeten und die verheißungsvolle Sinnlichkeit versprachen.

Schicksalsergeben öffnete Edward seine Hose und genoss das Gefühl des nachlassenden Drucks, doch er verbot sich selber jede Berührung, um sein Verlangen nicht noch zu verschlimmern. Er wünschte sich, sein Engel würde endlich aufhören. Nur um sich gleichzeitig zu wünschen, dass es niemals endete.

Als sich Sofia vor beugte und die kleinen Schnallen der Strapse löste, um langsam und genießerisch ihre Strümpfe hinabzurollen, Zentimeter um Zentimeter über ihre Oberschenkel, die Knie und hinab bis zu ihren Zehenspitzen, flüsterte reine Energie über ihre Haut. Edward konnte sie förmlich hören und sehen, wie sich selbst die kleinen, nahezu durchsichtigen Haare auf Sofias Körper unter dieser prickelnden Versuchung aufrichteten.

Genau wie er. Leicht streifte er seine Unterhose und ließ seine Fingerspitzen auf der Beule verweilen, die sich daraufhin noch weiter reckte.

Mit einer mäandernden Bewegung befreite sich Sofia von ihrer Korsage und bot ihm einen Ausblick auf ihre kleinen, festen Brüste mit keck nach oben gerichteten rosigen Brustwarzen. Sie schienen förmlich ach Berührung zu lechzten.

Edward befreite seinen Penis, der sich nun hart in seine Hand fügte; empfindlich und bereit. Noch nie hatte sich seine Libido Edwards Kontrolle entzogen! Nie sein Schwanz einfach so auf äußere Anreize reagiert!

Sofia öffnete ihre Haarspange, ihre blonde Mähne fiel in einer seidigen Kaskade über ihre Schultern, hinab bis zu ihrer Taille. Edward stöhnte, als er sich vorstellte, wie die weichen Wellen um seinen Körper glitten, über seine nackte Haut strichen, seinen Oberkörper hinab und weiter, bis sie ihn nur mit dieser sanften Berührung zum Höhepunkt folterte. Doch nun verharrte sie reglos, gefangen in ihrer Verbindung mit der anderen Frau. Ihre Lustschauer waren es, die Sofia durchrannen und mit sich rissen.

Sein Engel hatte sich zu tief auf ihre Sinne eingelassen, um die Verbindung zu lösen, wollte es vielleicht auch gar nicht. Edward kam nicht umhin, sich zu wundern und trotz seiner eigenen Erregung neugierig zu werden.

Sofia räkelte sich und verschmolz ihren Geist noch mehr mit den Empfindungen der Fremden. Genoss die Berührungen des fremden Körpers, als wäre es ihr eigener. Die fordernde und reizvolle Massage der Pobacken quälte und erregte sie zugleich. Die knisternde Atmosphäre berauschte sie und sie ließ sich in ihr treiben, ließ all ihre Sinne in Beschlag nehmen. Sofia spürte die Kühle des Gegenstandes, seine Länge und die Form, doch erst als sich die Finger auf den Analmuskel konzentrierten, begriff sie das Spiel ihres Nachbarn. Doch es war zu spät sich zu lösen, viel zu spät. Und so spürte sie, wie die sinnliche Massage intensiver wurde, die Rosette des Anus mit einschloss, während der Mann gleichzeitig mit seiner Zunge die Klitoris in kleinen Bewegungen umkreiste. Sein Zeigefinger umschmeichelte die Rosette, drückte kurz zu und verweilte dort für Sekunden, bevor der Druck nachließ. Die Kette wurde langsam zwischen den weiblichen Schenkeln hindurch gezogen, genutzt, um ihre Sinnlichkeit weiter anzuheizen und die Klitoris zu reizen. Die Kälte dieses Hilfsmittels bildete einen herrlichen Kontrast zu der warmen Zunge, während kalte Perle um kalte Perle durch die Schamlippen nach hinten gezogen wurde und für zusätzliche Reibung an diesem empfindsamen Ort sorgte. Sofia schrie leise auf, leiser als die Frau in der Nachbarwohnung, als der Nachbar sanft zudrückte und die erste kleine Kugeln im Anus verschwand. Kugel um Kugel, der größer werdenden Perlen wurde jetzt in die Frau gedrückt und jede Einzelne war überdeutlich zu spüren, war eine Überreizung der Sinne, öffnete sie mehr und mehr und sorgte gleichzeitig dafür, dass die Berührungen an ihrer Klitoris kaum noch auszuhalten waren. Lust schüttelte Sofias Körper, der auf den Körper der fremden Frau eingestimmt war. Zur Verstärkung nutzte sie selbst nun ihre Finger und folgte den Bewegungen ihres Nachbarn.

Edward stöhnte innerlich und gab auf, als er sah wie ihr Finger in dem kleinen, blonden Haarnest zwischen ihren Beinen verschwanden, während die andere Hand weiter über ihre Haut glitt, über den Busen, die sensible Brustwarzen und ihren Körper verwöhnte. Edwards Finger schlossen sich fester um seine Erektion und benutzten den Rhythmus der Vampirin um sich ebenfalls zu befriedigen. Er ließ sich von ihrer Ausstrahlung tragen, von den Wellen der Verführung, die sie ausstrahlte und ritt auf einen lautlosen Höhepunkt zu.

Sofia wurde von Höllenqualen der Lust geschüttelt und schrie tonlos, als das Feuerwerk der Ekstase über der Frau und über ihr zusammenschlug, ihr Nachbar gleichzeitig langsam und genießerisch Perle um Perle aus seiner Freundin herauszog, den Druck aufbaute, bis ihr Muskel nachgab, nur um neuem Druck ausgesetzt zu sein und so die beiden Frauen noch höher trug. Bis beide weiblichen Körper aufgaben und sich in konvulsivischen Zuckungen entluden.

Noch Minuten nachdem Sofia die Vorhänge zugezogen und sich schlafen gelegt hatte, fragte sich Edward, was zum Teufel gerade geschehen war. Wie hatte er sich nur so gehen lassen können?

Doch statt echte Schuldgefühle oder Reue zu empfinden, durchliefen ihn immer noch unkontrollierte Wellen der Lust wie ein Flashback des Orgasmus, bei dessen Erinnerung ihn immer noch ein Schauder des Verlangens packte.

»Gott, was für Schönheit und Leidenschaft«, murmelte er leise und wandte sich ab.

»Ja, tatsächlich, nicht wahr?«

Edward starrte Morna schockiert an.

»Entschuldige, du warst…abgelenkt«, meinte sie mit einem amüsiert Fingerzeig auf seine Hose.

»Was willst du?« Edward war wütend wie selten zuvor. Nicht nur, dass sie ihn erwischt hatte, wie er über sein Opfer fantasierte, sondern dass ausgerechnet sie den Engel dermaßen verführerisch und ruchlos erlebt hatte, machte ihm zu schaffen.

»Oh, ich bin wegen der guten Aussicht hier«, gab sie zurück und Edward spürte, dass Morna tatsächlich alles gesehen hatte, nicht nur den Schluss. »Außerdem bin ich ebenfalls an der Kleinen interessiert.« Die Hexe benetzte ihre Lippen mit ihrer Zungenspitze und diese kleine, sinnliche Geste machte Edward deutlich, wie Morna ihren Satz meinte. »Ich bin mir sicher, es wird ein Vergnügen sein, sie und Xylos zu beobachten – oder vielleicht an dem Spiel teilzunehmen. Ich bin mir sicher, sie hat nichts gegen…Experimente.«

Edward schluckte und kämpfte seinen Hass nieder. Er kannte Mornas Vorstellung von Experimenten und ihren Hang zur Kreativität.

»Keine Angst!«, meinte Morna und schürte Edwards Wut weiter. Dass sie seine Gedanken einfach durchschaute beunruhigte ihn.

»Spiel ruhig mit ihr, solange du noch Zeit dazu hast. Ich glaube sowieso, dass es dir nichts nutzt. Schließlich hat sie unter den Vampiren genügend Auswahl.«

Edward erstarrte innerlich. Xylos? Hasdrubal? Joel? Wenn er sich einen von ihnen in der Nähe seines Engels vorstellte, fühlte der Vampir ein Gefühl in sich, welches er nicht zuordnen konnte. Aber es kam Hass sehr nahe. Morna lachte leise, als könne sie Edwards Gedanken lesen.

»Wenn ich es nicht besser wüsste, könnte ich glauben, der Mann, der nicht an die Liebe glaubt, sei eifersüchtig.«

Edward ballte seine Hand zu Fäusten, doch er beherrschte sich. Wenn er Morna jetzt provozierte, war es das. Keine Sofia mehr, keine Erlösung.

»Wir sehen uns gleich«, lachte Morna und verschwand. Ihre Worte waren Befehl, Einladung und Feststellung zugleich.

Edward fluchte leise und in fünf verschiedenen Sprachen, zwei davon waren ausgestorben. Mit seiner Lustbesessenehit hatte er Gefühle entwickelt, die er nicht haben durfte und wertvolle Zeit verstreichen lassen. Einen Luxus, den er sich nicht leisten durfte!

Noch während er überlegte, was zu tun war, fiel ihm auf, dass er sich bereits entschieden hatte und auf Sofias Balkon stand. Kopfschüttelnd betrat er durch die immer noch offene Balkontür die Wohnung und zog wie geplant die Pistole. Er würde sie im Schlafzimmer platzieren, so dass Sofia sie nach ihrem Erwachen finden würde. *Und hoffentlich ist sie auch in der Lage, sie zu benutzen!*

Da hörte er das Geräusch mit dem Sofia das Bett verließ. *Sie ist noch wach? Unmöglich! Kein junger Vampir kann zu solch einer frühen Morgenstunde noch bei Bewusstsein sein!* Hastig rief Edward ihr Blut, benutzte diese Verbindung zwischen ihnen, um sein Geschöpf zu kontrollieren und stieß auf ein mentales Hindernis. Sie blockierte ihn, sperrte ihn aus, ohne seinen Versuch überhaupt bewusst wahrzunehmen! Ihre Schritte, verführerisches Tapsen von nackten Füßen auf kalten Fliesen, kam näher, als sie von den Geräuschen aufgeschreckt ins Wohnzimmer gehen wollte. Edward verstärkte den geistigen Druck so stark er sich traute und atmete erleichtert auf, als der Widerstand in sich zusammenfiel. Sekunden bevor sie den Flur vor ihm betrat.

In einem Moment war Sofia wach, dachte an Gefahr und im nächsten schwebte sie in einem Traum, eingehüllt in Leichtigkeit. Sie war immer noch in ihrer Wohnung, immer noch auf der Suche nach irgendetwas, ihre Sinne merkwürdig verzerrt. Ohne ihn zu sehen, wusste sie bereits, dass der Magistrat hier war, bei ihr und nur auf sie wartete.

Edward bebte am ganzen Körper. Sofia hatte sich lediglich ein dünnes, schwarzes Negligé übergezogen, mit schwarzer Spitze an Bein und Halsausschnitt und mit langen, trompetenförmigen Ärmeln. Der netzartige Stoff drängte sich an ihre Haut und ließ sie leuchten, während sich ihre langen Haare in Kaskaden um ihre Taille kringelten und die ihr – zusammen mit den riesigen, blauen Augen und dem Tranceleeren Ausdruck – einen überirdischen Touch gaben. Himmlische Perfektion, die seine schlummernde Lust wiedererweckte.

Nur einmal!, schwor er sich und bereute seine Entscheidung schon, bevor er die Worte sagte.

»Gibt mir deine Hände!« Die Stimme war keine Bitte, ließ kein Auflehnen zu. Sofia streckte die Hände aus.

Der Mann, der plötzlich vor ihr stand, umschloss sie mit seinen und sah ihr in die Augen. Merkwürdigerweise konnte Sofia ihn trotzdem nicht sehen, weder sein Gesicht, noch seine Augen. Da wo er sein müsste, war nur ein Schemen. Sie fühlte sich losgelöst von ihrem Körper, beinahe so, als beobachte sie eine Fremde. Bisher hatte sie gedacht, sie könne sich einfach nur nach dem Erwachen nicht mehr an das Gesicht des Magistraten erinnern, doch dieser Augenblick belehrte sie eines besseren. Sie sah ihn auch im Traum nicht.

Aber schlafe ich überhaupt? Sie meinte sich daran zu erinnern, wirklich aufgestanden und Richtung Wohnzimmer gegangen zu sein.

Als könne der Traumschatten ihre Gedanken lesen, benutzte er seinen Körper – ein kaum merkliches Verlagern seines Gewichtes – um sie an die Wand neben der Tür zu drängen. Obwohl Sofia die Bedrohung ihrer Situation wahrnahm, konnte sie die Faszination nicht abschütteln, sich nicht aus dem unsichtbaren Bann befreien.

Edward bewegte sich so langsam er konnte auf Sofia zu, beschwichtigte sie durch diese Langsamkeit und ließ sie ihre neuerliche geistige Gegenwehr vergaß.

Der Mann aus ihrer Fantasie beugte sich zu ihr und seine Lippen strichen sanft über ihre. So zärtlich, dass sie glaubte unter seinen Berührungen zerfließen zu können. Nie zuvor war sie so innig geküsst worden, so als ginge es tatsächlich um sie – nur um sie. Aufregung und Verwirrung wühlten ihre Emotionen auf, ließen sie jede Gegenwehr vergessen und ihren Körper in seine Arme schmelzen. Die Welt schien plötzlich unnatürlich still zu stehen, bedeutungslos unter seinen Liebkosungen. Sie verlor jedes Gefühl für Raum und Zeit, jedes Verlangen danach etwas anderes zu tun, als sich in diesem Kuss zu verlieren. Bis in alle Ewigkeit.

Der Traumschatten strich mit einer Hand – sie hatte nicht einmal bemerkt, dass er sie gehoben hatte – über ihre Wange und Sofia konnte keinen klaren Gedanken mehr fassen. Stattdessen öffnete sich ihr verräterischer Mund weiter, ließ seine Zunge ein, ließ zu, dass sie sich mit anhaltender Zärtlichkeit an ihr labte, sich zurückzog und wieder in sie eindrang, gemächlich und irgendwie vertraut. So als wäre sie eigens dazu geschaffen, diesen intimen Tanz mit ihr aufzuführen. Unwillkürlich schmiegte sie sich gegen den Unbekannten – doch plötzlich war sie allein.

Sofia stand verwirrt in ihrem Flur und starrte auf eine leere Stelle, wo eben noch ein Schattengebilde gewesen war. Beinahe konnte sie die Wärme wieder spüren, seine Lippen. Erschrocken öffnete sie die Augen. *Wach, ich bin wach!* Nachdenklich rieb sie ihre Lippen aneinander. Sie waren empfindsam und geschwollen, sie selber glühte förmlich vor Lust, zerschmolz nahezu unter ihrer eigenen, winzigen Berührung. *Kein Traum!* Jemand war hier gewesen, hatte sie in Trance versetzt, um sich in ihre Träume und Sehnsüchte zu stehlen. Sofia starrte an die Wand und versuchte ihre Libido und ihre verwirrten Gefühle unter Kontrolle zu bringen. Wer war bei ihr gewesen? Xylos, um sie dazu zu bringen zu ihm zu kommen, zu kapitulieren wie eine liebeskranke Maid? Joel, der Schwarze, vor dem alle Vampire Angst hatten und der eine geheimnisvolle Macht zu haben schien? Der Fremde aus Paris, der beinahe mystisch gewesen war und dessen Anwesenheit für Panik gesorgt hatte? Oder Edward?

Der Magistrat! Sofia erbleichte bei dem Gedanken. Von allen Vampiren war er der einzige, der nicht offen zu ihr kommen würde, sondern in einem Traum. Bereits einmal hatte er bewiesen, welche Macht er über sie besaß und er konnte es immer noch! Obwohl sie selber zum Vampir geworden war, konnte er sie beeinflussen! Frustriert heulte sie auf und schlug gegen die Wand. Dabei achtete sie weder auf die tiefe Delle im Mauerwerk noch auf den Riss in Putz und Tapete. Allein die Schmerzen in ihrer Hand ließen sie von einem zweiten Schlag absehen. *Großer Gott!* Als ihr die vollen Konsequenzen seiner Macht klar wurden, stürmte sie in ihr Schlafzimmer, riss kopflos ihren gerade erst wieder verstauten Koffer vom Schrank und begann hastig Kleidungsstücke aus Regalen, Schubladen und Schrank zu kramen. *Grundgütiger!* Sie verharrte reglos und starrte den Gegenstand an. Wer hat die Schusswaffe hier deponiert? Freund oder Feind und zu welchem Zweck? Jemand der von Paris gehört hatte und helfen wollte?

Sofia nahm die Waffe in die Hand und versuchte zu verstehen. Eine Glock? Sie kannte die Waffe nur aus dem Fernsehen, trotzdem gelang es ihr beim ersten Versuch das Magazin herauszuziehen. *Geladen.* Als Sofia auf der obersten Patrone ein Kreuz und ein »M« erkannte, begann sie unkontrolliert zu zittern. Er hatte sie tatsächlich gefunden!

16

Edward machte sich nicht die Mühe, seinen Zorn zu verbergen. Er war noch nie fortbefohlen worden, wenn er bei einem seiner Geschöpfe war. Nie hatte es die Hexe oder ihre Zwillingsschwester interessiert, was er mit seinen Auserwählten trieb.

Er stampfte die Treppe nach unten und gab sich keine Mühe, seine Macht zu verbergen, wie er es sonst tat. Sie wallte von ihm aus, vertrieb die jüngeren Vampire, brachte die älteren zum Schweigen und verdammte alle außer einige handverlesenen Gäste der Königin zu plötzlicher Panik.

Die Dunkelheit umwallte ihn, schien sein Begleiter zu werden und sich zu verdichten, während er sich Schritt für Schritt dem Audienzraum näherte.

Leer, hatte er schon vor der Landung festgestellt. Doch die Aura der Königin hing über dem Haus und er konnte den prickelnden Duft von Sex riechen, von Blut und Tod. Maeve war hier, in der Nähe und verbarg sich in ihrer Leidenschaft, ließ sich nicht orten, sondern erwartete bedingungslosen Gehorsam.

Als Edward um die Ecke bog, wich ihm Xylos mit einer fließenden Bewegung aus. Über seiner muskulösen Schulter lag ein toter Junge, nachlässig und lieblos gepackt und abtransportiert, nachdem Maeve ihn hatte ausbluten lassen.

»Schon wieder?« Edward hob eine Augenbraue und musterte den Goldton der Haut, der endgültig erloschen war. Normalerweise begnügte sich Maeve mit einem Opfer pro Jahr. Dies war schon der zweite innerhalb weniger Tage.

Ungerührt erwiderte Xylos Edwards Blick aus viel zu hellen, viel zu wasserblauen Augen. So hell, dass Edward sich in ihnen spiegelte und zum wiederholten Male fragte er sich, was wirklich hinter ihnen vorging.

»Und der nächste wartet schon!«

Edward war sich sicher, dass Xylos solch eine Information nicht umsonst preisgab, sondern sich etwas davon versprach.

»Seit wann verlangt sie das?«, fragte er und hoffte, von Xylos eine Antwort zu bekommen. Wenn die Königin tatsächlich etwas gegen Sofia plante, wollte er der erste sein, der es erfuhr.

»Sie verlangt es nicht.« Xylos Blick blieb ungerührt, sein Gesicht unlesbar als er weiterging. »Ich bringe sie ihr.«

Edward starrte dem Callboy hinterher. Xylos plante etwas – *Wahrscheinlich gemeinsam mit Morna!* – und was immer es war, es war für ihn gefährlich. – *Und für Melanie!*

Edward betrat den Raum, in dem niemand auf ihn wartete und versuchte sich ein Bild von der Lage zu machen.

Xylos beeinflusste die Königin, er war der on-off-Liebhaber Mornas und damit einer der einflussreichsten Vampire. Edwards Hals schnürte sich bei dem Gedanken zu, dass Xylos diesen Aufwand vielleicht nur betrieb, um sein Mädchen zu bekommen.

Melanie… Seine Gedanken verselbständigten sich und glitten zu ihr. Sie war wundervoll. Viel wundervoller als er es je bei einer Frau vermutet hätte. Eine vollkommene Göttin, gekommen ihn ins Verderben zu locken. Doch immer, wenn er zu diesem Fazit kam, musste er an die Leidenschaft denken, mit der sie sich ihrem zauberhaften Tanz hingegeben hatte.

Edward starrte aus dem Fenster in die Finsternis und visualisierte Sofias Anblick: makellose weiße Haut, die sich gegen die schwarzen Strümpfe abhob, umrahmt von Strapsen und einem hauchdünnen Slip. Die verführerische Korsage, die sie von einem süßen Engel in ein teuflisch verlockendes Wesen der Nacht verwandelt hatte.

Ausgerechnet sie! Edward ärgerte sich über sein eigenes Verlangen. Bis jetzt hatte er alle Frauen haben können, die er hatte haben wollen. Im Leben und im Tod. Hatte es aber nie gewollt. Nicht mehr seit dem Fluch.

Und ausgerechnet eine Frau, die er nicht haben konnte, begehrte er! Und wahrscheinlich nur aus diesem einzigen Grund!

Doch trotz dieser Logik hatte sich die Erinnerung an ihren Kuss in ihm festgesetzt. Das versteckte Versprechen in ihrer Zärtlichkeit hatte ihn mehr erschreckt, als jede andere Vertrautheit, die er je mit einer Frau ausgetauscht hatte. – Ebenso wie der plötzlich erwachte Wunsch sie zu seiner Geliebten zu machen.

Als Edward die Geräusche hinter sich nicht länger ignorieren konnte, drehte er sich mit einem nichtssagenden Gesichtsausdruck zu den vier Neuankömmlingen um und betrachtete sie, um sicherzugehen, dass ihn seine Sinne nicht betrogen.

Morna war nicht bei der Königin, nur Xylos, Hasdrubal und Joel. Maeve schwebte in ihrem schwarzen Kleid auf ihn zu, schien dabei kaum ihre Füße auf den Boden zu setzen und keine Bewegung ihrer Kleidung zeugte davon, dass sie ihren Körper tatsächlich bewegte. Sie wirkte wie eine unheimliche Alptraumfigur aus einem schlechten Horrorfilm, doch Edward schauderte. Zu lange war es her, dass ein Vampir der älter war als er selbst, seine Macht demonstriert hatte – und noch nie hatte es die Königin getan.

Ein Blick in ihr Gesicht erklärte ihm, warum sie in all den Jahrhunderten die nahezu unbestrittene Führerin ihres Volkes gewesen war. Intelligenz flammte durch den sonst so unbestreitbaren Wahnsinn und erzählte stumm von Jahrhunderten, Liebe, Leid und vergessenen Legenden.

Maeves kalte Schönheit traf Edward unvorbereitet und mit voller Wucht. Tränen traten in seine Augen und er versuchte nicht, sie vor ihr zu verbergen. Selbst ihre ausdrucksstarken Züge schienen schärfer geworden zu sein, erinnerten mehr an Morna, jedoch ohne den abgrundtiefen Hass und den Willen alles zu dominieren. Maeves Blick glitt von seinen Augen über sein Gesicht zu seinem Hals und der leeren Kette. Sie sagte kein Wort, sondern setzte ihre stumme Musterung fort, als sähe sie Edward zum ersten Mal und müsse sich erst eine Meinung über ihn bilden.

Als sei sie schließlich zu einem Urteil gekommen, trat sie einen Schritt zurück und schloss die drei anderen Vampire in ihr Blickfeld ein. Hasdrubal, der seltsam angespannt wirkte, so als warte er nur darauf, dass die Hölle losbräche und der dem kurzen Frieden im Wesen seiner Königin nicht zu trauen schien; Joel, dunkel und unbeteiligt wie immer; und Xylos, der merkwürdig zufrieden mit sich selbst wirkte.

Ein Opfer der Königin, dachte Edward, *sie hat ihn zum Vampir gemacht. Warum hat sie ausgerechnet ihn am Leben gelassen?*

»Xylos!«, begann die Königin und ihre Stimme schlug Edward in den Bann. Noch nie hatte Maeve so geklungen, ihre Stimme so rein, melodisch und voller Leben. »Ich werde deinem Wunsch entsprechen. Falls das Mädchen die Prophezeiung nicht erfüllt, wird sie dein sein!«

Edward wollte aufbrausen, doch die Königin verdammte ihn mit einer Handbewegung zum Schweigen.

»Du wirst diese verdammte Kette nicht benutzen, hörst du mich Xylos? Es ist dir verboten sie einzusperren und es ist dir verboten, mit Gewalt zu nehmen, was gegeben werden muss!«

Xylos nickte zum Zeichen, das er verstanden hatte.

Edward hasste ihn für einen glühenden Moment wegen der Überheblichkeit mit der der jüngere Vampir die Königin behandelte und für den Verlust in seinem Blick, der unverwandt auf Maeve ruhte. Er ahnte, wie gerne Xylos Sofia unterwerfen und abhängig machen wollte, doch beides war ihm nun verboten.

»Hasdrubal!«, die Königin winkte den Karthager näher. »Auch deiner Bitte werde ich entsprechen!«

Edward fluchte leise. Trotzdem war er sicher, dass alle ihn und seinen hilflosen Einwand gehört hatten.

»Falls sie die Frau ist, die Edward tötet, unterstelle ich sie deinem Schutz und deinen Entscheidungen und werde respektieren, was immer du für richtig hältst.«

Edward: »Du hast versprochen, dass du sie in Ruhe lässt.«

Hasdrubal nickte und verzog die Lippen zu einem genüsslichen Lächeln. »Und ich halte mein Versprechen! Ich lasse Melanie in Ruhe!«

Edward musterte Hasdrubal und versuchte zu ergründen, was dieser meinte, da er die Wahrheit sprach. Die Stimme der Königin riss ihn aus seinen Überlegungen.

»Stellst du auch Ansprüche auf das Mädchen?« Maeve hatte sich zu Joel gedreht.

»Nein, meine Königin.« Falls Joel die Veränderung der Königin aufgefallen war, verbarg er seine Gedanken vortrefflich.

»Wieso nicht?«

»Weil sie Edwards Erlösung ist.«

»Ist? Oder sein könnte?« Provozierend hob Maeve eine ihrer schmalen Augenbrauen und sah Edward fragend an. In ihrem Blick lag eine Mischung aus Beunruhigung, Wut und dieser seltsamen, intelligenten Selbstbeherrschung.

Es klopfte an der Tür und ohne eine Antwort abzuwarten, trat Morna ein. Sie wirkte verärgert, weil ihre Schwester die Besprechung schon begonnen hatte.

»Oh, habe ich es verpasst?«, fragte sie trotzdem mit einer zuckersüßen Stimme.

»Ja!« Dieses eine Wort schien Morna zu verunsichern und der Blick, den sie in Richtung ihrer Schwester warf, war überrascht.

»Falls das Mädchen versagt, bekommt Xylos sie und falls sie Edward tötet, Hasdrubal«, fasste Maeve ihre Verfügung noch einmal zusammen.

»Großartig!«, kommentierte Morna und funkelte ihre Schwester an. Auf ihrer perfekten Stirn bildete sich eine steile Falte. »Und wenn sie weder das eine noch das andere tut? Was ist, wenn sie diejenige ist, die mir zum Tode prophezeit wurde?«

Edward glaubte einen besorgten Unterton zu hören und die sanfte Antwort der Königin, die aus einer Frage bestand, machte ihm klar, dass er nicht der einzige war.

»Machst du dir Sorgen?«

»Nein.« Morna schüttelte energisch den Kopf.

»Dann stell nicht solche Fragen!«, befahl die Königin in einem absoluten Tonfall, der keinen Widerspruch duldete. Noch nie hatte Edward gehört, dass Maeve so mit ihrer mächtigen Schwester sprach. Doch es schien die Königin Kraft zu kosten sie selbst zu bleiben. Beinahe körperlich konnte Edward spüren, wie Maeves Persönlichkeit ins Straucheln geriet.

»Sie sollen sich von ihr fernhalten!«, befahl Morna und deutete auf alle vier Vampire.

Maeve sah sich um und in ihren Augen schwamm ein undurchsichtiger Schleier aus Blut.

»Sie hat noch elf Monate. Es ist euch erlaubt, um sie werben!«, befahl die Königin und bevor ihre Schwester einen Einwand vorbringen konnte, fügte sie hinzu: »Jede Nacht bis 0 Uhr, dann habt ihr zu gehen, denn auch die anderen Vampire haben dieselben Rechte wie ihr.«

»Was?«, Morna schrie ihre Schwester fast an und diese taumelte, als habe die Hexe ihr einen körperlichen Schlag versetzt.

»Das Mädchen hat dieselben Freiheiten, die jeder Vampir«, flüsterte Maeve trotzdem und ihre Stimme klang brüchig.

Wut verzerrte Mornas perfektes Puppengesicht, machte es für Sekunden zu einer boshaften Fratze, die ihre wahre Natur enthüllte, und die Edward schon vor Jahrhunderten gesehen hatte. – Zum ersten Mal als sie ihn verflucht hatte.

Doch von den drei anderen Zeugen ließ nur Xylos eine kurze Regung erkennen, die Edward nicht deuten konnte. Bei jedem anderen Lebewesen hätte er sie als Mitleid gedeutet.

17

Stundenlang war Sofia über den nächtlichen Boulevard geschlendert, hatte beim »Treasure Island« die Piratenschlacht angesehen, beim »Bellagio« die Wasserspiele, hatte die kleine Version des Pariser Eifelturms bestaunt, bevor sie ins »Venetian« gegangen war.

Dort hatte sie sich eine Gondelfahrt unter einem immer blauen, immer künstlichem, Himmel gegönnt. Es war bereits sehr spät – oder sehr früh – als sie sich, nach einer Achterbahnfahrt um das »New York, New York«, in Richtung ihres Hotels aufmachte.

Ihr Tempo und ihre Faszination der menschlichen Vergnügungswelt machte Edward nahezu wahnsinnig. Dazu kam der immer dringender werdende Wunsch mit ihr zu reden und sie zu berühren. Denn immer wieder schweiften seine Gedanken ab, wurde er selbst unaufmerksam. Dann dachte er an ihren Geschmack auf seinen Lippen, an ihre Küsse; zusammen mit der Erinnerung an den metallischen Geschmack ihres Blutes, wurde diese Vorstellung zu einem sinnlichen Genuss, einem Kaleidoskop seiner aufgewühlten Emotionen und des Verlangens.

Der Vampir konnte es nicht mehr länger vor sich selbst leugnen: Er war in seinen Engel vernarrt, wollte sie mehr als sie beschützen, wollte sie besitzen und sich in ihr verlieren. – Und jede dieser Erkenntnisse machte ihn wütender. Sie konnte und durfte nicht die Frau sein, die er liebte. *Jede Frau auf der Welt, nur sie nicht!*

»Hast du eigentlich vor, noch lange aufzubleiben?« Edward tauchte plötzlich an Sofias Seite auf.

»Ahhh!« Sie sprang so schnell und so weit zur Seite, dass sie um ihr Gleichgewicht kämpfen musste. »Scheiße!«, fluchte sie herzhaft, als sie ihr Gegenüber erkannte. »Hatte ich nicht gesagt, dass ich es hasse, wenn du so plötzlich auftauchst?«

»Edward musste wider seiner Vorsätze grinsen. *Sie ist großartig und schlagfertig!* »Ich glaube schon«, nickte er gönnerhaft.

»Einsneunzig groß und …«, sie musterte ihn abschätzend, »ca. hundert Kilo schwer …«

»Hei!«

»… eine Luftraumverdrängung von zirka 4 qm^3 …«

»Hei!«

»… und leise wie eine Feder.«

»Das sind meine leichten Knochen und die luftleeren Gedanken!«, spöttelte er.

Zwischen Sofias Augenbraue entstand eine steile Falte. »Verfolgst du mich etwa?«

»Ja.«

»Weißt du, was Stalking ist?«

»Zeig mich doch an«, meinte er achselzuckend und ging langsam auf sie zu. Obwohl sein plötzlich raubtierhafter Gang sie an Gefahr und Flucht denken ließ, zwang sich Sofia dazu, stehenzubleiben. Stattdessen setzte sie einen unbeteiligten Gesichtsausdruck auf und starrte ihm entgegen, wie er elegant näher kam, jede seiner Bewegungen eine Symphonie der Sinne, Edward selber ganz ein Teil der Dunkelheit. Mit keiner Mine gab sie zu erkennen, dass ihm die bräunlich-graue Kombination seiner Kleidung ein mystisches Aussehen verlieh. In dem schwachen Licht schien er zu einem verführerischen Phantasieprodukt zu werden; gekommen, um sie in seine irreale Welt zu locken.

»Du bist misstrauisch?!« Er machte eine Frage aus seiner Feststellung.

Sofia schnaubte. »Wen wundert es?«

»Paris?«

»Auch.«

»Du bist sehr einsilbig.«

»Ja.«

»Warum?«

Sofia wurde klar, dass sie Edward auf diese Weise nicht loswerden würde. »Wieso willst du das wissen? Wieso bist du hier?«

»Ich bin wegen dir hier, Mädchen!«, gab er zu. »Ich habe dich gesucht – nach Paris.«

»Du weißt es…?«

»Joel hat es mir erzählt.« Innerlich verzog Edward das Gesicht, als er an Joels Standpauke dachte.

»Wäre er nicht gewesen und dieser andere....« Sofia wandte sich schaudernd ab und überließ den Rest des Satzes Edwards Vorstellungskraft.

»Hasdrubal! – Was machst du in Vegas? Hier gibt es keine anderen Vampire.«

»Ich wollte mich amüsieren. Steht irgendwo in den Gesetzen, dass das verboten ist? Gibt es irgendwelche Einschränkungen? Bitte haben Sie keinen Spaß zwischen 1 Uhr und 4.15 und lachen Sie von 4.15 bis 4.30 nicht länger als eine halbe Sekunde? Steht irgendwo, Essen Sie bitte nur nach 5 Uhr und halten Sie sich nirgendwo auf, wo Menschen nicht mit plötzlich auftretenden Blutsaugern rechnen?«

»Melanie«, flüsterte Edward so schmeichelnd, dass ihr trotz des falschen Namens ein wohliger Schauder den Rücken hinab lief. Trotzdem vergaß sie keine Sekunde lang, dass er sie allein gelassen und ihr nicht einmal seine Hilfe angeboten hatte.

»Weißt du inzwischen, wo der Magistrat ist?«, fragte sie kurz ab.

»Er soll auf dem Weg nach Prag sein«, sagte Edward nonchalant. Joel und Hasdrubal hatten Recht. Edward würde Sofia im Auge behalten müssen. Und das konnte er am besten, wenn er bei ihr blieb. »Lass mich mit dir kommen!«

»Nein.«

»Warum nicht?«

»Weiß ich, ob ich dir trauen kann?«

»Weil ich ein Vampir bin?«

»Weil du existierst.«

»Sehr charmant.«

»Mein Charmemodus ist in Reparatur.«

»Das hat nicht zufällig etwas mit der Waffe zu tun, die du bei dir trägst?«

Sofia starrte ihn an. »Woher ...«

»Ich kann sie riechen, außerdem beobachte ich dich schon den ganzen Abend.«

In ihrem Gesicht konnte er eine rasche Abfolge von Gedanken ablesen.

»Pass auf, Melanie: ich bin hier, weil ich bei dir sein und dir helfen will.«

»Wieso? Was versprichst du dir davon?«

»Du bist wirklich misstrauisch!«

»Das Leben hat mich gelehrt, dass man am besten fährt, wenn man das Schlechteste von den Menschen erwartet.«

Ihre Blicke maßen einander und schließlich gab Edward nach. Es stand zuviel für ihn auf dem Spiel, als das er seine Ziele durch eine unnötige Auseinandersetzung riskieren konnte.

»Es gibt viele Gründe: Weil ich dich mag, weil ich mich zu dir hingezogen fühle und weil alles, was der Hexe schadet gut ist.«

»Warum?«

»Bist du nicht schon aus dem Warum-Alter?« fragte er.

Süffisant zog Sofia eine Augenbraue hoch und wartete auf seine Antwort.

»Weil die Hexe meine Familie auf dem Gewissen hat – zu ihrer Belustigung.«

Sofia nickte. *Wahrheit.*

»Ja, es hat etwas mit der Waffe zu tun. Bleibt dieses Gespräch unter uns?«

»Heiliges Vampirehrenwort!«

Sofia musste wider Willen schmunzeln. Edward war froh, dass es ihm gelungen war, dass Eis zu brechen. Sein Engel lachte nicht oft, doch wenn sie es tat verlor er sich in seinen Träumen.

Verdammt! Wo war bloß seine Selbstdisziplin hin? So sehr er es wollte, so konnte er doch nicht ihr gemeinsames Blut für seine Fantasien verantwortlich machen. Nur seinen eklatanten Mangel an Kontrolle in allen Dingen, die sein Geschöpf betrafen.

»Nach Paris bin ich nach Hause gefahren. Genau eine Nacht lang bin ich dort gewesen. – Der Magistrat hat mich gefunden und ein Geschenk dagelassen. Sein Zeichen ist auf den mit Weihwasser und Silber gefüllten Patronen: ein »M«. Er kann mich finden – jederzeit, überall…und manipulieren. Ich werde nie sicher sein.«

»Nicht, solange er noch lebt«, stimmte Edward zu und es war keine Lüge.

»Nie wieder wird mich jemand benutzen, nie wieder hörst du?! Niemand bringt mich ungestraft um mein Leben.« Ihr Blick, verloren und ängstlich, ließ ihn frösteln. Am liebsten hätte er sie genommen, in Sicherheit gebracht und getröstet – doch genau das durfte er nicht, wenn der Plan funktionieren sollte.

»Dann bring ihn mit seiner eigenen Waffe um, sobald du ihn findest«, schlug Edward vor, obwohl ihn seine eigenen Worte beinahe zerrissen. Er musste sich in Sicherheit bringen. Sich und den Plan. *Verletze sich – bring sie dazu auch dich – Edward – zu hassen!*

Er kämpfte sein Mitleid und sein aufgestautes Verlangen nieder. »Zeig mir deine Arme!« Selbst in seinen Ohren hörte sich seine Stimme gefährlich ausdruckslos an.

»Mein Arme? Aber wieso?« Sie wirkte verwirrt.

»Deine Arme!«, befehlend streckte er seine Hand aus, so als rechne er damit, dass sie ihm ihre Unterarme anvertraute.

Kompromisslos und Befehlsgewohnt waren die Worte, die ihr bei seinem Anblick in den Sinn kam. Mit einem Mal schnürte es ihr die Brust zu. *Was weiß er?* Angst davor, dass er ihr Geheimnis entdeckt haben könnte stieg in ihr auf und es kostete sie Mühe zu fragen: »Was für ein Spiel spielst du? Worauf willst du hinaus?«

Ein Hauch von dem, was ihr Geheimnis für sie bedeutete, musste ihren Ton gefärbt haben – etwas flackerte in seinen Augen auf. »Nein, meine Schöne – das ist kein Spiel.« Edwards Miene wurde härter: »Deine Arme.«

»Fall tot um!« Sie wich langsam vor ihm zurück, doch er folgte ihr mit einer seltsamen Mischung aus Anmut und Bedrohung. Plötzlich hatte sie das Gefühl, dass nur sehr wenige Vampire Edward so erlebt und es überlebt hatten.

»Das bin ich bereits«, kommentierte er, »und ich habe keinen Bedarf, noch einmal zu sterben.« Er griff mit atemberaubender Geschwindigkeit nach ihrer Hand und riss das Mädchen zu sich. Er zerriss grob ihre langen Ärmel bis zu den Oberarmen. »Nicht einmal für dich, meine Schöne!«

Sie begriff, dass er tatsächlich nach Narben auf ihren Armen suchte, nach Zeichen für ihre selbstmörderischen Absichten. Seine Fingerkuppen glitten über ihre Haut, doch anders als bei den Malen zuvor, waren sie nicht verführerisch, weckten kein Verlangen, sondern nur kalte Wut. Sie riss sich mit einem Ruck von ihm frei.

»Wie hast du es dann getan, Melanie? Mit Tabletten?«

»Du verdammter Bastard!«, fluchte Sofia und schlug zu, bevor sie es sich überlegt konnte.

Edward starrte sein Geschöpf an, sie funkelte wild zurück. Doch in ihren Augen, verborgen unter ihrer Wut las er etwas anderes. Eine Verzweiflung so tief und offen, dass sie emotionale Höllenqualen leiden musste. Trotzdem durfte er sie nicht schonen!

»Melanie, wie hast du es getan?«

Der Engel stürzte sich auf ihn, doch Edward war vorbereitet und fing sie ab, ein; hielt sie und zwang sie, seinen Blick zu erwidern.

»Wie?« Er wusste, dass seine hochmütige Frage seinen herablassenden Gesichtsausdruck widerspiegelte. Doch sie blieb stumm und versuchte sich aus seiner Gewalt zu befreien. Ein Schatten, der gegen einen Schemen kämpfte. – Zu leise und zu schnell, um vor den Augen der Sterblichen Gnade zu finden.

»Melanie!«, flüsterte er gegen ihre Lippen und holte zum letzten Schlag aus. *Dafür wird sie mich mit Sicherheit hassen!* »Der Magistrat verwandelt nur lebensüberdrüssige Frauen in Vampire. Bisher haben sich alle umgebracht. Also: Wie planst du deinen Tod? Besuchst du Kirchen, weil Vampire sie nicht betreten können? Die Sonne? Wie willst du es versuchen, Melanie?«

Edward konnte die Aufgabe seines Geschöpfes körperlich spüren, ihr Zittern war überdeutlich. »Melanie ist tot!«, flüsterte Sofia tränenerstickt, so leise, dass er sie kaum hören konnte.

»Lügnerin!«, fauchte Edward.

Als sein Blick ihren einfing, wurde ihr Schmerz dreidimensional, traf ihn mit unvorhergesehener Wucht und drang in sein Herz.

»Sofia!«, flüsterte sie leise und hielt seinem Blick stand. »Mein Name ist Sofia!«

Wahrheit, stellten seine Sinne fest. Schockiert wich er einen Schritt zurück.

Edward starrte den Engel vor sich an. Erleichterung und Frust, Weinen und Lachen tobten in seinem Inneren, während er sich wie ein naiver Idiot fühlte. Ein rücksichtsloser, egoistischer Idiot.

Natürlich! Zwillinge! Er hatte es nicht gemerkt – nicht einmal in Betracht gezogen. Selbst die Hexe war bei ihrer Überprüfung darauf hereingefallen, hatte sich nicht einmal darum gekümmert, dass die Lebensüberdrüssige noch eine Schwester hatte, geschweige denn kontrolliert, ob sie zufällig ein Zwilling war.

Und der Magnus? Nein, niemals glaubte Edward an einen Zufall! *Welches Spiel spielst du mit mir, mein Freund? – Und spielst du es überhaupt mit mir?*

Ihm fiel der Satz des Magnus ein, den er der Königin ins Gesicht gespieen hatte: »Ich bin auf der Seite des Mädchens.«

Edward schloss seine Augen, sperrte Sofias Anblick aus, als könne er so auch seine Schuldgefühle aussperren. Das Mädchen war rein, sanft und stark und vollkommen unschuldig. Sie verdiente nichts von alledem. Nichts von alledem was mit ihr geschah betraf sie. Ein böses Spiel von bösen Wesen.

Edward räusperte sich hilflos. »Was hast du vorhin gemeint?«

Als sie lange Zeit nicht antwortete, befürchtete er, sie würde nie wieder mit ihm sprechen, doch schließlich fragte sie: »Womit?«

»Als du gesagt hast, niemand würde dich jemals wieder benutzen?«

»Das ist eine lange Geschichte.«

»Nun, ganz zufällig sind wir beide unsterblich, du kannst also gerne so lange erzählen, wie du möchtest.«

Wider Willen musste Sofia lächeln. Edward verstand es sie aufzuheitern – und gezielt zu verletzen.

Bei ihrem Lächeln verwandelte sich das Eis seiner Augen von einer Sekunde zur anderen in lodernde Flammen des Verlangens und er trat so rasch an sie heran, dass er ihren Fluchttrieb überrumpelte.

»Was immer es war, es tut mir leid. Wenn ich es ungeschehen machen könnte, dann würde ich es tun.«

»Selbst meine Existenz als Vampir?«

»Selbst deine Existenz als Vampir!«, murmelte Edward an Sofias Lippen und zögerte, als er den Schalk in ihrem Blick sah.

»Selbst wenn das bedeuten würde, du wärst mir nie begegnet?«, ihr Atem streifte seinen Mund und er musste sich konzentrieren, um ihr eine passende Antwort zu geben: »Mir nicht begegnet zu sein, ist wahrlich nicht das schlimmste, was dir geschehen könnte!«

Sofia lachte leise und Edward stahl das Lachen direkt aus ihrem Mund indem er sie küsste. Einen Augenblick lang blieb ihr Körper angespannt, dann, wie von selbst, wurden ihre Lippen weicher, gaben unter seinem Kuss nach und Sofia begeisterte ihn erneut mit ihrer unschuldigen Leidenschaft. Als die Vampirin schließlich zurückwich, spiegelte ihr Gesichtsausdruck ihre Verwirrung wider.

Edward ging es nicht anders. Obwohl sein Verstand ihn an den Fluch und an die Aufgabe, die Sofia zu erledigen hatte, erinnerte, wollte er sie mit einem Verlangen, das ebenso irrational wie unkontrollierbar war.

»Ich will das nicht«, murmelte Sofia und schüttelte den Kopf, als müsse sie sich selbst von ihren Worten überzeugen.

»Das ist eine Lüge!«

»Nein, ist es nicht!« Sie schüttelte heftiger den Kopf.

»Ich kann dein Verlangen spüren.« Edward leckte sich die Lippen. »Ich kann es schmecken.«

Sofia gab einen gequälten Laut von sich. *Wie belügt man jemanden, der weiß, was man fühlte?*

»In Ordnung«, gab sie zu, »meine Libido spielt meinem Verstand Streiche, wenn du in meiner Nähe bist, und mein Körper verlangt nach deinem.« Ihre Miene wurde frustriert. »Macht dich das glücklich?« Der letzte Satz war Zynismus pur.

«Ja.« Der lächelnde Edward schenkte ihr nur dieses eine Wort, aber es floss durch ihren Körper, ihren Verstand und flüsterte von Dingen, die er nicht gesagt hatte. Wisperte von Erfüllung, Leidenschaft und Verehrung.

»Was hält dich ab?« Seltsamerweise stelle Edward diese Frage, obwohl sein Verstand immer noch gegen seine Leidenschaft anbrüllte.

Sofia schnaubte. »Was hält dich ab? Ist das eine ernste Frage? Vor drei Minuten hast du nicht einmal gewusst, wer ich bin!«

»Und habe dich gewollt.«

»Du meinst, du hast mich quälen wollen?!«, konterte sie wütend.

Er beugte sich zu ihr und legte seine gesamte Sehnsucht und alle Bitten um Vergeben und seinen zärtlichen Verführungskuss – bis sie nachgab und sich nicht nur küssen ließ, sondern zurückküsste. Erst dann ließ er von ihren Lippen ab, küsste sich über ihre Wangen zur Nase, über die Augenlider, die sich flatternd schlossen, die klare Stirn und wieder hinab. Als Sofia ihre Augen wieder öffnete und er in ihnen die Antwort auf seine wortlose Bitte las, packte ihn das Verlangen mit solcher Macht, dass er nicht widerstehen konnte. Er grub seine Hände in ihre seidigen Haare, während sich die sexuelle Energie um sie sammelte und Sofia und ihn in ihrem Zentrum gefangen hielt.

Sein Mund nahm ihren in Besitz. Feurige Leidenschaft sprang von ihm zu ihr über und steigerte sich zu einem unbarmherzigen Hunger, der seinen Ursprung tief in seiner Seele hatte und in ihrer einen Resonanzkörper fand. Der Kuss war nicht genug, würde es nie sein.

Sofia wollte Edward wegdrücken, doch ihre Hände verselbständigten sich und blieben – es war unmöglich sie fortzunehmen – auf seinem Hemd ruhen. Selbst durch den Stoff hindurch konnte Sofia die Lebenswärme spüren, die von Edward ausging. Trotzdem erkannte sie, warum er sie küsste. Weil er sie durch ihre Leidenschaft kontrollieren wollte, bis sie ihn mitnahm. Sie war vielleicht leidenschaftlich – aber ohne Kontrolle? Nur weil sie Lust empfand, wenn er sie küsste, hieß das noch lange nicht, dass sie nicht mehr klar denken konnte.

Sie seufzte leise, als sie zu diesem Schluss kam. Solange sie trotzdem noch rationale Entscheidungen treffen konnte, Edwards Küsse sie nicht beeinflussten, konnte er sie küssen, solange er sie wollte. Dann gab es keinen logischen Grund, auch nur eine Sekunde seiner himmlischen Küsse zu verschwenden oder sie gar zu verhindern. Sie schnappte nach Luft, als Edward seinen Mund von ihrem löste und er seine Lippen langsam tiefer gleiten ließ. Ihr Puls wurde schneller, als seine Eckzähne sanft und beinahe fragend über ihre Haut glitten.

»Nein!« Sie machte sich von ihm los und trat einen Schritt zurück.

Allein ihre schreckensweiten Augen hielten ihn davon ab, sie sofort wieder in seine Arme zu schließen.

»Sofia!« er streckte die Hand nach ihr aus.

»Nein!« Sie trat einen weiteren Schritt zurück und starrte seine Hand an, als sei sie ein Fremdkörper in ihrer Welt. »Bleib wo du bist, Edward! Bleib wo du bist!«

Er rührte sich nicht, starrte nur die verletzliche Schönheit vor sich an und wurde sich bewusst, dass er der Grund war, warum sie Angst hatte, der Magistrat, wegen dem sie entsetzliche Qualen litt. Während in ihm alles jubelte, dass es Liebe tatsächlich gab und er sie nach all den Jahrhunderten gefunden hatte, kämpfte Sofia gegen ihre inneren Dämonen, gegen ihre Schuldgefühle wegen des Todes ihrer Schwester, um ein Leben in einer Gesellschaft, die keinen Platz für sie bot und gegen einen unbekannten Mann – den Magistraten – der sie diesen Seelenqualen ausgeliefert hatte.

»Sofia, verzeih!«, bat Edward.

Gott Melanie, ich bin solch ein Idiot! schalt sich Sofia selber. *Edward wird dich früher oder später enttäuschen und im Stich lassen! Wie alle anderen!* Sie kämpfte gegen die Tränen.

»Geh Edward! Geh und kümmere dich nicht mehr um mich. Tu so, als wenn ich nicht existieren würde.«

»Nein!« Ihr Anblick brach ihm das Herz. »Sofia«, flüsterte er leise.

»Sag niemandem wer ich bin«, hauchte die Vampirin und war verschwunden. Edward drehte sich einmal um seine eigene Achse, konnte jedoch nicht ausmachen, wohin sie verschwunden war. »… sonst bin ich tot!« Das leise Flüstern schien aus allen Richtungen zu kommen und direkt aus ihrem Herzen.

»Sofia!« Edward wusste, dass der Ruf umsonst war, dass sie ihn nicht mehr hören konnte oder wollte. Er hatte sie verloren. Gespielt, gesetzt und verloren.

18

Er fühlte sich benutzt. Ein Gefühl, dass ihm ganz und gar nicht behagten. Plötzlich schien jeder sein eigenes Spiel zu spielen und eigene Ziele zu verfolgen. – Jedes Spiel mit Sofia als Hauptfigur.

Als er den Magnus endlich kommen hörte, legte sich Edwards Erregung und machte heißer Wut Platz. Er hatte seinem Freund geglaubt und seinem unfehlbaren Plan vertraut. *Was planst du wirklich, Magnus?*

Schon wieder war er zur Königin gerufen worden, schon wieder unvorhergesehen und schon wieder zu einer Zeit, in der eine Störung noch vor Wochen undenkbar gewesen wäre. Doch Morna und Maeve hatten seine Anwesenheit bisher schlichtweg ignoriert.

»Die Zeit läuft mir davon«, meinte Magnus beim Eintreten und bei seinem verzweifelten Gesichtsausdruck spürte Edward einen Stich. Was immer sein Freund geplant hatte, es lief offensichtlich schief.

Morna und Maeve standen nahezu synchron – ein gespenstischer Anblick – von dem einzigen Gegenstand auf, der den kahlen Raum dominierte: Dem Bett. Einem sündigen Traumgebilde aus weißer Seide, so zart und hell wie die Alabasterhaut der Zwillinge, die darauf mehr denn je wie Wesen aus einer anderen Welt gewirkt hatten. Identische, eineiige Zwillinge. Doch als die beiden Zeitgleich ihre Augen aufschlugen, wurde ein gravierender Unterschied deutlich: Morna war wütend, während Maeve gegen den Wahnsinn kämpfte – und verlor. Trotzdem blickten ihre blutunterlaufenen Augen zielgerichtet zur Tür.

»Meine Königin!« Der Magnus kniete nieder und die Blicke der Königin folgten ihm, obwohl Edward sicher war, dass sie ihn nicht sehen konnte. »Ich bitte Euch um die Unsterblichkeit für meine sterbliche Geliebte!«

Die Stimme des Magnus bebte und Edward ahnte, was es den alten Vampir kostete, diese Bitte zu äußern.

Das Lachen der Hexe klang wie brüchiges Papier. »Dafür habe ich die Ketten erschaffen.«

»Das ist Sklaverei, keine Liebe, Morna!«

Niemals zuvor hatte Edward den Namen der Hexe aus Magnus' Mund gehört. Er klang sonderbar, beinahe wie in einer fremden Sprache und doch vertraut und melodisch, als sei er etwas, was Magnus vor langer Zeit einmal sehr häufig gesagt hatte.

»Sie wäre in Sicherheit«, meinte Morna sanft, »und ich auch.«

»Lass sie mich zu einem Vampir machen!« Magnus Stimme war flehend, es schwangen Töne in ihr mit, die beinahe hypnotisch schmeichelten und seine Verzweiflung unterstrichen.

»Niemals«, flüsterte Morna, als habe Magnus sie um etwas Entsetzliches gebeten. »Niemals zum Vampir!« Sie kam näher. »Hörst du mich! Niemals wird jemand weibliche Vampire erschaffen! Niemals Wesen, die mir schaden könnten!«

»Du kannst doch nicht wegen einer einzigen Prophezeiung in ständiger Furcht leben!« Magnus fauchte und es klang, als greife er eine Jahrhundertealte Diskussion wieder auf.

»Fahr zur Hölle!«

»Da bin ich bereits!« Die beiden musterten sich wie Kontrahenten, bis sich Magnus an Maeve wandte. »Maeve?«

Edward schwieg, wie es seine Pflicht war. Niemand den er kannte – und der es überlebt hatte – hatte die Königin jemals einfach nur bei ihrem Namen genannt.

Doch Maeves Gesicht blieb weich, ihre Stimme entfernt und sanft als sie ihn mit einem Ausdruck ansah, der beinahe tadelnd wirkte. »Sie ist meine Schwester, Magnus. Ich kann sie unmöglich in Gefahr bringen.«

»Aber mich, nicht wahr? Mich kannst du durch die Hölle gehen lassen?!«, verbittert wandte er sich Richtung Edward ab.

»Erzähl mir nichts von der Hölle!« Maeves Stimme klang eisig. »Was hast du vor? Du machst sie zu einem Vampir und dann?«

»Du weißt es …« Die Stimme des Magnus verklang leise in der Luft.

»Nein!« Maeve schrie so laut, dass jede Zelle in Edwards Körper vibrierte. Plötzlich war die Königin bei Magnus und schlug wie eine Besessene auf ihn ein, während er lediglich versuchte sich zu verteidigen. »Ich verbiete es! Niemals! Solange ich lebe wird niemand mehr – Niemand, hörst du mich, Bruder? – Niemand wird es mehr tun! Niemand …« Ihre Kräfte schienen nachzulassen, sie sackte langsam auf die Knie, als gäbe jeder Muskel in ihrem Körper nach und weigere sich, ihr Gewicht länger zu tragen.

»... der Bund, der Ritus ...« das Flüstern des Magnus war nur noch eine verzweifelte Bitte um Anhörung.

Doch der Wahnsinn in Maeves Blick war unübersehbar, ebenso wie der Schmerz. Eine Trauer, die so groß war, dass sie Erlösung suchte und sie nur im Wahnsinn und in rauschhaften Blutorgien finden konnte.

Zum ersten Mal begriff Edward, der immer noch von den Eindrücken und Erkenntnissen wie erschlagen war, dass der mythische Bund zwischen zwei Vampiren keine Legende war, der vertraut-verbotene Wortlaut über den er als Magistrat wachte, kein ausgestorbenes Ritual. Der Bund der Gefährten war Wirklichkeit und die Königin war ihn – vielleicht vor Jahrtausenden – eingegangen.

Ihre Liebe ist gestorben und sie wahnsinnig geworden! Deswegen immer dieselben Männer, dasselbe Ritual: Liebe am Anfang, Lust in der Mitte und am Ende immer der Tod und das Leid.

»Ich verfluche den Bund, ich verfluche Vampire und die Unsterblichkeit, ich verfluche dich ...«, flüsterte Maeve so leise, dass er sie kaum hörte. Morna kicherte leise und schadenfroh. Ihr entging der Blick, den Maeve ihr zuwarf und der Edward schaudern ließ.

»... und dich auch, hörst du mich, Morna? Dich auch ...« Maeve bettete ihr Gesicht in ihre Hände, schloss die Wirklichkeit aus und weinte. »Du hast dich mit deinem eigenen Fluch, Edwards Fluch, selbst in Gefahr gebracht – alle zehn Jahre aufs Neue!«

Morna beugte sich besorgt zu ihrer Schwester und nahm ihre Hand. Maeve hielt sie, als sei der Kontakt zu ihrer Schwester der letzte Rettungsanker der sie an die Realität band, während sie von Weinkrämpfen geschüttelt wurde.

Magnus wandte sich ab, doch mit einer Handbewegung stoppt Morna ihn. »Du wirst nicht zu deiner Geliebten gehen.«

Magnus sah zu Boden, als könne er die Entscheidung nicht fassen. Leise und verzweifelt beschwor er seine Schwester: »Sie stirbt!«

Morna lachte höhnisch, doch unterschwellig glaubte Edward Unsicherheit und Trauer zu hören. »Das tun sie alle, mein Bruder. Irgendwann tun sie das alle!«

Maeves Zustimmung war nur ein verzweifelter Hauch, während sie um jemanden weinte, den Edward nie gekannt hatte und drang nur zu seinen Ohren, weil er angestrengt horchte. »Ja, Schwester, das tun sie alle!«

Morna verzog ihr Gesicht und Edward begriff mit einem Mal, dass es nicht allein Macht oder Mitleid war, welches sie an der Seite ihrer Schwester ausharren ließ, sondern etwas anderes: Liebe und Furcht.

Er kannte die Macht der Hexe über ihre Zwillingsschwester, hatte aber nie damit gerechnet, dass Morna sich davor fürchtete, diese Macht eines Tages nicht mehr zu haben, oder den Gefühlen und dem Wahnsinn ihrer Schwester ausgeliefert zu sein.

»Damit ist es beschlossen!«, verkündete die Hexe mit einem Blick auf Edward. Da sich Maeve nicht rührte, nickte er in seiner Funktion als Magistrat und bezeugte den Befehl. Erst dann rief Morna die Schatten.

Die Leibwache strömte in einer Wolke aus Dunkelheit und Gnadenlosigkeit herein, als bestünde sie nicht aus Individuen, sondern sei eine kollektive Schutzmacht. Joel an ihrer Spitze wirkte freudlos, als er den Magnus in Gewahrsam nahm und die Anweisung gab, ihn in den Keller des museumsähnlichen Hauses zu bringen.

Dort hatte Morna Jahre ihres Lebens zugebracht. Sie hatte dort unten nicht nur Artefakte gelagert, Rezepte und Zauber, sondern auch Kerker erschaffen, die von solch starker Magie geschützt wurden, dass selbst der Magnus keine Chance hatte zu entfliehen. Beinahe, als hätte die Hexe geahnt, dass dort eines Tages einer der ältesten und mächtigsten Vampire gefangen gehalten werden musste. Ihren eigenen Bruder!

19

Es gab kein Zuhause mehr, keinen Ort der Geborgenheit, keine Familie und keine Freunde. Sofia schlug die Augen auf, als die Gedanken kamen und die Erinnerungen.

Umsonst! Sie war umsonst nach London geflogen, nach Paris, hatte sich umsonst in ihrer eigenen Wohnung versteckt in der Hoffnung, dass der Magistrat sie nicht finden würde. Alle konnten sie finden, selbst ein junger Vampir wie Edward – und selbst in Las Vegas. Ihre Gedanken drehten sich einen Moment lang um Edward, bevor sie sie entschlossen bei Seite schob. Gerade über ihn wollte sie nicht nachdenken. Nicht darüber, was er dachte und wusste oder empfand. Doch ihr Verdrängen öffnete eine andere Tür in ihrer Erinnerung: Melanies Tod war nur der bisherige Endpunkt, davor kam der Tod ihres Großvaters. – Des einzigen Menschen, der die Zwillinge rückhaltlos geliebt hatte, ohne etwas zu fordern. – Und sein Erbe.

Sofia versuchte die Trauer abzuschütteln, den Verlust und das Wissen das ihre Eltern mit dem Geld durchgebrannt waren, ihre Kinder allein gelassen und der staatlichen Willkür ausgeliefert hatten. Freunde hatten sich als verlogene Aasgeier entpuppt, Verwandte als habgierige Harpien. Melanie war daran zerbrochen – fehlende Hoffnung und zerstörtes Vertrauen konnten töten – und wenn Sofia nicht aufpasste, würde ihr Argwohn auch sie vernichten.

Sie wälzte sich aus ihrem Bett, dankbar für die kleinen, menschlichen Gesten, zu denen sie noch fähig war und die sie genoss.

Als sie den Gegenstand auf ihrem bereits gepackten Koffer sah, erstarrte sie schockiert, bevor sich die Worte auf dem Umschlag in ihrem Gehirn formatiert hatten: *Von Edward.*

Sie war zu erleichtert, um Wut zu empfinden oder Schrecken darüber, dass selbst Edward in der Lage war so nah an sie heranzukommen, während sie schlief.

Sie öffnete zuerst den Brief. *Zwei Geschenke für einen Engel, Edward*, hieß es dort ebenso schlicht, wie lapidar. Sofia legte den Zettel zur Seite und öffnete das Kästchen.

Auf einem Bett aus tiefrotem Samt lag eine lange Kette. Sie erkannte die Anhänger sofort und schob das Etui von sich.

»Verdammt!«, fluchte Sofia.

Ihr Instinkt drängte sie wegzurennen, vor dem Kollier zu fliehen – vor dem Wunsch, es zu berühren; davor, sich vorzustellen, wie es sich um ihren Hals anfühlte, wie es aussehen würde. Die faszinierenden, magischen Perlen zu berühren, die leer waren und es auch stets bleiben würden.

Dieser verfluchte Edward! Er hatte sie nicht nur aufgespürt, es war ihm auch gelungen, eine Bresche in den Wall ihrer Ablehnung zu schlagen, indem er mit der Hexe, der Königin und den Regeln brach und seine einzige Chance auf eine ewige Geliebte – auf Liebe – für immer verschenkte. Ihr schenkte. Sofia würde sich überlegen müssen, wie sie mit diesem Geschenk umging. Sicher würde sie Edward in naher Zukunft wieder begegnen. *In Prag.*

Prüfend nahm sie das Schmuckstück in die Hand und versuchte die Magie zu spüren. Doch da war nichts, es war nur ein lebloses Schmuckstück. Sie richtete ihre Aufmerksamkeit auf den Schlüssel, der unter der Kette zum Vorschein gekommen war und verstaute den Schmuck wieder in dem Kästchen.

Was zum Teufel soll der Schlüssel? Sie drehte ihn, hoffte auf einen Hinweis, doch es war und blieb ein einfacher Schlüssel.

Als sie kurz darauf mit ihrem Koffer das Haus verließ, um zu ihrem Auto zu gehen, sah sie es. Es war direkt gegenüber der Tür geparkt und der Lippenstift, mit dem auf das Beifahrerfenster ihr Name geschrieben stand, ließ sich ebensowenig übersehen, wie das Fahrzeug mit dem glänzenden Offroadgrill.

Großer Gott!

Sofia ließ den Koffer fallen und griff nach dem Schlüssel. Er passte.

Nein, nein, nein, das ist nicht richtig, das kannst du nicht annehmen, dachte ihr Verstand, doch ihr Körper hatte den Koffer schon auf die Rückbank geworfen und war hinter das Lenkrad geschlüpft, um es verzückt zu streicheln. Der Geruch nach frischem Leder, neuem Auto und Klimaanlage war göttlich. Ebenso göttlich, wie die Ausstattung der Luxusklasse. – Nicht so der Haftzettel, den Edward auf das Lenkrad geklebt hatte: *Fahr vernünftig und nimm das Geschenk an!*

Damit ist es entschieden!, dachte Sofia und griff nach dem Hebel, um wieder auszusteigen, stieß jedoch auf einen weiteren Zettel: *Das war ja so klar!*

Sofia gab einen Laut von sich, der halb von Entzücken zeugte und halb von Wut. *Anmaßend, unverschämt und zu selbstgefällig – wie immer!* Sie konnte dieses Auto nicht annehmen – wollte es nicht. Aber sie konnte es unmöglich hier stehen lassen – unbenutzt und allein.

Sie strich in einer liebevollen Geste über das Lenkrad. *Fahr vernünftig.* Die Vampirin knurrte leise ob der widersprüchlichen Gefühle. Es gefiel ihr, dass jemand – Edward – sie mit dieser liebevolle Floskel malträtierte, aber es widerstrebte ihr, ein Geschenk anzunehmen und sich zu verpflichten.

Sie sollte sein Präsent nicht annehmen. Durfte es nicht. Aber es war nicht irgendein Auto. Es war DAS Auto, das Auto aller Autos, ein Gott der modernen Fahrzeuge. Ein Hummer H2. Ein nagelneuer Traum aus schwarzem Lack und Chrom, mit 300 PS und einer Innenausstattung, die eine Sonderanfertigung sein musste. Schwarzes Wildleder, schwarzem Lack und Chrom, Sitzheizung, Navigationssystem, DVD und TV in den Kopfstützen, getönten Scheiben und ebenso getöntem Schiebdach.

Sofia klopfte gegen das Fenster und kontrollierte ihren Eindruck danach an der Frontscheibe. *Wow!* Mit Extraverglasung – Schusssicher.

Meine Seele geht zum Teufel, aber immerhin fahre ich bequem dorthin. Im Handschuhfach fand sie nicht nur die Papiere – der mobile Gott war tatsächlich auf sie gekauft und zugelassen! – sondern auch ein Bedienungshandbuch, Straßenkarten, Reiseführer und CDs.

Die ersten vier waren mit Grüßen von Joel versehen. »The best of Rob Zombie«, »The best of Sisters of Mercy«, »The Crow II« und die »Black« von Metallica. Sofia legte sie auf den Beifahrersitz. Falls die anderen Straßenverkehrsteilnehmer nervten, würde sie diese Musik im Dolby Surround genießen.

Vier weitere CDs landeten im Fußraum, weil es ihr unfair erschien, sie einfach wegzuwerfen; schließlich waren es CDs von Hasdubal. *Tschüß, Beethoven. Bis später, Chopin!*

Xylos?! Sofia schickte ein Dankgebet gen Himmel, dass sie den Wagen noch nicht gestartet hatte. Sicher wäre sie gegen den nächsten Baum gefahren. – Mit dem Hummer wahrscheinlich direkt durch ihn hindurch! – Trotzdem beäugte sie die Titel der drei CDs neugierig, denn offensichtlich hatte er absichtlich interessante Musik, provozierende Titel und treffende Texte gemischt. Und so harmonierte »Addicted to Love« von Robert Palmer mit »In your wildest dreams« von Tina Turner; wurde »Love is a Battlefield« von Pat Beneton von Cheap Tricks »I want you to want me« und von Soft Cells »Temptation« in die Mitte genommen; während »Wild Boys« von Duran Duran auf »Born to be alive« von Patrick Hernandez folgte. »I will survive« von Gloria Gaynor und »Celebrate Youth« von Rick Springfield brachte Sofia ebenso zum Lachen, wie »Loverboy« von Billy Ocean und »Self Control« von Laura Branigan. *Niemand kann Xylos vorwerfen, er sei nicht charmant und intelligent!* – Auf jeden Fall hatte er sich unerwartet viel Mühe gegeben, indem er ihr selber CDs zusammenstellte und brannte.

Edward hatte nur die letzte noch übrig gebliebene CD beigesteuert. Neugierig nahm Sofia sie zur Hand und erkannte das Motiv sofort wieder. Die »Loup Garou«-CD besaß und liebte sie ebenfalls, nur auf ihrer Rückseite war kein Lied rot markiert, weder der erste Titel »My One Desire«, noch der zweite Titel, der in Klammern stand: »Vampires Lullaby«.

Minutenlang saß Sofia mit der CD in der Hand wie versteinert und wagte es nicht, auch nur zu blinzeln, so als könnten die Worte des Liedes entschwinden oder ihre Bedeutung verändern. Mit einem Mal fühlte sie sich gar nicht mehr stark und sicher, sondern verletzlich. Edward ging ihr wirklich unter die Haut. Und genau dort durfte er nicht sein, durfte niemand sein!

Trotzdem blieben die Worte und die Melodie des Liedes von Willy DeVille wo sie waren und sangen in ihrem Kopf und in ihrem Herzen: »… you are my one desire …«

20

»Wartet!« Edward war überrascht, als er seine eigene Stimme hörte, die den Augenblick, in dem Magnus weggeführt werden sollte, in zwei Hälften schnitt.

»Ja?« Morna hob ihre linke Augenbraue in einer provozierenden Frage hoch.

»In meiner Funktion als Magister bezeuge ich die Regeln, das Gespräch und die Bitte des Magnus ebenso, wie deine Anordnung«, begann Edward und hielt sich genau an die Formulierung des Rituals, bevor er abwich: »Ich möchte noch einmal die Bitte des Magnus wiederholen und biete mich an, ihn zu begleiten und sein Verhalten zu überwachen.«

Morna kicherte. »Sei nicht albern, Edward! Denkst du, ich wüsste nicht, dass er dein einziger Freund ist? Der einzige, der d …« Sie verharrte mitten im Satz, als käme ihr gerade ein Gedanke. Langsam verzog sich ihr Gesicht zu einem triumphierenden Ausdruck.

»Es sieht so aus, als bekäme ich endlich, was ich seit Jahrhunderten haben will!«, seufzte sie, glücklich mit ihrem Gedankengang. Edward, der ihm nicht folgen konnte, starrte sie ebenso an, wie die Königin und der Magnus.

»Dich, Edward!«, flüsterte Morna leise. Der Ausdruck ihrer zufriedenen Gier stieß ihn ab.

»Ich erlaube es, Magnus Frau in einen Vampir zu verwandeln, dafür bekomme ich dich!« Als sie die ungläubigen Gesichter sah, ergänzte sie: »Der Fluch der auf deiner Familie liegt wird auch aufgehoben, wenn ich endlich bekomme, was ich haben will.«

Der Triumph auf dem Gesicht der siegreichen Hexe war mehr, als Edward ertragen wollte. Vor langer, langer Zeit, als er noch unter den Lebenden weilte, hatte er sich geschworen, sie nie wieder zu berühren, nie wieder ihr Bett zu teilen. – Noch bevor sie den Fluch ausgesprochen hatte.

Die Häme und der Spott, die er damals beim Geständnis ihrer Liebe über sie und über die Liebe ergossen hatte, hatte sein eigenes Schicksal besiegelt. Nun war es dieselbe Häme und derselbe Spott, der Mornas schönen Züge verzerrte: »Wenn schon nicht aus Liebe, Edward, dann aus Pflichtgefühl und Freundschaft?!« Ihr Lachen klang triumphierend und unendlich besessen.

Unterschätze niemals die Kreativität von einem Wesen, welches unsterblich ist und in Jahrhunderten plant! Und unterschätzt hatte Edward Morna – schon wieder. Vor über zweitausend Jahren hatte er es geschworen, doch nun stand er mit dem Rücken zur Wand und konnte nur noch zustimmen.

Joel wirkte mehr als erschüttert. Edward wusste, dass sein Freund nun zum ersten Mal begriff, um was es bei dem Fluch ging, der auf Edward lastete; dass es zwar um Rache ging, aber die Ursache eine zurückgewiesene Liebe war – und der Auslöser Edward selbst.

Edward sah zu Boden und fragte sich – wie so oft in der langen Zeit – ob er es nicht verdient hatte zu leiden; ob es seine Schuld war, dass Morna eine eiskalte und berechnende Furie war. Edward nickte stumm ohne den Blick zu erheben.

»Nein!«, befahl der Magnus. »Nein Morna! Und wenn du noch eine Ewigkeit wartest! Du kannst es nicht erzwingen!« Ihr Bruder klang abgestoßen und sein Gesicht spiegelte seine Worte.

»Natürlich kann ich das, mein ach so sanfter, ach so liebenswerter Bruder!«, Mornas Stimme war nur ein schmeichelndes Flüstern.

»Ja, aber ich nehme es nicht an! Edward, dein Angebot ehrt dich, aber ich lehne es ab!«

»Du lässt deine Liebe«, Morna betonte das letzte Wort als sei es ein schlimmerer Fluch als alles, wozu sie fähig wäre, »sterben?«

Magnus schwieg, obwohl ihm die Entscheidung schwer zu fallen schien.

»Bedenke, Magnus, du kannst sie retten! Deine Liebe!« Morna flüsterte verführerisch. Der Teufel musste solch eine Stimme benutzen, wenn er um eine Seele feilschte. – Oder wie in diesem Falle um die Liebe selbst.

»Nein, der Preis ist zu hoch!«, behauptete Magnus und seine Stimme klang ruhig und gefasst. »Und jetzt möchte ich bitte in meinen Kerker!«

Was plant er? Denn das der Magnus etwas plante, stand bei seiner plötzlichen Ruhe außer Frage. Er liebte Elisabeth, das hatte Edward gespürt – würde er sie opfern? Für ein höheres Ziel?

Würde ich Sofia opfern? Für ein höheres Ziel? Ein Schauder der Vorahnung lief über Edwards Rücken.

»Ich begleite euch!«, meinte Edward und es war ihm egal, ob die Hexe misstrauisch wurde und eventuell begriff, dass Edward mehr mit Magnus unter einer Decke steckte, als sie ahnte.

Morna öffnete den Mund und bevor ihre Antwort kam, wusste Edward bereits, dass sie es ihm verbieten würde. Aber die Königin, die seit ihrem Zusammenbruch nichts mehr gesagt hatte, kam ihrer Schwester zuvor. »Ja! Bezeuge seine Gefangennahme!«

Edward nickte, verschmolz mit den Schatten, wurde ein Teil von ihnen und war dankbar dafür, dass die Wache in einer offiziellen Mission unterwegs war. So sprach niemand und alle hielten ihre Emotionen unter Kontrolle, ließen nichts nach Außen durchdringen. Trotzdem spürte Edwards Joels fragende Blicke in seinem Rücken, während er voranging; sich sicher, dass der Magnus ihm folgen und sich tatsächlich einsperren lassen würde.

Edward spürte die Magie bereits, als er die Tür zum Keller öffnete. Sie erstickte jedes Geräusch, jeden Laut, beinahe bevor er entstehen konnte. Jeder Schritt fühlte sich an, als brennen sich unsichtbare Widerstände in seinen Körper, behinderten ihn und hießen ihn gleichsam willkommen. Edward war sich sicher, dass kein Vampir aus dieser magischen Falle entkommen – oder hineingelangen – konnte, es sei denn, Morna gestattete es. *Teufelsweib!*

Kurz vor der Zelle überholte Joel Edward, den Schlüssel bereits in der Hand, während die anderen einen wachsamen Halbkreis um Magnus bildeten. Die übertrieben Vorsicht war nicht nötig, denn der Vampir wartete geduldig, bis Joel die Gittertür aufgeschlossen hatte und trat dann an ihm und Edward vorbei in die Kammer.

Es war gespenstisch die Schlüssel gegeneinander schlagen zu sehen, aber nicht klappern zu hören, den Widerstand der rostigen Tür zu spüren, aber keinen Laut wahrzunehmen. Edward hielt Joel, der die Tür hinter Magnus schließen wollte, zurück und gab ihm durch eine Geste zu verstehen, dass er dem Magnus für einen Moment folgen wollte. Joel schien zu überlegen, ob und wieweit er sich auf verbotenes Terrain wagte, doch schließlich nickte er.

Erleichtert betrat Edward die Kammer und setzte sich auf den Holzschemel, während sich der Magnus auf der hölzernen Bank niederließ und dabei abfällig das Gesicht verzog.

»Morna hatte schon immer einen Faible für Kiefernholz!«, murmelte er und Edward war froh, Magnus Stimme zu hören.

Dieses Mal war die Magie tatsächlich sein Verbündeter, würde in der Kammer halten, was hierher gehörte, kein Wort, keine Information würde sie verlassen und selbst Morna würde Außen vor bleiben.

»Was wirst du wegen Elisabeth unternehmen?«, fragte Edward.

»Nichts!« Magnus lächelte nur.

»Gibt es etwas, was ich für dich oder sie tun kann?«

»Nein! Aber danke!«

Edward rollte seine Augen. Das Lächeln des Magnus war zu schalkhaft, als das er glauben konnte, Elisabeth sei nicht bereits in Sicherheit. Aber er war hier und Joel auch. Wer sonst war wahnsinnig genug, dem Magnus gegen Hexe und Königin beizustehen?

»Hasst dich Sofia genug?« Der Magnus wechselte das Thema und registrierte mit einem Lachen, dass Edward beim Klang des Namens zusammenzuckte.

»Denkst du, ich würde Zwillinge aus Versehen verwechseln?«

Edward kämpfte seine Wut nieder, zu deutlich stand ihm der Schmerz in Sofias Miene vor Augen. Sie hatte es nicht verdient, zur idealen Spielfigur zu werden.

Edward schloss die Augen und antwortete Schicksalsergeben: »Das tut sie mein Freund, das tut sie!«

Er war froh, dass er mit dem Rücken zur Tür stand und Joel seinen Gesichtsausdruck nicht sehen konnte – und ihn womöglich deutete.

«Und es klingt so, als gefiele es dir nicht!« In der Stimme des Magnus schwang Triumph mit, doch anders als bei Morna war es erleichterter Triumph.

»War das auch Teil deines Plans?«

»Ja!«, gestand Magnus und Edward glaubte eine Spur Bedauern darin zu hören.

Edward schloss wieder die Augen und versuchte nicht an Sofias Gesicht zu denken, nicht an ihre Verzweiflung und ihre Furcht, als sie ihm gestanden hatte, dass sie nicht Melanie war. Stattdessen versuchte er sich auf den Ekel zu konzentrieren, den er Morna gegenüber empfand, an ihren Hass und ihre Skrupellosigkeit, doch es gelang ihm nicht. Mornas rote Mähne verwischte, wurde heller, ihre Gesichtszüge weicher, weniger durch Angst wegen der Prophezeiung und Wut auf Edward geprägt, und verwandelten sich immer wieder in Sofias.

»Aber wieso?« Edward spürte, wie seine eigene Stimme denselben Schmerz mit sich trug, wie Sofias, als er seinen Engel in die Enge gedrängt hatte. Obwohl er befürchtete, denselben verlorenen Ausdruck in seinem Gesicht zu zeigen wie sie, öffnete er seine Augen.

»Wegen der Liebe!«, Magnus Stimme war unendlich mitfühlend.

»Natürlich!«, Edward lachte höhnisch und verfluchte sich insgeheim dafür, dass er beinahe wie Morna klang. »Wegen der Liebe!«

»Edward!« Magnus sprach sanft. »Lüg mich nicht an!«

Edward sah zu Boden und schwieg verbissen.

»Und jetzt lass mich alten, sentimentalen Narren allein und such die Frau, die deine Kette trägt.«

Unbewusst griff Edward an seinen Hals, fühlte den Stoff seines maßgeschneiderten, hochgeschlossenen Hemdes, welches das Fehlen der Kette verbergen sollte. Als ihm bewusst wurde, dass er unwillkürlich den Verdacht des Magnus bestätigt hatte, sah er ihn an.

»Mir war es offensichtlich und die Königin hat es ebenfalls bemerkt.«

Edward schnaubte. Er konnte sich nicht vorstellen, dass die Königin dieses Wissen nicht ausnutzen würde.

»Und nichts gesagt?!«, fragte er deswegen.

»Sie hält sich an ihre eigenen Regeln.« Magnus klang betrübt, beinahe so, als hätte er etwas anderes erwartet. *Vielleicht hat er das sogar*, dachte Edward mit einem Anflug aus Mitgefühl, als ihm wieder einfiel, dass die drei Geschwister waren. Dann traf ihn die volle Bedeutung von Magnus Worten. Er sprang auf. »Aber Morna?«

Magnus nickte zufrieden. »Wir verstehen uns!«

Edward begann auf und ab zu gehen. Es war ihm egal, ob Joel seine Wut sah und verstand, es war ihm egal, ob die anderen Schatten seine Emotionen für Schwäche hielten.

Morna spielte falsch! Das Miststück. Wen hatte sie auf Sofia angesetzt? Und wann?

Er verharrte, regungslos vor Wut. Die Königin zwang ihn, Sofia aus den Augen zu lassen, sie nicht nur mit Joel, Xylos und Hasdrubal sprechen zu lassen, sondern sie auch mit anderen Vampiren zu teilen und ihnen die Chance zu gewähren, um die Gunst seines Engels zu buhlen. – Vielleicht während sie ihren Tod planten!

21

Sofia sah sich sofort am Eingang mit Noctalyus konfrontiert.

»Verfolgst du mich etwa?«

Noctalyus verzog seinen Mund zu einem abwertenden Lächeln. »Du überschätzt dich, kleine Maus!« Er ließ sich genüsslich viel Zeit damit sie von oben bis oben zu mustern. »Oder sollte ich dich Laborratte nennen? Forschungsobjekt des Magistraten?«

Sofia erwiderte seinen Blick ungerührt. Lieber würde sie sich die Zunge abbeißen, als Noctalyus zu fragen woher er sein Wissen nahm. Seine blauen Augen waren immer noch so blank wie sie sie aus London in Erinnerung hatte, leer.

»Bist du mit diesem Blick zur Welt gekommen, oder musst du ihn jeden Tag üben?«

Noctalyus ließ sich nicht provozieren sondern behielt sein nonchalantes Lächeln weiterhin festgefroren auf seinem Gesicht. »Geboren.«

«Ah! Dachte ich mir!« Sofia wollte einen Schritt an ihm vorbei machen, doch er verstellte ihr den Weg.

»Deine Waffe!« Verlangend streckte er seine Hand aus.

»Wieso?«

»Du bist hier unter Freunden und benötigst keine Waffe. Außerdem ist es gegen die Regeln.«

»Ah! Die Regeln!« Sofia lächelte süßlich und händigte Noctalyus die Waffe aus, die sie gut sichtbar in einem Waffengürtel bei sich getragen hatte.

»Der Chef hat keine Zeit für dich. – Noch nicht!«

Zufrieden strich Noctalyus die Waffe ein und ließ Sofia passieren, ohne sie abzutasten. Die bloße Tatsache, dass er sie nur unbewaffnet in den Club lassen wollte, bestätigte Sofia, dass eine zweite Waffe eine gute Idee gewesen war.

Die Vampirin betrat die Balustrade, die als erster Stock einmal den kreisförmigen Raum umrundete und die auf der Wandseite verwinkelte Vertiefungen aufwies, die so angelegt waren, dass man nicht hineinsehen konnte. Vier Treppen führten hinab ins Erdgeschoss, zur Tanzfläche und zur Bar. Sofia fühlte sich an »Blade« erinnert. Die hämmernde Musik ohne Gesang, die abgehackten Stroboskopblitze und die gutaussehenden Vampire mit den ausnehmend attraktiven jungen Frauen schienen direkt dem Vampirfilm entsprungen zu sein.

Sie ließ ihren Blick schweifen. Wer von ihnen war alt? Wer mächtig genug, der Magistrat zu sein? *Großartig! Da ist Joel…*

Sofias Blick glitt weiter, zu einer kleinen Gruppe Vampire, die sich um etwas gescharrt hatten. Die Vampirin trat einen Schritt zur Seite, um erkennen zu können, um was es sich handelte. *Prima! Xylos-der-Freak!*, dachte sie. Sogar Sekunden, bevor sie begriff, dass der Vampircallboy wieder bei seiner offensichtlichen Lieblingsbeschäftigung war. Eine ausnehmend gut proportionierte Frau in den besten Jahren lag gefesselt, mit gespreizten Armen und Beinen, auf einem großen Bett; wie auf einem Opferaltar für Xylos bereit. An ihrem erregten und öligen Körper, von dem ein intensiver Vanillegeruch ausging, erkannte die Vampirin, dass Xylos sich schon länger mit seiner Kundin beschäftigte. Gegen ihren Willen fesselte die brennende Kerze in Xylos Hand Sofias Aufmerksamkeit, als der Vampir näher zu der Frau trat.

Sein plötzlicher Blick nach oben traf Sofia ebenso unvorbereitet, wie das wissende und verführerische Lächeln um Xylos Mund. *Er weiß nicht nur, dass du hier bist, er hat das hier extra für dich inszeniert!*, begriff sie mit einem Anflug aus Unmut und Aufregung. Trotzdem sah sie ihm wie gebannt zu, als er sich wieder der gefesselten Frau zuwandte und die Kerze so hob, dass Sofia das heiße Wachs sehen konnte, wie es der Schwerkraft folgte und sich in einem großen Tropfen auf der seidenweichen Haut der Frau ausbreitete. Der Körper der Frau bäumte sich unter dem Schock auf, ihr Mund formte einen Schrei, doch drei, vier Sekunden lang kam kein Ton über ihre Lippen. Dann war das Wachs auch schon wieder abgekühlt und getrocknet, die Schmerzen verschwunden. Die Frau versuchte jetzt den Fesseln zu entkommen und dem drohenden Versprechen des Schmerzens.

Xylos kommentierte diesen Versuch lediglich mit einem sinnlichen Lächeln, einzig für Sofia bestimmt. Den nächsten Wachstropfen ließ er auf die linke Brustwarze der Gefangenen tropfen und noch während sie schrie, presste er seine Hand auf ihren Venushügel und benutzte seine Finger, um sie geschickt abzulenken.

Als der Vampircallboy seine Berührung einstellte, schienen die Nerven der Gefesselten zum Zerreißen gespannt zu sein. Sie rechnete mit neuerlichem Schmerz. Jeder Muskel in ihrem Körper war angespannt, um ihm zu entgehen.

Trotzdem schrie sie frustriert auf, als die lange Wachsspur ihren Bauch traf, der Schmerz durch sie hindurch schoss und sich jeder Muskel in ihrem Körper protestierend verspannte.

Xylos griff wieder nach unten, ließ seine Finger geschickt an ihrer Klitoris spielen und die Frau begann unkontrolliert unter seinen Berührungen zu zucken. Nicht ganz frei vom Schmerz und doch lustvoll seufzend.

Wieder nahm er seine Hände von dem menschlichen Körper und wieder fiel das heiße Wachs unerbittlich auf die Haut der Frau.

Innerhalb von Sekunden hatte Xylos sie wieder über die Grenzen des Schmerzes zurückgeholt und ließ seine Finger sanft über ihren empfindsamen Körper und über die Schwellung ihrer Klitoris flattern. Sofia konnte sehen, wie sich die Muskeln der Frau anspannten, dieses Mal nicht vor Schmerz, sondern unter den steigenden Wogen ihrer Lust. Das siedend heiße Wachs auf ihrem Bauch brachte sie zum Schreien, Xylos Finger gleich darauf ebenfalls, dann wieder das Wachs. Auf ihrem Gesicht las Sofia einen raschen Wechsel zwischen Konzentration und Entspannung, zwischen Schmerz und Lust. Die Frau strebte für jeden gut sichtbar auf einen Höhepunkt zu. Sie bäumte sich der Kerze ebenso entgegen, wie Xylos Fingern, schien sich nun nach dem heißen Wachs zu sehnen, nach den brennenden Schmerzen – wegen der Lust, die danach kam. Eine machtvolle, eskalierende Lust, die sich langsam mit dem prickelnden Schmerz vermengte und eins mit ihm wurde.

Sofia schloss die Augen, um dem Sinnbild für schmerzhaften Genuss, für bittersüßes Lustleid zu entgehen. Doch den verzückten Schreien der Sterblichen konnte sie nicht entkommen.

Als die Vampirin ihre Augen wieder öffnete, sah sie, wie das vom Schmerz hervorgerufene unkontrollierte Zucken einem ständigem Zittern Platz gemacht hatte, einem existenziellen Betteln des Körpers um Gnade und erlösender Befriedigung.

Xylos warf Sofia einen Blick zu, bevor er den bereitgelegten Vibrator mit einer Fernbedienung auf die kleinste Stufe stellte und ihn zwischen die Schamlippen der Gefesselten von oben nach unten und wieder zurück gleiten ließ. Auf und nieder, in einer beinahe hypnotisch konstanten Bewegungen.

Der Sterblichen entrang sich ein Seufzer der Erleichterung und Dankbarkeit. Sofia wollte wegsehen, wollte diesen intimen Moment nicht mit einer Fremden teilen, doch der Seufzer war zu magisch.

Xylos ließ den Vibrator langsam in die Sterbliche gleiten, hinein und hinaus. Er imitierte einen zärtlichen Liebesakt, indem er sie sanft penetrierte und ihr erst Frau Gelegenheit gab, sich an den Invasor zu gewöhnen, bevor er den Regler auf die nächsthöhere Stufe stellte. Jetzt versteifte sie sich vor jedem der Stromimpulse, stemmte die Füße in die Matratze und riss an ihren Fesseln. Vergeblich. Jeder Impuls ließ ihren Körper beben und brachte sie zum Schreien. Schreie, die die zusehenden Vampire ebenfalls in Ekstase versetzen und Sofia zum Zittern brachten.

Die Vampirin seufzte gequält auf und als hätte der Callboy das Geräusch gehört, sah er sie an. Zum ersten Mal glaubte Sofia den Ausdruck in seinen Augen einordnen zu können: Kalkulation und grausame Zielstrebigkeit. Er ließ die Frauen mit der Einmaligkeit des Geschehens in seinem Lustlabyrinth leiden, strafte sie dafür, dass sie zu ihm kamen und ihn wollten. Die Vampirin wandte sich von dem Geschehen ab, obwohl sie das euphorische Beben des weiblichen Körpers beinahe so intensiv fühlen konnte, als wäre es ihr eigenes; obwohl sie die rhythmischen Stromimpulse hören und die näher kommende, alles vernichtende Welle der Lust spüren konnte. Angespannt wappnete sie sich und wartete, bis das Lustfeuerwerk über der Frau explodiert war, die Funken sich in alle Richtungen ausbreiteten und auch ihren Körper sinnlich aufheizte, ihre Sinne öffnete und ihre Nervenenden empfindlich und erregt zurückließen.

»Ich hasse Vampire!«, murmelte sie leise und schloss bei ihrer Behauptung auch sich selbst ein. Doch immerhin hatte sie sich wieder soweit unter Kontrolle, um sich umsehen zu können.

Großartig, da ist ja auch Hasdrubal... fehlt nur noch Edward...

«Ahhh...!« Sofia sprang zur Seite und beinahe gegen die Wand als der Bedachte direkt neben ihr auftauchte.

»Verdammt! Ich binde dir demnächst einen Peilsender um!«, motzte sie. »Hör auf mit diesem ätzenden Anschleichen!«

»Ich schleiche nie«, behauptete er. Das Lächeln auf seinem Gesicht verunsicherte sie, wirkte gleichzeitig kalt und berechnend und verführerisch vertraut. Plötzlich war Sofia sehr froh darüber, dass er nicht eine Minute eher neben ihr erschienen war, denn auch so hatte sie genug damit zu tun, ihre Gefühle für ihn zu verdrängen.

»Ha!«, kommentierte Sofia, um ihre Unsicherheit zu überspielen und versuchte einen Schritt an ihm vorbei zu machen. Edward blieb ungerührt stehen und ließ Sofia keine andere Wahl. Wenn sie ihn nicht über den Haufen rennen oder weiterhin körperlich viel zu nahe sein wollte, musste sie einen Schritt zurück machen. Doch Edward folgte ihrer Bewegung und ehe sich Sofia versah, war sie weitere Schritte zurückgewichen und hatte sich in eine dunkle Ecke des Raumes drängen lassen.

»Mr. Gesellschaftsfähig«, murmelte sie und erntete ein Lachen. Edward konnte erkennen, dass Sofia innerlich kochte, weil er sie zu einem Gespräch nötigte.

»Woher wusstest du, wo meine neue Wohnung ist, welches Auto ich mag oder welche Musik?«, wechselte sie das Thema.

»Sofia, ich weiß alles über dich!«

»Okay, nur fürs Protokoll: du hast die Grenze vom Ich-wäre-gerne-ihr-Liebhaber zum aufschneiderischen Stalker überschritten!«, gab sie bissig zurück.

Edward grinste genüsslich, zufrieden über ihre Reaktion. Ohne sich aus der Ruhe bringen zu lassen, musterte er sie von oben bis unten. Sein Blick kehrte wieder zu ihrem Gesicht zurück und ließ sie wissen, dass ihm gefiel, was er gesehen hatte. »Engel, du bist wirklich schlagfertig und unglaublich!«

»Schmeichler!«, wehrte sie lachend ab.

»Immerhin habe ich gewartet, bis Xylos kleine Privatvorstellung für dich vorbei war!«, neckte Edward. Um seine Provokation deutlich zu machen, verbeugte er sich, nahm in einer veralteten Geste Sofias Hand und führte sie an seinen Mund. Für einen Moment streiften seine Lippen unziemlich über ihre Finger, während sein Blick den ihren einfing.

Für einen Augenblick fühlte sich Sofia benommen, in den Bann geschlagen von dem verführerisch sanften Braun von Edwards Augen.

Was passierte zwischen uns? Sie schüttelte den Kopf, um die Benommenheit abzuschütteln. Im Prinzip wollte sie es gar nicht wissen, wollte nur, dass es vorüberging. Sofia traute niemandem genug, um einen Augenblick des totalen Bewusstseins der anderen Person zu teilen. Plötzlich erinnerte sie sich an das schimmernde Netz der Versuchung, an die Verlockung und das Versprechen in seinen Küssen.

»Netter Versuch, Stalker!«, meinte sie und trat einen raschen Schritt zurück, während sie sich unsicher an den Hals fasste.

Ihre Finger fanden wie von selbst die Kette, die er ihr geschenkt hatte und die sie heute ursprünglich nur als Provokation hatte tragen wollen. Der schmeichelnd seidige Stoff ihres schwarzen Kleides und ihres offenen Blazers raschelte sinnlich bei ihrer Bewegung. Unwillkürlich ließ Sofia ihre Hand über die perlenförmigen Anhänger gleiten.

Edward nahm mit leicht gekräuselten Lippen jede ihrer Bewegungen wahr. In seinem Gesicht und seinen Augen war nichts zu erkennen, doch innerlich gratulierte er sich dazu, ihr seine magische Kette überlassen zu haben.

»Sie steht dir sehr gut, Engel!« Sein Ton ließ sie an Leidenschaft denken, an solch einen erotischen Genuss, dass ihr allein bei dem Gedanken daran eine Gänsehaut über den Körper lief. Wie konnte es sein, dass es ihm stets gelang, sie an Erotik und Sex denken zu lassen? Es war unerklärlich und gefährlich. – Nicht nur für sie sondern auch für ihn.

Sie zwang sich wieder ihren Verstand zu benutzen und weigerte sich daran zu denken, welche Gefühle sein Geschenk in ihr auslöste. Als wäre auch die magische Kette gefährlich. Nur Edward war in der Lage ein Geschenk so gekonnt einzusetzen, so unmissverständlich und verlockend, dass all ihre Gefühle in Aufruhr gerieten.

Es kostete Edward Mühe, sich zurückzuhalten. Jeder Teil von ihm wollte Sofia, sie berühren, erkunden und erforschen. Selbst sein Blut schien vor Elektrizität zu knistern und jede seiner Körperzellen war sich ihrer Nähe schmerzhaft bewusst. Er musste an etwas anderes denken, etwas anderes als ihre Haut, ihren Mund oder ihre kleine, verlockende Zunge, mit der sie sich eben in diesem Augenblick die Lippen befeuchtete. Edward grollte leise, als die Reaktion seines Körpers unmissverständlich ausfiel und ein neuer, elektrischer Stoß durch seinen Unterleib brandete. Er wollte Sofia, wollte ihr – und jedem anderen – zeigen, dass sie zu ihm gehörte – ausschließlich zu ihm.

Sofia konnte das Verlangen spüren, das von Edward ausging und sie umhüllte wie eine zweite Haut. Er war so angespannt, so bemüht darum, ihr nicht zu zeigen, wie leidenschaftlich er sie begehrte, dass sie den Schmerz in seinem Gesicht beinahe sehen konnte. Und es wäre wirklich einfach nachzugeben. Einfach für eine Nacht ja zu sagen und das Versprechen der Lust einzulösen. – Aber es wäre nicht fair. Als Vampir war er noch jung, beinahe ein Kind, ein hoffnungslos sinnliches, gefährlich romantisches Geschöpf, welches an Liebe und Partnerschaft glaubte. – Etwas, was sie selbst schon lange nicht mehr tat – Sie eine kurzlebige Spielfigur.

Sofia trat einen Schritt zurück, doch sie war nicht schnell genug für ihn. Edward schloss seine Hand um die Kette, hielt Sofia gefangen, während er einen Schritt näher trat.

»Ich denke«, murmelte er und seine Stimme klang sinnlich, wie das Flüstern von Satin in einer dunklen Nacht, »dass dich diese Kette an mich erinnern wird – immer.«

Edward ließ die magischen Perlen los, sie fielen in Sofias Dekolleté, schlängelten sich unter die Korsage und zwischen ihre Brüste, ließen sie wissen, wo Edwards Hände am liebsten wären.

»Und jedes Mal, wenn du sie trägst, wirst du an die Zukunft denken. Dich und mich – und das hier!«

Sofia wollte zurücktreten, als Edward näher kam, wollte den Kopf abwenden und ihre Lippen verschließen, doch nichts von alledem ließ sich in die Realität umsetzen. Das Braun seiner Augen war zu verlockend, die Selbstsicherheit in seinem Gesicht zu intensiv… und die berauschende Wärme, die immer noch von ihm ausging und wie Magie zwischen ihnen floss… Ihre Lippen gaben beinahe von selbst nach, öffneten sich unter seinem Kuss, ließen zu, dass er seine Zunge in sie gleiten ließ, zärtlich und erkundend, obwohl er längst jeden Winkel ihres Mundes kennen musste. Das Kribbeln begann in ihren Lippen, zog sich weiter durch ihre Adern, ihre Zellen und verdichtete sich in ihrem Unterleib. Noch konnte sie entkommen… sich zur Wehr setzen… und … ihr Körper übernahm die Kontrolle, ihre Arme schlangen sich wie von selbst um ihn.

Edwards Reaktion war überwältigend und unerwartet. Sein Kuss wurde noch zärtlicher, langsamer und intensiver. Sofia erkannte seine Absicht, das Versprechen auf eine Zukunft, die es für sie beide nicht gab, nicht geben konnte, konnte sich aber nicht gänzlich der Verlockung verschließen.

Schließlich löste er seine Lippen von ihren und ließ seinen Mund in einer Spur zärtlicher Bisse tiefer wandern, ihren Hals hinab und…

Sofia trat einen Schritt zurück und entzog sich ihm.

Obwohl Edwards Verlangen immer noch in Kaskaden durch seinen Körper floss und der Frust über Sofias Rückzug ihn körperlich schmerzte, gelang ihm ein triumphierendes Grinsen. Die Kette verbunden mit dem Kuss würden ihren Zweck erfüllen!

»Denk an die Zukunft, an dich und mich!« Damit war er verschwunden.

Sofia drehte sich einmal um ihre eigene Achse, doch Edward war nirgends mehr zu sehen. Sie musste unbedingt herausfinden, wie er jedes Mal auftauchte und verschwand!

Sie sah zu Joel hinunter, doch er und Xylos schienen ganz in ein Gespräch vertieft zu sein. Joels Dunkelheit war ein seltsamer Kontrast zu Xylos Helligkeit. Alles an ihm war dunkel. Seine Haare und Augen waren schwarz, seine Kleidung und selbst sein Wesen schienen von Finsternis dominiert zu werden. Selbst die Art und Weise, wie er still stand, so als warte er nur auf den Moment, an dem er zum Jäger werden konnte, war finster.

Im Gegensatz dazu vibrierte Xylos nahezu von dem Versuch bei dem Gespräch still stehen zu bleiben. Trotzdem war er in stetiger Bewegung, bewegte seine Finger, tappte mit dem Fuß oder sah sich um, er schien vor Lebenskraft zu strotzen und seine Energie kaum unter Kontrolle zu haben, während Joel die personifizierte Kontrolle war.

Sofia schmunzelte, als ihr die Ähnlichkeit zwischen Joel und Edward auffiel. Auch Edward war von Dunkelheit umgeben, allerdings von einer Dunkelheit, die eher aus seinem Wesen entsprang, als aus seiner realen Umgebung – und er schien stets sich und alles andere unter Kontrolle zu haben.

Ihre Neugierde meldete sich. Sie sollte unbedingt herausfinden, ob Edward ein Kind Joels war!

»Melanie!« Joel war mit einem Mal direkt neben ihr, ohne das sie sein Nahen auch nur gespürt hatte.

Sofia sprang beinahe in die Wand. »Tu…Das…Nicht!«

Joel lachte leise und der Laut war beängstigender als alles, was sie seit ihrer Existenz als Vampir erfahren hatte. Schrecklicher als Paris.

»Wieso meint eigentlich jeder Vampir sich anschleichen zu müssen?«

«Weil wir es können!«, konterte Joel und musterte sie, als sähe er sie zum ersten Mal. Sie versuchte seinen Blick zu erwidern, doch er war ihr unheimlich. Von allen Vampiren, denen sie begegnet war, war Joel der Geduldigste. Ein Jäger der Jahre lang auf seine Beute warten konnte und niemals sein Ziel verfehlte.

Ein kalter Schauder lief ihr über den Rücken. Wieso hatte sie in London nicht das Gefühl der Angst gehabt, als er ihr so nahe gewesen war? Jetzt rieten ihr alle Instinkte, ihn von sich fern zu halten und zu hoffen, dass er sich nie auf sie fokussierte. Trotzdem oder vielleicht auch gerade deswegen loderte ein Kribbeln der Erregung, eine unterschwellige Anziehung zwischen ihnen auf. Joel Blick hing an ihr, während sie sich wie ein eingesperrtes Tier fühlte. Sie wusste, dass er jede ihrer Bewegungen wahrnahm, jede ihrer Absichten.

»Ist Edward dein Geschöpf?«, fragte sie, als sie sich an ihre fixe Idee erinnerte.

»Edward ist niemandes Geschöpf«, gab Joel zurück und sein Gesichtsausdruck blieb statuenhaft. Der Blick aus Joels dunklen Augen bohrte sich in ihre hellen. Er war so eiskalt, dass die Temperatur um Sofia um einige Grad abfiel. Und dann, ohne jede Vorwarnung, veränderte sich die Farbe seiner Augen. Bevor sie begriffen hatte oder weitere Fragen stellen konnte, war Joel bei ihr und seine Lippen auf ihrem Mund. Sie waren bestimmend und fest, dominant und ebenso überfallend wie der Kuss. Wie heiße Lustschmerzversprechungen prickelte Verlangen durch ihren Körper, flüsterte von verbotenen und verruchten Dingen, die plötzlich im Bereich der Möglichkeiten lagen, harten Liebkosungen, Demut und Unterwerfung. Neckisch nippte er an ihrer Unterlippe, gerade fest genug, um ein wenig Blut hervorzurufen, bevor er sich wieder von ihr zurückzog.

Sie starrte ihn für einen Herzschlag der Ewigkeit an und versuchte ihre Verwirrung über seine unverhoffte Attacke in den Griff zu bekommen, während das Gefühl, durch ihn in Gefahr zu sein, langsam einschlief; ebenso wie ihre aufgewühlten Emotionen. Auch sein Gesicht wirkte so ausdruckslos wie zuvor, als sei alles nur Ursprung ihrer Fantasie gewesen. Trotzdem schüttelte sie voller Bedauern den Kopf, weil sie mit plötzlicher Sicherheit wusste, dass er einsamer war als jeder andere Vampir.

«Ich bin nicht die Richtige für dich«, hauchte sie und legte soviel Wärme in ihre Worte, wie sie sich traute.

Joel schenkte ihr ein wehmütiges Lächeln in dem eine Mischung aus Trauer und Glück lag. «Ich weiß! Ich wollte nur einmal in meinem Leben einen Engel küssen.«

Tränen traten in Sofias Augen, als sie die Schwere von Joels Einsamkeit wie eine dreidimensionale Last traf.

»Danke, für das Kompliment – denke ich.«

»Ich habe zu danken!«, erwiderte er höflich und verneigte seinen Kopf vor ihr. »Lebewohl!«

Er verschwand auf dieselbe Weise, wie Edward zuvor, doch dieses Mal hatte Sofia damit gerechnet.

»Auf Wiedersehen!«, flüsterte sie in die plötzliche Leere vor ihr.

»Wünsch es dir lieber nicht …« Der Hauch war so leise, dass sie sich nicht sicher war, ob sie ihn sich nicht nur eingebildet hatte.

Als sie die Anwesenheit Xylos hinter sich spürte, war sie beinahe dankbar über die Ablenkung, auch wenn er auf ihrer persona-non-grata-Liste ganz oben stand.

»Sind die beiden endlich weg?!« Der Vampircallboy schien erfreut darüber, endlich allein mit ihr sein zu dürfen.

»Ist das Testosteron, das ich hier rieche, oder ein schlechtes Parfüm?«, erkundigte sich Sofia mit ihrer liebenswürdigsten Stimme, während sie sich umdrehte und in sein amüsiertes Gesicht starrte.

»Testosteron! Und ich freue mich auch, dich wieder zusehen!«, behauptete er und umrundete Sofia provokativ langsam und ließ seinen Blick ebenso langsam und anmaßend über sie gleiten.

»Habt ihr gelost, in welcher Reihenfolge ihr mit mir sprechen dürft, oder entscheidet eure Geschwindigkeit?«

Xylos schenkte ihr ein Lächeln und sog provokativ die Luft ein.

»Tatsächlich, ich rieche Edward und Joel an dir, großartig!« Er blieb dicht vor ihr stehen. »Von einer Heiligen zur Hure? Hast du für jede Information über den Magistraten mit einem Kuss bezahlt?«

»Und das ausgerechnet von Mr. Moral?«

Xylos Gesichtausdruck veränderte sich, als hätte sie ihn geschlagen. »Mr. Moral? Ich kritisiere deine Lebensweise ja auch nicht!«

»Ich lasse mich für Sex auch nicht bezahlen und danach dafür, dass ich meinen Partner weiterverkaufe«, konterte Sofia.

Xylos nickte, als könne er ihren Einwand verstehen, verteidigte sich und seine Handlung aber nicht. »Ich habe dich doch vor Edward gewarnt!«

»Und er mich vor dir!« Sofias Gesichtsausdruck blieb hart und unnahbar.

»Ich wiederhole meine Warnung und bitte dich ihm nicht zu trauen – was auch geschieht!«

»Warum?«

An seinem verständnislosen Blick erkannte sie, dass er ihre Frage nicht zuordnen konnte und erklärte: »Warum warnst du mich?«

Er trat einen Schritt näher an sie heran, doch Sofia hob abwehrend die Hände: »Deine Hände bleiben bei dir!«

»Sagen wir einfach ich mag es nicht, wenn ein Vampir meine Ware vor mir benutzt!«

»Meine Güte! Dein Ego möchte ich haben!«, lachte Sofia und schüttelte den Kopf. Gegen ihren Willen schaffte Xylos es stets sie zu amüsieren und daran zu erinnern, wie sexy er war. Und das, obwohl sie wusste, wie gefährlich und unmoralisch er war.

Xylos verkniff sie einen Fluch. Nur zu gerne hätte er die Vampirin zu seinem Bett gezogen und angekettet. – Nur um zu sehen, ob sie dann immer noch lachen würde. Stattdessen dachte er an das, das er wirklich wollte und warnte sie: »Deine Zeit läuft ab!«

Wahrheit! Ihre Engelaugen veränderten ihren Ausdruck, wurden misstrauisch. »Wie meinst du das?«

Er schloss die Augen und beschloss ihr noch mehr Angst zu machen als er geplant hatte: »Ich spreche von dir und mir für die Ewigkeit.«

Als er die Augen wieder öffnete, ließ er sie sein ungezügeltes Verlangen sehen, seine Gier, und genoss, dass sie ihn immer noch anstarrte und ihren Körper nicht aus der Lähmung zwingen konnte.

»Du wirst in der Schwärze und Dunkelheit der Magie treiben, nichts außer mir wird dein Leben erhellen. Und leben wirst du, du hast keine Möglichkeit aus der Kette zu entkommen, keine Möglichkeit, mir zu entfliehen, oder dir das Leben zu nehmen. Du wirst mir gehören – ausschließlich mir und ich werde mit dir tun und lassen, was ich für richtig halte – und wie ich es für richtig halte. Selbst deine Umgebung wird von mir abhängen, davon ob ich dich verwöhnen will, oder bestrafen. Deine Welt ist meine Imagination. Will ich ein Bett für dich? Oder Steine? Wiese und Sonnenschein? Oder Feuer und Fesseln?« Er hatte ruhig gesprochen und mit einer Stimme die trotz seiner drohenden Worte melodisch und verlockend war, und die Faszination auf Sofias Gesicht entsprach der normalen Reaktion einer Frau auf ihn.

Erst als er einen Schritt nach vorne machte, um sie zu berühren, erkannte er, dass er sich getäuscht hatte und seine Hand verharrte Millimeter von ihrem Gesicht entfernt.

»Wenn du mich jetzt erschießt, werden dich die anderen töten!«, warnte er, bewegte sich aber nicht, da ihre Glock auf sein Herz zielte.

»Was aber für dich nichts ändert würde. Du bist ja dann trotzdem tot!«, flüsterte sie leise.

»Du würdest es bereuen«, murmelte Xylos und beugte sich trotz ihrer Drohung leicht nach vorne, so dass seine Lippen ihren näher waren.

»Warum? Das Nobelpreiskomitee wird dich sicher nicht vermissen!« Trotz ihrer Worte spiegelte sich ihre Faszination über seinen Leichtsinn in ihren Augen.

«Die Kette ist eine leere Drohung – noch«, hauchte er gegen ihren sexy Mund. *Wahrheit!* »Die Königin verbietet es mir!«

»Warum?«

»Vielleicht, weil ihre Schwester dich dann nicht mehr töten lassen kann, wenn die Zeit für dich gekommen ist.«

Eiseskälte griff nach Sofia, als sie begriff, dass ihr Leben seit ihrem Tod auf der Kippe gestanden hatte und immer noch stand.

»Wann wird das sein?« Ihre Stimme klang belegt, als sie die Waffe sicherte und wieder verstaute.

»Ich weiß es nicht!«, gab Xylos zu ihrer Überraschung ehrlich zu und trat einen Schritt zurück.

»Aber das ist doch …« Sofia schwieg und versuchte ihre Gedanken zu ordnen und die bisher erhaltenen Informationen in einen sinnvollen Zusammenhang zu bringen. »Wer soll mich töten? Du?«

»Ist das eine Quizshow?«, konterte er flapsig, als mache ihm ihr Verdacht nichts aus. Sein Pokerface gab nichts von dem Preis, was er dachte oder empfand. Er hoffte nur, dass sie seine Warnungen ernst nehmen würde. Was ihn und ihren Tod betraf, könnte er sie beruhigen, aber ihre Angst war ein Genuss, den er gerne in Gänze auskosten wollte.

»Ich hasse dich!«, behauptete sie.

Er schenkte ihr ein großzügiges und verführerisches Lächeln. »Trotzdem kommst du immer wieder zu mir zurück.«

Nein, nicht zu dir! In die Vampirgemeinschaft!, wusste ihre innere Stimme, aber sie konnte es einfach nicht sein lassen, ihn zu provozieren. Trotz allem was zwischen ihnen stand, die Drohungen, die Frauen, seine Moral, mochte sie die gewitzten Wortgefechte mit ihm und zitierte ein altes Sprichwort: »Neugier ist der Katze Tod!«

»Noch nicht!«, meinte er lachend. – Sie hätte ihn am liebsten erwürgt.

»Genieß meinen Anblick«, meinte sie grimmig, als sie sich wegdrehte und ging. »Denn es ist das letzte Mal, dass wir uns sehen werden!«

»Das solltest du dir nicht wünschen!« Seine leisen Worte begleiteten sie auf dem Weg um die Balustrade.

Es gelang Sofia nicht, die Tränen der Wut und der Hilflosigkeit zu unterdrücken. Sie wusste nicht mehr weiter, wusste nicht, wem sie trauen konnte; wer kein Spiel mit ihr spielte, wusste nicht mehr wohin, weil der Magistrat sie überall finden würde und hatte auch vergessen, was sie ursprünglich vorgehabt hatte. Den Magistraten töten? Ha! Sie konnte froh sein, wenn sie nicht diejenige war, die am Ende tot war.

»Sie spielen mit dir!« Sofia war nicht überrascht, als Hasdrubal neben ihr auftauchte und ihr seine Hand auf den Rücken legte, um sie in eine der Vertiefungen zu dirigieren. Sie sah ihn nicht einmal an, sondern wischte sich verärgert die Wuttränen aus den Augenwinkeln.

»Und du? Spielst du auch mit mir?«

»Ich spiele nie, es ist mir immer ernst!«, behauptete er. *Wahrheit.*

»Den anderen mit ihrem Spiel auch!« Die Vampirin drehte sich um und sah dem alten Vampir in die Augen. Etwas an ihnen war komisch. Edward hatte Augen wie Hasdrubal, manchmal…Sie waren so schwarz und leer, dass sie nicht mehr menschlich wirkten. Jede Emotion schien von der Last seines Alters aufgesogen und auf ewig in dem finsteren Abgrund verschwunden zu sein. Man sah in ihn hinein und sah doch nur sich selbst, wie in einem dunklen, kalten Spiegel. Für einen Moment bedauerte sie Hasdrubal, bedauerte ihn ebenso, wie sie ihn mit einem Mal fürchtete.

«Wie alt bist du?«

«Zu alt, Sofia! Zu alt!«

Der Anflug eines Erschrecken musste auf ihrem Gesicht zu lesen gewesen sein, denn Hasdrubal gab einen Laut von sich, den sie nur Dank des Zuckens seines Mundes als Lachen klassifizieren konnte.

»Keine Sorge, Mädchen! Dein Geheimnis ist bei mir in Sicherheit!«

«Aber woher?«

«In der Pariser Metro habe ich dich beim Vorübergehen berührt – mehr brauche ich nicht, um deine Gedanken zu lesen.«

»Bist du…?« Sie sah ihn an und brachte es nicht fertig, die Frage zu stellen.

»Der Magistrat?«, wieder gab Hasdrubal sein Beinahe-Lachen von sich. »Nein!«

»Was will er von mir, Hasdrubal?« Sofias Stimme war bezwingen und sie legte all ihre Verzweiflung in ihre bittende Frage.

Statt zu antwortete, legte Hasdrubal ihr in einer tröstenden Geste seine Hand an die Wange. Seine Haut war kalt und fühlte sich leblos an. Eine überraschende Abwechslung zu den warmen Händen von Edward und Xylos. Sie vermochte nicht zu sagen, ob es an Hasdrubals Alter lag oder daran, dass er lange kein Blut mehr zu sich genommen hatte.

»Du bist so unschuldig, dass es mich deine Gegenwart beinahe schmerzt, Kind!«

Sofia begann zu zittern, konnte auch nicht aufhören, als sie sich eine Närrin schalt. Seine plötzliche Zuneigung erschien ihr wie etwas, was sie beinahe vergessen hatte und in seiner Stimme schwang etwas mit, was ihr lange Jahre so vertraut war. Er erinnerte sie an ihren Großvater.

Hasdrubal beugte sich zu ihr und streifte ihre zitternden Lippen sanft mit den seinen. Es war nur der Hauch eines Kusses, und doch erschien es Sofia, als berühre die zärtliche Liebkosung ihr Herz und ihre Seele.

»Ich werde für dich da sein!«, versprach er ihr leise und die Zärtlichkeit in seinen vorher so leeren Augen rührte sie. Sie wusste mit einer Sicherheit, die beinahe unheimlich war, dass Hasdrubal sie ohne Probleme beeinflussen und zu seinem Besitz degradieren könnte. Aber er verzichtete auf Spielereien, auf unterschwellig sexuelle Herausforderung und bot ihr seine Freundschaft an. *Aber auch seine Hilfe?* Sofia räusperte sich. »Wann?«

Hasdrubal sah sie an und Sofia konnte deutlich sehen, wie er sich eine Antwort überlegte, eine Ausflucht.

»Am Ende!«, meinte er schließlich.

»Am Ende?! Also lässt auch du mich hier und jetzt alleine?« Sofia nickte zu sich selbst. Damit hatte sie gerechnet. Trotzdem gab ihr seine Antwort einen Stich. Von dem leichtlebigen Xylos hatte sie nichts anderes erwartet und vom finsteren Joel auch nicht. Aber das Edward einfach verschwunden war. Sie küsste und dann ging! Und nun Hasdrubal!

»Du musst deine Entscheidungen selbst treffen, selbst dein Wissen zusammensuchen. Allein. – Die Königin hat es so verfügt!«

»Die Königin! Die Königin! Immer die Königin!«, regte sich Sofia auf. »Ich kenne diese Königin nicht! Sie ist nicht meine Königin! Sie hat nicht über mein Leben zu entscheiden! Niemand hat das Recht dazu!«

»Sie hält sich nur an die Regeln«, meinte er und es klang wie eine Verteidigung.

»Ja, das tut ihr alle, nicht wahr?« Sofia konnte den hämischen Hohn aus ihrer Stimme nicht ganz verbannen. »Wenn sich alle »nur« an die Regeln halten, wer stellt sie dann auf und wozu?«, fragte sie. Doch sie stellte ihre Frage in die Luft, den Hasdrubal war verschwunden und nur sein letztes Wort »Verzeih!« hing noch einen Moment lang in der Luft.

22

»Lysander ist soweit!« Noctalyus Stimme riss Sofia aus ihren Gedanken und sie folgte dem blonden Vampir die Treppe hinab, durch die Menschenmenge. Die Tür, die er öffnete, war ebenso schwarz und gepolstert, wie die restliche Wand. Sofia hatte sie zuvor nicht bemerkt.

Der Gang dahinter war kahl, grau und wurde von hellem Neonröhren beleuchtet. Wo die Vampire im Club geprotzt hatten, hatten sie hier gespart. Schließlich öffnete der Vampir die hinterste Tür und machte einen Schritt zur Seite, um Sofia eintreten zu lassen.

Das ungute Gefühl in ihrem Inneren verdichtete sich, als ihr der Geruch entgegenschlug: Sex und Körperflüssigkeiten. Noctalyus grinste hämisch, als er sah, wie Sofia das Gesicht verzog, aber eintrat.

Der Raum war zur Hälfte ein typisches Arbeitszimmer mit Schreibtisch, Computer, Monitor, Telefon und Ablagen und zur anderen Hälfte ein Wohnzimmer mit einer großen, schwarzen Couch, in deren Stoff man auf Nimmerwiedersehen versinken konnte. Auf einem der passenden Sessel saß ein gelangweilt dreinblickender attraktiver Mann, der den Kopf auf seine rechte Hand stützte, sein weißes Hemd war bis zum Bauchnabel geöffnet und gab den Blick frei auf eine makel- und haarlose Brust. Die silberne Kette mit den fünf Anhängern lag schmeichelnd auf seiner Haut, zog den Blick auf sich und schimmerte im Licht der gedämpften Beleuchtung, als glühe sie von innen. Sofia konnte sehen, dass lediglich vier Plätze gefüllt waren und die mittlere Perle – die größte, frei war.

Erst auf den zweiten Blick konnte Sofia erkennen, dass zwischen seinen Beinen, die halb von einer herabgezogenen matten Lederhose bedeckt waren, ein weiterer Vampir saß. Er kniete nackt vor seinem Meister, seine dunkle Hautfarbe ließ ihn nahezu mit dem Hintergrund verschmelzen, wie ein finsteres Chamäleon. Einzig seine langen, schwarzen Haare hoben sich von den gespenstisch weißen Beinen ab, glitten über sie und liebkosten die weiße Haut ebenso wie es offensichtlich der Mund des Vampirs an anderer Stelle tat.

Sofia starrte auf die Szenerie und fragte sich, wie der hellhäutige Mann mit den langen, weißen Haaren in solch einer Situation statt erregt, dermaßen gelangweilt wirken konnte.

Lysander sah auf und zum ersten Mal flammte etwas anderes als Langeweile in seinem Gesicht auf, während er sie musterte.

»Ah, der Engel, von dem alle Vampire sprechen.« Seine Stimme war tief und angenehm. Sofia meinte einen griechischen Akzent zu hören.

»Melanie!«, stellte sich Sofia vor und unterdrückte den absurden Wunsch zu knicksen.

Lysander sog scharf die Luft ein. Sofia konnte seine Erektion sehen, die der kundige Mund für einige Sekunden vollständig freigegeben hatte. Eine dünne Blutspur zog sich von der Eichel bis zum Ansatz. Sekunden, nachdem sich das Rinnsal wieder verschlossen hatte, leckte die rosige Zunge des dunkelhäutigen, nackten Vampirs das Blut von Lysanders Schaft. Das Geräusch des Leckens klang laut in ihren Ohren, während Lysander nun offensichtlich bei der Sache war.

Sofia hatte noch nie gesehen, wie ein Mann einen anderen Mann verwöhnte. – *Hölle! Ich habe bisher so gut wie noch nichts gesehen.* – Die Gier und die Bewegungen mit denen der dunkelhaarige Vampir den Penis seines Meisters in den Mund nahm und wahrscheinlich zu einem großen Teil schluckte, stieß sie ab. Doch ein anderer Teil war fasziniert genug, um immer wieder hinzusehen. Lysander fing ihren Blick ein, seine Augen wirkten sonderbar silbern, beinahe hypnotisch und hielten ihre Aufmerksamkeit fest, während er sich unter den kundigen Fingern und Lippen des anderen wandte und Befreiung suchte.

Erst als er mit einem leisen Aufschrei kam, schloss er die Augen und unterbrach den Blickkontakt. Nur, um sie sofort wieder zu öffnen, den Vampir von sich zu stoßen und Sofia einen Blick auf seinen noch zuckenden Penis zu bieten.

»Nenne deinen Preis!« Lysanders Stimme klang ebenso ungerührt, wie er vor Minuten ausgesehen hatte.

»Ich bin unbezahlbar!«, meinte Sofia schockiert, die seinen Blick sofort richtig deutete.

»Jeder Mensch ist käuflich – und jeder Vampir. Nenne ihn, wir werden uns sicher einigen!«, behauptete Lysander, während der andere Vampir aufstehen wollte. Doch der Weißhaarige hob seine Füße und platzierte seine Beine auf dem Rücken des Knienden, wie auf einem lebendigen Schemel.

»Ich stehe nicht zum Verkauf!« Sofia musste sich keine Mühe geben, ihre Stimme empört klingen zu lassen.

«Jeder steht zum Verkauf, nur der Preis muss stimmen! – Oder die Situation!«

Sofia reagierte sofort und wehrte Noctalyus mit einer gekonnten Bewegung ihrer linken Hand ab. Mit der Rechten zog sie die Waffe, die bisher unter ihrem Blazer verborgen gewesen war.

Lysander regte sich nicht, als sie die Glock auf ihn richtete, sondern sah Noctalyus an, dem sichtlich unwohl in seiner Haut war.

«Du bist nur so überheblich, weil du eine Waffe trägst. Ansonsten würdest du jetzt um deinen Körper kämpfen!«, behauptete Noctalyus.

»Vermutlich, aber das ist ja auch der Grund, warum ich sie trage«, bestätigte Sofia und weidete sich an der Wut in Noctalyus Blick. Sie hatte ihn tatsächlich damit ausgetrickst, dass sie zwei Waffen trug und er den Geruch um sie zwar gerochen, aber darauf vertraut hatte, dass er von einer Waffe stammte.

«In Ordnung, du hast für heute die Oberhand, aber wenn du meinen Boss weiterhin beleidigst und nicht auf sein Angebot eingehst, werde ich dich bald ohne die Waffe finden.« Er lächelte. »Und dann werden wir sehen, wie cool du wirklich bist!«

Erschieß ihn!, verlangte eine kaltblütige Stimme in Sofias Kopf, die wusste, dass Noctalyus keine leere Drohung ausstieß. Trotzdem konnte Sofia ihn nicht einfach töten. Der Grund war einfach nicht gut genug.

»Muss ich dich an London erinnern?«, gab sie stattdessen höhnisch zurück.

»Oder ich dich an Paris.«

»Das warst nicht du und es war nicht ein einzelner Vampir.«

»Oh!«, lachte er, »ich habe Freunde.« *Wahrheit.*

Bevor Sofia über die offensichtliche Drohung nachdenken konnte, hatte Lysander seine magische Kette gehoben und ein unverständliches Murmeln von sich gegeben. Der gierige Ausdruck in seinen Augen machte Sofia Angst und sie versuchte zurückzuweichen, aber sein silberner Blick hatte sie in seinen Bann geschlagen. Sie konnte nur hilflos mit ansehen, wie er aufstand und die leere Perle berührte, die nun tatsächlich zu leuchten schien. Sofia starrte in die wabbernde Helligkeit. Sie bildete formlose Konturen, die umeinander wirbelten, sich verbanden und wieder lösten. Die Bewegung erschienen magisch, sinnlich anziehend und verrucht verlockend. Sie konnte spüren, wie Lysander näher an sie herantrat. Das Prickeln auf ihrer Haut verriet ihr, das er seine Hand gehoben hatte, um sie ihrer eigenen Kette zu entledigen. Für einen Moment fühlte sie sich merkwürdig fern von ihrem Körper, schwebte zwischen den Möglichkeiten, dann traf sie die Magie.

»Du gehörst mir, Mädchen!«, schien das Schmuckstück anmaßend prophetisch mit der Stimme Lysanders zu flüstern. Die Worte klirrten in ihrem Inneren und hinterließen eine eiskalte Spur der Verzweiflung, wie ein Eiswürfel, den jemand durch ihre Gedanken gezogen hatte und dessen geschmolzene Wasserränder sich langsam einen Weg durch ihre Synapsen bahnte. Sofia versuchte, ihren Blick abzuwenden, doch das faszinierende Glühen zog ihn magisch an, als es an Macht zu gewinnen schien und immer mehr Präsenz erhielt.

Automatisch hatte sich ihr Arm in Richtung des Leuchtens bewegt und all ihre Sinne hatten sich ohne ihren Verstand verbündet und den Abzug betätigt. Der Schuss hallte ohrenbetäubend laut in der weißen Stille, die Schreie Noctalyus und des dunkelhäutigen Liebhabers vermischten sich mit dem Hall und bildeten zusammen mit dem Geruch nach Schießpulver und Blut ein Gemisch des Grauens.

Sofia, aus ihrer Trance erwacht, nahm das Geschehen wie in Zeitlupe wahr. Lysander, der ausgestreckt vor seiner Couch auf dem schwarzen Teppich lag, wie ein Fremdkörper. Sein Körper war viel zu hell gegen das Schwarz des Teppichs, das Loch in der Mitte seines Brustkorbes unnatürlich groß. Das Blut auf seiner Haut folgte langsam der Schwerkraft, obwohl die ausgefransten Ränder der Eintrittswunde schwarz waren und wie angefressen von Feuer zu brennen schienen.

Ist er tot? Eine dumme Frage wenn es um einen Vampir ging, aber es war trotzdem der erste Gedanke, der Sofia durch den Kopf ging. Der zweite, beinahe zeitgleiche war: *Flucht!*

23

Sofia konnte nicht sagen, wie sie es geschafft hatte, Lysanders Raum zu verlassen. Sie erinnerte sich noch an den ungläubigen Gesichtsausdruck auf Noctalyus Gesicht, als er versucht hatte sie festzuhalten, und sich an der Wand klebend wieder fand. Von seinem eigenen Gewicht und dem Druck von Sofias Stoß dorthin katapultiert.

Die zuckenden Stroboskoplichter des Clubs brachten mit jedem Aufblitzen kurze Momente der Helle in ihre Erinnerung, Bruchteile von Sekunden, die aus der Dunkelheit auftauchten, keinen Sinn ergaben und wieder verschwanden. Die Farben waren mit einem Mal absurd bunt, ungewohnt für ihre Augen und kaum der normalen Skala zuzuordnen, das Hämmern des Basses dröhnte durch ihren ganzen Körper, versetzte ihn in Schwingung, erregte und schärfte ihre Sinne noch weiter. Die Gedanken und Gefühle der Menschen und Vampire schwebten wie Duftstoffe um ihre Körper. Mit ihren Sinnen – Sinne, von denen Sofia vorher nichts gewusst hatte – wahrnehmbar. Die Bewegungen der anderen erschienen ihr abgehackt und widernatürlich, beinahe als sähe sie in Zeitlupe, während sie sich mit atemberaubender Geschwindigkeit – mehr eine vorbeihuschende Ahnung als eine reale Person – durch die Menge bewegte. Doch zu viele Eindrücke prasselten auf zu viele Sinnesorgane ein, verlangten Sofias ungeteilte Aufmerksamkeit, während die Vampirin versuchte, sich an den Weg nach Draußen, in die Freiheit zu erinnern. Sofia fühlte sich von ihren eigenen Empfindungen beengt, eingekreist und gefangen genommen, da es ihr kaum gelang festzustellen, wo ihr Körper aufhörte und die Umgebung begann.

Selbst die frische, kristallklare Luft, die ihr plötzlich ins Gesicht schlug, änderte nichts daran. Die Panik und das Gefühl in der Welt zu zerfließen, blieben bestehen, während sie durch die Schatten huschte, eins wurde mit der Dunkelheit und sich so schnell durch Gassen und über Straßen bewegte, dass sie ihre Umwelt kaum wahrnahm.

Sofia verlangsamte ihr Tempo erst, als sie ein Bauwerk, welches sie Tagsüber besichtigt hatte, wieder erkannte. Die gotische »Teyn-Kirche« mit ihren zwei hohen Türmen, die das Wahrzeichen waren von… Ärgerlicherweise konnte sich Sofia daran erinnern, dass sie dort das älteste Taufbecken Prags besichtigt hatte, aber nicht mehr daran, wo die Kirche stand. War es die »Josefstadt«? Die »Altstadt«? Oder die »Kleinseite«?

Sie atmete auf, als ihr klar wurde, dass die Vampire aus dem Club ihr nicht folgten. Trotzdem zitterte ihr ganzer Körper unkontrolliert und ihr war kalt, obwohl Vampire nicht von Temperaturen beeinflusst wurden. Gemessenen Schrittes ging die Vampirin weiter, zwang sich dazu, sich auf ihre Umgebung zu konzentrieren und öffnete ihre Sinne gezielt, um in die Nacht zu horchen.

Doch! Da waren Vampire, viele Vampire und sie näherten sich ihr. Sofia drehte sich zur Kirche, doch es war zu spät. Mit einer Geschwindigkeit, die ihrer gleich kam, schnitten die Verfolger ihr den Weg ab.

Sofia sah nach oben, als sie die Präsenz fühlte, aber nicht begriff. *Er fliegt! Der verdammte Vampir fliegt!*

Erschüttert hetzte sie vor dem Verfolger, dessen Umriss sich deutlich gegen den dunklen Nachthimmel abgezeichnet hatte. Ihre neu entdeckten Sinne verglichen die Auren, die sie im Club wahrgenommen hatte mit denen der Vampire, die hinter ihr her waren. Es gab nur eine Übereinstimmung, aber die genügte, um ihr klar zu machen, dass sie tatsächlich gejagt wurde: Noctalyus! Noctalyus und seine Freunde!

Jetzt tat es der Vampirin leid, nicht geschossen zu haben, als sie die Möglichkeit dazu gehabt hatte – zweimal!

So schnell es ihre unbewussten Fähigkeiten erlaubten, hetzte Sofia die »Malé náméstí« entlang und hoffte, dass sie sich nicht in der Richtung vertat. Doch schon als sie das Rathaus mit dem 69 Meter hohen Turm erkannte, an dessen Südseite sich die bekannte Astronomische Uhr »Orloj« befand, deren »Männleinlaufen« sie ebenfalls besichtigt hatte, begriff sie, dass sie nicht nur in die falsche Richtung lief, weg von ihrem Hotel und weg von dem Hummer, in dem sie noch mehr Schusswaffen verstaut hatte, sondern sich auch immer weiter von allen Kirchen entfernte, die ihr Sicherheit bieten würde.

Das Seltsamste war, dass ihr kein Mensch begegnete, obwohl gerade die Altstadt immer von erlebnishungrigen Touristen oder einheimischen Jugendlichen heimgesucht wurde. Doch gleichwohl der »Tod im Glockenspiel« – *Doch nicht um diese Uhrzeit!* – eben die Totenglocke läutete und seine Sanduhr umdrehte, wirkte die Stadt wie ausgestorben. Für gewöhnlich schlief sie nie, doch jetzt schien es so, als seien die Lebenden allesamt unsanft zur Ruhe befördert worden. – Sofia sah an der nächsten Ecke einige Jugendliche auf dem Boden liegen, zu einem ineinander verschlungenen Knoten aus Gliedmaßen und Körpern geordnet, als habe sie jemand nicht nur gezwungen zu schlafen, sondern sie auch noch in höchst effizienter Weise gestapelt. Die Vampire schienen ganze Arbeit geleistet zu haben, denn irgendwie war es ihnen gelungen, den gesamten Stadtteil nach ihrem Gutdünken zu inszenieren.

Sofia folgte den abenteuerlichen Windungen der Straße zwischen malerischen Renaissance- und Barockhäusern hindurch, erinnerte sich daran, dass sie diesen Weg ebenfalls besichtigt hatte, konnte ihn aber auf ihrem geistigen Stadtplan nicht einordnen, so dass sie orientierungslos nach rechts weiterhastete und dann nach links. Als sie das Schild »Karlova« – Karlsgasse – las, war es zu spät. Viel zu viele Vampire waren ihr zu nahe auf den Fersen. Doch es war eine neue Aura unter ihnen, die sie erschütterte. Edward!

Sofia versuchte die aufsteigende Panik niederzukämpfen. Dieses Mal ging es nicht um Macht, Dominanz oder Sex, dieses Mal sollte sie nicht geteilt, gehasst oder geliebt werden. In den kurzen, abgehackten Sätzen ihrer Verfolger hörte sie ihren Tod, ihre vollständige Vernichtung.

Sie war nach Prag gekommen, um die Gruppe zu finden, die weibliche Vampire jagte. Stattdessen war sie in die Falle getappt, eine Falle, die Edward wahrscheinlich seit London für sie geplant hatte. Geschickt hatte er sie manipuliert, sie glauben lassen, er wäre auf ihrer Seite, würde sich für sie interessieren und ihr helfen. Stattdessen hatte er sie durch seine Avancen abgelenkt und kontrolliert, belogen und betrogen. Und die Tatsache, dass sie Sofia und nicht Melanie war hatte wahrscheinlich ihren Tod besiegelt. Sofia versuchte die Enttäuschung über diesen Verrat niederzukämpfen. Sie schmerzte mehr, als die Tatsache, dass es Vampire gab, die sie für ihre bloße Existenz hassten.

Die Vampirin versuchte auszuweichen, als sie begriff, dass die Vampire sie Richtung Moldau trieben. Doch rechts und links von ihr waren ebenfalls Verfolger aufgetaucht, die sie vorher nicht bemerkt hatte und schnitten ihr die Möglichkeit ab zum »Smetana-Museum« oder auf den »Kreuzherrenplatz« mit seinen beiden ausgeleuchteten Kirchen auszuweichen. »St. Franziskus« und die »Salvatorkirche« lagen außerhalb ihrer Reichweite, ihre Heiligenstatuen und Kreuze nur ein fernes Hoffnungszeichen in der Nacht, das »Denkmal Karls IV« nur eine malerische Nullnummer.

Sofia wusste, dass es ein Fehler war, noch bevor sie die »Karlsbrücke« betreten hatte. Sie erinnerte sich an den fliegenden Vampir, hörte die Geräusche um sich herum und versuchte sich zu ducken, die »Statue des heiligen Nepomuks« in der Mitte der Brücke als Deckung zu benutzen. Aber das lebende Gewicht von oben traf sie und drückte sie zu Boden, während die anderen Vampire zu schnell Sofias kleinen Vorsprung aufgeholt hatten. Hände griffen nach Sofia, nach ihrer Glock, entrissen ihr die Waffe, zerrten und schupsten die Vampirin, hielten und leiteten sie, rücksichtslos. Sofia schlug und trat um sich, versuchte gezielt soviel Schaden anzurichten, wie ihr möglich war, doch es war unmöglich in diesen wabbernden Schemen einzelne Vampire auszumachen, zu schnell verschwand der eine, den sie ins Auge gefasst hatte, griff der nächste zu, und wurde wieder durch andere Hände ersetzt. Sofia konnte nicht unterscheiden, wie viele Vampire es waren, kaum Gesichter als helle Flecken in der Dunkelheit ausmachen. Sie fühlte nur die Eiseskälte, die Verzweiflung und ihre eigene Lähmung. Die Vampire drückten und quetschten, waren sogar über ihr. Manchmal traf die Vampirin Gliedmaßen bei dem Versuch sich zu wehren, doch schließlich wurden Sofias Füße einfach vom Boden gerissen und festgehalten. Sie konnte spüren, wie sie ihre Schuhe verlor und immer mehr Haut von der kalten Luft berührt wurde.

Der erste Biss war ein Schock, ebenso der zweite und dritte. Die Vampirin konnte spüren, wie sich lange Reißzähne durch ihre Haut bohrten und Marken hinterließen, egal, ob die Vampire nur bissen oder Adern erreichten und sich von Sofia nährten. Sofia fühlte sich, als würde sie bei lebendigem Leibe aufgefressen, zerfleischt. Die Schmerzen glühten in ihren Adern und in ihrem Verstand, sie spürte den Verlust des Blutes, ihrer Kraft, hörte unzensierte Emotionen und Gedanken, spürte die Gier der anderen Vampire, ihren Hunger und ihre Abscheu vor ihr.

Doch es war nicht genug Abscheu, um Sofia als Lebensquell abzulehnen und die Geräusche des Reißens und Trinkens waren ebenso Ekel erregend, wie das Schwinden ihrer Kraft, das Weiterfließen ihres Lebenssaftes in einem anderen Körper. Milliliter für Milliliter tranken die Vampire Sofias Stärke, saugten sie aus. Sofias Umgebung begann sich zu drehen und sich in ein verwischtes Bild ohne Konturen zu verwandeln. Rechts, links, oben und unten begannen zu kreisen, während ihr Blut konsumiert wurde und in immer mehr Mündern zu verschwinden schien. Plötzlich wurde sie losgelassen, der Boden kippte nach oben und kam näher. Als sie aufschlug spürte sie kurz den Schmerz, bevor gnädige Agonie sie betäubte. Sofia hatte gedacht, dass ihr Körper einfallen, ihre Haut alt und runzelig werden würde. – Wie bei Lestat im Film. Lestat, den sie in den Büchern von Anne Rice so sehr liebte. – Doch ihr unsterblicher Körper bezog seine Nahrung nicht aus sich selbst, ihre Haare wurden nicht dünner, sie fühlte sich nur verletzt und wusste, dass nicht mehr viel fehlte, bis ihr Körper ihr seinen Dienst verweigern würde. Ihr Herz schlug unrhythmisch, zu hastig und versuchte mit zu wenig Blut dieselbe Menge an Zellen zu versorgen.

Zu wenig Blut! Das Rauschen in ihren Ohren nahm zu, Sofia konnte jeden

Herzschlag in ihrem Kopf hören und spüren, fühlte sich, als müsse das Dröhnen sie vernichten. Doch erst als sich Ketten, silberne Fesseln um ihre Gelenke legten, begriff sie, was Vernichtung wirklich bedeutete. Die Glieder brannten sich in ihre Haut und die Schmerzen waren lähmend. Nie hätte sie die Existenz solcher Schmerzen für möglich gehalten. Das Silber fraß ihre Haut, verätzte sie, bis die Haut nachwuchs. – Um ebenfalls zu verbrennen. Die Vampirin wandte sich und versuchte die Fesseln abzustreifen, den peinigenden Schmerzen zu entkommen, doch sie saßen fest. Sofia konnte die Anstrengung spüren, die es ihren Körper kostete, sich zu regenerieren, merkte, wie das Nachwachsen der Haut langsamer wurde, das Klopfen hinter ihren Schläfen lauter und das Ziehen in ihrem Körper, in jeder Zelle fordernder. Gemeinsam bildete die Anstrengung, das Klopfen und Ziehen ein Kaleidoskop der Schmerzen und des Verlustes. Ihr ganzer Körper schrie tonlos vor Pein, während der Geruch von schwellendem Fleisch ekelerregend intensiv in ihrer Nase kitzelte und die Schreie ohrenbetäubend laut in ihren Ohren schrillten.

Es dauerte, bis Sofia erkannte, dass es ihre Schreie waren, die sie betäubten, ihre Tränen, die verhinderten, dass sie die Gesichter ihrer Peiniger erkennen konnte. Sie blinzelte, doch neue Fesseln wurden um ihre Beine geschlungen, um ihre Taille und ihren Busen, sie berührten ihre nackte Haut, brannten dort und Sofia bemerkte erst jetzt, dass ihr schwarzes Kleid nur noch in Fetzen hing, sie kaum bedeckte. Doch niemand der umstehenden Folterer schien Interesse an ihrem Körper zu haben, sondern war ausschließlich auf ihre Schmerzen, ihr Leid, fixiert.

Nahezu körperlich konnte sie die Gewichte spüren, die zusätzlich an die Ketten gebunden wurden, unerträglich schwer, obwohl sie noch nicht auf ihrem Körper lasteten. Als Sofia begriff, schrie sie wieder.

Ein höhnisches Lachen aus der Menge antwortete ihr: Noctalyus.

»Passend, oder? Der heilige Nepomuk wurde hier schließlich in den Tod gestürzt. Ertrinken soll ein schöner Tod sein.«

Sagt wer?, wollte Sofia schreien, doch kein Ton kam über ihre Lippen.

Noctalyus trat in ihr Blickfeld und der Hass und der Fanatismus verzerrten seine eigentlich schönen Züge, ließen ihn nicht mehr kindlich und jung erscheinen, sondern wie einen lebendig gewordenen Dämon.

»Stell dir vor, wie sich dein hübscher Mund im Wasser bewegt, nach Luft schnappt, sie aber nicht bekommen wird. – Nicht, dass es wirklich eine Rolle spielt, schließlich bist du ja tot und hast Luft nicht mehr unbedingt nötig, nicht wahr?« Sein Lächeln war diabolisch.

Er zog ein Beil aus seiner Manteltasche. »Nicht, dass du noch einen Mund oder einen Kopf haben wirst.«

Er weidete sich an Sofias entsetztem Blick. Sein Lachen war herablassend und so laut, dass es das fordernde Klopfen in Sofias Körper übertönte und die ohnehin angespannten Zellen zum Vibrieren brachte. Sie schienen zu schwingen und wie ein Resonanzkörper jeden Ton zu verstärken. Die Vampirin konnte spüren, wie sich die Töne in ihrer Mitte verdichteten und einen Rhythmus aufgriffen, den sie bisher noch nicht wahrgenommen hatte.

»Das ist falsch, so falsch. Die anderen Frauen des Magistraten haben sich selbst umgebracht«, wimmerte sie protestierend. Ihr Blick suchte Edward in der Menge und fand ihn schließlich. *Bitte! Bitte, nicht du!* Sein stoischer Anblick trieb Sofia neue Tränen ins Gesicht. Trotzdem konnte sie spüren, wie etwas in ihrem Inneren auf seine Anwesenheit reagierte: mit einem schmerzenden Gefühl der Enttäuschung.

»Etwas, wozu du anscheinend zu dumm bist!«, spottete Noctalyus. »Deswegen haben wir den Auftrag bekommen, dir zu… helfen.« Sein Lachen würde sie selbst in der Hölle verfolgen.

Unbändiger Hass stieg in Sofia auf und verdrängte für kurze Zeit die Schmerzen und die Angst. »Ich bin nicht einmal ein Jahr ein Vampir und es ist Tötungszeit?« Sie konnte hören, wie ihre Stimme bebte und es kostete sie Mühe, Widerstand zu leisten. Selbst die Kette Edwards um ihren Hals schien enger zu werden und Hitze auszustrahlen.

»Bedank dich beim Magistraten!« Noctalyus sah sich um, als erwarte er, dass der Genannte erschien. Als sich nichts regte, zog er einen spitzen Holzstab. »Ehrlich, meine Hübsche! Ich wollte dich schon bei unserer ersten Begegnung aufspießen!« Er ließ seinen Blick über ihren geschundenen Körper gleiten. »Zwar mit einem anderen Spieß, aber man kann ja nicht alles haben im Leben – oder im Tod!«

Sofia gab ein hustendes Lachen von sich, als der Druck ihres Schmuckstückes nahezu unerträglich wurde. »Mit einem Holzstab aufgespießt, geköpft und dann noch in der Moldau versenkt – ist das nicht übertrieben? Hast du solche Angst vor mir?«

»Immer noch tough, nicht wahr? Arrogant bis in den Tod?« Noctalyus beugte sich zu ihr und sein Mund war nur noch Zentimeter von ihrem entfernt. Sein Geruch verursachte Sofia Übelkeit.

»Vielleicht sollte ich dich vorher noch ficken!« Er griff zwischen ihre Beine. »Würde dir das gefallen, du Schlampe? Würde dir das zeigen, wo dein Platz in der Schöpfung ist?«

Sein habgieriger Mund presste sich auf Sofias Lippen, so fest, dass die zarte Haut ihrer Lippen gegen ihre Zähne gedrückt wurde und zu bluten begann. Seine Zunge drängte sich rücksichtslos zwischen ihre Zähne und plünderte ihren Mund. Sofia biss zu, als Edwards Kette ein Eigenleben zu entwickeln schien und in ihre Haut schnitt. Ihre Zähne trafen auf weiches Fleisch, bohrten sich hinein und ließen auch nicht los, als Noctalyus versuchte sich zu wehren. Sein bluterstickter Schrei an ihrem Mund und der Schwall seines Blutes ließ die Vampirin würgen, bis sie schließlich das Stück seiner Zungenspitze, welches sie erwischt hatte, ausspukte.

Der Vampir stieß sich von Sofia ab, besudelte sie mit Spritzern seines Blutes, bevor sich die Wunde schloss. Die Gier in seinen Augen war verschwunden, hatte Schmerzen Platz gemacht, die nun reinem Hass wichen.

»Miststück!«, meinte er, bevor er Sofia ins Gesicht schlug. »Miststück, Miststück, …«, jedem seiner Worte folgte ein Schlag, Sofia konnte ihr Jochbein brechen hören, ihre Nase, schmeckte das Blut in ihrem Mund – ihres – während der Vampir sich an ihre austobte.

Doch jeder seiner Treffer hallte als Ton in ihrer Kette, wurde dort verstärkt und gebündelt, versetzte Sofias Zellen in größere Schwingung, nährte die Wut, die sich zu einem brennenden Ring verdichtete und den Rhythmus aufnahm, in dem ihr ganzer Körper stumm schrie. Sofia spürte die Wärme, die von der Kette ausging und die Hitze zu rufen schien. Sofia bäumte sich auf, versuchte sich gegen das Brennen zur Wehr zu setzen, doch es stieg in ihr auf, ließ sich nicht halten und wallte wie feurige Macht kreisförmig und ungezügelt aus ihr heraus. Ihre Schreie mischten sich mit denen der anderen Vampire. Ihr ganzer Körper schien aus Flammen zu bestehen, die sich unsichtbar ausbreiteten und andere Wesen ihrer Art entzündeten. Wie Kerzen begannen die Vampire von innen zu brennen, entzündeten sich ohne äußerliche Einwirkungen und die Feuer ließen sich auch nicht durch einen Sprung in die Moldau löschen. Panik und Agonie breitete sich beinahe ebenso schnell aus, wie die unheimlichen Flammen, deren Ursprung sich zu einem Ball zusammengekauert hatte; nicht fähig, einen klaren Gedanken zu fassen.

Sofia wusste, dass sie starb, wusste, dass sie es nicht mehr ändern konnte.

Die Vampirin konnte sich nicht mehr bewegen, den Flammen keinen Einhalt gebieten und die Magie ihrer Zellen nicht kontrollieren. Die Macht strömte aus ihr heraus, tötete zwar ihre Angreifer, fand sie wie von Außen gelenkt und zerstreute sie in alle Winde, doch das alles würde sie nicht retten können.

Als sie sah wie ein schwarzer Schatten trotz der Bedrohung stehen blieb, sich um die Flammen und die brennenden Vampire schlängelte und auf sie zukam, betete Sofia, dass es schnell gehen würde. Die Vampirin hatte nicht mehr die Kraft, die Tränen zurückzuhalten, gegen die sie bisher gekämpft hatte. Ihr Körper schmerzte, ihr Geist stand in Flammen und schien sie ihrer letzten Kraft zu berauben.

Als sich der Schatten zu ihr beugte und sie endlich sein Gesicht sehen konnte, spürte sie wie die Enttäuschung und der Verrat ihren Verstand einfingen. Die Kälte des nahenden Todes bohrte sich von Außen in Sofia hinein und kroch auf dünnen Spinnenbeinen durch ihre Adern und hinterließ erfrorene Hoffnung. Das Eis stoppte das Vibrieren, stoppte das Feuer in der Luft und in ihrem Herzen.

»Edward«, flüsterte sie leise und ihre brechende Stimme zeugte von seinem Betrug und ihrer Enttäuschung.

»Schst... spar deine Kraft!« Der Vampir hob sie hoch, als wöge sie nichts. »Ich will dir nicht wehtun, Sofia.« Da war keine Lüge in seiner Stimme. Kein Hauch einer Unwahrheit. Hatte sie sich getäuscht?

Er sah nicht aus wie jemand, der Frauen jagte, geschweige denn, sich mit anderen Vampiren verbündete – und gar nicht mehr wie der Mann dem sie inzwischen so oft begegnet war.

Als sich ihre Blicke trafen, konnte Sofia es fast spüren wie einen körperlichen Schlag. Hart, eindringlich und tief. Seine Augen waren leer, alte Augen die bereits alles gesehen hatten. Doch nicht emotionslos... verzweifelt.

24

»Ich bin hier, um dich zu retten!«

Sofia schloss die Augen und schickte ein stummes Dankgebet gen Himmel. Sie fühlte sich nicht, als wenn es noch Rettung gäbe, fühlte sich von ihrem schmerzenden Körper entrückt, doch in Edwards Armen zu liegen, seine Wärme – ungewöhnliche Wärme für einen Vampir – zu spüren und seine schützende Nähe, entschädigte für alles.

Wenn ich jetzt sterbe, bin ich froh, dass ich diesen Moment noch erleben darf!, dachte sie und konnte spüren, wie ihr Bewusstsein langsam in die Dunkelheit kippte.

Edward spürte, wie sich Sofia in seinen Armen entspannte und verfluchte stumm seinen Leichtsinn. Trotz der Warnung wäre er beinahe zu spät gekommen, hatte nicht mehr anders eingreifen können, als die Vampirin durch die Kette und ihr gemeinsames Blut zu beeinflussen. Wenn er Sofia nur vorher ihre Kräfte gezeigt hätte! Keiner der verdammten Anhänger Noctalyus hätte ihr schaden können! In seinen Fluch schloss er Morna mit ein. Er hätte von Anfang an wissen müssen, dass die Hexe ein falsches Spiel spielte. Liebe? – Pah! Ihm Liebe als Alternative zu seinem Tod und zum Überwinden des Fluches zuzugestehen: Niemals würde Morna Edwards Liebe akzeptieren und ihn einer anderen Frau überlassen!

Der Vampir betrachtete den schlafenden Engel, der immer noch zerbrechlich in seinen Armen lag, ein Geschöpf aus erstarrter Kälte, welches von Innen zu Glühen schien, und nicht mehr die Macht hatte, allein zu überleben. Der Kampf und das Feuer hatten ihre letzten Ressourcen aufgezehrt und sie äußerlich gesund zurückgelassen. Doch Edward wusste, dass es für Sofia nur noch den

Tod gab – oder das Blut eines anderen Vampirs mit all den damit verbundenen Konsequenzen.

Nie war ihm der Weg zu seinem Zufluchtsort länger erschienen, nie hatte es länger gedauert, bis er jemanden in Sicherheit gebracht hatte. Vorsichtig bettete er Sofia auf sein Bett, bedeckte ihren makellosen Körper mit einer Decke, bevor er sich ins Handgelenk biss. Die ersten Tropfen ließ Edward auf ihre Lippen tropfen, hoffte, dass sie trotz ihres kritischen Zustandes den Geruch und die Verlockung wahrnahm. Tatsächlich stahl sich Sofias kleine, rosige Zunge zwischen ihren Lippen hervor und glitt zu den Tropfen, um sie abzulecken.

Himmlisch!, dachte Sofia. Sie fühlte sich in weiche, warme Watte gehüllt, geborgen und auf seltsame Weise losgelöst von ihrem Körper, ihrer Vergangenheit und den Fesseln von Moral, Gesetz und Wissen, die sie sonst hielten. Beinahe hätte sie gelacht. Selbst der Geruch nach brennenden Vampiren war verschwunden, überlagert von etwas Intensiverem. Der Duft war so verlockend, dass sich ihre Zunge selbständig machte und nach dem Wohlgeruch leckte. Ihr ganzer Körper schien sich danach zu verzehren, brannte beinahe vor Verlangen, wollte mit dem Geruch verschmelzen und eins mit ihm werden. Als ihre Zunge den ersten Tropfen auffing, prickelte er sich durch ihre Geschmacksknospen und hinterließ elementare Gier. Plötzlich wurde ihr der Ursprung dieser Ambrosia an den Mund gehalten und trank wie eine Süchtige, begierig jedes Quäntchen zu erwischen. Ihr Körper brannte von Innen, doch es war angenehm, versetzte ihren Geist in Aufruhr und bewirkte, dass sie nach mehr verlangte. Viel mehr. Ihre Sinne öffneten sich, verbündeten sich mit ihrer Haut, ihren Haaren, selbst mit der Hornhaut ihrer Nägel und schrien, lockten, verlangten mit aller Macht nach etwas, was Sofia nicht begriff und die Idee, dass ihre Sinne unbefriedigt bleiben würden, erfüllte sie mit ursprünglicher Angst die tief aus ihrem Unterbewusstsein aufstieg, sich mit dem Verlangen in ihrem Inneren verbündete und sie die Augen aufschlagen ließ.

Sofia benötigte einen Moment, um ihren Blick auf das Blut zu fokussieren und Edward zu erkennen.

Als sich ihre Blicke trafen, schlug die Gier mit unverhohlener Macht zu, Sofia wusste nicht, ob sie Edward berührt hatte, oder er sie; wusste nur, dass es keinen Rückweg mehr gab, kein Nein, nur noch Sinnesempfindungen und Sinnlichkeit. Sie fühlte den schimmernden Hauch, als seine Aura in ihre eindrang und sie sich vermischten. Mit einer Vertraulichkeit, die sie nie für möglich gehalten, nie gewollt hatte. Doch obwohl Sofia Edwards Blut in sich spürte und die Aura des

Vampirs sie umfing, war es nicht genug, würde nie genug sein. Ihr überraschter Aufschrei, als ihre Libido die Kontrolle über ihren Körper übernahm, drückte beides aus: Protest und Erleichterung.

Edward starrte den Engel an und war froh, dass Sofia schlief und seinen Besitzergreifenden Blick nicht sehen konnte. Nur kurz hatte er sich von ihr entfernt, um Vorbereitungen zu treffen und die Zeit war ihm unerträglich lang vorgekommen. Hatte er Sofia vorher bezaubernd gefunden, so war er jetzt besessen. Jede Minute ohne sie war eine Verschwendung, jede Sekunde ohne sie zu berühren eine Qual. Nur vage war seine Erinnerung an den Rausch, nachdem sie ihre Hand ausgestreckt hatte, um ihn zu berühren, aber das wenige reichte. Er wusste, dass es ihm nicht mehr um die bloße körperliche Vereinigung ging, es damit nicht getan war. Nicht nach Wochen, Monaten oder Jahren. Er wollte sie länger, wollte sie lieben, sich mit ihr vereinen und ihre sinnlichen Lustschreie von ihren Lippen trinken, bis er gesättigt war – nur um den Hunger nach ihr und ihrem Körper erneut genießen zu können. *Vielleicht ist das ja das, was sie Liebe nennen,* dachte er und betrachtete Sofia mit einer Mischung aus Verwunderung und Angst. Erst einmal musste er sie dazu bringen, ihm seine Überrumplung zu verzeihen.

Sofia spürte die Berührung im Halbschlaf, erinnerte sich und die Angst kehrte zurück. Für Sekunden drohte Panik sie zu überwältigen. Dann erkannte sie den Klang einer Männerstimme und ihren Besitzer: »Guten Morgen!«

Als Sofia die Augen öffnete, lauerte der Vampir schon halb über ihr.

»Tu doch so was nicht!«, protestierte sie, rollte von ihm weg und sah sich um. »Was tue ich in diesem Bett und wieso trage ich ein Nachthemd, das nicht meines ist?« Sie deutete von dem roten Satinlaken zu dem schwarzen Spitzennachthemd und Edwards Lächeln wuchs langsam in die Breite. Als käme mit seinem Lächeln auch ihre Erinnerung zurück, starrte Sofia ihn – mit einem Mal erschüttert – an.

»Haben wir…?« Die Vampirin vollendete die Frage nicht, als sie Edwards anzüglichen Blick interpretierte und sie mit Bruchstücken von Erinnerungsfetzen konfrontiert wurde: Die Berührung seiner Finger auf ihrer bloßen Haut wie die Uraufführung eines uralten, sinnlichen Tanzes, der Rhythmus lockend und angeboren intim.

»Mein Blut war die einzige Chance dein Leben zu retten«, erklärte Edward. Seine Stimme klang besorgt ob ihrer Reaktion, so als sei er sich nicht sicher, ob sie ihn gleich zum Teufel jagen würde.

Erinnerungsteile blitzten in der Dunkelheit von Sofias Geist auf und verschwanden wieder im schwarzen Loch des Gedächtnisses. Doch das Gefühl, für kurze Zeit vollständig gewesen zu sein, prickelte auf verschiedenen Ebenen ihres Bewusstseins und in ihrem Körper. Es hinterließ eine brennende Spur des Glücks und des neuerlichen Verlangens. Stumm nickte sie, nicht sicher, welche Geheimnisse ihre Stimme preisgeben würde und ob sie wieder auf diese vertrauliche Ebene abrutschen wollte.

Edward vermied Sofias Blick, indem er auf das Laken blickte. »Es tut mir leid! Das erste Mal sollte etwas Besonderes sein, und nicht nur ein Nebeneffekt …« Sein Satz verklang, ohne dass er ihn wirklich beendet hatte und der Blick bat um Verzeihung.

Sofia starrte Edward an und versuchte das Gehörte zu verdauen. Doch der Brocken in ihren Gedanken blieb. »Erstes Mal?«

Edward deutete auf die Stelle des Lakens, die er angestarrt hatte und wo sich ein Blutfleck abzeichnete, dessen Rot nur eine Nuance dunkler war als das restliche Laken.

»Aber…aber…das ist unmöglich!«, protestierte Sofia. Schock und Glücksgefühl stritten in ihr um die Oberhand.

Edward lächelte sie verschmitzt an. »Ich konnte es nicht verhindern. Beim Bluttausch zwischen Vampiren kommt es immer zu Sex.« Er klang immer noch entschuldigend.

»Ihr seid doch alle Männer«, meinte sie und hätte sich in derselben Sekunde ohrfeigen können.

Edwards Lächeln wurde offener, neckte sie. »Wieso habe ich gewusst, dass du das sagen würdest?«

»Und wieso habe ich gewusst, dass du nicht antworten und ablenken würdest?!« Nur mühsam widerstand Sofia dem Drang spielerisch ein Kissen nach ihm zu werfen, um ihm seine Befangenheit zu nehmen.

Als hätte er ihre Gedanken gelesen, entschuldigte er sich abermals. »Ich hätte es dir erklärt und dich gefragt, aber du warst dem Tod nahe und nicht bei Bewusstsein.«

»Jetzt hör endlich auf dich zu entschuldigen, sonst denke ich noch, es war das furchtbarste Erlebnis deines Lebens!«, meinte Sofia.

Edward starrte wieder das Zeugnis ihrer Unschuld an, seine Anspannung schien Sofia fast greifbar.

»Wie war es denn für dich?«, fragte er kleinlaut.

Sofia starrte den Vampir an und konnte nicht anders, als ihn zu ärgern. Sie fühlte sich zu wohl in ihrer Haut, zu sicher und glücklich. »Keine Ahnung!«, gab sie zu.

Edward blinzelte. »Keine Ahnung?«

Dann nahm er den herausfordernden Blick wahr, mit dem Sofia ihn musterte. Von seinem nackten, glatten Oberkörper, dessen Form und Muskeln ihn immer noch als Krieger einer nahezu vergessenen Epochen der Geschichte kennzeichnete, hinab zum Bund seiner schwarzen Satinpyjamahose.

»Aber ich glaube, ich hatte einen guten Geschmack!«, meinte sie nachdenklich.

Edward verkniff sich ein Schmunzeln und ging auf ihre spielerische Provokation ein. Dankbar dafür, dass sie plötzlich so offen und entspannt war.

»Du glaubst bloß…?« Er gab seiner Stimme einen empörten Klang und rollte sich auf alle Viere. Langsam, um Sofia in Sicherheit zu wiegen, näherte er sich ihr wie ein Raubtier. Lasziv, verführerisch und verlockend, aber es gelang ihm nicht, sie mit seiner Langsamkeit zu täuschen. Sofia war lachend ein Kissen nach ihm und sprang gleichzeitig auf, damit er sie jagen und fangen konnte. Sekunden später drückte Edward sie zurück auf die Matratze.

»Was soll ich bloß dieser frechen Vampirin anfangen?«, murmelte er und seine Stimme genügte, um ihr die Schamröte ins Gesicht steigen zu lassen. Trotzdem befahl sie: »Küss mich!«

Edward kam ihrer Aufforderung nach, neckte Sofia aber, indem er ihr nur den Hauch eines Kusses gönnte, bevor er sich ihr wieder entzog. Protestierend versuchte Sofia sich ihm zu entwinden, doch er hielt sie fest. Abermals nippte er an ihren Lippen, bevor er sich ihr zum zweiten Mal entzog. Sofia fauchte: »Vielleicht war mein Geschmack doch nicht so gut!«

Edward lachte, doch er blieb außer Reichweite, während Sofias Körper danach schrie wieder vollständig zu werden.

»Und was gedenkt mein Engel mir jetzt zu befehlen?« Anzüglich hob Edward eine Augenbraue und grinste provozierend auf die Hilflose herab.

»Küss mich!«, befahl Sofia und fügte hinzu: »Richtig!«

Seine Lippen schlossen sich erneut über ihren Mund, doch dieses Mal wurde der Kuss intimer, drängender. Mit der Intimität konnte Sofia umgehen, doch der Hitze, der ursprünglichen Verlockung, die von Edward ausging, war sie hilflos ausgeliefert. Sie ran von seinen Lippen in sie hinein, über ihre Zunge, durch ihre Adern und brannte sich durch ihre Glieder. Trotzdem konnte sie nicht genug bekommen, schmiegte sich an ihn und erwiderte seine Zärtlichkeiten mit einer Intensität, die ihr noch mehr die Sinne raubte. Je mehr sie gab, desto erregter wurde sie, desto weniger konnte sie die verzehrende Hitze in ihrem Inneren unter Kontrolle halten.

Edward genoss Sofia. Sie erwiderte seine Leidenschaft mit atemberaubenden Sinnlichkeit, ging Schritt um Schritt weiter, folgte ihn in das ihr unbekannte Labyrinth der Lust und der Schauer und mit einem wohligen Schauer ihres Körpers schmolz auch ihr letzter Widerstand.

»Bist du dir jetzt sicher – vollkommen sicher –, dass es in Ordnung war?« Er hauchte ihr diese Worte ins Ohr. Dann zog er sich so zurück, dass er sie ansehen konnte, um ihre Reaktion in ihrem Gesicht abzulesen.

»Ja.«

Sofia hatte erwartet, dass er triumphierend nach ihr greifen würde, doch Edward bewegte sich nicht. Als er sich lange Zeit nicht rührte, gab Sofia der Versuchung nach, benutzte ihren Mund, um ihre Antwort zu untermalen, benutzte sie ihren Mund, um ihre Antwort zu untermalen, küsste ihn von seinen Wangen zu seinen Mundwinkeln; erforschte seine Haut mit ihren empfindlichen Lippen, bis er ihren Kuss erwiderte.

Es war Wahnsinn, herrlicher und berauschender Wahnsinn. Ein Geben und Nehmen, ein Necken und Verlocken, einladend und herausfordern.

»Was tust du da?« Es gelang Sofia nicht, ihre plötzlich aufkommende Furcht zu unterdrücken, als sie spürte, wie Edward etwas um ihre Handgelenke schlang.

»Vertrau mir!«, bat Edward.

»Ich… ich kann nicht!«, Sofia versuchte, sich dem Vampir zu entziehen, einen besseren Blick auf die seidenen Halstücher zu werfen, die er wie ein Magier plötzlich unter einem der Kissen hervorgezaubert hatte. Doch Edward küsste sie, berauschte sie mit seinen Lippen, verzauberte sie mit seinem Geschmack und das wieder auflodernde Feuer in ihrem Inneren betörte sie zum Nachgeben.

Edward spürte ihre Entspannung und wusste, dass Sofia einfach auf ihren Körper gehört hatte. Doch das genügte ihm, er würde sie dorthin führen, wo er sie haben wollte.

»Du bist ein Vampir, diese Fesseln kannst du ganz leicht abstreifen – falls du es wirklich willst!«, flüsterte er in ihren Mund. Sofia antwortete mit einem leisen Stöhnen.

Edward rutschte von ihr weg und hielt Sofias Blick gefangen, während er ihre Handgelenke mit dem Seidentuch umschlang und seinen Engel ans Bett fesselte. Ihr Blick war glasig vor Angst und Zweifeln, aber auch von einem brennenden Verlangen, das sie in die Abgründe ihres Wesens führte.

Edward lachte leise und grollend. *Gott, hierfür wirst du in der Hölle schmoren!*, informierte ihn sein Gewissen. Aber sie fühlte sich so unglaublich richtig an und ihre Bewegungen unter ihm – mit ihm – waren so verführerisch sinnlich, dass er nicht anders konnte. Er wollte sie wieder. Um jeden Preis!

Mit einem diabolischen Grinsen hauchte er gegen ihren Oberkörper und sah zu, wie sich die kleinen, beinahe durchsichtigen Härchen auf ihrer Haut aufrichteten, bevor er eine Kussspur über ihren Brustkorb legte.

Sofia wandte sich unter ihm, und wünschte sich, sie hätte sich gegen ihre Fesslung gewehrt. So konnte sie Edward nicht von seinem diabolischen Spiel abhalten – und es wäre wahrlich zu albern, sich zu befreien, nur weil sie ungeduldig wurde.

Edward entschied, dass Sofia noch zu abgelenkt war und zog eine weitere Kussspur – unterstützt durch seine kreisenden Fingerspitzen – über Sofias Körper, bevor er seinen kalten Atem über die feuchte Haut blies. Dann wandte er sich ihrer rechten Brust zu, fuhr mit der Zungenspitze einen Kreis um den Rand ihrer Brustwarze, bis sich die kleine, rosige Knospe zusammenzog. Sanft sog er sie in die Wärme seines Mundes und ließ sie genüsslich langsam wieder in die Freiheit gleiten. Nicht ohne ein letztes Mal über sie zu hauchen. Dasselbe wiederholte er an Sofias anderer Brust. Erst als sich die Vampirin protestierend gegen ihre Fesseln lehnte – ohne sie zu zerreißen –, glitt er weiter nach unten.

Seine Zunge, die sich zwischen ihre Schamlippen stahl und immer wieder zu der empfindlichen Perle der Lust glitt, brachte Sofia zum Schreien. Sie versuchte zu entkommen. Doch der Vampir umfasste ihre Schenkel und hielt sie fest, während er weiterhin seine Zunge und seinen Mund einsetzte, um sie zu liebkosen. Er küsste und leckte und strich mit seinen Lippen über Stellen, die vor ihm noch niemand berührt hatte. Immer schneller ließ er seine Zunge über ihre Klit gleiten und als er schließlich mit einem Finger in sie eindrang, kam Sofia mit Spasmen.

Edward drückte den sich windenden Engel zurück in die Matratze. Er wollte sie verwöhnen, wie es kein anderer Mann tun würde – bis Sofia vergaß, dass es außer ihm noch Männer gab. Er musste sie haben, sie war die Richtige für ihn, die Einzige!

Sofia schauderte, als sich Edwards Gesichtsausdruck veränderte. Plötzlich zeichneten sich nicht nur Verlangen und Lust auf seiner Miene ab, sondern auch der leidenschaftliche Wunsch zu besitzen.

»Edward?!« Sofias Worte waren Bitte und Wunsch zugleich, als sie begriff, dass ihr Krieger auch in dieser Hinsicht gefährlich war. Ein Gegner und Mitstreiter, den sie vielfach unterschätzt hatte. *Mindestens so gefährlich wie Xylos!*

Ihr Gedanke wurde bestätigt, als er ein weiteres Seidentuch unter einem der Kissen hervor und es über Sofias Körper gleiten ließ. Die Berührung war kaum wahrnehmbar, so sanft, dass eine Gänsehaut über ihren Körper prickelte und es nahezu einer Folterung glich.

»Vertrau mir, Sofia!«, bat er eindringlich.

Vertrauen. Ein Gefühl, dem sie sich seit Jahren verschlossen hatte, nicht einmal mehr wusste, ob sie überhaupt noch wusste, wie es gelebt wurde. Aber seine Bitte war so flehend, sein Gesichtsausdruck so verletzlich, dass sie ihm seinen Wunsch nicht abschlagen konnte. Stumm nickte sie, hob ihren Kopf und gestattete Edward ihre Augen zu verbinden. Zu ihrem Erstaunen empfand keine Angst, sondern Lust. Ihm hilflos ausgeliefert zu sein – *Nicht ganz so hilflos!* erinnerte ihr Verstand –, auf ihren eigenen Wunsch hin ausgeliefert, weckte ungeahnte Wünsche in ihr.

Edward genoss Sofias Anblick. Seinen Engel ihrer Flügel beraubt zu sehen, befriedigte ihn und ihr Vertrauen fesselte ihn mehr, als alles, was er je mit einer anderen Frau erlebt hatte. Wie würde es erst sein, wenn Sofia sein war? Ganz und gar? Für Sekunden haderte Edward bei diesem Gedanken, bei der Vorstellung davon, welche Macht Sofia dann über ihn hätte. – Dabei hatte er die Entscheidung längst getroffen.

Sofia konnte hören, wie Edward aufstand und den Raum verließ. Ihre angespannten und geschärften Sinne erkannten das Klappern einer Tür und identifizierten ein Geräusch welches verdächtig nach Eiswürfeln klang.

»Schuft!«, murmelte sie, doch die Erregung in ihr wuchs.

Und plötzlich war er bei ihr und presst ihr den kalten Würfel an die Stirn. Die Kälte war schneidender, als sie gedacht hatte. Sofia schrie leise auf und verspannte sich noch mehr, als der eiskalte Würfel ihre rechte Schläfe hinab glitt, über ihre Wange und zu ihren Lippen. Kurz hielt ihr Edward die Erfrischung hin, gönnte ihr ein winziges Lecken, dann presste er ihn an ihre Halsschlagader, während er gleichzeitig seine freie Linke dazu nutzte, um Sofia zu halte. Trotzdem zerrte sie an ihren Fesseln bis der Würfel verschwand.

»Ruhig, Engel!«, hauchte Edward drohend. »Ich kann auch Ketten nehmen!«

»Edward!«, flehte Sofia. Doch Edward dachte gar nicht daran, sie zu befreien und ihre Wünsche zu erfüllen. Zu genau wusste er, dass es die lustvolle Qual war, sie sie zur Ekstase bringen würde; das Balancieren am Abgrund der Lust. Dieser Balanceakt barg eine Macht, die es einem_Könner erlaubte, dem Objekt seiner Begierde die Maske von der zivilisierten Fassade zu reißen und es in eine animalische Vergangenheit zu entführen, in ein Labyrinth aus Lust und Leidenschaft.

»Und dich knebeln!«, neckte er den Engel.

Sofia gab einen frustrierten Laut von sich, doch Edward spürte ihre Einwilligung in sein Spiel. Wieder presste er den Eiswürfel an ihre Halsschlagader und wieder bäumte sich Sofia auf. Doch dieses Mal blieb sie stumm. Edward drückte sie auf die Matratze zurück und hielt sie dort, ohne das Eis von ihrem Hals zu entfernen. Erst als sie ihre Gegenwehr einstellte, bewegte er das Eis wieder. Sofia schauderte, als Edward die Kälte seitlich an ihren Brüsten vorbeimanövrierte und versuchte sich abermals aufzubäumen.

Der Vampir stoppte in seiner Bewegung und presste das Eis wieder an ihre Halsschlagader, bis sie sich unter seinem Blick entspannte. Ihr Stöhnen, eine Mischung aus lustvoller Qual und sinnlicher Wut, zeigte Edward, dass sie die Spielregeln verstanden hatte. Sie musste stillhalten. Tat sie es nicht, würde der kalte

Schmerz wieder zu ihrem Hals zurückkehren. Pure Folter! Sofia konnte die Kälte auf ihrer Haut nicht aushalten, ohne sich zu bewegen, aber wenn sie sich bewegte, hielt das Eis an ihrem Hals inne, also hielt sie still. Hielt still, als Edward das Eis in kleinen, langsamen Kreisen ihr Bein hoch führte, über ihr Knie hinaus, über die Innenseite ihrer Oberschenkel und über ihren Bauch und auf der anderen Seite wieder hinab. Erst jetzt bemerkte sie, dass Edward eine leise, eindringliche Melodie summte und ihr kurze Erholungspausen gönnte. Doch immer, wenn seine Melodie zum Refrain fand, fand auch das Eis Sofias Körper wieder. Und trotz der Kälte verbrannte Sofia innerlich, spürte die Hitze in ihrem Körper und in ihrem Unterleib, wo die Flammen heiß und eindringlich tobten.

Edward spürte, wie sich Sofia auf seine Melodie konzentrierte und genau das war seine Falle. Denn statt eine Ablenkung zu bieten, bot er ihr eine Prophezeiung, die sie daran erinnerte, dass das Thema zurückkommen würde – und damit auch ihr Martyrium. Er genoss die krampfartigen Zuckungen, die den Engelskörper durchliefen, der Anblick, den Sofia ihm bot, weil sie versuchte, sich vollkommen reglos zu halten und doch in jeder Faser ihres Seins ein Ausdruck äußerster Anstrengung, äußerster Konzentration und äußersten Schmerzens durchschien. Ein Schmerz der so bittersüß war, dass er sie in Edwards Welt riss, in sein Labyrinth. Behutsam ließ er den nächsten Würfel um ihr kleines Dreieck gleiten, ließ das kalte, geschmolzene Wasser ihre Scham hinab laufen. Dann erst berührte er mit dem schmelzenden Eis ihre Klitoris und begann sie zu reiben.

Sofia spürte die Kälte und konnte nicht glauben, was Edward tat. Und doch war es genau das, was sie brachte. Berührungen an diesem Punkt ihres Körpers. Sie hörte ihre eigenen Schreie, Schreie aus dem Mund einer wollüstigen Fremden, als Edwards Bewegungen rhythmisch wurden. Fühlte die Ekstase und noch weit mehr. Erlösung. Krampfhafte Zuckungen schüttelten ihren Körper und dann war das Eis wieder da, Edwards warme Zunge an ihrer Klitoris. Schnell und gierig wirbelte er mit seinem Können Sofias Innerstes nach außen. Wärme, Kälte, Feuer und Eis. Sie konnte die Entladung ihrer Sinne kommen fühlen, konnte fühlen, wie ihr Denken ihr entglitt und sie die Kontrolle über ihr Körper verlor. Ein lang gezogener, animalischer Schrei – gar nicht mehr menschenähnlich – brach aus ihr hervor, als sie sich verlor und der Orgasmus über ihr zusammenschlug.

Edward entfernte Sofias Augenbinde, ohne das sie es bemerkte, zu sehr war sie noch in ihren Empfindungen gefangen. Erst als ihr Blick wieder klar wurde und zu ihm zurückkehrte, beendete Edward ihre Ruhepause.

»Was willst du?« War sie mutig? Würde sie ihm die Worte zuzuflüstern, die ihm verrieten, wie er ihre Träume erfüllen und sie an sich binden konnte? »Befiehl mir, was ich tun soll!«, drängte er.

Und dann sagte sie zwei Worte. Sie hatten nichts nichts mit Träumen oder Bindung zu tun, nur mit purer Lusterfüllung. Sofia stöhnte als Edward in sie hineinstieß, sie weitete und ausfüllte und versuchte ihn noch näher zu zwingen, noch tiefer. *Verdammt!* Er hatte ihr nicht einmal die Fesseln abgenommen!

Sofia protestierte leise, doch Edward unterband ihre Befreiung, indem er ihre Hände festhielt und ihre Position veränderte. Durch diesen Ruck, die Hochbettung ihres Oberkörpers mit Hilfe von Kissen, entdeckte Sofia den Spiegel des Schrankes. In ihm konnte sie Edwards nackten Rücken ausmachen; sehen wie er sich bewegte, wenn er in sie eindrang und sich wieder zurückzog. Die Muskeln an seinem Po arbeiteten und zogen sich in demselben Rhythmus zusammen in dem er in sie eindrang und sich wieder zurückzog. Der Anblick war unglaublich sexy und zog sie tiefer in den Bann des Spiegelbildes. Mit jedem Stoß wirbelte sie tiefer in den Abgrund und hob sie gleichzeitig unnachgiebig immer höher auf den Gipfel der Lust. Wieder und wieder drang er in sie ein, füllte sie aus und zog sich wieder zurück, bevor sie das Gefühl der Fülle gänzlich auskosten konnte. Sofia klammerte sich an ihn, ihre Fesseln unbewusst zerreißend, als sein Rhythmus schneller wurde – schneller, als sie es sich je hatte vorstellen können –, hielt Edward umfangen und genoss die Macht, die sie über ihn hatte. Eine Macht die sie und ihn antrieb, gemeinsam gen Höhepunkt.

Hitze und Flammen flossen und züngelten durch ihre Adern und dort, wo Edward in ihr war, loderte das Feuer immer höher, verbrannte ihre Sinne – und hob sie hoch auf einer Woge der Leidenschaft. Und dann hatte Sofia den Gipfel erreicht – die Hitze um sie explodierte, hüllte sie ein und ließ ihren Verstand abermals aussetzen, während ihr Körper von lustvollen Erschütterungen heimgesucht wurde.

25

Als Sofia erwachte und die Augen öffnete, sah sie als Erstes Edwards Gesicht. Erstaunlich, wie schön sie Edward immer noch fand. Trotz der Anstrengung der vergangenen Stunden wirkte er auf eine sehr männliche Art und Weise anziehend, sprach all ihre Sinne an und verlockte sie dazu, ihm nah zu sein – und es auch zu bleiben. Sofia betrachtete ihn und versuchte den Zauber zu verstehen, der von ihm ausging. Er hatte ein klassisches Gesicht, irgendwie römisch, ein kräftiges Kinn und eine markante Nase. Seine Lippen wirkten sinnlich und einladend. Er wirkte stark und kräftig, und unter seiner zivilisierten Fassade schlummerte ein Krieger. – *Er muss tatsächlich einen alten, mächtigen Schöpfer haben.* Es überraschte sie nicht, dass er plötzlich die Augen öffnete und allein sein Blick ihr klar machte, dass er sie und ihre Reaktionen bereits die ganze Zeit mit halb geöffneten Lidern betrachtet hatte.

»Guten Morgen!«, wünschte sie.

»In der Tat, ein guter ABEND!«, bestätigte Edward. Sofia konnte spüren, wie die Zufriedenheit in seiner Stimme dafür sorgte, dass ihr die Verlegenheit das Blut in die Wangen steigen ließ.

»Du solltest dich fertig machen, Schlafmütze, wir haben viel vor!« Er deutete auf ihren Koffer, den er aus Prag geholt hatte.

»Wie hast du das so schnell gemacht?«

»Das ist ein Geheimnis!«, behauptete er.

»Den Hummer hast du vergessen, nicht wahr?«

»Ja, rein zufällig war er zu schwer! – Dachte ich zumindest, bevor ich deinen Koffer hochgehoben hatte! Aber ich war zu faul, noch mal zum Auto zurückzugehen!«

Wenig später waren sie unterwegs und Edwards leises Bedauern darüber, den Engel nicht ewig im Bett halten zu können, verschwand bei jedem Schritt und jedem Blick in Sofias Gesicht.

Sofia war glücklich. Sie hatte keine Ahnung, wie es Edward gelungen war, ihr Faible für Geschichte und Städte zu durchschauen – geschweige denn, wie er es geschafft hatte, sie nach Venedig zu schaffen, doch bei jedem Schritt vergaß sie eine ihrer Fragen, war fasziniert von den Nebelschleiern, die leicht und durchscheinend durch die Straßen zogen und die den Duft von Meer mit sich trugen. Die Kälte sorgte dafür, dass jeder Geruch intensiviert wurde und beinahe kristallin in der Luft hing.

Edward hatte sich für einen romantischeren Ausflug entschieden und sie den kurzen Weg zum »Canale Grande« geführt.

Fasziniert hatte sie ihm die Entscheidungen überlassen und saß nun trotz der Temperatur neben ihm auf einer der vorderen Bänke an Bord der »Linea 1« und sah ihn fragend an.

»Vertrau mir!«, bat er und legte seinen Arm um ihre Schulter. Auch wenn Vampire nicht froren, mochten sie doch Wärme. – Und Sofia mochte den Schutz, den Edwards Berührung ihr bot. Seine Nähe und die merkwürdige Vertrautheit, obwohl beides ihr auch Angst machte.

Als das Linienboot mit sanftem Tempo losfuhr und über das schwarze Wasser glitt, schmiegte sie sich dichter an Edward. Soviel Romantik hätte sie ihm nicht zugetraut. – *Du hast ihm soviel nicht zugetraut!*

»San Simeone Piccolo – die Kuppelkirche«, verkündete der Lautsprecher und meinte die hell erleuchtete Kirche am Ufer, nur um gleich darauf die Brücke »Ponte degli Scalzi« anzukünden, unter der sie hin durchfuhren und auf der linken Seite die Kirche »Santa Maria di Nazaretta degli Scalzi«.

Sofia sah nach vorne und die Lichter der Kirchen, Palazzi und Brücken funkelten, wie aneinander gereihte Edelsteine eines kostbaren Geschmeides und erinnerten sie an die Kette, die Edward ihr geschenkt hatte. Nachdenklich tastete sie nach ihr und spürte unter dem Stoff des anschmiegsamen Rollkragenkleides die Härte der Kettenstränge.

Nur mit halbem Ohr hörte sie hin, als der Lautsprecher von dem tragischen Erbstreit im »Palazzo Flangini« und seinen Hintergründen erzählte, zu sehr nahmen ihre Gedanken sie gefangen und kreisten immer wieder um Edward. Ihr fiel auf, dass sie ihn schon seit geraumer Zeit ansah, doch sie konnte ihren Blick einfach nicht von seinem Gesicht abwenden, nicht einmal, um sich den Palazzo anzusehen. Sie fühlte sich von Edwards Anblick beinahe hypnotisiert. Davon, dass er mit der Fingerspitze seines rechten Zeigefingers, die Hand stützend unter sein Kinn gelegt, seine Unterlippe entlangfuhr. Langsam von rechts nach links und wieder zurück. Die Bewegung faszinierte Sofia, erinnerte mit ihrem Rhythmus an etwas anderes, und ließ einen Schauer über ihren Rücken laufen, der sich in ihrem Unterleib sammelte. Der Widerhall kribbelte durch ihren ganzen Körper.

»Ist jemals jemand von dir besessen gewesen?« Sie gab sich Mühe, ihre Stimme neckisch klingen zu lassen, weil sie wusste, dass ihre Gedanken nur zu deutlich in ihrem Gesicht zu lesen gewesen waren.

Der Blick mit dem er sie bedachte war unergründlich. »Nur die, die mich töten wollen!« In seiner Stimme schwang kein Humor mit, doch Sofia meinte ein kurzes Aufblitzen in seinen Augen gesehen zu haben.

Sie lehnte sich näher zu ihm. »Sind es viele?«

»Es waren viele!«, korrigierte er und jetzt war sein Amüsement unüberhörbar. »Aber ich lasse mich nur von der richtigen Person töten, besessen oder nicht. Da gibt es strenge Regeln.«

»Und nur Besessenheit?«

»Wenn es sich bei der Besessenen ganz zufällig um einen Engel handelt, geht das klar!«

»Auch, wenn der Engel dich am liebsten töten würde, weil du ihr Informationen vorenthältst?«

Edward sah sie an und die plötzliche Kälte in seinem Blick, mit dem er sie von seinen Gefühlen ausschloss, verletzte sie.

Sofia, eben noch ein neckendes Lächeln auf den Lippen, starrte nun ins Wasser und schilt sich selber eine Närrin. Sie hatte also Recht gehabt mit ihrer Vermutung. »Wieso sagst du es mir nicht einfach und bringst es hinter dich?«

Sie weiß es! Edward widerstand dem Drang, ihr die Haare aus dem Gesicht zu streichen, die der Wind ihr immer wieder hineinwehte und sie zu trösten. Er konnte ihre Verzweiflung beinahe spüren, wollte sie wegküssen und lieben. Solange lieben, bis sie ihm alles verzieh.

»Was, Sofia?«, fragte er sanft.

Erst jetzt sah sie ihn wieder an. »Das der Magistrat dein Schöpfer ist!«

Beinahe hätte Edward vor Erleichterung gelacht. Es gelang ihm das nagende Schuldgefühl in seinem Inneren zu ignorieren und den Kopf zu schütteln. Er brauchte nicht mehr Sofias Hass, er brauchte ihre Liebe.

»Nein, Sofia. Ich bin – auf Wunsch der Hexe – ein Kind der Königin!«

Wahrheit! Sofia wandte ihr Gesicht ab. Warum hatte sie dann trotzdem das Gefühl, er würde ihr etwas Wichtiges nicht sagen? *Vielleicht hat er vor irgendetwas Angst?*, schlug ihre innere Stimme vor und erinnerte daran, dass auch sie ihm nicht vollständig vertraute. *Es gibt immer etwas in der Vergangenheit, über das man nicht gerne spricht!*

»Gott, ich bin einfach zu misstrauisch!«, maßregelte sie sich leise und bemerkte nicht, wie ihre Worte Edwards Gewissen belasteten, weil er ihr sein Geheimnis nicht anvertrauen konnte. Nicht ohne sie, sich und seine Familie zu töten.

Alles in Edward revoltierte bei ihrem Anblick. Es war ein schreckliches Gefühl, Sofias innere Zerrissenheit und die Zweifel zu spüren und nicht zu wissen, wie er etwas ändern konnte. Doch es waren ihre Augen, die ihn heimsuchten. Tief in ihren Abgründen konnte er Wunden sehen, die niemals ganz verheilt waren, die immer noch schmerzten und die sein Engel vor dem Rest der Welt verbarg. Wie konnte er diese Wunden sehen und nicht hoffen, der Mann zu sein, der ihr die Furcht nahm und Vertrauen gab? *Aber wie willst du heilen, was du zu einem großen Teil zu verantworten hast?*

»Verzichte auf deine Rache«, bat er, »bleib bei mir und liebe mich und wir werden eine andere Lösung finden!«

Sofia schüttelte den Kopf. »Ich kann nicht darauf verzichten, Edward! Ich kann es einfach nicht.« Die Verzweiflung in ihrer Stimme machte ihm Angst und er fragte sich, was sie nach Vollendung ihrer Rache plante. Er fürchtete die Antwort.

»Er hat mir alles genommen, alles, was ich noch hatte.« Ihr Blick schien sich nach innen zu richten. »Nein, viel schlimmer: Er hat mich dazu gebracht, mir selber alles zu nehmen, was ich noch hatte.«

»Melanie!«, mutmaßte Edward und verfluchte den Magnus zum ersten Mal in seinem Leben von tiefstem Herzen für seine Pläne und Intrigen. – Und für die Schmerzen die er bereit war anderen zu verursachen, um zum Ziel zu gelangen.

»Ja!«, bestätigte Sofia. »Ich möchte… ich möchte, dass …« Ihre Stimme verklang, bevor sie sich zusammenriss. »Das hier ist das Netteste, was je jemand für mich getan hat«, meinte sie schließlich und deutete auf das Boot und den Kanal. »Ich werde es genießen und in Erinnerung behalten!«, versprach Sofia und setzte es sofort in die Tat um, indem sie ihre Trauer abschüttelte, als wäre sie kein Teil ihres eigentlichen Wesens und sich der Betrachtung der Palazzi zuwandte.

Nur mühsam widerstand Edward dem Drang, Sofia in seine Arme zu nehmen und ihr von seinen Gefühlen und Hoffnungen zu erzählen. – Es war das Dümmste, was er je gewollt hatte, aber das Wissen half nichts gegen seine Gefühle. Er schüttelte den Kopf. Sofia stellte seine Gefühle auf den Kopf, veränderte sein Leben und hatte sich in sein Herz geschlichen.

Als er Sofia dabei betrachtete, wie sie sich dem »Palazzi Mocenigo-Nero« zuwandte, dem sieben Dogen entstammen und in dem heute die Zentralverwaltung des Veneto untergebracht ist, entschied er, dass sie jede ungewohnte Emotion wert war.

Ihr Gesicht strahlte, als sie nach vorne blickte, zum »Palazzo Grassi« und der säkularisierten Kirche »San Samuele«. Der Blick aus ihren unschuldigen Augen erfreute Edward und er begann die Welt – seine Welt –, die er schon seit langem als langweilig abgetan hatte, in einem ganz anderen Licht zu sehen.

Genieß die Zeit!, empfahl sein Gewissen. *Dir bleibt nicht viel Zeit, mit ihr glücklich zu sein. Sie muss bald den Weg zum Tempel finden. Und wenn sie dich dann nicht liebt, solltest du darum beten, dass sie in der Lage ist, dich zu töten!* Ein kalter Schauder lief über Edwards Rücken. Er wollte nicht mehr sterben – und schon gar nicht durch die Frau die er liebte. *Ich habe Jahrtausende gebraucht, um sie zu finden und ich werde alles tun, damit sie mich ebenfalls liebt!*

Aber das Schlimmste war gar nicht sein Tod… viel schlimmer war, dass Sofia einfach gehen konnte.Sich einfach umdrehen und weg sein. Sie mochte ihn, aber sie liebte ihn nicht und konnte sich einfach trennen. Edward nicht. Er hatte keine Ahnung, wann genau es passiert war, aber er wusste, dass es nicht mehr konnte, weil sein Leben ohne Sofia keinen Sinn mehr ergab. Jetzt, wo er endlich an Liebe glaubte – sie gefunden hatte –, würde er ohne sie und Sofia nicht mehr leben können.

Was weißt du schon über sie? Edward sah Sofia von der Seite an. Unschuld und Faszination über die Geschichte, über die gesamte Schöpfung, spiegelte sich auf ihrem Gesicht wider, eine Liebe zu den Kleinigkeiten, zu denen er bislang keinen Bezug gehabt hatte, und Edward gab sich selbst die Antwort: *Sofia ist alles, was du immer gewollt hast – du hast es nur nicht gewusst.* Und er hatte absolut keine Ahnung, wie er Sofia dazu bringen konnte, ihn ebenso zu lieben, wie er sie liebte. Mit Liebe hatte er keine Erfahrung. Aber er würde sein, was immer nötig war, um sie von ihm zu überzeugen und ihr Herz zu gewinnen.

»Wie stellst du dir den richtigen Mann für dich vor?« Absichtlich stellte er seine Frage vage und hoffte insgeheim, dass sie seine Befürchtungen spürte, und sagte: *Wie dich.*

Stattdessen grinste Sofia provozierend verschmitzt und überlegte so offensichtlich lange, dass er versucht war, sie aus dem Boot zu werfen.

»Der richtige Mann …«, sie sah Edward direkt an und grübelte herausfordernd, »mal sehen… gut aussehend, humorvoll, frech… er müsste ein gutes Herz haben und ich müsste mich auf ihn verlassen können, weil er immer ehrlich ist und natürlich treu.«

Bei ihrem Wunsch nach Ehrlichkeit wandte Edward sich innerlich und versuchte sich an dem Grund für seine Unehrlichkeit festzuklammern. Es war ja nicht so, als wenn er um seiner selbst willen log. Trotzdem musste er sein nagendes Gewissen ablenken und konzentrierte sich auf den letzten Punkt ihrer Aufzählung. »Treue ist wichtig für dich?

Sofia nickte feierlich. »Sehr. Ich teile nicht gern. Mein Mann gehört er mir ganz allein. Da bin ich Besitzergreifend.«

Edward grollte leise. »Gehörst du diesem Mann denn auch exklusiv?«

Das lachende Geräusch, welches Sofia von sich gab, klang wie Engelslachen – böses Engelslachen. »Wieso wusste ich, dass du fragen würdest?«

Edward griff ihre Vorlage auf, obwohl er Angst vor ihrer Antwort hatte. »Und wieso wusste ich, dass du nicht antworten würdest?«

Sofia strahlte, obwohl sie innerlich durch die Hölle ging. Schließlich hoffte Edward auf ein Geständnis, das sie ihm nicht geben konnte. Sie war sich nicht einmal sicher, ob sie es je können würde, lieben und vertrauen. Also gab sie ihm die Antwort, auf die er wartete – und hoffte, dass er nicht fragte, ob sie denn zusammen sind. Denn bis jetzt war alles nur ein »was wäre wenn« ein Konjunktiv Irrealis. »Natürlich, sonst wäre ich ja nicht mit dem Mann zusammen. Mich gibt es ganz oder gar nicht.«

Ein Lächeln stahl sich auf Edwards Gesicht und Sofia deutete es als Reaktion auf ihre Antwort. Hätte sie auch nur annähernd den Verdacht gehabt, dass Edward an einen magischen Bund zwischen Vampiren dachte und eine Beziehung für die Ewigkeit, wäre sie im Bruchteil einer Sekunde über Bord gesprungen.

Edward konnte das dümmliche Lächeln auf seinem Gesicht spüren, welches selbst einem Außenstehenden deutlich zeigen konnte, dass er in Sofia verliebt war. Zum ersten Mal begriff er die Tragweite der Worte »Bund« und »Ewigkeit«, verstand das Verbot durch die Königin und zog die Möglichkeit eines magischen Vampirbundes trotzdem ernsthaft in Betracht.

Wenn ich Sofia für die Ewigkeit an mich binden muss, um ihrer Liebe sicher zu sein, werde ich es tun!, flüsterte seine Leidenschaft in Träumen von Verbundenheit, während sein Verstand warnte: *Der Bund ist keine Garantie!* Doch sein Herz schrie, weil es nach all der Zeit endlich sicher sein wollte.

Edward sah Sofias Blick, wusste, dass er seine Leidenschaft nicht gut vor ihr verborgen hatte; aber etwas in der Art, wie das Boot durch das Wasser glitt, durch die Schwärze, in der jede Zukunft möglich war, machte ihn empfänglich für Träume. Selbst das Flüstern des Windes in Sofias Haaren schien ein Versprechen zu sein.

Doch Sofia hatte seinen Blick falsch gedeutet, denn sie tadelte grinsend: »Hör sofort auf an Sex zu denken! Freud würde sich über dich freuen!«

Trotz ihres neckischen Tonfalls konnte sie ihn nicht täuschen. Die Einsamkeit in ihrer Stimme war unüberhörbar und er versuchte sie zu analysieren. War sie in ihren Worten gewesen, in ihrem Tonfall oder in ihrem Blick? Glaubte sie wirklich, es ginge ihm nur um Sex?

Bevor er dazu kam, sie zu fragen, war sie bereits aufgestanden und hatte das Boot verlassen, noch bevor es vollständig an der Endstation angelegt hatte.

Als der Vampir Sofia einholte, genoss sie den atemberaubenden Blick auf die Insel »San Giorgio Maggiore« und drehte sich langsam in Richtung »Markusplatz« ohne Edward anzusehen.

Trotzdem konnte er ihre Augen sehen. Sie spiegelten unzählige Wunden wider, ein Leben voller Verrat, Verlust und gebrochenen Versprechen. Für einen Augenblick wirkte sie verloren, und er fragte sich, wie sie es schaffte, die Welt trotzdem zu lieben und sich an Schönheit zu erfreuen.

Plötzlich schenkte sie ihm ein Lächeln. »Ich danke dir!«

Es schien, als wäre sein Eindruck nur eine Illusion gewesen, doch ihre Worte belehrten ihn eines Besseren. »Ich kann nicht glauben, dass ich wirklich hier bin, dass du das für mich getan hast!« Sie deutete auf die »Piazza San Marco«, das Herz Venedigs und auf die »Basilica« neben dem »Palazzo Ducale«. »Weißt du, seit meine Großmutter tot ist …« Sie stockte, als ringe mit sich und der Wahrheit, doch dann erzählte sie. Erzählte von dem Autounfall bei dem ihre Großmutter gestorben war, während sie und Melanie unverletzt von den hinteren Sitzen hatten klettern können. Davon, dass Melanie sich die Schuld an dem Unfall gegeben hatte, weil Großmutter Magret auf ihren Schrei hin das Lenkrad verrissen hatte, um einer Katze auszuweichen. Davon, wie ihre Eltern das Erbe der Zwillinge unterschlagen hatten und Melanie und sie in einem leeren Haus und ohne Abschied hatten sitzen lassen. Davon, dass es plötzlich nichts und niemanden mehr gab, der sich um die Kinder kümmerte. Berichtete von ihrer Abschiebung ins Heim, während ihre Eltern irgendwo ein neues Leben – ein Leben ohne ihre Kinder – angefangen hatten.

»Melanie ist daran zerbrochen – ich habe zugelassen, dass sie daran zerbricht – und … ich habe versagt … ich konnte sie nicht schützen!«

Edward spürte, dass Sofia ihre Erzählung beendet hatte. Jetzt endlich durfte er seinen Engel in den Arm nehmen, nachdem sie seinen tröstenden Versuch zweimal abgelehnt hatte, während die Vergangenheit aus ihr herausgesprudelt war. Sie zitterte, als sie sich an ihn schmiegte und Edward ahnte, was es sie gekostet hatte, von dem Verrat ihrer Eltern zu sprechen. Er konnte sich die beiden kleinen Mädchen vorstellen, allein in einem leeren Haus, hilflos und im Stich gelassen und fragte sich, was für Menschen es waren, die zwei vertrauensvolle, liebende Engel der Hölle auslieferten. Seine Mutter wäre eher gestorben, als ihren Kindern so etwas anzutun.

Sofia schenkte Edward ein trübsinniges Lächeln. »Und alles, was mir von meiner Großmutter geblieben ist, sind ihre Ohrringe, die sie mir wenige Minuten vor dem Autounfall geschenkt hat. – Der verdammte Magistrat hat sie mir in der Nacht gestohlen, als er mich in einen Vampir verwandelt hat.«

Der Kloß in Edwards Hals wuchs noch weiter an, als das schlechte Gewissen ihn daran erinnerte, dass auch er sie betrogen hatte und immer noch betrog. Trotzdem wuchs der Wunsch nach dem Schwur und dem ewigen Bund ebenfalls. *Sofia würde nie wieder allein sein. Ich würde auf sie achten, sie lieben und ehren…*

Edward verdrängte seine egoistische innere Stimme. Es war etwas anderes, Spaß miteinander zu haben und sich für die Ewigkeit zu binden. Und wenn sie erst einmal herausfand, wer er war… konnte er dann auf ihre Liebe zählen?

Er würde den verletzten Ausdruck in ihren Augen nicht ertragen, wenn sie es erfuhr und der Liebe zu ihm abschwur.

Vielleicht gibt sie ihre Rachegelüste auf und wird niemals erfahren, wer du wirklich bist?!, schlug seine Hoffnung vor und ignorierte den Sarkasmus seiner Bosheit: *Vielleicht bringt sie den Magistraten ja auch um, bevor sie bemerkt, dass du es bist?!*

Entschlossen verbannte Edward jeden Gedanken an Recht und Unrecht. Er würde eben bei Sofia bleiben, solange sie ihn wollte; würde sie lieben, ihr jeden Wunsch von den Augen ablesen und hoffen.

Arm in Arm schlenderten sie am »Palazzo Ducale« – dem Dogenpalast – vorüber, dessen imposante Architektur und Geschichte Sofia ins Schwärmen brachte und dafür sorgte, dass Edward kleine Geschichtsdetails preisgab und den Fremdenführer für sie spielte. Erst zwei Stunden vor Sonnenaufgang, als sie die Stadt beinahe für sich allein hatte, rief Edward einen Gondelfahrer, der entweder sehr spät auf, oder sehr früh wach war und hieß Sofia endlich zur Ruhe zu kommen.

Grinsend fügte sich Sofia in ihr Schicksal und schien ganz froh darüber, dass die Uhrzeit keinen privaten Gesang zuließ.

26

Edward hatte damit gerechnet, dass Sofia müde sein würde – doch sie überraschte ihn. Eben noch hatte er vor dem Bett gestanden, um sich seines Mantels zu entledigen, im nächsten hatte sie ihn auf das Bett gedrückt und sich vor ihm – zwischen Spiegel und Matratze – platziert. Zum Zuschauer degradiert.

Provozierend langsam öffnete Sofia die Schleife der schwarzen Schnürkorsage zwischen ihren Brüsten, während sie für ihn tanzte, einzig und ausschließlich für ihn. Jede ihrer Bewegungen war eine Reminiszenz des erotischen Tanzes in ihrer Wohnung, jede ihrer sinnlichen Drehungen einer Salome würdig. Mit einem koketten Blick spielte sie mit den Bändern der Korsage, während sie sie aus den Ösen zog. Dann beugte sie sich spielerisch nach vorne, gewährte ihm einen kurzen Einblick auf ihre zwei perfekten Halbmonde, bevor sie einen Fuß zwischen seine Beine abstellte, um die Halter ihrer Strapse zu lösen. Edward stöhnte gequält auf, und nur ihr Blick hielt ihn zurück, seine Hände davon ab, ihr zu helfen. Sofia wiederholte das Lösen, drehte sich um und beugte sich mit einer anmutigen Geste nach vorne, wobei sie ihm ihren herrlichen Po präsentierte und ihm einen kurzen Blick zwischen ihren Beinen hindurch zuwarf. Sich tänzerisch von den Strümpfen befreiend, richtete sie sich anschließend wieder auf, strich sich die Träger der jetzt offenen Korsage von den Schultern, bevor sie sie über ihre Arme nach unten gleiten ließ.

Aufreizend langsam drehte sie sich zu ihm um, nutzte ihre Drehung dazu, ihren Slip zu zerreißen, sich anschließend lasziv vor ihm niederzulassen.

Edward ließ sie nicht aus den Augen, als sie seine Hose öffnete, hob sein Becken an und ließ zu, dass sie ihn langsam, mit kalkulierten Bewegungen auszog. Prüfend fuhren ihre Finger über seinen Körper, sanft und neugierig, sie erkundeten seine Härte, strichen über den hart-weichen Schaft und allein diese Berührung ließ ihn in ihrer Unschuld erzittern.

Und dann tat sie etwas, was an Neugierde und Sinnlichkeit nicht mehr zu toppen war. Sie nahm eine dicke Haarsträhne und ließ sie langsam über Edwards Penis gleiten. Nur die sanften Spitzen in einer winzigen Berührung von der Wurzel bis zur Eichel und dann in kleinen Kreisen zurück.

Edward verharrte reglos. Sein kleiner Engel war ein Teufel! Vom Himmel verbannt wegen ihrer experimentell verruchten Natur, die sie nun an ihm ausließ. Für Sekunden glaubte er, er würde unter der quälend leichten, quälend langsamen Berührung sterben, von der er doch geträumt hatte.

Ein Blick in ihr Gesicht zeigte ihm, dass sie gewillt war, diese Folter so lange wie möglich auszureizen. Eine zweite Strähne gesellte sich der ersten hinzu, wurde mehrfach um seinen Schaft geschlungen und wieder in die Freiheit entlassen. Die Auflösung der Verschlingung war mehr, als Edward ertragen konnte und wollte. Nicht, bis er die Kontrolle hatte und sich ihrer sicher war!

Sofia fragte sich, warum Edward reglos geworden war, schaute auf und war überwältigt von dem wilden Ausdruck auf seinem Gesicht. Dann war er über ihr, drängte sie aufs Bett und streckte sich über ihr aus.

»Das nächste Mal binde ich dich fest!«, versprach Sofia und Edward erkannte die Wahrheit in ihren Worten.

»Sehr gerne«, versprach er, bevor er sie küsste.

Sein Kuss prägte ihren Körper und würde immer eine Verbindung ihrer Seelen sein; selbst nach Jahrtausenden ein Pfad, dem sie würde folgen können. Genießerisch erwiderte sie den Kuss, genoss die Vertrautheit, die sie verband und… Als Edward stoppte und ihren Körper in die Matratze drückte, knurrte Sofia unwillig. Er wusste genau, was sie wollte – und wie sie es wollte. Und genau das war auch der Grund, es ihr zu verweigern.

»Ich schwöre dir, beim nächsten Mal…!«, fluchte sie leise.

»Ja, beim nächsten Mal!«, lachte er. Doch hier und jetzt war Sofia ihm und ihrer eigenen Lust ausgeliefert. Hilflos durch das Spiel, das sie selbst heraufbeschworen hatte.

Erst, als sie sich nicht mehr bewegte oder versuchte das Tempo zu bestimmen, begann er, sich langsam in ihr zu bewegen. Langsam und tief, mit gleichmäßigen Stößen, die sie vollständig ausfüllten.

»Edward!«, flehte sie. Erst jetzt fiel ihr auf, wie eindringlich er sie und ihre Reaktion beobachtete. Trotzig versuchte sie keine Miene mehr zu regen, ihm keinen Hinweis zu geben, konnte sich aber der Magie seiner Langsamkeit nicht vollständig entziehen. Trotzdem versuchte sie es noch minutenlang, bis sie den Schmerz der sich langsam aufbauenden, doch unbefriedigten Lust, nicht mehr leugnen konnte.

Als hätte Edward ihre Gedanken gelesen, steigerte er endlich sein Tempo.

Sofia entwich ein leiser Seufzer der Erleichterung, als er sie gleichzeitig freigab. Jetzt konnte sie sich gegen ihn stemmen, sich bewegen, sich seinen Rhythmus zu Eigen machen und sich hingeben.

Edward staunte über Sofias Gesichtsausdruck und ihre Leidenschaft. Xylos hatte sich geirrt, sie war nicht devot, war eine Löwin. Eine Löwin, die es jedes Mal aufs Neue zu zähmen galt.

Sofia schrie auf, als Edwards Bewegungen schneller wurden – zu schnell für eine Sterbliche. Trotzdem konnte sie spüren, wie ihr Schoß ihn aufnahm und willkommen hieß, sich ihre Scheide immer enger um seinen Penis schloss. Ihre Welt schien in tausend kleine Bruchteile zu explodieren. Sie verlor sich vollkommen, verlor jegliches Gefühl für die Wirklichkeit. Sie wurde emporgehoben von einer Kraft, die sie nicht beschreiben konnte – in ein überwältigendes Glück, das sie wie ein Kokon umgab und sie hoch auf die Woge der Ekstase hob.

Dann war er eins mit ihr. Sie fühlte seine Wärme tief in ihrem Leib. Fühlte die Hitze seines Körpers unter ihren Händen, klammerte sich an ihn und gab sich vollkommen hin.

27

Edward verfluchte sich selbst für seine Schwäche, doch der Wunsch nach mehr – viel mehr – war nicht mehr zu zügeln. Egal wie sehr er sich Egoismus vorwarf oder Rücksichtslosigkeit und Dummheit, er wollte Sofia, wie er noch nie zuvor etwas gewollt hatte und er wollte sich ihrer sicher sein. Ganz und gar.

Sanft ließ er seine Fingerspitzen über ihre Wange gleiten und genoss den Blick aus ihren großen, klaren blauen Augen mit dem sie ihm zu verstehen gab, dass er ihr etwas bedeutete. – *Genug?*

»Engel, es gibt da etwas …«, er stockte, wusste nicht, wie er seinen Wunsch verpacken sollte. Seltsamerweise schien Sofia entspannt zu bleiben. Sie sah ihn einfach weiter an, während sich ihre Fingerspitzen auf seiner Brust bewegten, die Konsistenz seiner Haut genossen und für eine Gänsehaut sorgten.

Sofia fühlte sich eins mit sich und ihrer Umwelt. Zum ersten Mal seit langem hatte sie das Gefühl, das tatsächlich alles gut werden konnte, wenn sie nur die Hoffnung nicht aufgab. *Vielleicht schaffst du es sogar, Edward genug zu vertrauen, um ihm eine echte Chance zu geben?!* Schließlich mochte sie ihn, mochte es, bei ihm zu sein. Außerdem gefiel ihr wie er ihr immer wieder bewies, dass sie Einfluss auf ihn hatte.

»Die Königin verbietet weibliche Vampire, nicht nur, weil ihrer Schwester der Tod durch eine Vampirin prophezeit worden ist, sondern weil es möglich ist, dass Vampirmann und Vampirfrau einen magischen Bund eingehen …« Edwards Stimme verklang, als er die plötzliche Skepsis in Sofias Blick sah.

»So etwas wie eine Ehe?«, lachte Sofia, die sich bemühte, dass ungute Gefühl in ihrem Inneren zu ignorieren.

Edward sah weg, als spüre er ihre Sorge, sprach aber weiter: »Ja, Mann und Frau, nur viel stärker, viel intensiver. Wenn die Frau bereit ist, diesen Bund einzugehen, bindet sie sich für die Ewigkeit an den Mann. Sie teilen ihre Gefühle und angeblich manchmal sogar ihre Gedanken miteinander.« *Wenn ich dir die Wahrheit schon nicht sagen kann, kann ich sie dich wenigstens fühlen lassen!*

Die Frau bindet sich an den Mann, nicht umgekehrt! Sofias Finger verharrten mitten in der Bewegung, als sie begriff, dass er von ihr ein Zugeständnis erwartete, aber nicht bereit war, eines zu geben. Er hatte mit keinem Wort gesagt, dass die Grundlage eines solchen Schwures Liebe zwischen ihnen sein sollte, oder dass er sie liebte.

Sofia verharrte reglos und es war Edward unmöglich ihre Gedanken zu erraten. Erst als er aufsah, konnte er die Angst und die Zweifel in ihren Augen erkennen.

»Ich meine…ich wollte dir diese Möglichkeit nur aufzeigen, ich …« In Edwards Stimme schwang Trauer mit über ihre schroffe Zurückweisung, doch Sofia ließ sich davon nicht besänftigen und schlug vor: » …wolltest nur sicher gehen, dass ich dir gehöre?«

»Nein, darum geht es mir nicht, ich …«

Sofia setzte sich auf und rückte von ihm fort. »… wolltest Besitzrecht geltend machen? Macht über mich erlangen? Was genau wolltest du?« Ihre Stimme war schrill.

»… sicher sein, dass du nicht plötzlich und ohne Vorwarnung aus meinem Leben verschwindest und mich allein zurücklässt – ohne Gewissheit, dass ich dich jemals wieder sehe.«

Sofia schwieg. Es war offensichtlich, dass seine Worte sie nicht nur beruhigt, sondern auch berührt hatten. Schließlich sagte sie: »Es ist trotzdem ein ungerechtfertigter Machtanspruch, Lust hin oder her. Jeder Mensch – jeder Vampir – ist ein Individuum und sollte es auch bleiben.«

»Ich kann verstehen, wenn du den Bund ablehnst, wenn es dir zu schnell geht oder du mir nicht genug vertraust. Ich will nur …« Edward verharrte und suchte nach den richtigen Worten, um Sofia nicht abermals gegen sich aufzubringen, »… nicht, dass du eines Tages einfach verschwindest, oder mir an den Kopf wirfst, dass ich dir nichts bedeute – nie bedeutet habe.«

Obwohl Sofias Herz bei Edwards geknickten Anblick danach schrie, ihm Sicherheit zu geben, Versprechungen und Schwüre zu machen, sagte sie: »Du willst eine Sicherheit, die es nicht gibt! In der Liebe genausowenig wie im wahren Leben.«

Sofia zitterte nicht nur innerlich. Edward wollte an Märchen glauben, an die ewige Liebe, an magische Bündnisse und unendliche Ehen. Auch sie hatte einmal an Vertrauen und Gefühle geglaubt und auf ein Wunder gehofft, doch am Ende gab es kein »Happy Ever After«. Auf Dauer gab es nur Verlust, Verrat und Schmerzen. Selbst bei den eigenen Eltern konnte man sich nicht sicher sein, dass sie auch morgen da waren – und ihre Kinder liebten.

»Ich bin nicht von den Gebrüder Grimm aufgezogen worden, Edward!«, meinte sie versöhnlicher. »Ich glaube nicht an ewige Liebe und magische Verbundenheit.«

Edward nickte. Sofia war ihr Leben lang betrogen und verletzt worden. Wie konnte ausgerechnet sie ihm ihr Herz anvertrauen, nicht nur für hier und jetzt, sondern für die Ewigkeit? Sie konnte und wollte es nicht noch einmal riskieren verletzt zu werden, und er konnte ihr keinen Vorwurf machen; musste ihre Entscheidung akzeptieren, auch wenn die Stimme seiner Leidenschaft behauptete, er könne sie im Eifer der Lust an sich binden, ohne das sie es bemerkte. – Bis es zu spät war.

»Trotzdem werde ich nicht einfach so verschwinden«, Sofia schenkte ihm ein entschuldigendes Lächeln und schmiegte sich müde in seine Arme, »sondern jeden Tag mit dir genießen als wäre es der letzte …« Sie schloss die Augen und beendete gedanklich ihren Gedankengang *…denn eines Tages wirst auch du mich verraten und ich wieder verletzt und allein sein!*

»Das reicht mir!«, log Edward. Er würde es nicht ertragen, wenn sie eines Tages ging. So oder so, Morna würde gewinnen. Dieses Spiel konnte er nicht mehr gewinnen, nur Sofia lieben und jede Sekunde genießen.

Sofia erwachte und ohne sich, wie bei den meisten Menschen üblich, sich erst orientieren zu müssen, öffneten sich ihre Augen. Sie sah Edward direkt an, kein Aufblitzen ihrer gestrigen Wut störte ihr zufriedenes Aussehen. Stattdessen verzog sich ihr Mund zu einem warmen Lächeln.

»Ist es schon Morgen?« Ihre schläfrige Stimme, das krasse Gegenteil zu ihrem Aussehen, ging Edward unter die Haut und schlug ihn in den Bann. Er konnte an nichts anderes mehr denken, als jeden Tag neben ihr aufzuwachen, ein brennendes Verlangen, das ihn nicht mehr losließ. Er würde all seine – in Jahrtausenden erworbenen – Fähigkeiten benötigen, um ihr tatsächlich die Entscheidung über den Bund zu überlassen.

»Abend!«, korrigierte er sie.

Sofia lachte leise und kuschelte sich an ihn, bis Edward seine Anspannung nicht mehr vor ihr verbergen konnte. Als sie entzückte grinste, beugte er sich zu ihr. »Bleib einfach nur still liegen und genieße!«

Dann liebte er sie, bis sie seinen Namen schrie.

Als der Kokon aus Leidenschaft langsam verblasste und Sofia in die Realität entließ, verwirrte sie der Blick, mit dem Edward sie betrachtete. Gab es denn nichts, was diesen Vampir erschüttern konnte?

Umso mehr erschütterten sie seine Worte: »Beim nächsten Mal werde ich jedes Anstandsgefühl vergessen! Ich werde dich nehmen und behalten und keine Macht der Welt wird mich mehr davon abhalten können!«

Obwohl seine Stimme kalt und voller Anspannung war, konnte Sofia nicht nur die Drohung spüren, sondern auch die Anstrengung, die es ihn kostete, sie nicht zu dem Bund zu zwingen.

Und plötzlich erschienen Sofia Bund, Liebe und Ewigkeit nicht mehr so tragisch und die bittersüße Versuchung ließ Schauder der Verheißung durch ihre Adern brennen, bevor ihr Verstand eingriff.

28

»Edward!« Morna gab sich keine Mühe, ihren Triumph zu verbergen, als der Magistrat das Zimmer betrat. »Wir haben ein dringendes Problem und können uns nicht mehr um deinen kleinen Schatz kümmern.« Morna machte eine Wegwerfende Handbewegung. »Bring sie um! Du kannst eine neue Vampirin erschaffen, sobald wir eine Lösung haben!«

Edward blinzelte um sicherzugehen, dass er sich nicht in einem Alptraum befand. Er war dem Ruf seiner Königin sofort gefolgt, hatte seinen schlafenden Engel verlassen und gehofft, wieder in ihrem Bett zu sein, wenn Sofia erwachte.

»Ich werde sie nicht töten. Wir haben einen Deal und das Jahr ist noch nicht vorbei.«

»Ach, komm schon Edward, es geht um Wichtigeres!«

»Ja, für dich vielleicht.«

»Nein, wichtiger für uns alle!«, behauptete Maeve, die plötzlich hinter den beiden aufgetaucht war und sie erschrak.

Langsam, um seine Unsicherheit zu verbergen, drehte sich Edward zu seiner Königin um. Sie wirkte wie das Abziehbild einer netteren Morna, ihre Augen waren klar, ihre Wangen gerötet. Auf ihrem perfekten Puppenmund zeichneten sich noch einige Bluttropfen ab, die sie bei seinem Blick mit ihrer rosigen Zungenspitze ableckte. *Schon wieder?*

Morna tarnte ihre Überraschung mit einem triumphalen Lächeln.

»Siehst du?!«, hetze sie. »Du kannst also tun, was ich dir befehle, oder du kannst für deine Vampirin untergehen!« Ihr Lächeln zeigte deutlich, was sie von der Idee eines aufopferungsvollen Edwards hielt.

Edward starrte Morna an. Er erkannte, dass sie auf das Angebot anspielte, welches sie Magnus gemacht hatte: Edward gegen die Frau.

Wenn die Alternative darin bestand sich Morna und ihren Ansprüchen unterzuordnen, um Sofia in Sicherheit zu wissen, würde er auf ihren Vorschlag eingehen.

»Morna!«, Maeves Stimme klang scharf, ihre Empörung echt. »Du wirst dich an die Regeln halten – schließlich hast du sie aufgestellt!«

Innerlich hielt Edward die Luft an und wieder dachte er daran, wie sehr diese Maeve einer wahren Königin ähnelte. Einer, die man respektieren und ehren konnte – fürchten und lieben.

Für Sekunden entglitten Mornas Gesichtszüge, zeigten ihre rastlose Wut und ihre hilflose Verzweiflung – eine Verzweiflung, die Edward vor Jahrtausenden gerührt hätte.

»Was ist denn passiert?«, fragte er.

»Magnus ist passiert!«, Morna kochte vor Wut. »Er ist weg!«

Edward konnte ein Lächeln nicht verbergen. Es entging der Hexe nicht und sie informierte ihn: »Zu spät! Seine Frau ist tot!« Ihre Stimme klang kalt, wie die Stimme des Teufels wenn er eine Seele holt. »Und seine Tochter wird es bald sein.«

»Tochter?« *Unmöglich, Vampire können nicht...* Edward starrte Morna mit offenem Mund an. Ebenso überrascht wie die Königin. Beinahe sichtbar blätterten der Verstand und die überlegene Macht von Maeve ab und enthüllten das Gerippe, welches von der einst so faszinierenden Frau übrig geblieben war. Sie taumelte, während allein der Wahnsinn sie aufrecht hielt. »Unmöglich!«, hauchte die Königin widersprechend und ihre Blutaugen starrten in eine Welt, unsichtbar für andere Augen.

»Es ist eine Tatsache!«, entgegnete Morna höhnisch. Trotzdem wirkte ihre unterstreichende Geste, wie die einer Hilflosen, der langsam alles aus den Händen glitt. »Wenn du deinen Job machen würdest, wüsstest du, dass unser Bruder uns betrogen hat!« In ihrer Wut klang die Hexe ätzend und giftig.

Und endlich begriff Edward etwas, was so offensichtlich war, dass die Erkenntnis ihn beinahe zum Lachen brachte. Morna hatte Angst!

Die Schritte waren auf so charakteristische Weise näher gekommen, dass Edward sie schon zugeordnet hatte, bevor die Tür aufflog und Hasdrubal ins Zimmer stürzte. Er trug das lichtlose Schwarz der Schatten, welches die offizielle Seite seiner Anwesenheit unterstrich.

»Magnus hat das Elixier gestohlen!«

Elixier?!

Der Wutschrei Mornas ließ Edward zittern und trieb Hasdrubal in die Ecke, die am weitesten von ihr entfernt war. »Bringt ihn mir!«, befahl sie. »Lebend und mit Elixier!« Ihre Worte klangen animalisch.

Maeves schmale Gestalt glitt in einer fließenden Bewegung zu Boden, als selbst die Energie des Wahnsinns sie verließ und zusammen mit ihrer Kraft Morna zuzufließen schien. Erst, als die Königin herzzerreißend wimmerte, erwachte die Hexe aus ihrer tierischen Wut. Ihr Gesichtsausdruck wurde weicher, mitfühlender, als sie sich zu ihrer Schwester beugte und ihr beruhigend über die Haare strich. Ruhiger präzisierte sie ihren Befehl: »Nimm die Schatten, Hasdrubal, und bring mir meinen Bruder zurück.« Sie klang müde – als kämpfe sie einen Jahrhunderte währenden Kampf, von dem sie von Anfang an gewusst hatte, dass er nicht zu gewinnen war – als sie hinzufügte: »Aber zuerst holst du Joel aus Venedig zurück, er soll sich um die Tochter kümmern.«

Edwards Innerstes erstarrte. *Joel in Venedig? Joel in Venedig bei Sofia?* Er drehte sich zur Tür, doch Mornas schneidende Stimme pfiff ihn zurück. »Du bleibst!«, befahl sie und seine Füße verharrten wie angewurzelt kurz vor der Tür. *Verräter!*

Hilflos musste Edward mit ansehen, wie Hasdrubal in einem kurzen Aufflackern von Dunkelheit verschwand, um seine Befehle auszuführen. Blieb nur zu hoffen, dass er Joel erreichte, bevor Joel Sofia fand.

»Entschuldigung«, beinahe zeitgleich mit dem Anrempeln, als Xylos durch die Tür ins Zimmer stürmte, kam seine Entschuldigung. »Du solltest nicht direkt hinter der Tür stehen, mein Freund!« Xylos klopfte Edward kameradschaftlich auf den Rücken und genoss, dass dieser sich offensichtlich nicht bewegen konnte.

Erst eine Geste Mornas löste die Starre und erlaubte es Edward, sich von der Stelle zu bewegen, um Xylos Berührung zu entkommen.

Edward signalisierte Morna mit einem Kopfnicken den Anflug kurzer Dankbarkeit, doch diese starrte Xylos an. Jetzt erst bemerkte Edward die Blässe seines Gegenübers, seine Benommenheit und die Zeichen an seinem Hals. *Maeve.*

»Darüber …«, Morna gab sich keine Mühe, ihre Abscheu zu verbergen, als sie auf die Bisswunde deutete. Xylos hielt ihrem Blick stand, bewegte aber unauffällig seine Hand und gab Edward mit einer Geste zu verstehen, endlich zu verschwinden.

»… reden wir unter vier Augen!«

Ungläubig über die Hilfe von unerwarteter Seite löste sich Edward aus seiner Starre und war verschwunden, bevor Morna ihren Blick von Xylos lösen konnte.

29

Sofia wurde wach, weil ihr ganzer Körper prickelte, als er einen anstarrenden Blick auf sich ruhen spürte. Sie drehte sich zur Seite und öffnete lächelnd die Augen, doch das Bett neben ihr war leer.

Verwirrt setzte sie sich auf und ihre Sinne hatten Joel erkannt, bevor er aus den dunklen Schatten trat. Doch das war nicht der Joel, den sie kannte und den sie mochte. Der Mann vor ihr war ein Jäger, ohne wenn und aber – und ohne Freunde. Selbst die Kleidung im gewohnten Schwarz, die Farbe, die extra für ihn erfunden wurde, wirkte nun anders. Wie eine Verbündete, die das Auge ablenkte, Warnsignale unterdrückte und das Opfer in Sicherheit wähnte. Es tat ihr beinahe leid, dass es bei ihr nicht wirkte, denn die Angst griff mit einer Ursprünglichkeit zu, die sie lähmte. *Der Schatten der Königin!* Das Wissen war plötzlich da, so als hätte es nur auf ihre Aufmerksamkeit oder den richtigen Augenblick gewartet. Es schien angeboren zu sein, genetisches Vampirwissen, das von Blutgeneration zu Blutgeneration weitergegeben wurde. *Die Schatten hat es immer gegeben, wird es immer geben…*

Selbst ihre Nacktheit störte sie nicht, ebenso wenig die Tatsache, dass Joels dunkler Blick auf ihrem entblößten Oberkörper ruhte, statt auf ihrem Gesicht.

»Zieh dich an, Mädchen!«, befahl er und Sofia wünschte sich, er würde nicht so unberührbar klingen, so determiniert, dass ihr Herz vor Verzweiflung zu einem Eisklumpen wurde. *Wieder, schon wieder!*, sang ihre Verzweiflung. *Schon wieder getäuscht!*

»Wieso?« Sie wusste, dass ihre Stimme ihre Gemütsverfassung widerspiegelte, aber es war ihr egal. Sie war zu enttäuscht und hoffte, dass er es sah. *Ich habe gedacht, du bist ein Freund!*

Als Joel sie ansah, wünschte sie sich, er hätte es nicht getan. In seinem Blick lag eine Traurigkeit, die ihre Mutmaßungen über ihr Schicksal in Gewissheit verwandelte. Joel mochte nicht, was er tat, doch nichtsdestotrotz würde er es tun.

»Weil ich den Befehl habe, dich zur Königin zu bringen, nach Rom!«

»Wieso?«, fragte Sofia noch einmal und in ihrer Frage schwang viel mehr mit. Das Verlangen nach Antworten auf Fragen, die sie nicht zu stellen wagte: *Was wird mit mir geschehen? Warum jetzt? Warum du? Was habe ich getan, um das zu verdienen?*

»Es tut mir leid!«, meinte Joel und seine Worte weckten Sofias Wut.

»Dann tu es doch nicht!«, konterte sie verärgert und wünschte sich ihre Waffe zurück. »Niemand zwingt dich!«

»Joel!« Edwards Stimme ließ den Schatten zusammenzucken, doch er hielt seine Position und sah in die Dunkelheit, aus der die befehlsgewohnte Stimme gekommen war.

Sofia starrte das Geschehen vor sich an und widerstand dem Drang, sich schützend in die Bettdecke zu hüllen.

»Entschuldige, Edward!«, bat Joel als Edward aus den Schatten trat. Joel registrierte, dass der Magistrat ebenfalls das Schwarz der Schatten trug, mit der Dunkelheit verschmolz und sie wie die königliche Leibwache für seine Zwecke nutzte, doch Edwards Gesichtsausdruck ließ nicht an die Königin denken.

»Ich entschuldige nicht!« Edward trat zwischen Joel und Sofia. »Und wenn du nicht sofort verschwindest …«

Edward ließ den Satz offen, aber seine Eifersucht reichte, um ein Lächeln auf Joels Gesicht zu zaubern, als Edward ihn langsam rückwärts aus dem Zimmer drängte. Zu Sofias Überraschung ließ Joel es geschehen.

Als die beiden in der Finsternis verschwunden waren, die sich wie ein Kokon um sich schloss, erkundigte sich Edward: »Wer hat dir den Befehl gegeben?«

Schon bevor Joel antwortete, begriff er, auf was der Magistrat hinauswollte: »Morna!«

»Ich höre, wir verstehen uns!«, meinte Edward und zu Joels Erleichterung schwang ein Lachen im nächsten Satz des Magistraten mit. »Allerdings sucht dich Hasdrubal.« In kurzen Worten erklärte Edward, dass Magnus geflohen war, eine Tochter mit seiner sterblichen Frau gezeugt hatte und erzählte von dem Raub.

»Elixier?« Joel klang ungläubig. »Welches Elixier?«

»DAS Elixier!«, betonte Edward, »das Vampire angeblich zurück in Menschen verwandeln kann.«

»Ah! Der Mythos und die Schöpfung der Vampire, Hexerei und der ganze Kram?« Joels Worte sollten belustigt klingen und ungläubig, aber es schwang auch ein melancholischer Unterton in ihnen mit.

»Anscheinend ist nicht alles ein Mythos«, meinte Edward.

»Wie viel von dem Elixier gibt es?«

»Warum? Willst du ein Mensch werden?«, fragte Edward lachend. Bei Joels Blick lachte er nicht mehr.

»Menschlichkeit ist kein El Dorado für Liebe, Vertrauen und Glück!«, betonte Edward und erinnerte sich an Sofias Worte: »Eine Garantie gibt es nicht!«

»Du findest auch immer das einzige Salzkorn im Zuckerstreuer, was?!«, kommentierte Joel, bevor er eine huschende Geste machte. »Und jetzt geh zurück, bevor sich Sofia Sorgen macht!«

Aber Sofia empfing Edward kein bisschen sorgenvoll. Sie war vollständig angezogen und sehr sehr wütend.

»DU gehörst zu den Schatten?« Sie deutete auf seinen Licht trinkenden Anzug, der Joels glich. Doch Edward hatte sich schon abgewandt und war schon wieder in der Dunkelheit verschwunden.

Sofia unterdrückte einen Fluch. Er zwang sie tatsächlich dazu, ihm zu folgen!

»Verdammt Edward! Du hättest etwas sagen sollen!«, fauchte sie, obwohl sie sich nicht sicher war, dass er sie noch hören konnte.

»Du hast nicht gefragt!« In seiner melodiösen Stimme schwang ein Lachen mit. Sofia beeilte sich, zu ihm aufzuschließen. Als sie ihn auf dem schmalen Steg bei seinem Boot eingeholt hatte, sah sie ihn prüfend von der Seite an.

»Was gibt es sonst noch, was ich nicht weiß?«

Edward lachte provozierend diabolisch. »So gut wie alles. Wie du schon sagtest: wir kennen uns ja kaum!«

Sofia war versucht, auf ihn einzuschlagen, beherrschte sich jedoch. »Du weißt verdammt genau, was ich meine!«, grummelte sie. »Was gibt es sonst noch, was ich über dich und die Königin und die Vampire wissen müsste und noch nicht weiß und noch nicht gefragt habe?«, präzisierte sie ihre Frage so genau wie möglich.

Edward blieb stehen. »Oh Süße! Es gibt so viel… so unendlich viel!« Er blickte an ihr vorbei, als sehe er zurück in die Vergangenheit.

»Aber sei dir versichert: Du bedeutest mir mehr, als du dir vorstellen kannst!« Er legte ihr die Hände auf die Schultern und sah sie ernst an. »Auch wenn ich mir wünschte, es wäre nicht so.« Er schüttelte den Kopf. »Aber es ist nun einmal so und ich kann und will auch nichts mehr daran ändern!«

»Das ist verdammt noch mal keine Antwort!«, murmelte Sofia, doch Edward zog sie zu sich, verschloss ihre Lippen mit einem Kuss und erstickte ihr Wut mit einer anderen Hitze. Obwohl die Leidenschaft zwischen ihnen schon so oft aufgelodert war, war das Feuer der Lust immer noch überraschend heiß, überraschend neu, gezehrend.

Der letzte Anflug von Wut und Trotz verschwanden, als sein Kuss tiefer wurde, fordernder und der heiße Taumel zog Sofia tiefer in Edwards Bann. Ihr Gefühle und ihre Sinne verbündeten sich, frohlockten ob seiner Eifersucht und ließen ihren Verstand wissen, dass es egal war, wer er war, oder was.

Gefährlich. Das Wort geisterte durch ihren Verstand und öffnete die Falltür zu ihrer Erinnerung, zu der nun auch Joels Verrat gehörte. *Du weißt zu viel von Edward noch nicht.* Verwirrt löste sie sich von dem Vampir, ließ ihn ihre Furcht sehen und hoffte, dass er Verständnis hatte.

»Dafür haben wir keine Zeit!«, meinte sie und betete, dass ihre Worte ihre Reaktion und ihr Misstrauen milderten.

»Ich weiß!«, murmelte Edward, entließ Sofia aber nicht vollständig aus seinem Griff, während sich langsam sein Plan neu ordnete.

»Ich muss nach Rom, Edward. Ich muss zur Königin, um den Magistraten zu finden.«

»Immer noch Rache?«, fragte er und in seiner Stimme klang all die Liebe mit, die er für Sie empfand.

»Immer noch Rache!«, bestätigte Sofia. Edward war sich nicht sicher, ob er triumphieren sollte, weil sie ihn erlösen würde, oder verzweifeln, weil sie es nicht durch ihre Liebe sondern durch seinen Tod tun würde.

»Was du noch wissen solltest…!«, meinte er, bevor er ihre Taille fest umschlang.

Sofia schrie auf, als Edwards Bewegung nicht stoppte, sondern weiterging und sie und die ganze Welt einschloss. Sie hielt sich an ihm fest, obwohl sie sicher in seinen Armen lag und versuchte der Eindrücke Herr zu werden. Nicht sie bewegte sich, es war die Welt, die Konturen und die Realität, die verschwanden und die mit dem Gefühl der Bewegung, der Schwerelosigkeit ein Kaleidoskop an verschwommenen Eindrücken bildete. Hin und wieder schienen sich Farbtupfer mit dem Geräusch des Windes zu verbünden und nach ihr zu greifen.

Doch es war nicht die Geschwindigkeit die Sofia ängstigte, es war das Gefühl, bei Edward trotzdem sicher zu sein. Die Vollkommenheit dieses Gefühles erschreckte Sofia mehr als alles, was ihr seit dem Erwachen im Sarg passiert war.

30

Die Landung kam unerwartet und riss Sofia unsanft in die Realität zurück. Sie erkannte die »Dioskuren«, die den Aufgang zum »Kapitolsplatz« beschützten, und vor denen sie plötzlich stand, sofort. *Rom!*

»Verdammt!«, fluchte Sofia und versuchte sich aus Edwards Umarmung zu befreien. »Eine Vorwarnung wäre nett gewesen!«

Edward lachte sein amüsiert sinnliches Lachen und Sofia verzieh ihm alles. – Nur nicht das Gefühl des Vertrauens und der Sicherheit, welches immer noch in ihr widerhallte und ihre Entschlossenheit Edward und den Bund betreffend ins Wanken brachte.

Sofia verdrängte ihre verräterischen Gefühle entschlossen an einen tiefen Ort in ihrem Inneren und sah sich um. Der »Kapitolsplatz« mit dem »Konservatorenpalast« auf der einen und dem »Kapitolinischen Museum« auf der anderen Seite nach einem Entwurf von Michelangelo verzückte sie.

Schließlich stutzte sie, als ihr mehr als ein Gedanke kam. »Oh mein Gott!« Sie sah Edward entsetzt an, weil sie die Information aus London als unbedeutend abgetan hatte. »Du weißt, wo die Königin ist!«

Mit plötzlicher Klarheit erinnerte sie sich. Er hatte es ihr auf die Nase gebunden – sie sogar vor der Königin und ihrer Schwester gewarnt!

»Sofia!«, tadelte Edward; sich keiner Schuld bewusst. »Natürlich weiß ich es – ich habe dir sogar erzählt, dass sie mich zu einem Vampir gemacht hat – und ich meine magische Kette von ihrer Schwester bekommen habe!«

Sofia nickte stumm, als alle Informationen in ihrem Kopf versuchten einen Platz im großen Puzzle zu finden.

»Aber…aber …« Sofia gelang es nicht die Idee zu fassen zu bekommen, die sich irgendwo im Dunkeln ihres Verstandes versteckte. Nur das vage Gefühl, betrogen worden zu sein nagte in ihr. »Ich hätte schon viel eher …«

»… in die Falle gehen können?«, schnaubte Edward. »Großartig! Was willst du machen? Im Hauptquartier der Vampire aufkreuzen, die Königin foltern, bis sie den Aufenthaltsort des Magistraten nennt und ihn dann umbringen? Wie sieht der Plan aus?«

Sofia wandte sich innerlich ob dieser Maßregelung. Edward hatte Recht: Ihr Plan war eine Katastrophe und seit wenigen Tagen war sie sich nicht einmal mehr sicher, ob sie wirklich mit dem Magistraten untergehen wollte. War die Rache für Melanie – für ihren Tod – es wirklich wert zu sterben? Dann erinnere sie sich an die Schatten – Joel – und den Befehl.

«Ich habe keine Wahl mehr!«, meinte Sofia. Plötzlich wünschte sie sich, es wäre anders. Wünschte sich, mehr Zeit zu haben, um das Leben an Edwards Seite zu genießen und um ihn kennenzulernen.

»Man hat immer eine Wahl!« Edwards Stimme klang unendlich sanft und mitfühlend, so als spüre er ihre innere Zerrissenheit – oder litte selber unter einer.

»Und wie ist meine?«, hauchte Sofia.

»Liebe mich, Sofia! Liebe mich!«, bat Edward und umrahmte ihr Gesicht mit seinen Händen, nahm es gefangen und zwang sie, ihn anzusehen.

Eine Eingebung ließ Sofia fragen: »Würde es etwas ändern, Edward?«

Der Vampir zögerte und in seinen Augen las Sofia Wünsche, Hoffnungen und Ängste, die sie nicht einordnen konnte. Schließlich antwortete er: »Ja, für mich – und für dich.« Sein Atem, den er zum Sprechen benötigte, strich über ihre Lippen.

Sofia zwang sich zu einem Lächeln und wusste gleichzeitig, dass es die Traurigkeit in ihren Augen nur noch unterstrich. »Und für die Vampire? Wäre ich in Sicherheit – wärst du in Sicherheit?«

Edward dachte über ihre Fragen nach und bedauerte zum ersten Mal, Sofia nicht anlügen zu können, sondern zur Wahrheit verdammt zu sein.

»Nein!«, bestätigte er ihren Verdacht. – *Nur meine Familie würde endlich von Mornas Fluch befreit werden.*

Schon bevor Sofia antwortete, wusste er, dass sie sich für ihre Rache entschieden hatte. Den Kuss, den er ihrer unausgesprochenen Entscheidung folgen ließ, war verständnisvoll und auf so vielen verschiedenen Ebenen ehrlich, dass er fühlen konnte, wie Sofia erschauderte.

»Du solltest nicht mitkommen!«, flüsterte sie mit Tränen in den Augen, bevor Edward abermals ihre Lippen in Beschlag nahm.

Sofia weinte still, Edwards Kuss bewies ihr, was sie immer noch nicht ganz glauben konnte, demonstrierte ihr nicht nur Edwards Macht über sie und ihre Libido, sondern auch ihre über ihn. Sie war diejenige mit der Entscheidungsgewalt und der Macht über Liebe und Vertrauen.

Herablassender Applaus riss Sofia aus Edwards Bann. Der Vampir war ebenso erschüttert wie sie, schien nicht verstehen zu können, wie es den anderen Vampiren gelungen war, sie zu umzingeln, ohne dass er es bemerkt hatte. *Trotz des Blutes der Königin noch ein junger Vampir*, dachte Sofia und war trotz ihrer Situation für Sekunden erleichtert über Edwards Wesen.

»Rührend! – Wollt ihr als nächstes vielleicht noch eine Sightseeing-Tour buchen?« Noctalyus klang gehässig.

Sofia erstarrte innerlich und äußerlich. Die bloße Anzahl der Vampire war überwältigend, selbst die Luft hing voll unsterblicher Gestalten. Schlagartig war die Verzweiflung wieder da, die sie auf der »Karlsbrücke« empfunden hatte. Sie vermochte sich nicht mehr zu bewegen, nicht einmal mehr zu atmen oder zu sprechen.

Edward legte seinen Arm schützend um Sofia. Ein Blick auf Noctalyus hatte genügt, seinen verdrängten Hass wieder wachzurufen. Bald würde er beenden, wozu Sofia in Prag nicht mehr die Kraft gehabt hatte. Das Lächeln welches Edward dem Vampir schenkte, war eine Prophezeiung von Leid und Tod.

Sein Lächeln verglomm, als er Noctalyus Armreifen gewahr wurde. Gaben Mornas, die es dem jeweiligen Träger ermöglichten, sich unbemerkt zu nähern. Edward kannte diese Reifen, hatte sie oft in seiner Funktion als oberster Richter getragen.

Ohne es zu wissen, hatte Morna mit Noctalyus und seinen Freunden den ursprünglichen Plan unterstützt, den Magnus am Anfang ausgearbeitet hatte. Beinahe hätte Edward über die Treffsicherheit gelacht, mit der Magnus vorausgesehen hatte, dass die Hexe die Frauenjäger unterstützen würde, sobald sie sich bedroht fühlte. Der Zwiespalt in Edwards Innerem wuchs. Er wollte Sofia schützen und ihre Sicherheit gewährleisten, statt sie bei seinem ursprünglichen Plan zu riskieren, doch sie liebte ihn nicht – nicht genug. Nicht genug für den Schwur und nicht genug für die Erlösung seiner Familie. Er würde Sofia riskieren und auf ihre Stärke und ihren Hass bauen müssen, darauf vertrauend, dass sie die Auserwählte war, die das Jahrtausendelange Spiel endgültig beendete.

Er betrachtete das Gesicht Sofias, doch sie hatte sich nicht gerührt, schien es auch nicht mehr zu können. Sie war erschreckend blass und wirkte mehr als erschüttert… zerbrechlich.

Denk positiv, forderte seine innere Stimme, die sehr nach dem Magnus klang. *Jetzt liebt sie dich, umso mehr wird sie dich hassen, wenn sie deine wahre Identität erfährt – genug, um dich zu töten und den Fluch von deiner Familie zu nehmen.* Stumm aber eindringlich erinnerte ihn die Stimme an den ursprünglichen Plan, der vorsah, dass Sofia durch die Aufzeichnungen der Sekte den Palast des

Magistraten finden würde – den einzigen Ort, an dem Mornas Fluch gebrochen werden konnte.

Verzeih mir Sofia! Edward warf ihr einen bedauernden Blick zu. Sie war stark und würde überleben. Sie würde den Schock über seinen Betrug ebenso verkraften wie seinen Tod.

Aber er brachte es nicht über sich, sie gänzlich zu verraten und den Vampiren zum Fraß vorzuwerfen. Unmöglich konnte er sie jetzt im Stich lassen und sie dem ausliefern, was sie schon in Prag durchlitten hatte.

Sofia erwachte aus ihrem Schock, doch bevor sie eine Bewegung machen konnte, legten sich Edwards Finger wie eiserne Klauen um ihren Oberarm.

»Nicht!«, flüsterte er.

»Ein sehr vernünftiger Rat mein junger Freund! – Wir sind nicht hinter dir her, Edward. Ich bin mir sicher, dass die Hexe Verständnis dafür hat, dass du diesem hübschen Stück Fleisch …« Der Blick den Noctalyus über Sofia gleiten ließ, sprach Bände, »… nicht widerstehen konntest. – Wenn du willst, kannst du gehen! Oder uns helfen diese Anormalität zu vernichten!«

Sofia hätte sich auf Noctalyus gestürzt, wenn Edwards Griff nicht gewesen wäre. Beruhigend strich seine warme Hand über die nackte Haut ihres Oberarms. Seine Berührungen waren so voller Erinnerungen, so beruhigend, dass sich Sofia am liebsten in seine Arme geworfen hätte.

»Vertrau mir!«, bat Edward so leise, dass nur Sofia ihn hören konnte, obwohl sich Noctalyus sichtlich anstrengt. Doch er wagte sich nicht näher heran. Offensichtlich erinnerte er sich an Prag.

»Dieses Mal sollten wir alle erwischen!«

Sofia erkannte, dass Edwards Blick unverwandt auf den blonden Vampir gerichtet war. *Konnte Noctalyus der Magistrat sein?* Sofia hoffte es, denn das würde alles einfach machen – nahezu unverschämt leicht.

Aber wie will Edward alle erwischen? Ist es überhaupt möglich? – Du hast es in Prag doch beinahe geschafft! – Oder ist es Edward gewesen? Die Kette? Sofia ärgerte sich. Die ganze Zeit über hatte sie Edward nach dem Feuer fragen wollen. Danach, wie sie – oder er – es geschafft hatte, mit beinahe magischer Kraft die anderen Vampire zu verbrennen. Doch sie hatte sich ablenken lassen und sich Genüssen hingegeben, die Bedeutungslos waren… und… Sofia schluckte, als sie erkannte, dass sie sich selbst anlog. Sie hatte sich ablenken lassen wollen, weil sie endlich einmal erfahren wollte, wie es war geliebt zu werden – und weil sie selber liebte. Nun musste sie darauf vertrauen, dass Edward sie ein zweites Mal rettete.

»Wir können hier heil herauskommen!«, beteuerte der Bedachte zuversichtlich. *Wahrheit! – Aber zu welchem Preis?*

»Verzichte auf Gegenwehr und vertrau mir!«, bat er und sein Blick war ernst.

Wenn Sofia sich jetzt wehrte, war alles aus. Dann würde er eingreifen müssen und die anderen würden seine Identität durchschauen – und sie ebenfalls. *Auf keinen Fall darf sie mich hier umbringen! Nur im Palast!*

Sofia nickte.

»Wieder eine sehr weise Entscheidung«, beteuerte Noctalyus.

»Für eine Frau!«, lachte einer der Vampire. Einige der Umstehenden stimmten in sein Gelächter ein. In ihren Gesichtern las Sofia Abscheu, aber auch Faszination. Dieselbe Art von Faszination, die man Kopfläusen zugestand, bevor man sie vergiftete.

»Die Ketten!«, befahl Noctalyus aus sicherer Entfernung. Die Gier in seinen Augen verriet ihn, aber der Blonde würde denselben Fehler nicht zweimal begehen.

Es kostete Sofia all ihre Willenskraft, nicht vor den näher kommenden Vampiren zurückzuweichen. Als zwei der Männer sich anschickten sie zu fesseln, war es einzig Edwards beruhigender Blick, der die Vampirin in Schach hielt. Und nur sein Nicken war der Grund, warum Sofia sich die Hexenkette abnehmen ließ.

»Fesselt ihn auch!«, befahl Noctalyus, dem Edwards Haltung nicht entgangen war und dessen Gefasstheit ihm nicht gefiel. Auch nicht, das er sich ohne Widerstand fesseln ließ.

»Wenn ihr jetzt die Güte hättet, uns zu folgen?!«, höhnte der Blonde.

Sofia warf ihrem Gefährten einen flehenden Blick zu. Doch kein Muskel in Edwards Gesicht zuckte, nichts gab ihr den Hinweis, auf den sie hoffte. Die Schmerzen an ihren Hand und Fußgelenken waren nahezu unerträglich, obwohl sich dieses Mal die Hitze und der Geruch nach verbranntem Fleisch in Grenzen hielten. Mehr denn je wünschte sich Sofia, sie hätte Edward nach Prag über die Geschehnisse ausgefragt, denn er schien zu wissen, wie man mit Silber umging. – *Oder ist es das Blut der Königin?*

31

Nach einem Marsch, der ihr wie eine Ewigkeit vorkam und der doch nicht lang genug dauerte, waren sie beinahe am Ziel angelangt. Nicht einmal war eine Lücke in der Vampirfront zu finden gewesen, nicht einmal waren die Bewacher unaufmerksam geworden und nicht einmal hatte Edward versucht ihr seinen Plan mitzuteilen. Sofia wurde unruhig, obwohl es ihr inzwischen gelungen war, das Verbrennen ihrer Haut zu stoppen. Trotzdem waren die dünnen, silbernen Ketten für sie unzerreißbare Fesseln.

Die Wegweiser hatten Sofia schon den Straßennamen verraten und ihr das Ziel vor Augen geführt: Katakomben!

Die gut besuchten, unterirdischen Grabstätten Roms mit ihren stündlichen Führungen waren ein touristisches Highlight in der Stadt, die Weltgeschichte geschrieben hatte. Hier fanden die Reisenden und Suchenden das, was auch sie einmal ereilen würde: das Ende des Lebens.

Kurz vor dem Eingang zu den Katakomben des »Heiligen Calixtus« waren sie nach rechts abgebogen, hatten sich durch einen schmalen Durchgang in der schlammfarbenen Mauer gekämpft, die die Pflasterstrasse zu beiden Seiten begrenzte und durch ihre Höhe zu einer schmalen Schneise machte.

Selbst der Weg durch eine prächtige Landschaft, die als Weinanbaugebiet genutzt wurde, konnte Sofia nicht über den Umstand hinwegtäuschen, dass sie sich mit jedem Schritt ihrem Schicksal näherte.

Die von alten Reben überwucherte Öffnung im Boden tauchte plötzlich vor Sofia auf und schien bis in alle Ewigkeit in die Dunkelheit hinabzuführen. – Wie ein schwarzes Loch in der Realität. Sechs Vampire verschwanden darin, doch die Vampirin blieb wie angewurzelt stehen.

»Geh weiter!«, raunzte Edward.

Als sie nicht reagierte, versetzte Noctalyus Sofia einen Stoß, der sie beinahe das Gleichgewicht verlieren ließ und sie auf die oberste Treppenstufe beförderte. Langsam, durch die Fußfesseln zu kleinen Schritten gezwungen, stieg sie buckelige Stufe um buckelige Stufe nach unten, während sich ihre Augen an die Finsternis gewöhnten und Sofia mit Hilfe ihrer vampirischen Fähigkeiten sehen ließen.

Gefangen – Endgültig!, dachte sie, als sie sich – unten angekommen – unter den triumphierenden Blicken der vorangegangenen Vampire umsah. Tatsächlich war die steile Treppe ein Zugang zu einer unterirdischen Grabanlage. Die ursprünglich roten Ziegel an den Wänden waren vom Alter schwarz geworden – oder vom Staub der Jahrhunderte. *Wahrscheinlich gehört das Grundstück schon seit Jahrhunderten den Vampiren.*

Edward schloss zu Sofia auf, während die anderen Vampire die Treppe hinabschwärmten und ihre Gefangenen vor sich her trieben, immer den sechs anderen hinterher. Als sie zu der ersten Weggabelung kamen, war Sofia nicht darüber überrascht, dass auch in den Gängen, die sie nicht betreten sollten, Vampire wachten. Irgendwann nach der achten Abzweigung verlor die Vampirin den Überblick in dem labyrinthartigen Netz aus Biegungen, Verzweigungen, Steigungen und Treppen. Große Einbuchtungen von Familiengrabstätten wurden von Krypten abgelöst, die auf sechs Ebenen Löcher für Steinsärge aufwiesen. Ab und zu war eine der zugemauerten Plomben aufgebrochen und das Loch gab den Blick auf die alten Gebeine frei.

Schließlich änderte sich die Begräbnisart, weg von der liegenden Beerdigung. Die großen Öffnungen, die ebenfalls zum größten Teil noch intakt waren, zeugten davon, dass die Leichen stehend eingemauert worden waren. Der hellere Putz, der die Löcher der Gräber verschloss – die Toten von den Lebenden trennten – gaukelte Sofia Bewegungen vor und erinnerte in seiner Form vage an Menschen.

Ein Schauder lief ihr über den Rücken, als sie an dem nächsten offenen Loch vorbeikam. Hier war offensichtlich, dass ein Akt der Gewalt vorlag. Der Steinsarg war aufgebrochen worden und das Skelett hing in einer Position aus den Trümmern, der auf einen Fluchtversuch schließen ließ.

Unwillkürlich erinnerte sich Sofia an ihr Aufwachen in einem Steinsarg, an ihren Kampf um Freiheit und an die Angst. Für Sekunden meinte sie Schreie zu hören und fragte sich, ob die Fanatiker andere Vampire fingen und lebendig begruben. Trotzdem ihrer Angst öffnete Sofia all ihre Sinne, ignorierte die plötzlich wieder einsetzenden Schmerzen; dort, wo die Fesseln ihre Haut berührten. Nichts. Keine Schreie, kein Leben und kein Untot. Außer ihren Jägern war niemand in den Gängen.

Ein Luftzug lenkte Sofias Blick nach oben. Direkt über ihr befand sich ein Schacht, der in einer Höhe von 30 Metern eine Öffnung zur Oberfläche führte. Die kreisrunde Freiheit – von unten ein Belüftungsschacht, von oben eine gemeine

Todesfalle – gab den Blick auf den Nachthimmel frei. Sogar einen Stern konnte sie sehen, der dort scheinbar einsam in der Finsternis blinkte. Vielleicht war er längst erloschen, doch seine Existenz hatte trotzdem noch Konsequenzen in die Gegenwart und sein Lichtstrahl brachte einen Funken Helligkeit. Sofia fühlte sich auf den Grund eines lichtlosen Brunnens versetzt, hoffnungslos gefangen, eingekreist von Alter und Tod.

Als sie weiterging konnte sie den Rauch trotz der Frischluftzufuhr riechen. Minuten, bevor Fackelschein den Weg erhellte und durch sein willkürliches Flackern den Anfang einer großen Halle gespenstisch beleuchtete. Der stete Tanz von Licht und Dunkelheit sorgte für die Illusion der Bewegung und des Lebens im Saal der Gebeine.

Sofia staunte trotz der Situation. Solche großen Hallen, wie unterirdische Kathedralen, kannte sie nur aus Fernsehberichten, aus Paris und London. Und keine davon war – soweit sie wusste – für Touristen zugänglich.

Zu ihrer Linken waren Oberschenkelknochen in die gesamte Wand eingearbeitet worden und ihr Weiß hob sich von dem finsteren Hintergrund ab. Sofia ließ ihren Blick schweifen. Auf der rechten Seite befanden sich die Unterschenkelknochen, ebenfalls in der Wand eingearbeitet. Vor den Seitenwänden standen vier Reihen Brustkörbe mit Wirbelsäule, wie Knochenkäfige, und reichten bis zum Mittelgang. Dort waren Totenköpfe zu knöchernen Pfeilern übereinander gestapelt worden, so dass sie die hohe Decke des Gewölbes zu stützen schienen. Die blicklosen Schädel würden Sofias Weg durch die Halle mit unsichtbaren Augen verfolgen. Sofia verbannte diese Vorstellung und ging langsam, gemessenen Schrittes in der Mitte der Pfeiler den Gang entlang, ignorierte die Skelettarme, die den Weg säumten und deren Hände nach ihr zu greifen schienen. *Jemand hat viel Mühe darauf verwendet, diese Halle zu schaffen und jeden Knochen effektvoll zu platzieren!* Ihr Gedanke fand sich bestätigt, als sie sich dem Durchgang näherte. Auf dieser Wand waren ganze Skelette eingemauert und erinnerten sie an Al Pacinos Gemälde in »Im Auftrag des Teufels«. Doch anders in dem Film waren es hier nicht verdammte Seelen, die versuchten aus einem Bild zu entkommen, sondern Skelette, die in ihrem scheinbar letzten Kraftakt um Befreiung kämpften und dem Besucher Hilfesuchend die Arme entgegenstreckten.

Morbide! »Welch Genretypisches Klischee!«, behauptete Sofia und es gelang ihr, ihre Stimme abwertend klingen zu lassen, obwohl ihr der Geruch eines großen Feuers in die Nase stieg und sie daran erinnerte, was sie an diesen Ort führte. Der Durchgang bot ihr ein Bild auf ihre Zukunft und auf den damit verbundenen Scheiterhaufen.

Auch im nächsten Raum warteten bereits zahlreiche Vampire und starrten sie an. Sofia ließ sich vom Strom nachfolgender Vampire vorantreiben, bis kurz vor dem Reisighaufen und staunte über die große Anzahl ihrer Hasser. Sie warf Edward einen flehenden Blick zu, doch er schien sich über die Ausstattung des Raumes mit den Folterinstrumenten an der linken Wand und den alten Dokumenten in einem Regal an der Rechten zu amüsieren.

»Brennen soll die Hexe!«, rief eine Männerstimme und die anderen Vampire nahmen die Worte begeistert auf.

Beinahe hätte der Ruf Sofia zum Lachen gebracht. *Und an die echte Hexe traut sich niemand heran! – Schließlich sorgt sie für Macht und Frauen.*

Die Gruppe ließ den Ruf zu einer Hymne anschwellen, als Noctalyus mit einer brennenden Fackel den Raum betrat. Sofia versuchte sich auf ihre Wut und die Hitze zu konzentrieren, die sie bereits einmal heraufbeschworen hatte. Doch alles, woran sie denken konnte war Edward. *Warum tut er nichts?*

Als der blonde Vampir an sie herantrat und drei Vampire nach ihr griffen, begann Sofia sich zu wehren. Ihr erster Schlag zielte auf Noctalyus und traf ihn trotz ihres kurzen Bewegungsspielraumes so, dass er die Fackel fallen ließ. Wie in Zeitlupe nahm Sofia das Fallen der Fackel war. Beim Aufprall spritzen kleine Funken wie Kugelblitze Richtung Reisig und griffen dort nach dem dankbaren Brennmaterial. So schnell, dass die Umstehenden erst begriffen, als das Knistern zu hören war. Den Schlag von Noctalyus sah sie nicht. Der Treffer kam aus dem Nichts, eine Ohrfeige eines Unsterblichen gegen ihre rechte Wange, die Sofia mit solcher Brutalität traf, dass sie benommen zu Boden ging.

Erst als sie das Blut auf ihren Lippen und in ihrem Mund schmeckte – ihr Blut – spürte sie das plötzliche Brennen in jeder Körperzelle, die einsetzende Lähmung. Die Vampirin versuchte schützend die Arme vor ihr Gesicht zu reißen. Doch es war zu spät. Die Magie, die Noctalyus gegen sie angewandt hatte, sie befand sich bereits in ihrem Blut und pumpte sich Schlag für Schlag rhythmisch weiter, beeinflusste Sofias Körper und brach ihren Widerstand.

Edward starrte die Vampirin an. Auch er hatte den Schlag nicht kommen sehen, ihn aber beinahe körperlich gespürt – genau, wie jeder andere Vampir im Raum. Der Ring an Noctalyus Finger, der in einem glühenden Rot funkelte, sprach deutlich Mornas Sprache, flüsterte von Verrat und Macht und war der einzige Grund, warum der Blonde es gewagt hatte, noch einmal Hand gegen Sofia zu erheben.

Die Vampirin versuchte ihre Benommenheit abzuschütteln, doch die Magie ließ sich nicht abschütteln, war extra für sie kreiert worden und reagierte auf jeden Versuch. Plötzlich war sich Sofia sicher, dass die Hexe – die Ausgangsperson der Magie – auch die Quelle aller Rätsel, aller Spiele war. Durch den Nebel, der sich um ihren Verstand gelegt hatte und ihn einlullte, konnte sie Edwards Stimme hören, aber nicht seine Worte. Doch sie klang ruhig – viel zu ruhig. Tödlich ruhig, und genauso fühlte er sich auch.

Sofia abermals wie tot vor sich liegen zu sehen, während Noctalyus sich wieder an den Raumeingang zurückzog, zerstörte Edwards Selbstbeherrschung und ließ seine primitivsten Instinkte die Oberhand gewinnen. Er konnte Sofias Blick aus halbgeschlossenen Lidern auf sich spüren, konnte ihre Angst sehen und ihre Verwirrung. Plötzlich fragte er sich, wie er auch nur auf die Idee hatte kommen können, sie einer möglichen Gefahr auszusetzen.

Er hat etwas Altes und Mächtiges an sich, dachte Sofia benommen, während der größte Teil ihres Verstandes darum kämpfte, den lähmenden Nebel von ihren Gedanken zu vertreiben.

Auch Noctalyus schien Edwards innere Wandlung zu bemerken, denn er deutete einer Handvoll Vampire, ihn festzuhalten.

»Kleiner, wenn du es darauf anlegst, werden wir dich ebenfalls töten!«

»Hat deine Hexe dir da nichts anderes aufgetragen?«

»Sie hat damit gerechnet, dass du das Weib seinem Schicksal überlässt!«, behauptete Noctalyus mit mehr Sicherheit, als er empfand.

Edwards Lachen hallte von den Wänden wieder und klang grausam. Selbst Sofia wimmerte, als sie das Aufwallen der Macht spürte, die von ihm ausging wie ein Verhängnis. Plötzlich war er ein Gefäß gefüllt von Wut, seine Augen glühten wie braunes Feuer. Seine Menschlichkeit schien von ihm abzublättern. Die anderen Vampire wichen vor ihm zurück, als fürchteten sie, er sei wegen ihnen vom Himmel herabgestiegen.

Sofia sah die Bewegung Noctalyus, das Glänzen des Ringes in der Luft und versuchte Edward zu warnen. Doch statt ihn auf die Gefahr aufmerksam zu machen, lenkte sie seinen Blick auf sich.

Als das glühende Rot Edwards Körper berührte, verflog der Eindruck der Schönheit und der Macht, Edward wirkte verwirrt und sein Blick, der immer noch auf Sofia ruhte, wurde beunruhigend zärtlich. Seine Beine gaben unter ihm nach und einzig die angreifenden Vampire, die ihn plötzlich mit unzähligen Armen hochrissen, fingen ihn auf. Noch vor Sekunden hätte Sofia geschworen, dass nichts in diesem Raum Edward etwas anhaben konnte, nichts die Macht hatte, ihn zu vernichten. Jetzt musste sie hilflos mit ansehen, wie er vorwärts gestoßen wurde, ein Spielball in den Händen der Schwächeren.

»Nein!« Zumindest Sofias Stimme befreite sich aus ihrer Katatonie, konnte aber nicht verhindern, dass Edward ins Feuer gestoßen wurde.

Sie konnte seinen Schmerzensschrei hören. Er vibrierte in ihren Zellen und begann langsam den Bann zu lösen, der auf ihr lag. *Zu langsam!* Panisch kämpfte sie darum, die Kontrolle über ihren Körper zu bekommen, doch sie konnte verbranntes Fleisch riechen, während der Verlust über ihr zuschnappte und sie in den Abgrund stieß.

Mühsam kämpfte sich Sofia auf die Unterarme hoch, doch die Flut aus Vampirkörpern, die das Feuer umlagerten, versperrte ihr eine Sicht. Sie konnte Edwards Existenz nicht mehr spüren. Wut und Hitze ballten sich in ihrem Innersten zusammen, als sich ihre Macht sammelte.

Zu spät!, schrie ihr Herz, zu spät für Edward. Er war nicht mehr. Tonlos brach Sofia in sich zusammen, als sich die körperlichen Schmerzen über seinen Verlust in ihr brachen. *Nein, nein, nein, nein, nein, nein…*

Sie konnte ihre Tränen spüren, die ersten Vampire, die sich nach ihr umdrehten, Hände, die sie berührten, doch es war ihr egal. Der Verlust hatte eine bodenlose Öffnung in ihrem Inneren hinterlassen, einen Abgrund, der alles mit sich riss wie ein schwarzes Loch. Ihr Misstrauen, ihre Ablehnung und ihre Verunsicherung, alles bedeutungslos angesichts seines Todes. Sofia ließ zu, dass man sie aufhob, war gefangen im Banne eines Schmerzens, den sie nicht überleben konnte.

Plötzlich war die Hitze da, griff von Außen nach ihr und benutzte sie wie einen Katalysator. Der Scheiterhaufen loderte auf, veränderte seine Farbe, als die Hitze ihn für sich nutzte. Die Gestalt, die sich im Feuer abzeichnete, brannte nicht, sie ließ brennen. Noch während die Vampire das Geschehen ungläubig anstarrten, begriff Sofias Herz. Mit einem Ruck schüttelte sie die restliche Lähmung ab, ignorierte das Glücksgefühl, welches sie leichtsinnig machen wollte und drehte sich so schnell, dass die Vampire, die sie hielten nicht begriffen. Mit einer zweiten Bewegung beförderte Sofia den unheilvollen Ring ins Feuer, bevor er ein weiteres Mal gegen sie oder Edward eingesetzt werden konnte. Ihre dritte Bewegung galt einem brennenden Holzscheit, den sie als Wurfgeschoss benutzte, hinter dem fliehenden Noctalyus her warf und traf. Um sie herum fingen Vampire Feuer und verbrannten in Sekunden zu Asche. Sofia stand still, hielt ihre Sinne so offen, wie es ihr möglich war und erlaubte es Edward, sie weiterhin als Energiequelle zu nutzen, obwohl die Vampirin ihre Kräfte schwinden fühlte. Sie konnte sie die nahezu unsichtbaren Finger sehen, die nach den Fliehenden griffen und die nur Sekunden brachten, um ihr Schicksal zu erfüllen. Zusammen mit dem Geruch von brennenden Haaren und glühender Haut, der wirbelnden Asche und dem Anblick des konzentrierten Edwards ergab sich ein surreales Kaleidoskop welches wie in Zeitlupe an ihr vorüber zog. Ebenso langsam ging Sofia in die Knie, als ihre Kräfte weiter schwanden. Doch sie hielt ihre Sinne offen für Edward, der den letzten Fliehenden den Tod hinterherschickte.

«Entschuldige!«, bat Edward und fing Sofia beinahe beiläufig auf. Deutlich waren ihm die Nachwirkungen der Magie anzusehen. »Mit dem Ring hatte ich nicht gerechnet!«

»Blödmann!«, murmelte sie, doch sie wusste, dass ihr Gesicht ihre Dankbarkeit und Glück zeigte.

Edward hauchte ihr einen Kuss auf die Stirn, bevor er ihre letzte Kraftreserve transferierte und sie in einen Tiefschlaf zwang.

32

Als Sofia erwachte, lag sie immer noch in den Katakomben. Edward hatte ihren Kopf auf seinen Schoss gebettet und die Vampirin staunte über die Zärtlichkeit in Edwards Blick, die Zartheit in seiner Berührung. Sie kuschelte sich enger an ihn.

»Du hast wirklich geglaubt, ich sei in Gefahr?«, fragte er schuldbewusst.

»In Gefahr?« Sofia schauderte. »Nein, ich habe gedacht, ich hätte dich verloren.« Schon bei dem Gedanken an den Verlust Edward füllten sich ihre Augen mit Tränen. »Ich konnte dich nicht mehr wahrnehmen!«

»Und das war schlimm?« Er strich ihr eine glitzernde Träne von der Wange.

»Schlimm? Ist das ernst gemeint?« Sofia richtete sich empört auf. Offenbar verstand Edward überhaupt nicht, was in diesen Sekunden in ihr vorgegangen war.

Edward starrte Sofia an, erstaunt, weil sie ihn vorwurfsvoll ansah. Aber er hatte die Frage einfach stellen müssen – weil er erstaunt über ihre Reaktion gewesen war.

»Warum, Sofia?«

Sofia versuchte Edwards Blick standzuhalten, doch seine ehrliche Neugierde – als könne er nicht begreifen, das sein Verlust ihr überhaupt etwas bedeutete – trieb ihr neue Tränen in die Augen und sie sah zu Boden. Er hatte sie mit seiner Frage in die Enge getrieben und um ihr Herz gebeten. Und sicher würde er nach ihrem Geständnis sofort wieder von dem Bund anfangen. Aber wenn sie schweigen würde, in der Hoffnung, dass er nicht auf einer Antwort beharrte, würde sie ihn hier und jetzt verlieren. Also holte sie tief Luft und nahm all ihren Mut zusammen. »Weil ich dich liebe.« Ihre Lungen zogen sich zusammen. »Und ich weiß, dass es dir um Lust geht, um Besitz und darum, gegen die Vampirgesellschaft zu rebellieren, du musst also nicht damit rechnen, dass ich von dir verlange …« Ihre

Stimme erstickte in Tränen. Sie kam sich furchtbar dumm und verletzlich vor. Dabei hatte sie sich niemals wieder so fühlen wollen, niemals wieder abhängig von der Entscheidung eines anderen Menschen.

Edwards sah sie schweigend an, lange. Und sein Gesichtsausdruck ließ nichts von seinen Gefühlen oder Gedanken erahnen. Sofia fühlte sich wie eine Närrin. Sie hatte all ihren Mut zusammengenommen und jetzt war es zu spät ihr Geständnis zurückzunehmen.

Schließlich bewegte sich der Vampir, legte seine Arme um sie und zog Sofia zu sich. Er hielt ihren Blick gefangen, als er sagte: »Ich könnte jetzt einfach sagen: Ich liebe dich – denn das tue ich. Aber so einfach ist das nicht... ich wollte niemals lieben... dich nicht und keine andere Frau. Ich habe nicht einmal an Liebe geglaubt und sie für einen Irrglauben gehalten.« Er schüttelte den Kopf, als könne er es selber noch nicht begreifen. »Keine Frau hat mich je von dem Gegenteil überzeugen können – bis du gekommen bist.«

Sofia schmiegte sich in seine Arme und hörte weiter zu, während ihr Herz ob der Wahrheit frohlockte.

»Und es fällt mir unendlich schwer, dir meine Liebe zu gestehen, weil ich mein ganzes Leben lang über die Liebe gespottet habe. Aber so ist es, alles hat sich geändert. Ich liebe dich und du bist die Frau, mit der ich die Ewigkeit verbringen will. – Mit oder ohne Bund.«

»Okay, mit Bund!«, beschloss Sofia.

»Okay?! Einfach so?« Edward schob Sofia ein Stückchen von sich, um ihren Gesichtsausdruck besser deuten zu können.

Sofia grinste schelmisch. *Der Bund hat nicht nur Vorteile für ihn!* »Naja, sieh es mal so: Du kannst mir dann nicht mehr entwischen!«

Edward schloss die Augen und lachte vor Glück. Doch sein Gewissen versetzte ihm einen Tritt. Er sollte fair sein und mit dem Bund warten, bis Sofia im Palast die Wahrheit erfuhr.

»Sofia, da ist noch etwas!«, begann er, doch sie unterbrach ihn: »Nicht jetzt!«

»Das ist der beste Zeitpunkt!«, meinte Edward, hoffte aber, dass Sofia widersprach, was sie auch prompt tat: »Nein, das ist der dümmste Zeitpunkt ... Es sei denn, du wolltest mir gerade ein Heiratsangebot machen.«

Edward erwischte sich beim Kichern und nutzte ihre Überraschung, um sich ihre Lippen anzueignen, bis Sofia ebenfalls kicherte. Schließlich versiegelte er ihre Lippen mit seinen, kostete langsam und ausgiebig ihren Mund und zog sie aus, bis sie sich nackt in seinen Armen wandte.

Er selber nutzte diese genüssliche Pause um sein Verlangen, seine Liebe und sein Gewissen zur Ordnung zu rufen. *Du kannst den Bund für dich nutzten, du kannst sie die Wahrheit fühlen lassen!* Schließlich schob er Sofia ein Stückchen von sich fort, um sie ein letztes Mal zu warnen: »Der Schwur ist wie eine Ehe, eine magische Ehe für die Ewigkeit und kann durch nichts und niemanden mehr gelöst werden. Du kannst ihn nicht brechen – außer wenn du stirbst. Du musst dir wirklich – Wirklich! – sicher sein, dass du es willst!«

Kurze Zweifel huschten durch Sofias Verstand, doch sie verdrängte sie entschlossen. Sie liebte Edward, Edward liebte sie. Das genügte und war mehr als sie je erhofft hatte.

Die Worte des Bundes schienen aus den Tiefen seiner Seele aufzusteigen, in denen sie – vielleicht als gemeinsames Erbe aller Vampire – versteckt gewesen waren und nur auf diesen Augenblick gewartet hatten: »Ein Fleisch …« Er konnte hören, wie Sofia leise seine Worte wiederholte. »… ein Blut …« Er schloss die Augen und spürte wie sich sein Herzschlag an ihrem orientierte, ihren Rhythmus aufnahm. »… eine Seele …« All seine Sinne öffneten sich, ließen Sofia ein und verbanden sich mit ihr. »… verbunden bis in alle Ewigkeit.« Er konnte den kurzen Ruck, der durch die Realität ging, körperlich spüren. Jetzt würde sie nie wieder von ihm loskommen.

Sofia blinzelte, als ihre Sinne zu ihr zurückkehrten, so eindeutig ihre wie seine. Sie konnte Edward und seine Präsenz in sich spüren, ebenso, wie sie Melanie für Sekunden in sich gefühlt hatte, während sie starb. – Edward würde bleiben.

»Ich werde die Deine sein«, flüsterte sie an seinem Mund. »Immer!«

»Gut!« Edward trank ihr Keuchen, als er langsam in sie eindrang.

Und Sofia öffnete ihm nicht nur ihren Körper, sondern auch ihr Herz. Ihr ewiges Geschenk. Sie klammerte sich an ihn, umschlang ihn mit Armen und Beinen, nahm seinen Rhythmus auf und gestattete ihm, ihren Körper auf höchst erotische Weise zu plündern und zu benutzen. Edward selbst ließ zum ersten Mal vollständig los, ließ sich gehen, vergrub jeden Gedanken, konzentrierte sich ausschließlich auf Sofia, nahm und gab, gab sich hin, so wie er es noch nie getan hatte. Und in dem Moment, in dem der Orgasmus beide gleichzeitig mit sich riss, erwachte der magische Vampirbund zwischen ihnen endgültig und unwiderruflich. Er bahnte sich einen Weg zu dem Teil seines Geistes und seines Körpers, der die Vampirmagie enthielt. Wie eine weiße Linie aus Hitze und Leidenschaft verflocht sie sich zwischen ihnen, ermöglichte es einem Teil von ihm, in Sofia einzudringen und einem Teil von Sofia, in ihn einzudringen. Es war die unglaublichste Empfindung, die er in all den Jahrhunderten je erlebt hatte.

Plötzlich konnte er Sofias Liebe fühlen, konnte spüren, dass sie ihm dankbar war, weil er sie aus ihrem Kokon aus Argwohn gerissen und ihr gezeigt hatte, wie man vertraute.

Sie liebt dich! Mit dieser Bestätigung schloss er sie in seinen Armen und verspürte zum ersten Mal seit Jahrhunderten wieder Frieden.

33

Sofort als Sofia erwachte, war das Gefühl wieder da. Sie war vollständig, geborgen und geliebt. Tiefe Erfüllung zauberte ein unkontrollierbares Grinsen auf ihr Gesicht – und trieb ihr gleichzeitig Tränen in die Augen.

»Weiber… immer heulen sie grundlos«, murmelte Edward schlaftrunken. Doch seine Augen blitzten schelmisch und Sofia knuffte ihn gespielt beleidigt.

»Immerhin habe ich noch Gefühle, du …«

»… Vampir?!«, schlug Edward vor, als Sofia mitten im Satz verstummte und aufstand.

Er drehte sich und hievte seinen Oberkörper auf die Unterarme, um jede ihrer Bewegungen beobachten zu können. Sie waren so seltsam langsam und menschlich, dass er sich an einen anderen Ort und eine andere Zeit zurückversetzt fühlte. Dass er sich ihrer nun sicher war – für alle Ewigkeit – und sie den ganzen Tag in seinen Armen gehalten hatte, nackt und eng umschlungen schlafend, änderte nichts daran, dass allein ihr Anblick Lust durch seine Adern prickeln ließ.

Die Art wie sie mit bloßen Füßen – und ihren herrlich rot lackierten Zehennägeln – einigen verkohlten Holzstücken auswich und die Anmut, mit der sie sich zu ihm drehte, als sie ihr Ziel, einen niedrigen Tisch auf dem ihre Glock lag, erreicht hatte, ließen sein Herz höher schlagen. Er konnte ihre Neugierde spüren, während sie sich über das Buch beugte, welches dort aufgeschlagen lag und las. Eine irrwitzige Hoffnung ließ ihn glauben, es seien ausgerechnet die Aufzeichnungen, die er ihr hatte zuspielen wollen. Doch ihr Gesichtsausdruck wechselte zu irritiert und schließlich zu ungläubig. Dann sah sie hoch. »Das sind Aufzeichnungen der Hexe über Flüche und Zaubertränke.« Ihre Stirn lag in Falten. »Wer hätte gedacht, dass Magie funktioniert.«

»Du bist ein Vampir, weswegen zweifelst du eigentlich?«, lachte Edward, stand aber auf, um ihr das Buch wegzunehmen, aus Angst, sein Fluch könnte ebenfalls dort niedergeschrieben stehen. Als er Sofias prüfenden Blick bemerkte, wurde ihm klar, dass er seine Sorge nicht geschickt genug verbarg und fügte hinzu: »Außerdem: Du hast doch die Ketten gesehen und ihre Magie gespürt.«

Sanft nahm er seiner Gefährtin das Buch ab und tat so, als lese er im Schein des glimmenden Scheiterhaufens. Sofia wandte sich dem Regal zu und nahm ein zerfleddertes Buch zur Hand.

Ihm fiel die Wehmut auf, mit der sie es nach kurzer Prüfung wieder zurück in das Regal stellte und sah sie fragend an.

»Notizen zur Geschichte Roms«, meinte sie und fügte bei seinem Gesichtsausdruck verteidigend hinzu: »Ich mag Geschichte!«

»Und Sightseeing!«, grummelte er. Sicher würde er sich die ganze gebündelte Geschichte anhören müssen und zwar an den Originalplätzen.

»Banause!«, murmelte Sofia und zog einen gequetschten Papierstoß zwischen den Büchern hervor. Das Papier war so alt, dass es einzig und allein von der Magie in diesem Raum zusammengehalten wurde.

Sofias Satz: »Diese Entdeckung erschüttert gerade mein Weltbild!« riss Edward aus seinen Gedanken und in die Panik, bevor er ihren heiteren Tonfall bemerkte.

Besorgt sah sie ihn an. »Was ist los?«

»Entschuldigung! Ich kann mit dieser erhöhten Bewusstseinsstufe und den Emotionen noch nicht umgehen!«, meinte Edward. Eine Teilwahrheit. »Was hat dich erschüttert?«

»Das Menschen, die solche Dokumente sammeln oder schreiben solche Fanatiker sein können!«

»Dafür, dass du Geschichte magst, beschäftigst du dich nicht intensiv mit ihr, sonst würde dich das nicht überraschen!«, behauptete Edward, war aber schon wieder damit beschäftigt, weitere Papiere durchzugehen.

Sofia rollte nur mit den Augen. »Ich meinte, dass ich es generell bei allen gebildeten und zivilisierten Menschen nicht verstehe!«

»Ja, Mrs. Philanthrop«, lachte Edward.

»Blöder Misanthrop!«, konterte sie und wandte sich wieder den Büchern, Zetteln und Mappen zu.

»Suchen wir eigentlich etwas bestimmtes, oder sind wir nur neugierig?«, erkundigte sich Edward. Er wünschte sich, er hätte die Dokumente die den Magistraten betrafen, so platzieren können, dass Sofia sie fand.

»Neugierig!«, behauptete Sofia und öffnete eine Schublade. Sie zog die oberste Pergamentrolle aus ihrem Fach und brach das Sigel.

34

»Das ist doch Irrsinn!«, behauptete Sofia und starrte in die Dunkelheit.

»Die Aufzeichnungen sagen aber …«, weiter kam Edward nicht, bevor Sofia fauchte. »Ich weiß, was die Aufzeichnungen sagen, ich kann lesen.«

Trotzdem bewegte sie sich keinen Millimeter, sondern starrte auf das Mittelmeer, welches sich dreißig Meter unter ihr, am Fuße der Felsen brach.

»Du kannst nur so tun, als hättest du das Versteck des Magistraten nicht gefunden und einfach mit mir weiterleben.« Edwards Stimme klang traurig, seine Emotionen schmeckten nach Abschied. Sofia nahm an, dass er Angst um sie hatte.

Damit wurde sie seinem wahren Gemütszustand kein bisschen gerecht. Innerlich ging Edward durch die Hölle. Er wusste, Sofias Entscheidung war zum Greifen nahe, seine Erlösung oder Vernichtung und trotzdem wollte er die Wahl hinauszögern, wollte noch Zeit mit Sofia verbringen, sie lieben und das Leben genießen. Doch irgendwann würde sie es herausfinden, irgendwann sich entscheiden müssen, er konnte sie nicht für immer beschützen. Genauso wenig, wie er seine Familie hatte schützen können.

»Liebst du mich, Sofia?!«

Als Antwort stellte sich Sofia auf die Zehenspitzen und strich mit ihren Lippen vorsichtig über seine. Sie schmeckten salzig, obwohl die Gischt nicht bis zu ihnen sprühte. »Das ist eine bescheuerte Frage, meinst du nicht auch?«, fragte sie und lehnte sich gegen ihn. Ihren Felsen in der Brandung.

»Wahrscheinlich finden wir dort unten sowieso nichts. – Außer Wellen, die uns gegen die Steine treiben, bis wir uns wünschen, niemals dort runter gesprungen zu sein!«, behauptete sie und ließ sich nach hinten fallen.

»Bevor du es dir anders überlegst, hmmm?«, brummte Edward und sprang hinterher.

Trotz der Dunkelheit und der Strömung benötigten sie nicht lange, um den

Eingang zu der Palastanlage zu finden, so wie sie auf dem Pergament beschrieben worden war. Das etwa vier mal vier Meter große Loch in der Felswand lag tief unter der Wasserlinie und es hatte Sofia all ihren Mut gekostet, in die Schwärze hineinzutauchen und darauf zu vertrauen, dass es auf der anderen Seite tatsächlich ein unterirdisches Gewölbe gab.

Selbst der Gedanke daran, dass sie nahezu unsterblich war und nicht auf Luft angewiesen, beruhigte sie nicht. Zu empört schrieen ihre Instinkte auf und versuchten ihren Verstand zu manipulieren. *Lebendig begraben*, schrie ihr Körper seine schlimmste Befürchtung in ihre Logik hinein. Genau eine Sekunde, bevor sie den Lichtschein sah, der ihr den Weg an die Oberfläche wies.

Sofia tauchte auf. Auf dieser Seite des Felsens war das Meer ruhig und klar. Nichts erinnerte mehr an die Urgewalt und die Strömung. Das Licht von unzähligen Fackeln warf ein stetes Licht auf die Szenerie, genau, wie das Pergament beschrieben hatte. Was die Aufzeichnungen nicht geschrieben hatten, war die Stagnation des Lichtes. Sofia drehte sich mit einer fließenden Bewegung im Wasser, ihr Blick streifte Edward und fiel dann auf eine der Fackeln. Die Flamme schien mitten in der Bewegung eingefroren, selbst das Licht welches den Raum erhellte, wirkte unwirklich und alt. So als sei es an diesen Ort gebunden und entbehre jeglichen natürlichen Ursprung.

Als die Vampirin aus dem Wasser stieg und tropfnasse, barfüßige Abdrücke auf dem Alabasterboden hinterließ war Edwards Blick unergründlich. Er verschloss seine Emotionen vor ihr. *Die ersten Spuren seit Jahrtausenden! Die erste Veränderung seit Alles angefangen hatte!*

Sofia schauderte trotzdem. Die nasse Kleidung klebte unangenehm an ihrer Haut. Obwohl ihr weder die Kälte oder die Nässe schaden konnte, empfand sie beides als unangenehm. Sie war froh, dass ihre Waffe, die Glock, Wasser vertrug. Mit ihr fühlte sie sich sicher.

Langsam ging sie zwischen den hohen Säulen entlang, die oben und unten breitere Verziehrungen aufwiesen und an die Säulen des Pantheon erinnerten. Nachdenklich berührte sie den Stein, bewunderte die filigrane Technik, mit denen die Menschen dieses unterirdische Kunstwerk geschaffen hatten und wunderte sich darüber, dass es diesen Palast an dieser unmöglichen Stelle gab. *Woher kommt er? Wer hat ihn gebaut?*

Ein dreischiffiger Portikus mit 16 korinthischen Säulen aus Granit mit Alabasterfüßen erinnerte ebenfalls an das Pantheon und empfing den Besucher nach einigen Treppenstufen als Gebäudeeingang. *Ein römischer Palast an dieser Stelle ergibt einfach keinen Sinn!*

Die Vampirin hörte Edwards Schritte und wusste, dass er sich ihr zum Gefallen absichtlich menschlich, absichtlich laut bewegte, während er zu ihr aufschloss.

Edward ließ Sofia vorangehen. Der Vampir hätte keinen magischen Bund zwischen ihnen gebraucht, um zu wissen, dass seine Anwesenheit hier lediglich geduldet wurde. Doch mit jedem seiner Schritte kam ein Stück Erinnerung zurück, ein Stück Lebensfreude. Seit zwei Jahrtausenden war er nicht mehr hier gewesen. – Seit Morna. Die Tiefe seiner Verzweiflung war ungebrochen geblieben, von der Zeit unerschüttert. Hinter jeder Säule glaubte er eine Bewegung zu sehen. Das Kinderlachen seiner siebenjährigen Nichte Niobe hallte von den Wänden wieder wie ein hinterhältiges Echo. Mit jedem Meter wurden die Unterhaltungen lauter, das Weinen des Neugeborenen Julius. Edward musste Sofia ansehen, um sich zu vergewissern, dass die Geräusche, die Freude und das Vergnügen nur noch in seiner Fantasie existierten. Trotzdem zuckte Edward mehrere Male zusammen, weil er glaubte, seine Mutter oben an der Treppe zur ersten Etage zu sehen. Eine Hand am Geländer, die andere zum Gruß erhoben. Er glaubte den geschmacklosen Schwank zu hören, den sein Onkel zum Besten gab und die Rufe seiner beiden Schwestern. Ein bloßer Widerhall seiner Erinnerung. Allein Sofia an seiner Seite gab ihm Hoffnung und stürzte ihn gleichzeitig in Zweifel. *Was, wenn ich mich irre?*

Dann wäre alles umsonst gewesen, vorbei im Hauch einer Entscheidung. Es würde keine weitere Familienfeier mehr geben, keine Familie mehr. Die Last dieses Gedankens bedrückte Edward ebenso wie der Idee, dass er die Erlösung seiner Familie vielleicht nicht erleben würde. *Ich wünschte mir, sie hätten Sofia kennengelernt!*

Wenn Sofia ihn trotz ihrer Liebe tötete, wenn sie auf ihrer Rache beharrte, würde seine Familie die Vampirin hassen, ohne zu begreifen, dass er es war, der Sofia dazu gebracht hatte, ihn zu töten. Niemals würde er ihnen seine Braut vorstellen können, niemals seiner Mutter sagen, dass es Liebe gab und dass sie es wert war. – Alles wert war, selbst wenn es nur für kurze Zeit währte.

Edward wollte seine Füße in Richtung des großen Speisesaals zwingen, doch die barfüßigen Verräter folgten Sofia, die sich für einen anderen Gang entschieden hatte.

Nur noch einen letzten Blick! Als er die Feiernden zum letzten Mal gesehen hatte, waren sie – wie im Märchen – in den Bewegungen erstarrt, ihre Realität eingefroren. Ebenso wie bei den Flammen und dem Licht war auch ihre Zeit angehalten worden, würde erst wieder laufen, wenn er im Audienzsaal von seinem Geschöpf getötet wurde – oder sie ihre Liebe bestätigte.

35

Der Gang endete in einem hohen Bogen, der mit viereckigen Verzierungen geschmückt war. Edward schmunzelte, als der Anblick der steinernen Rosen zwischen den Vierecken angenehme Erinnerungen weckte. Die Kunstgebilde waren den Lieblingsblumen seiner Mutter nachempfunden, ihren selbstgezüchteten Schatten- und Honigrosen, die nur in ihrem Palast und für sie blühten. Es hatte Monate gedauert, bis sie mit den steinernen Entwürfen der Arbeiter zufrieden gewesen war und jeder Raum sowohl mit den Originalen als auch mit den langlebigeren Ebenbildern aus Stein geschmückt wurde.

Mit dem Sinnbild für die Frau und für Liebe, erinnerte er sich an ihren genauen Wortlaut. Er hatte damals nur gelacht.

Sofia bemerkte Edwards Faszination und trat neben ihn, um die einzigartige Schönheit der Steingebilde zu betrachten. Für kurze Zeit vergaß sie sogar ihre Enttäuschung über die Leere des Palastes. Nur die Magie war allgegenwärtig, so stark, dass die Luft voll gesogen und schwer erschien. Magie erklärte das Licht und das Erstarren der Flammen ebenso wie die Abwesenheit von Zeit und Leben. Sofia fühlte sich wie ein Fremdkörper, ein unbefugter Eindringling in einem Heiligtum, dessen heidnische Regeln sie nicht kannte. Doch der leere Saal, ein prächtiger Kuppelbau mit Bogenöffnungen in den vier Himmelsrichtungen, erschien ihr prophetisch vertraut und seltsam bestimmt. Wie lockende Stimmen wisperte die Leere vor ihr und hieß sie eintreten. Sofia starrte auf den einzigen Stuhl in der Mitte. Ein niedriger Schemel, auf dem sich der Sitzende frei und ohne Mühe allen Richtungen zuwenden konnte. *Wahrscheinlich ein Audienzraum.*

Die vorherrschende Farbe in diesem Raum war weiß – Alabaster. Die einzige Ausnahme waren die Rosen. Langstielige Wunder ohne Dornen, die sich auf 12 Vasen verteilten, jeweils 12 blumigen Exemplaren pro Vase. Sofia konnte nicht widerstehen und trat näher. Die Blumen waren ebenso perfekt, wie die Steinblüten, vielleicht noch vollkommener und beide Sorten besaßen eine Farbe, wie sie sie noch nie in der Natur gesehen hatte. Die einen – die direkt neben den Eingangsbögen standen – waren so tiefrot, dass ihr Anblick beinahe wehtat. Sie schienen schwarz zu schimmern, aber nur wenn man nicht direkt hinsah. Die anderen – die es nur in vier Vasen geschafft hatten und in der Mitte der anderen standen – waren weiß, glänzten ins Honigfarbene hinein und waren an den Rändern lockend ausgefranst. Sofia hatte nicht einmal gewusst, dass es je solch vollendete Rosen gegeben hatte. Sie berührte eines der Blütenblätter und staunte über die exquisite Zartheit, die lebendige Konsistenz unter ihren Fingerspitzen. *Wieso haben es diese Rosen nicht bis ins 21. Jahrhundert geschafft?*, fragte sie sich und beugte sich zu ihnen hinab.

Edward wusste bereits, was die Vampirin riechen würde. – Nichts.

Den Duft der Schattenrosen hätte man bereits von weitem gerochen, intensiv und alles überlagernd hätte er Versprechungen mit sich getragen, Geheimnisse und Illusionen. Der Geruch der Honigrose hingegen hätte sich in die Illusionen eingewoben, sie verträumt und ungefährlich werden lassen, verführerisch. Er bedauerte, dass die Magie Mornas den Geruch aufgesogen hatte und nur die äußere Schönheit zurückgelassen hatte. Zu gerne hätte er Sofias Gesicht gesehen und ihre Verzückung erlebt.

So zog sie sich mit einem Gesichtsausdruck zurück, der vage Enttäuschung widerspiegelte. Er wusste, dass Sofia aufs Äußerste angespannt war – und misstrauisch.

Ihr nächster Blick prüfte den geschmückten Vorsprung, der in einer Höhe von etwa vier Metern rund um den Kuppelbau lief und glitt dann höher. Zu den fensterartigen Öffnungen, die jeweils von einem Dreieck geschmückt wurden, welches wie ein Dachgiebel auf ihnen thronte.

Halb rechnete Sofia damit, dass ein Vampir oder ein anderes magisches Wesen plötzlich aus einem der Vorsprünge trat, doch ihre offenen Sinne verrieten ihr die Wahrheit. Sie waren immer noch alleine. Beinahe so, als existiere die Außenwelt nicht mehr. Selbst das Opaion, die Öffnung im Kuppeldach, deren Aufgabe es war Luft und Licht einzulassen, zeigte keinen Himmel und keine Außenwelt. Sofia schwindelte als sie nach oben in das abgründige Nichts sah, welches zu ihr hinabflüsterte, von Gefahr und Betrug sprach, von Angst und Ewigkeit.

»Ich verstehe das nicht …«, meinte sie. Ihr Gesichtsausdruck zeugte von Verwirrung, Enttäuschung und Zweifeln. »Die Dokumente haben doch gesagt, dass er hier sein würde!«

Das war's!, dachte Edward. *Es gibt keinen Weg mehr, Sofia die Wahrheit zu verschweigen.*

Sofia sah Edward hilfesuchend an, als hätte er etwas lesen können, was sie in ihrer stundenlangen Prüfung übersehen hatte. Erst jetzt bemerkte sie die Leere, mit der er sich umgab, die emotionale Vorsicht, die er walten ließ, seit sie ins kalte Wasser gesprungen waren. Selbst sein Lächeln war anders als sonst, trauriger. Sofia konnte spüren, wie sie sich innerlich verspannte. Das Gefühl, dass etwas nicht stimmte, wurde so eindringlich, dass sie es nicht mehr verdrängen konnte. Trotzdem musste Edward seine Worte zweimal wiederholen, bis sie sie tatsächlich hörte.

»Er ist hier!«

Abwehrend hob Sofia die Hand, als könne sie die Erkenntnis zurückhalten, die wie ein kalter Fausthieb traf, sich in Eiseskälte in ihrem Inneren kristallisierte und zudrückte.

Edward ging an ihr vorbei und setzte sich auf den Schemel in der Mitte des Audienzraumes.

»Ich bin hier, Sofia!« Seine Stimme war sanft und mitfühlend. Die Gefühle, die er ihr versuchte mit Hilfe des Bundes zu vermitteln liebevoll.

Wahrheit! Sofia taumelte, als Edwards Sanftheit sich mit der Kälte verbündete, sie immer intensiver werden ließ, immer tödlicher und langsam die Kontrolle über ihren Körper übernahm. *Gelogen! Alles!*

Edward beobachtete, wie die Erkenntnis langsam durch Sofia zog und sich in ihrer Haltung und in ihrem Gesichtsausdruck widerspiegelte; über Unglaube, Leugnung und Wut alles enthielt und in Verrat endete. Alles in ihr versank in seiner Täuschung und löste sich auf. Langsam traten Tränen in ihren Augen, sammelten sich und liefen ihre Wangen hinab. Sofia schien es nicht einmal zu bemerken. Reiner und makelloser als die Statuen seiner Mutter stand sie vor ihm und starrte ihn an, als habe er ihr einen tödlichen Schlag versetzt.

An der Tiefe ihrer Erschütterung konnte er erkennen, dass es vorbei war. Trotzdem versuchte er sie mental zu erreichen: *Erkenn die Wahrheit, Sofia! Fühle sie! Ich liebe dich!* und fragte mit belegter Stimme, die Frage, die er stellen musste: »Liebst du mich, Sofia?«

Ungläubig starrte Sofia Edward an und fragte sich, ob er – *Gott im Himmel! Der Magistrat!* – wirklich die Unverschämtheit aufgebracht hatte, diese Frage zu stellen.

»Spinnst du?« Sie war erschüttert darüber, wie gefasst ihre Stimme klang, so gewohnt daran, verletzt und zurückgestoßen zu werden, dass ein Teil ihres Gehirns einfach weiterarbeitete, Entscheidungen traf und antwortete, ohne ihr Bewusstsein zu informieren. Automatik als Selbstschutz.

Edward hob entschuldigend die Hände. »Ich liebe dich, Sofia! Egal, was du sagst, oder tust, ich liebe dich!«

Sie lachte und klang hysterisch. »Ich bin hergekommen, um dich umzubringen …« Sie lachte wieder, während die Verzweiflung in ihr tiefe Wurzeln schlug. All ihr Zynismus konnte es nicht übertönen. »… und du hast einfach…du hast alles geplant, nicht wahr? Du hast gewusst, dass ich diese Informationen finden würde! Du hast gewusst, dass ich herkommen würde!«

Edward nickte und versuchte abermals zu ihr vorzudringen. Doch sie war zu sehr gefangen in ihrem Schmerz.

»Warum, Edward? Warum?« Am liebsten hätte Sofia die Welt ausgesperrt und sich ihrem Schmerz hingegeben. Doch trotz ihrer Verzweiflung glomm ein kleiner Funken in ihr, der auf eine Erklärung hoffte, auf etwas, was sie verstehen und akzeptieren konnte. Aber da war nichts, nur sein abweisender Gesichtsausdruck.

Edward verkrampfte sich innerlich. Alles in ihm schrie danach, Sofia die gesamte Geschichte zu erzählen. Doch wenn er das tat, wäre alles umsonst gewesen und seine Familie tot.

Flehend streckte er seine Hände nach ihr aus. »Vertrau mir, Sofia!«

Bitte vergib mir und vertraue darauf, dass ich einen triftigen Grund für meine Halbwahrheiten und meinen Verrat habe, flehte er innerlich und hoffte, dass er durch ihre mentale Mauer dringen konnte.

Doch sie wich vor ihm zurück, als befürchte sie, er könne sie anfassen. »Du hast mich von Anfang an als Spielfigur missbraucht, mich nach Gutdünken manipuliert und wozu?« Sie wich weiter zurück. *Von Anfang an! Und ich habe gedacht, er mag und beschützt mich!*

Edward stand auf und blieb unschlüssig bei seinem Stuhl stehen. Wenn Sofia ihm doch nur vertrauen und sich ihm öffnen würde! Er konnte es ihr nicht erklären – nicht mit Worten. Doch sie verharrte in sich selbst, geborgen im Kokon aus Ablehnung, den sie zum Selbstschutz schon vor Jahren gebildet hatte.

Sofia zuckte zusammen, als weiß glühender Hass sich durch ihren Körper fräste und verbrannten Boden hinterließe. Sie konnte die Tränen der Enttäuschung fühlen, die ihr über die Wangen liefen, aber es war ihr egal. Wieso sollte sie ihre Gefühle vor ihm verbergen? Er hatte sie benutzt. Von Anfang bis Ende, sie verstand seine Motivation nicht und nicht sein Ziel. Aber es gab keine rationale Erklärung, keine glaubwürdige Entschuldigung für seinen Verrat.

Sofia schüttelte den Kopf, um wieder klar denken zu können. »Gott! Ich habe wirklich gedacht, dass ich die Ewigkeit mit dir verbringen will. – Dabei hast du mir sogar eine Pistole zugespielt, obwohl du wusstest, dass ich dich töten will!«

Sie stutzte, als ihre Gedanken sich verhakten und eine Idee in ihr Bewusstsein spülten. *Er hat es dir gesagt! In Venedig! Und du Idiot hast dir vor lauter Verliebtheit nichts dabei gedacht!* » Du hast gewusst, dass ich kommen würde, um dich zu töten. Du… hast… du hast es gewollt!«

Edward nickte stumm, weil er sich nicht traute, seinen Mund zu öffnen. Jeden

Moment würde die Wahrheit aus ihm herausbrechen. Er wollte Sofia in die Arme schließen, sie trösten und zwingen, ihm zuzuhören. Doch das durfte nicht sein. Er spürte Tränen der Hilflosigkeit in sich aufsteigen.

»Warum?« Sofias Stimme klang schrill.

Edward antwortete nicht, sondern unternahm einen weiteren Versuch, Sofia auf emotionaler Ebene zu erreichen. Doch sie sperrte ihn aus.

Nach einer schieren Ewigkeit gab Edward den Versuch auf und griff verzweifelt nach dem Strohalm, der seine Familie retten konnte. »Du hast geschworen, mich zu töten!«, erinnerte er sie eindringlich.

Sofia wich ungläubig vor dem Vampir zurück, und versuchte zu begreifen, was Edward wirklich vorhatte; konnte nicht glauben, was ihre Ohren zu ihrem Verstand weiterleiteten. Plötzlich wollte sie nur noch soviel Abstand wie möglich zwischen sich und ihm bringen.

»Bitte!« Edward trat einen Schritt auf Sofia zu. Er musste sie unbedingt in diesem Saal halten. Er konnte ihn nicht mehr verlassen und wenn Sofia ging – aus dem Palast ging – war er verloren. – Und seine Familie mit ihm.

»Völlig verrückt!«, beschloss Sofia. Vehement verschloss sie sich Edwards verzweifelter Haltung und seinem Versuch, sie mit Hilfe ihres Bundes zu manipulieren. Sie wollte keine Lügen mehr hören, keine Halb-Wahrheiten und nichts mehr von seiner Pseudo-Liebe. Verwirrt und überfordert gab sie ihren inneren Stimmen nach, die ihr geschlossen rieten zu fliehen, drehte sich um und lief den Weg zurück. Ein kleiner Teil ihres Verstandes registrierte, dass Edward ihr nicht folgte. *Warum nicht?*, fragte sie sich für den Bruchteil einer Sekunde, dann ertrank der klare, misstrauische Gedanke, fortgerissen von ihren Tränen.

36

»Enttäuschend, nicht wahr?«, erkundigte sich eine weibliche Stimme liebenswürdig. Edward fuhr herum. Erschrocken, obwohl er mit Morna gerechnet hatte. Wie aus den Schatten materialisiert, stand sie hinter ihm. Nichts deutete auf ihre Anwesenheit hin, keine Aura. Nur die Tatsache, dass sie da war. »Kaum glaubt man die Liebe gefunden zu haben, ist sie schon wieder verschwunden – hatte vielleicht nie existiert!« Morna lachte über ihren Satz, klang aber nicht glücklich.

Ihre Worte erinnerten Edward unangenehm an ihr letztes Zusammentreffen in diesem Raum und rissen ihn direkt aus seiner Verzweiflung und Enttäuschung in die Erinnerung. Wie sie zu ihm gekommen war, ein verliebtes Mädchen mit Hoffnungen und Idealvorstellungen, dem Bild eines idealen Mannes und eines idealen Lebens. Er hatte sich geschmeichelt gefühlt, als sie ihm ihre Liebe gestanden hatte. Doch für ihn war sie nur eine unter vielen gewesen, austauschbar. Plötzlich fand Edward nicht mehr die Kraft seine Wut aufrecht zu erhalten. Wenn Mornas Schmerz auch nur einen Bruchteil von seinem ausmachte, hieß das zwar nichts von dem gut, was sie getan hatte, aber es schloss ihn in ihre Schuld mit ein.

»Habe ich mich je bei dir entschuldigt?«, erkundigte sich Edward nachdenklich.

Morna schüttelte automatisch den Kopf. Erst dann schienen seine Worte wirklich ihren Geist zu erreichen, für Sekunden wirkte sie ungläubig, dann dachte sie nach. Schließlich meinte sie: »Nein, nie!«

»Es tut mir leid!«, meinte Edward aufrichtig. Jetzt verstand er die Kraft der Liebe, die Hilflosigkeit, die man ihr gegenüber empfinden konnte. Das Gefühl der geliebten Person ausgeliefert zu sein. – Und von ihr zerstört werden zu können.

»Zu spät, Edward, zweitausendundsiebzehn Jahre drei Monate und vier Tage zu spät!«

Die Tatsache, dass Morna wirklich auf den Tag genau wusste, wann ihre Auseinandersetzung stattgefunden hatte, erschütterte Edward.

»Auch dafür Entschuldigung!«

Morna schenkte ihm ein trauriges Lächeln, ein determiniertes Lächeln. »Eigentlich sollte ich triumphieren, oder?«

Für Sekunden weckten ihr mitfühlender Blick Edwards Hoffnung. Hier an diesem Ort wirkte sie wieder jung und verletzlich. Doch der Eindruck verflog und plötzlich war sie wieder die Morna, wie er sie bei und nach ihrem Fluch kennengelernt hatte. Es war keine wirklich optische Veränderung, sie blieb wunderschön und makellos, doch etwas spiegelte sich in ihren Augen wider. Wie ein Bruch, der sich durch ihre Seele zog.

»Ist die Verwechslung der Zwillinge Absicht gewesen?« Selbst in ihrer Stimme schien sich der Riss fortzusetzen.

Edward schauderte, nickte aber.

Morna verzog ihre vollen Lippen zu einem wohlwollenden Lächeln. »Damit sie überlebt, dich findet und tötet?«

Wieder nickte der Vampir.

»Und die Liebe zu ihr nur ein Zufall?«

»Ja!«, gab er zu.

Morna schüttelte den Kopf, während sie sich ihm näherte und murmelte mehr zu sich, als zu Edward: »Magnus, Magnus, so ein durchtriebener Bruder!«

Edward verharrte gelähmt, wie ein geblendetes Reh auf einer Landstraße, vom Lichtkegel gefangen und den Tod vor Augen. *Sie weiß es? Seit wann und woher?*

Morna lächelte ein geheimnisvolles Lächeln, wusste, was er sich fragte, ließ ihn aber im Unklaren. »Du hast von Anfang an alles getan, damit Sofia dich hasst, nicht wahr? Und ausgerechnet dann kam die Liebe ins Spiel. Ist das Leben nicht unfair?« Morna lachte. »Mit deinem Tod hätte ich tatsächlich leben können – ich hätte einfach zugesehen. Aber so gefällt mir das Ende noch besser. Ausgerechnet du wirst von der Liebe zu Fall gebracht. Nicht nur die Befreiung deiner Familie scheitert, oh nein! Die Frau, die du liebst, lässt dich im Stich.« Ihr Lachen kippte ins Hysterische. »Selbst ein verleugnetes Gefühl – etwas nicht Existierendes kann wehtun, nicht wahr?«

Edward ballte seine Hände zu Fäusten, bis sich seine Fingernägel in die Handballen bohrten und die Schmerzen ihn zur Besinnung brachten, ihn von Mornas Worten befreiten und den Verlust Sofias überlagerten. Er konnte fühlen, wie sich das Blut zu kleinen Tropfen sammelte und der Schwerkraft folgte. Er erinnerte sich. Die Familienfeier, zu der alle erschienen waren. Morna, eine Freundin seiner Schwester, war ebenfalls geladen. Er wusste, dass sie sich in ihn verliebt hatte, wusste, dass es falsch war, eine Nacht mit ihr zu verbringen. Aber er sagte nicht nein zu einer schönen Frau – niemals. Wieso auch? Wenn sie an seine Liebe glauben wollte, war das ihr Problem nicht seines. Er wollte nur Lust.

Als Morna ihm am nächsten Tag ihre Liebe gestanden hatte, hatte er sie ausgelacht, über ihre Träume gespottet und ihre Hoffnungen zertreten.

Liebe gibt es nicht, Morna! Sei nicht albern! Zwischen uns ist nichts – Liebe existiert nicht, ist ein Hirngespinst, welches Menschen sich ausgedacht haben, um andere Menschen in ihr Bett zu bekommen! Ein Mythos für Dummköpfe, ein Gerücht welches Lebensüberdrüssigen Hoffnung gibt.

Wortlos war sie gegangen, nur um wenig später wieder zu erscheinen. Sie war wunderschön gewesen. Doch der anmutige Engel hatte sich direkt vor seinen Augen in eine Rachsüchtige Fee verwandelt. *Ich verfluche dich und deine Familie!* Er erinnerte sich an sein Lachen. Trotzdem hatte er sich auf einer unbewussten Ebene bei ihren Worten unwohl gefühlt. *Macht- und leblos werden die, die dir und deinem Herzen am nächsten sind, von dir und deinem Schicksal abhängen.* Ein Wind war plötzlich von Morna ausgegangen, hatte ihre Haare zum Knistern gebracht und erfasste alle Anwesenden. Edward sah sich selbst in seiner Erinnerung aufspringen, doch es war zu spät gewesen. Seine Familie war mitten in ihren Bewegungen erstarrt, leblosen Statuen gleich, während sich der Wind immer weiter ausgebreitet und das gesamte Gebäude eingeschlossen hatte.

Edward, du wirst ewig leben; jung gehalten durch das Blut der Sterblichen. Nur alle zehn Jahre darfst du eine Frau in einen Vampir verwandeln, und nur sie allein kann dich erlösen. Durch deinen Tod oder ihre Liebe. Und da Liebe nur etwas für Dummköpfe ist, für die Lebensüberdrüssigen und für Menschen ohne Sinn im Leben, werden es auch nur die Lebensüberdrüssigen Frauen sein, die du umwandeln darfst. Nie wirst du ihnen von dem Fluch erzählen dürfen oder warum du sie zum Vampir gemacht hast. Für diese Frauen nie die Wahrheit. Doch in ihre Hände lege ich dein Schicksal. An diesem Ort kann dich eine einzige Frau erlösen – oder du wirst deine Familie sterben sehen! Ihr Lachen hatte sich in den Wind verwoben, genau wie das letzte Aufblitzen des Schattenrosengeruchs, bevor der Palast versunken war. Vor seinen Augen war Mornas Gestalt auseinandergeflossen, hatte sich in ein Wesen verwandelt, welches er nie gekannt hatte – und nie hatte kennenlernen wollen. Maeve war aus den Schatten getreten, ein heidnisches Ebenbild Mornas, eine Göttin mit blutroten Augen und alabasterfarbener Haut. Wie gelähmt hatte er sie angesehen. Das Letzte, an was er sich erinnerte, war Mornas Flüstern: Du wirst den Ort nur einmal betreten können. Eine Chance, Edward, nur eine einzige Chance, wähle weise!

Und er hatte gewählt!

Unschlüssig verharrte Sofia auf der obersten Treppenstufe, zwischen dem mittleren Säulenpaar. Gedanken und Ideen spukten in ihrem Kopf herum, abgerissene Erinnerungsfragmente versuchten sich in ein Puzzle einzufügen, welches in hunderttausend Einzelteile zerbrochen war.

Die Vampirin fühlte sich an ein Märchen erinnert, ein gemeines Märchen für Erwachsene. Ein Märchen, in dem alle Menschen Fangzähne hatten und Blut tranken, aber nichtsdestotrotz ein Märchen. Wann sonst verlangte jemand von seiner Geliebten ihn zu töten? Wie passten seine Worte und seine Taten zusammen? Wirf den Frosch an die Wand und gewinne einen Prinzen?!

Sie drehte sich zum wiederholten Male zurück zum Eingang. Doch nur Xylos beherztes Zugreifen verhinderte, dass Sofia vor Schreck rückwärts die Treppe hinab fiel.

»Verdammt!«, fluchte sie, noch in seinem Arm hängend. »Irgendwann binde ich Glocken an jeden Vampirschleicher!«

»Entschuldige!« Er ließ sie erst los, als sie sichern Boden unter den Füßen hatte. Direkt am obersten Treppenabsatz und platzierte sich wieder zwischen sie und der Eingangstür zum Palast.

»Solltest du nicht so etwas sagen wie: Ich habe dich gewarnt?«, fragte Sofia patzig. Ihre Gefühle tobten. Sie hatte Xylos nicht kommen hören, seine Anwesenheit nicht einmal ansatzweise gespürt. Wer konnte noch hier sein, ohne dass sie es bemerkte? Zögernd öffnete sie ihre Sinne und hoffte, dass Edward es nicht bemerkte.

Es behagte ihr nicht, dass Xylos sie mit diesen unergründlichen, bodenlosen Augen musterte, als könne er bis auf den Grund ihrer Seele blicken. Das er schwieg, irritierte sie noch mehr. Ruhe und Schweigen war nichts, was die Vampirin jemals von Xylos erwartet hatte.

»Du bist den Bund mit ihm eingegangen?!« Selbst seine Stimme gab nichts von Xylos Emotionen oder Gedanken preis, klang neutral und nichts sagend.

Plötzlich hatte Sofia Angst. Sie wusste, dass sie keine Chance hatte, nicht allein und nicht gegen Xylos. Sie war ihm ausgeliefert. Und er versperrte ihr den einzigen Weg, den sie nehmen wollte. *Edward?* Sofia versuchte ihre Verbindung zu aktivieren.

»Er kann dich nicht hören!« Obwohl Xylos sich nicht bewegt hatte, fühlte sich Sofia umzingelt. »Nicht, solange du außerhalb des Audienzraumes bist!« Seine Worte klangen wie eine Drohung. »Wieso bist du den Bund eingegangen?« Seine langen, schlanken Finger glitten wie von selbst zu seiner magischen Kette, umfassten Anhänger, spielten mit den Strängen und bewegten sich in einem sinnlichen Tanz auf dem Schmuckstück.

Sofia riss sich nur mit Mühe von dem bedrohlich-verheißungsvollen Anblick los und behauptete mit mehr Selbstsicherheit, als sie tatsächlich empfand: »Es geht dich nichts an!«

Xylos nahm ihre Antwort mit stoischer Gelassenheit hin. »Es ist eine bescheuerte Frage!«, murmelte sie trotzdem als Protest, bevor sie sich zu einer Antwort durchrang: »Weil ich Edward liebe!«

Xylos nickte, immer noch mit unlesbarer Mine. »Und jetzt? Liebst du ihn immer noch?«

»Natürlich!« Sofia antwortete wie aus der Pistole geschossen. Erst dann überlegte sie und erinnerte sich an ihr Verhalten im Audienzraum: »Ich meine… man kann Liebe kurzfristig durch Wut überlagern, aber man kann sie nicht einfach ausschalten oder …« Ihre Stimme verklang, weil sie unter Xylos unergründlichen Blick unsicher wurde. Sie fühlte, wie die Schamröte ihre Wangen verfärbte und ergänzte: »Sie entzieht sich jeder logischen Kontrolle!«

»Also liebst du ihn trotz allem?« Xylos' Stimme klang kalt, determiniert.

»Ja!«

»Und wieso zum Teufel stehst du dann wie ein Idiot hier draußen bei mir?«, fragte Xylos unwirsch und trat einen Schritt zur Seite.

Sofia starrte ihr Gegenüber an, unfähig zu begreifen. Wollte Xylos sie demütigen und ihr noch einmal aufzeigen, wie dumm sie sich verhalten hatte, bevor er sie für die Ewigkeit gefangen nahm? *Nein!*, entschied sie. All das hätte er längst tun können. Trotzdem waren ihre Schritte unsicher, als sie an ihm vorbei ins Innere ging.

Lautlos bewegte sich Sofia zwischen den Schatten. Wenn es ihr nicht möglich war, Kontakt zu Edward aufzunehmen und es Xylos gelang, unerwartet und wie aus dem Nichts aufzutauchen, war die Wahrscheinlichkeit groß, dass andere Vampire – die Hexe oder die Königin – ebenfalls hier waren. Egal, was ihre Sinne ihr verrieten. Unbemerkt glitt sie die Treppen hinauf und verharrte, gedeckt von der Eingangssäule. Hatte Edward hier nicht kurz gezögert? Seinen Blick auf einen Durchgang im obersten Stock gerichtet? Neugier und Vernunft stritten in Sofia einen kurzen, aber erbitterten Streit, bis sie sich auf Xylos Worte besann: *Und wieso zum Teufel überlegst du noch?* Sie musste Edward vertrauen, musste darauf vertrauen, dass er sie tatsächlich liebte.

»Es wird mir eine Freude sein, zuzusehen, was Xylos alles mit deiner Sofia anstellen wird. Schließlich hat sie versagt und gehört ab sofort ihm«, hörte Sofia eine weibliche Stimme sagen. *Die Frau aus der Gasse!* Hass lief in einer eiskalten Woge über Sofias Rücken, als sie sich an ihr letztes Zusammentreffen erinnerte, an den Traumfetzen.

»Sofia kann auf sich selbst aufpassen!«, behauptete Edward. In seiner Stimme schwangen Hoffnung und resignierte Schuldgefühle mit.

»Oh, ich bin sicher, dass kann sie! Genau bis zum Ausgang, denn dort wartet Xylos bereits auf sie!« Das Lachen der Hexe hallte von den Wänden wieder, schallte nach oben von Einbuchtung zu Einbuchtung, bis es vom Opaion geschluckt wurde.

»Und jetzt stirbt deine gesamte Familie. – Dein gesamtes sterbliches Leben wird ausgelöscht, weil die Frau der du alles anvertraut hast, dich nicht liebt! – Für die Liebe!«

Die volle Erkenntnis der Worte drängte sich in Sofias Verstand, ballte sich dort zusammen, brach ihre Vergangenheit auf, fraß ihren Schmerz und vernichtete den Verrat. *Es gibt einen Grund und du hast nicht vertraut!* Doch selbst dieser Selbstvorwurf wurde geschluckt. Übrig blieb einzig Zorn.

Sofia staunte selber über die Tatsache, dass sie plötzlich hinter Morna stand. Eben hatte sie an die Bewegung gedacht und nun war sie bereits geschehen.

»Tatsächlich?« Sofia staunte über ihre eigene Stimme, die nicht mehr menschlich klang, bar jeglicher Emotion, die nicht mit Zorn verwandt war. Noch mehr staunte sie über die Reaktion der Hexe. Leichenblass starrte die rothaarige Schönheit sie an, ihre Augen waren vor Schreck und Panik weit aufgerissen, ihre Hände hoben sich in einer abwehrenden Geste und ihr Mund bewegte sich, doch sie brachte keinen Ton heraus.

Sofia drehte sich zu Edward. Selbst in seinen Augen meinte sie ein kurzes Aufblitzen des Erschreckens zu erkennen, bevor sie wieder so dunkel wurden wie eh und je. Ihr Spiegelbild in ihnen ließ sie schaudern. Schlagartig verblasste ihre Wut – und mit ihnen ihre brennenden roten Augen – schwappte um und machte der Realität Platz.

Sie konnte Edward mental nicht erreichen, der bloße Versuch fühlte sich an, als renne sie gegen einen Betonblock; so als wappne er sich für Sofias tödlichen Schlag. Die Vampirin schluckte. Hier und heute war sie die Verräterin, die nicht zu ihrem Wort gestanden hatte.

Plötzlich benötigte sie all ihren Mut, um sich ein Geständnis abzuringen: »Ich schulde dir noch eine Antwort!« Sofia schloss die Augen, um Edwards anklagenden Blick zu entgehen. »Ja, ich liebe dich!«

Edwards erleichterter Seufzer vermischte sich mit Mornas Schrei und wob sich in den plötzlich aufkommenden Wind. Fühlbar wich die Magie aus den

Wänden, verschwand aus der Luft, und machte Raum für einen Neubeginn. Die Zeit lief wieder.

Rosenduft! Kinderlachen! Mornas zielgerichtete Bewegung schreckte Sofia aus ihrem kurzen Staunen. Sie hechtete gerade noch rechtzeitig zur Seite, bevor ein lilaglühendes Gespinst auf die Stelle fiel, an der die Vampirin einen Bruchteil von Sekunden zuvor gestanden hatte. Mornas zweiter Versuch fing nicht nur Sofia, sondern auch Edward ein und hüllte sie einzeln in ein unzerreißbares Netz aus magischen Linien und funkelnden Worten. Doch während das Netz um Edward konstant blieb, zog es sich um Sofia immer enger zusammen.

»Was hast du gedacht?«, lachte Morna in Edwards Richtung. »Das sie diejenige bist, die mich umbringt?«

»Du hast kein Recht dazu!«, behauptete Edward. »Du und die Königin habt es mir erlaubt, eine Frau in einen Vampir zu verwandeln!«

»Nicht ihre Existenz ist ihr Todesurteil!« Morna sprach gelassen, die aufgeregten, menschlichen Stimmen die langsam näher kamen ignorierte sie, während Edwards Blick vor Sehnsucht glänzte.

»Euer Bund ist es.« Morna bewegte ihre Hand und die Stimmen verstummten, als sich undurchsichtige Schatten zwischen den Öffnungen zum Audienzsaal bildeten.

Als die ersten Funkeln des magischen Netzes Sofias Haut erreichten, hatte sich die Vampirin innerlich gegen die Schmerzen gewappnet, doch sie überstiegen alles an Qual, was sie für möglich gehalten hatte. Trotzdem gab Sofia der Hexe keine Genugtuung, sondern versuchte lediglich, ihrer Magie auszuweichen.

Edward zuckte zusammen, als er trotz Sofias Blockade ihren Schmerz wahrnahm, der sich wie eine rote Linie durch ihre Adern brannte.

Morna drehte sich zu ihm. »Du magst deine Familie gerettet haben und für wenige Stunden deinen Triumph und deine erwiderte Liebe genießen. – Bis zum Urteil der Königin, denn auf lange Sicht bringt der Bund deiner Auserwählten den Tod. – Und dir den Wahnsinn, denn dich werde ich nicht aufgeben.«

Edward zwang sich dazu, Sofia aus seinen Gedanken auszusperren, nachdem er ihr für Sekunden einen Einblick in seine Liebe und seine Hoffnung gewährt hatte, und folgte seiner Eingebung: »So wie Maeve?«

In Mornas Augen war ein kurzes Aufblitzen von Schuldgefühlen zu sehen, aber sie schwieg.

»Sie hat einmal geliebt; genug, um den Bund einzugehen. Es war der Tod ihres Gefährten den sie nie überwunden hat, der sie in den Wahnsinn stürzte, nicht wahr?«

Morna schwieg. Einzig ihre geballten Fäuste zeugten davon, dass Edwards Vermutung richtig war.

»Wie ist er umgekommen?« Der Vampir stellte seine Frage unendlich sanft.

Mornas Blick glitt zu den begrenzenden Schatten und schwankte zwischen Sofia und Edward, bevor er sich nach innen richtete. Das Netz um Sofia verharrte zögernd und kam zum Stillstand. Innerlich atmete Edward auf. Zumindest ihre Qual hatte er gestoppt.

Mornas Stimme erschrak ihn, ihre Weichheit zeugte von Jugend, Schuld und nachdenklicher Liebe. Emotionen, die Edward Morna nicht zugetraut hatte. »Julius war lange Jahrzehnte ihr einziger Geliebter. Jemand, dem wir vertrauten. Er hat Maeve geholfen, die Vampirgemeinschaft zu bündeln, Regeln einzuführen und zur Königin zu werden.« Morna schloss die Augen, um die Erinnerung zu halten. »Doch als er von der Prophezeiung erfuhr, wurde alles anderes. Julius missbilligte Maeves und mein Gesetz, keine weiblichen Vampire mehr zu gestatten. Er fürchtete meinen Einfluss auf sie und meine wachsende Macht in der Vampirgesellschaft. Es war die Zeit des Umbruchs, die Zeit in der die Ketten eingeführt wurden, die es den Vampiren gestatteten, Frauen an sich zu binden – genügend Frauen, um sich gerne an das Gesetz zu halten.

Als ich von Julius geplanten Rebellion gegen uns erfuhr, habe ich ihn getötet.«

Mornas Augen öffneten sich und gaben für Sekunden den Blick frei auf ihre Schuldgefühle. »Ich habe nicht gewusst… nicht gedacht… es nicht einmal geprüft… ausgerechnet an diesem Tag hat Maeve seiner Bitte nachgegeben und sich diesem Kretin auf Ewig in Liebe verpflichtet!« *Wahrheit!*

»Aber es war Selbstmord, ich habe gefühlt, dass er sich selbst getötet hat!« Maeves Stimme erklang wie aus dem Nichts und an einer Stelle, an der sie erst kurz nach ihren ungläubigen Worten eintraf.

Morna zuckte zusammen wie unter einem körperlichen Schlag.

Edward starrte Maeve an. Ihre Augen waren klar und gefasst, spiegelten Intelligenz wieder und Schmerzen. Sie schien dem Wahnsinn abermals für kurze Zeit entkommen zu sein.

Auch Sofia starrte die Königin an, ein optisches Abbild der Hexe. Doch anders als bei der Hexe war es bei ihr nicht verzweifelte Wut, sondern allumfassende Trauer, die um sie herum wallte, ihre Aura überlagerte und all ihre Emotionen beeinflusste.

Als sie durch das magische Gespinst nach Sofia griff, fand die Vampirin nicht einmal die Zeit, sich wegzuducken. Für Sekunden waren das Zerren, der Widerstand und der Schmerz ebenso unerträglich wie ihre eigenen Schreie, die von den Wänden widerhallten und ohrenbetäubend laut in ihrem Körper klangen. Dann war der Druck weg, ebenso die Magie und die Qual. Sie fand sich neben

Mornas magischem Gefängnis wieder, bevor die Königin sie weiterzerrte. Vor Schreck vergaß Sofia sogar sich zu wehren, als sich die erbarmungslosen Hände Maeves um sie schlossen und sie mit einem Griff davon abhielten, ihre Waffe zu ziehen.

Fassungslos sah Morna zu, wie ihre Schwester sich näherte. Die Hexe schien unfähig sich zu rühren und sich aus dem Bann der anklagend, klaren Augen zu befreien.

»DU hast Julius dazu gebracht, sich umzubringen?!« Maeves Stimme klang aufgebracht und ungläubig verzweifelt. »Mit Magie?«

Morna wich langsam vor ihrer Schwester zurück. Ihre Haltung drückte Angst aus, selbst die Abwehrbewegung, mit der sie Magie zwischen ihren Fingern wob, war linkisch. So, als wolle sie Magie nicht gegen ihre Schwester einsetzen.

»Ich schwöre bei allem, was mir heilig ist, ich wusste es nicht, Maeve!«, flehte Morna. Ihre erhobenen Hände – zur Abwehr bereit – verharrten kraftlos in der Luft. *Wahrheit!*

»Du wusstest, dass ich ihn liebe!« Maeves Stimme kippte und der Pistolenschuss war ohrenbetäubend laut, wirkte realer als die Realität. Der plötzliche Blutfleck auf Mornas Brust vergrößerte sich im selben Maße, wie ihre Magie erlosch, aus Schlag um Schlag aus der Hexe floss, während sie noch mit vor Erstaunen offenem Mund und weit aufgerissenen Augen ihre Schwester anstarrte.

Maeve ließ Sofias Glock fallen, als Morna zu Boden sank. Ein Zittern des Begreifens überlief ihre schmale Gestalt, als Morna ihre Hände öffnete und die letzte Abwehrmagie in die Welt entließ, statt sie gegen ihre Schwester zu richten.

»Nein!« Maeves Stimme war nur ein entsetztes Flüstern. »Nicht ich… nicht so… nicht …«

Sie beugte sich zu Morna und versuchte die Blutung zu stillen. »Du bist unsterblich… deine Magie… du kannst nicht sterben… nicht einfach so …«

Morna lächelte ein schwaches, trauriges Lächeln und Sofia fragte sich mit einem Mal, was geschehen sein musste, um dieses hübsche – erschreckend menschliche – Wesen zu einer boshaften Hexe werden zu lassen. Einer Frau, die ihre Macht benutzte, um mit manipulativer Grausamkeit Spiele um Liebe und Ewigkeit zu spielen.

Maeve bleckte ihre Zähne, doch bevor sie sich ihrer Schwester nähern konnte, fauchte Morna mit letzter Kraft: »Untersteh dich!«

»Aber …«

»Es ist in Ordnung!«

Morna sah Sofia an und ihr Blick bat um Verzeihung. »Ich habe alles versucht… die Prophezeiung …«

Morna lächelte ihre Schwester liebevoll an, obwohl der Rest ihres Gesichtes ihre Schmerzen widerspiegelte. »Ich habe immer gewusst …«, sie hustete und spukte dabei Blut, »dass du es sein würdest… die einzige Vampirin… immer! Ich kannte nur nicht den Ort und die Zeit.« Mornas Stimme verklang. Mit einem Mal fühlte sich der Raum leer an, als wäre es allein ihre Stimme gewesen, die tatsächlich Leben enthielt.

Maeves Gesicht verlor ob des Geständnisses jegliche Farbe. Doch der Inhalt der Worte und Maeves Erschütterung benötigte einige Zeit, um in Sofias Gehirn einen Zusammenhang zu ergeben. *Wie konnte Morna mit dieser Last und diesem Wissen leben und trotzdem selbstlos weiterlieben?* Irgendwann hatte vielleicht auch die Hexe ein Herz gehabt, eine Zukunft und die Hoffnung auf Liebe und Glück. Und dann war die Vorhersehung gekommen und mit ihr Verzweiflung, Wut und Paranoia. – *Ich hasse selbsterfüllende Prophezeiungen!*

»Es tut mir leid, ich habe alles falsch gemacht!« Die Stimme schien mehr aus Mornas Seele zu kommen, als aus ihrem Mund. Zu leise war sie, zu ehrlich. Als Mornas Augen brachen, konnten Sofia spüren, wie die Magie des Lebens verflog, in alle Winde verwehte. Verzweifelt barg Maeve den Kopf ihrer Schwester auf ihrem Schoß. Doch selbst in diesem Augenblick schlug ihre Trauer nicht in Wahnsinn um, da Xylos neben ihr auftauchte und ihr sanft und beruhigend seine Hand auf die Schulter legte.

»Ich dachte… Ich wollte sie doch nur …« Maeves Stimme verklang in Trauer.

»An ihre Regeln erinnern und vor Sofia beschützen!«, murmelte Edward leise. Er schob sich zwischen Xylos und Sofia. Doch der Callboy beachtete ihn nicht, sondern beugte sich vor und schloss Morna mit einer hilflosen Geste der Trauer die Augenlider.

»Geht!«, befahl Maeve. Sie hatte ihre Augen geschlossen, als müsse sie die Szenerie verdrängen. »Geht, bevor ich es mir anders überlege!« Ihre Stimme klang entschlossen, voller Wut auf sich selbst. Hilfesuchend streckte sie ihre Hand nach Xylos aus und wortlos schloss er sie in seine Arme, barg Maeves zerbrechliche Gestalt schützend in ihnen.

Sofia zog gerade rechtzeitig an Edwards Ellbogen, bevor er den Mund öffnen und nach ihrem weiteren Schicksal fragen konnte. Im nächsten Moment stand er neben ihr vor der Eingangstreppe. Er konnte die aufgeregten Fragen seiner Mutter hören.

»Ich befürchte deine Mutter ist nicht glücklich darüber, dass euer Palast plötzlich unterirdisch ist!«, meinte Sofia und ihr Lächeln schien nicht zu wissen, ob es wirklich willkommen war. Weder bei ihm noch bei seinen Verwandten.

»Gott, sie wird dich sofort unter ihre Fittiche nehmen und beglucken.«

Edwards gespielt genervtes Augenrollen nahm die Spannung aus Sofia. Sie brauchte keine Angst vor Edwards Mutter haben. Seine Eltern waren nicht wie ihre – selbst an der Tonlage konnte sie schon mehr ehrliche und gute Emotionen erkennen, als ihre Mutter sie ihr gegenüber je hatte durchblicken lassen.

»Ich erzähle!«

»Oh, Sofia… bitte nicht!« Edward ging auf die Knie. Er mochte gar nicht an seine Mutter denken, wenn sie hörte, was er alles angestellt hatte, Morna, den Fluch und seine Versuche ihn zu brechen – und dann auch noch Sofias Manipulation. »Kann ich dich vielleicht gnädig stimmen?« Er kramte in seiner Jackentasche. »Es ist kein Ring, aber vielleicht reicht es, um deine Verschwiegenheit und deine Hand zu bekommen, bevor Mama es dir ausreden kann?«

Sofia sah den Schalk in seinen Augen, bevor die Ohrringe, das letzte Geschenk ihrer Großmutter, in seinen Händen aufblitzten.

»Du unmöglicher Betrüger! Verräter und Lügner…!«, schimpfte Sofia und befreite sich aus seinem Griff. »Du bist wirklich der furchtbarste …«

»Ich habe es gewusst!«, unterbrach Edwards Mutter. »Eines Tages würdest er sich verlieben und mir eine nette Schwiegertochter ins Haus bringen!« Sie war beinahe ebenso lautlos und schnell neben Sofia aufgetaucht wie ein Vampir. »Das war doch ein Ja, oder?« Sie sah Sofia mit blitzenden grauen Augen an, bevor sie die Vampirin kurz entschlossen zu sich zog.

»Willkommen in der Familie!«

Ihre Umarmung war herzlich und aufrichtig. Mit jeder Faser ihres Körpers konnte Sofia das Willkommen spüren. Der sanfte Druck, die nachdrückliche Miteinbeziehung und die Freude der Frau brach das letzte Eis um Sofias Herz und Sofia ließ es zu, streckte ihre geistigen Fühler nach Edward aus und berührte ihn. Seine Seele bat um Liebe und Vertrauen – und um sie.

Als könne Edwards Mutter Sofias Glück und ihre Dankbarkeit spüren, gestattete sie ihr, sich aus dem Griff zu lösen.

»Ich bin mir sicher, mein Sohn hat all diesen Zorn, diese Bemerkungen und deine Liebe verdient. Aber jetzt würde ich gerne die ganze Geschichte hören!« Sie deutete einmal um sich herum und machte deutlich, dass sie tatsächlich alles erklärt haben wollte.

»Das übernehme ich!«, behauptete Edward.

»Nur den Anfang! Den Rest mache ich!«, lachte Sofia mit der plötzlichen Sicherheit, dass Edwards Mutter sie an den richtigen Stellen bemitleiden, bedauern, lieben und bemuttern würde.

Edward versuchte Sofia durch einen Blick zu einem Kompromiss zu bewegen, doch ihre Entscheidung war endgültig. Von nun an war es ihre Geschichte, nicht mehr seine. – Und seine Mutter würde ihm das Fell über die Ohren ziehen. Wahrscheinlich noch bevor die Königin oder Magnus mit seinem Elixier ein neues Spiel beginnen konnten.

»Edwards Geschichte«
Mit dem Gutschein-Code

Zwillingsblut2011

erhalten Sie auf der Website
www.Elysion-Books.com
die kostenlose Zusatzgeschichte
»Edwards Geschichte«
als PDF-Download.

Honigblut
Jennifer Schreiner

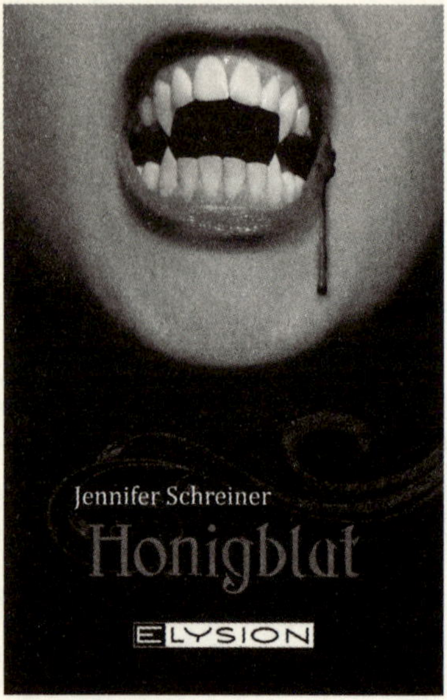

Taschenbuch · ca. 220 Seiten
ISBN 978-3-942602-06-8

In einem Jahrhunderte währenden Kampf um Legenden und Leidenschaften bricht er seine letzte Regel.

Nach dem Tod der Hexe Morna wird eine schreckliche Prophezeiung Realität und bedroht die Unsterblichkeit aller Vampire. Von der Königin ausgesandt, um der Vorhersehung Einhalt zu gebieten, gerät der Vampircallboy Xylos nicht nur ins Visier der um den Thron kämpfenden Rebellen, sondern wird zum Spielball eines ebenso intriganten wie mächtigen Vampirs, der Xylos eine Frau zuspielt, der er nicht widerstehen kann.

In einem Anflug aus Mitgefühl erschafft der skrupellose Xylos mit ihr eine Vampirin, die schon bald die Grundfeste seiner Existenz erschüttert. Doch ausgerechnet ihre Erschaffung stellte eine unkalkulierbare Gefahr für die Vampirgesellschaft dar.

Band 2 der Blut-Reihe

»Eine erotische Geschichte in düsterer Atmosphäre, die ganz dazu angetan ist, den Leser nicht so schnell wieder loszulassen.« *

HAPPY-END-BÜCHER

»Für Freunde von erotischen Vampir-Romanen mit düster-dominanten Helden ein Muss!« *

LESER-WELT

* Die Rezensionen beziehen sich auf die 1. Auflage

Venusblut
Jennifer Schreiner

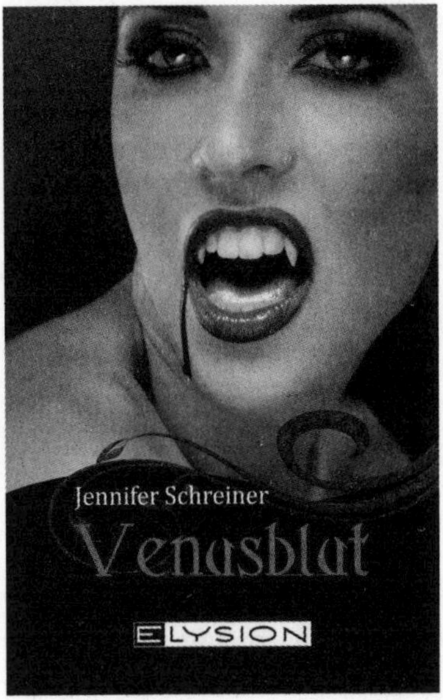

Taschenbuch · ca. 220 Seiten
ISBN 978-3-942602-07-5

In einem Jahrhunderte währenden Kampf um Legenden und Leidenschaften macht er seinen letzten Zug.

Nachdem die Unsterblichkeit der Vampire erloschen ist, liegt es an Joel der letzten Intrige des mächtigen Magnus auf die Spur zu kommen. Doch ausgerechnet Judith, die menschliche Tochter dieses unberechenbaren Vampirs erweist sich als ausgesprochen störrisch. Während der »Herr der Schatten« versucht, Judith das letzte Geheimnis ihres Vaters zu entlocken, kommen die Vampirkönigin und ihr treuster Feind Hasdrubal dem wahren Geheimnis der Unsterblichkeit auf die Spur.

Aber die gefundenen Bruchstücken der Vergangenheit verändern die Geschichte der gesamten Vampirgesellschaft – und der Preis für die neuerliche Unsterblichkeit der Vampire ist unerträglich hoch.

Band 3 der Blut-Reihe

»Jennifer Schreiner entführt uns in die spannend, mysteriöse Welt von Joel und Judith - Achtung Suchtgefahr!«

FANGTASYA-KURIER

* Die Rezensionen beziehen sich auf die 1. Auflage

Im Bann der Engel
Christiane Gref

Taschenbuch · ca. 220 Seiten
ISBN 978-3-942602-08-2

In der abgelegenen Kleinstadt Cravesbury arbeitet die Wissenschaftlerin Elena Winterstone an einem geheimen Forschungsprojekt. Doch der Erfolg lässt auf sich warten. - Bis Elena hinter das Geheimnis ihrer Auftraggeberin Madame Hazard, einer Millionärswitwe kommt. Unter deren Anleitung gelingt es mechanische Engel zu erschaffen.

Schon bald muss Elena erkennen, dass ihre Schöpfungen zu einer Gefahr für Cravenbury werden. Trotzdem ist Madame Hazard nicht gewillt, ihre Experimente aufzugeben. Im Gegenteil. Angefeuert vom Misstrauen der Stadtbewohner zwingt die Millionärswitwe Elena dazu, Todesengel als ihre persönliche Miliz zu erschaffen.

Ausgerechnet in einem dieser tödlichen Engel findet Elena einen Verbündeten. Mit Hilfe des anziehenden Amenatos setzt die Wissenschaftlerin nun alles daran, ihre Schöpfung unschädlich zu machen.

»Selten habe ich mich so schnell in den Protagonisten verliebt – ich wünschte, es wäre meiner!«

JENNIFER SCHREINER

Verpassen Sie nicht die anderen Autoren unseres Fantasy-Programms.

Dark Fantasy, Erotic Fantasy, Fantasy Romance und Urban Noir werden Sie genauso gefangen nehmen wie unsere neue All Age Fantasy Reihe. Die Autoren werden Sie an die Grenze des Vorstellbaren bringen – und darüber hinaus.

Daria Sarafin

Jean Sarafin

Tabea Hunter

und die
Matching-Myth

freuen sich auf Sie.